U0921880

大明名将陈璘

Daming Mingjiang Chenlin

许非寒　著

团结出版社

图书在版编目（CIP）数据

大明名将陈璘 / 许非寒著 .—北京：团结出版社，2025.8. —ISBN 978-7-5234-1841-3

Ⅰ. I247.5

中国国家版本馆 CIP 数据核字第 2025F4B206 号

责任编辑：郭　强
封面设计：书香力扬

出　版：团结出版社
（北京市东城区东皇城根南街 84 号　邮编：100006）
电　话：（010）65228880　65244790
网　址：http://www.tjpress.com
E-mail：zb65244790@vip.163.com
经　销：全国新华书店
印　装：四川科德彩色数码科技有限公司

开　本：145mm×210mm　32 开
印　张：11.875　字　数：280 千字
版　次：2025 年 8 月 第 1 版　印　次：2025 年 8 月 第 1 次印刷

书　号：978-7-5234-1841-3
定　价：69.80 元

目录 CONTENTS

序　章

北京的腊月一如既往地凛冽，白茫茫的大雪借助刺骨的寒风覆压全城，所有生灵都瑟缩在风雪无法触及的角落抵御严寒。凛冬驯服了偌大的京城，驱散了昔日的繁华和喧嚣，街上行人寥寥，反倒是一队队顶盔掼甲的军士给冷清的街道增添了几分生气。大雪之中，一位身着重装鱼鳞明甲的青年小将站在永定门[①]外向南眺望，冻得通红的面容把他的焦急展现无遗，身上厚厚的积雪表明他已在此等候多时。

数里外的官道上，两匹骏马踏雪疾驰，马上的乘客一长一少，都披着银白色的毛呢大衣。奔上一座小山坡勒马远眺，透过朦胧的雪幕，隐约能看到北京城宏伟的轮廓。那位少年目力敏锐，指着城门口的青年小将道："阿爸快看，有人向我们招手。"

年长者姓陈，单名一个璘字。他眼角眉梢有几条刀削似的皱纹，深邃的眼神藏着饱经磨砺的睿智，不用特意诉说，谁都能从这张脸上看出浮沉起落的痕迹。“赋闲八载，想不到我还有重入帝都的机会。”他低声慨叹，不胜唏嘘。顿了顿，对那少年道：“经儿，此番进京，是福是祸尚且难料，官场险恶，你要处处小心，事事谨慎。”

陈九经性情敦厚，从小就奉父亲的教导为圭臬，连忙答应：“孩儿明白。阿爸沉寂多年，这次重披甲胄的机会得来不易，孩儿一定谨言慎行，绝不让那件事重演于京城。”说到“那件事”时，他的语气有明显的愤慨。

陈璘微微点头，扬鞭喝一声“驾”，当先往城门奔去。两匹马风驰电掣，眨眼便来到永定门外。

那位青年小将抖落身上的积雪，大踏步迎了上来，跪在陈璘马下，含泪道：“恩师在上，徒儿吴广给您老人家磕头了。”咯吱咯吱三声响过，在雪地上磕出一个巴掌大的小坑。

陈璘翻身下马，扶起吴广上下打量，笑道：“广儿，几年不见，你愈发威风啦。”

“师父，您又老了几分……”吴广声音有些哽咽，“徒儿领食君禄，不能回乡在您身边服侍，心中常自不安。”

“你有这份心，为师已经很知足了。我苦苦传你一身本领，可不是为了让你在我身边服侍。”

“师父要徒儿上阵杀敌，报效祖国，徒儿明白的。”

“吴大哥！”陈九经一把揽住吴广，发力把他抱了起来，“几年不见，我终于抱得起你啦。”

吴广比陈九经大四五岁，少年时便随陈璘学习兵法和武术，不敢说尽得真传，但相比陈九经还是强了许多。明朝于正统六年在两京设立武学，起初对入学生员要求严格，后来逐渐允许各都司卫所世袭军官选派年满十岁的子弟入学。陈璘和吴广名为师徒，实则情同父子，既然吴广能力远胜陈九经，便将爱徒送入北京武学。吴广不负众望，学成后即入行伍，数年间战场搏杀，终于凭军功当上北京南城兵马司正六品指挥，主管京城南境内外治安，前途一片光明。他不敢有一刻忘却师父的恩情，视陈九经如亲弟弟一般，看到小弟如此孔武有力，心里说不出的高兴。

“抱得起又怎样，我现在要揍你，还是一只手的事。”

“胡吹大气，你别小看人。”

“你不服？明天跟哥哥去校场比比。”

“比就比，我才不怕你。”

陈璘摇头笑笑，问道：“广儿，眼下朝鲜局势如何？”

吴广收了嬉闹之态，语气略显凝重：“十万火急，日军已经过了图们江，随时可能攻入辽东。值此危急关头，庙堂里那帮官老爷还在钩心斗角，争权夺利。石星那厮为了斗垮宋经略，联合王党势力要求皇上召开朝会，逼宋经略当庭给出御倭副总兵人选，否则就要撤去他的备倭总经略之位。此时朝会刚刚召开，师父快随我进宫，耽搁久了，大事去矣！”

陈璘抓住前桥[②]坐上马鞍，说道：“事情紧急，一面进宫，一面跟我说说当前局势。”

“是。”吴广从墙根下的马棚里牵出自己的坐骑，领着陈璘父子进入永定门，沿正阳门大街向紫禁城奔去，路上简略说了大明朝眼前面临的困境。

万历十八年（1590），经过连番纵横捭阖的殊死较量，一代雄主丰臣秀吉终于扫清称霸路上的所有障碍，基本统一了连年战乱的日本。各路大名[3]纷纷战栗着拜倒在丰臣秀吉脚下，所有阿谀奉承的恭维之语像绚丽的彩虹一样迎面扑来，权力的美妙令贫民出身的丰臣秀吉欲罢不能，狭小的日本渐渐无法满足他日益膨胀的野心，他迫切地渴望拥有更为庞大的土地和臣民，去施展胸中所谓的文治武功。于是他摊开泛黄的舆图，将大海彼岸的广袤大陆圈在笔下，做起了一场耸人听闻的春秋大梦——鲸吞中国，伐取印度，创天覆地载之日本帝国！

朝鲜与日本隔海相望，无疑是征伐中国的必经之地。在丰臣秀吉眼里，小小的朝鲜无异于俎中鱼肉，根本经不起日本武士的随手一击。他甚至不相信朝鲜胆敢与强大的日本为敌，认为只需派个使者过去耀武扬威一番，朝鲜君臣就会吓得战战兢兢，对他俯首称臣。于是派对马岛[4]宗家家督宗义智出使朝鲜，直言日本有意攻明，希望借道朝鲜进入辽东，请朝鲜出兵协助云云。不料竟然遭到了朝鲜君臣的坚辞拒绝。这让不可一世的丰臣秀吉十分恼火，决定以雷霆之势扫灭朝鲜。

次年，丰臣秀吉将关白之位让与养子丰臣秀次，自称太阁[5]，令肥后国大名加藤清正修建名护屋城，用作指挥及屯兵基地。随后从各路大名手里征调出征士卒，共计十六万六千八百人，分成九个陆军军团，一支水军舰队。再调十万零两千九百六十人为预备队，屯驻名护屋城。经过一年的筹备，丰臣秀吉终于站在崭新的名护屋城楼上，望着海港内整装待发的七百多艘战船，不由得豪气冲天，振声高呼：“不屑国家之隔，山海之远，一超直入大明国，易吾风俗于四百余州，施帝都政化于亿万斯年者，在方寸中。[6]”一时豪情激荡，仿佛已经预见了大明皇帝匍匐在自己脚下称臣讨饶的景象。他迫不及待地想要到大明的国土上驰骋，恣意蹂躏那些以天朝上邦自居的蠢货。他将以胜利者的姿态尽情享受大明君臣的侍奉，天下苍生都将在他的威德之下战栗乞服。他甚至计划好了攻下中国后的打算——天皇定都北京，自己移居宁波。

万历二十年（1592）四月，随着丰臣秀吉一声令下，日军舰队浩浩荡荡驶出港口，一场影响东亚未来三百年格局的惊天大战就此拉开序幕。

此时的朝鲜对即将来临的风暴仍旧懵然无知，国内承平日久，武备极度松弛，民众不知兵事二百余年，朝中更是党争激烈，政治腐败透顶。可就是这么一个羸弱的朝鲜，偏又自大自满，除了宗主国，对周围邻国的态度一贯睥睨轻视，甚至是颐指气使。当初宗义智前来告知丰臣秀吉的攻明意图，朝鲜君臣无不捧腹大笑，觉得区区倭奴小国竟然也敢打父母之国的主意，这等可笑行径已然不是狂妄无知所能形容。于是他们傲慢拒绝，很快就把此事抛到九霄云外，继续歌舞升平，继续党派倾轧。直到四月十四日，日军大将小西行长率领先锋第一军从釜山港登陆，犁庭扫穴般攻破釜山后，朝鲜君臣这才大梦方醒。

随着日军后续军团的登陆，朝鲜兵败如山倒，一触即溃者有之，不战而逃者更是比比皆是，战力之低下，溃败之迅速，简直令人瞠目。朝鲜三都仅仅两个月就相继失陷，可以说朝鲜军在日军面前几乎与蝼蚁无异。

日军以第一二三军为前锋，分成三路以疾风骤雨之势推进，逼得国王李昖先从汉城逃往开城，又从开城逃往平壤，最后平壤沦陷，只能率文武百官逃到中朝边境的义州藏身。朝鲜八道尽入敌手，三千里江山就像一片枯黄的落叶，被日军漫不经心地轻轻一卷便风雨飘摇，如雪山崩溃，似大河决堤，再也无力扭转危局。

朝鲜君臣惶惶如丧家之犬，逃到义州后不断派出使者前往大明求援，希望能搬来宗主国的天兵天将替自己光复社稷。同时请求开放边境，允许他们渡过鸭绿江，进入辽东避难。李昖更是说出“与其死于敌手，毋宁死于父母之国”的话来，可见朝鲜君臣已经丧失抵御的勇气，一心只想内附大明，乞求苟延残喘，哪里还顾得上那些正被日军铁蹄践踏的子民？

朝鲜请兵陈奏使郑昆寿、李德馨十分称职，一个赖在兵部尚书石星府上日夜啼哭，一个跪在辽东巡抚郝杰帐下痛哭三天三夜不愿离去。石星感其赤诚，传令郝杰派一支精兵驰援朝鲜，试探日军底细。其时辽东总兵官李成梁已遭罢免，领兵重任便落到副总兵祖承训头上。

七月十五日，祖承训点齐两千三百名辽东铁骑，气势汹汹直扑朝鲜。

朝鲜君臣对大明天兵的到来振奋不已。他们一心只想收复国土，丝毫不去考量明军与日军的兵力差距，更无心思顾虑明军的死活，为了让祖承训尽快出兵，竟然谎称平壤的日军不过一两千人，明军攻克平壤直如探囊取物。祖承训愚蠢自大，盲目听信怂恿，认定眼前这伙日军只是些不值一提的跳梁小丑，自己麾下的辽东铁骑能像碾死蚂蚁一样把他们碾成齑粉。直到兵临城下，才发现平壤的日军竟然不下万余，一个个都挥舞着狭长锋利的倭刀，并配有做工精良的火枪，战力十二分之强悍。小西行长明显是个身经百战的狠角色，一口吞掉三百多具尸首和两名参将，迫使祖承训遁回辽东。

败讯传入龙廷，一时间朝野震动，战与和的激烈争辩迅速分化蔓延，文武百官吵得唾沫横飞，每日都有成堆的奏章呈到万历皇帝面前。以兵科给事中许弘纲为主的主和派认为，此时大明内忧不断，抛开长期作乱的蒙古不说，今年四月爆发的宁夏哱拜之乱至今未平，大大牵制了辽东、宣府、大同、山西及浙江的兵马。朝廷为了平定这场叛乱，已经投入大量的兵力和财力，倘若出兵朝鲜，势必会对国力造成极大拖累，影响到宁夏之役[⑦]的顺利平定。此外，播州土司杨应龙拥兵自重，早已在叛乱的关口蠢蠢欲动，一旦杨应龙效法哱拜起兵作乱，而朝廷又已在朝鲜与日军开战，就会陷入三面苦战的危险境地，将大明拖入国力空虚的深渊。届时赋税加重，必然导致民怨沸腾，各地百姓起义尚且不提，如果蒙古和女真趁势而起，泱泱大明将何以为继？朝鲜作为藩属国，不能尽到藩篱应有的作用为大明守住门户，那这种无能的藩篱不要也罢。

而以兵部右侍郎宋应昌为首的主战派却认为朝鲜非救不可。从道义上说，大明作为宗主国享受了朝鲜的贡奉，就应当负起保护朝鲜安危的义务。如果大明在自己的藩属国遭受灭顶之灾时袖手旁观，必然会失去在其他藩属国心目中的威信，久而久之，天子的威德与颜面何在？还有谁会尊奉不讲仁义道德的大明为天朝上邦？一个毫无道义可言的朝廷如何能使天下黎民臣服？再者，倭酋平秀吉[8]的野心简直到了昭然若揭的地步，攻取朝鲜的目的确然无疑是为进犯大明作铺垫，唇亡齿寒的教训是如此的深刻而生动，任何一个有识之士都能轻易理解其中的利害关系——朝鲜若失，大明何安？基于这一点，那些所谓国力空虚，朝鲜不值一救的言论都能批倒批臭。毕竟国力再空虚，也比让穷凶极恶的敌人打进国门要强上百倍。此即“倭寇之图朝鲜，意实在中国，而我兵之救朝鲜，实所以保中国”是也。

经过长时间的争论，主战派终于得到了万历皇帝的支持。石星和郝杰对祖承训的战败负有不可推卸的责任，虽未受到实质性的惩处，却也在这件事情上失去了万历皇帝的信任。宋应昌一向被石星视为政敌，为了敲打石星，同年八月十九日，万历皇帝钦封宋应昌为备倭总经略，总领援朝大计。

宋应昌五十有六，虽是文官，却醉心于钻研剑术，胸中总有一股涤荡不去的侠肝义胆。入仕前曾行走江湖，凭借三尺长剑搏出个侠义剑客的美名，与江湖上的豪杰多有交谊，为人自是光明磊落。上任备倭经略后，立即提拔兵部职方主事袁黄为东征军赞画主事，协助他召集将士、调度粮草、制定东征战略计划等事宜。对他来说，此番东征最为棘手的是统军将领人选。他虽有一腔为国捐躯的热血，平日也算得上饱读兵书，却终究不是行伍出身，不可能亲自统军作战，因此亟需选择一位能力超群的将领来担任东征主将一职。放眼大明军界，在宁夏之役中功勋卓著的李如松无疑是最佳人选。

吴广一向关心天下局势，朝鲜战事爆发之初，他就意识到这是陈璘东山再起的绝佳机会。在他心里，自己的恩师戎马半生未尝一败，又有和倭寇作战的经验，该当是御倭援朝的天选之将。而且恩师和宋应昌是多年老友，交情之深，足堪刎颈，如今宋应昌得了备倭总经略之位，又明白那件让恩师声名狼藉的事情纯属冤枉，当年也曾为了还恩师清白而奔走呼号，只要宋应昌出面保举，恩师定能复出。打定主意，吴广来到宋府，跪在宋应昌面前问道："当今大明，世人只知东有李，西有麻[9]，却不知南有陈。宋经略和家师乃知交故友，难道也忘了天南的猛将吗？"

"陈璘！"一语惊醒梦中人。宋应昌脸上展现出如获至宝般的狂喜，"我和陈璘二十余年的交情，怎会忘了这颗沧海遗珠？有他统军，何愁倭寇不灭。"然而他的欣喜很快就一扫而光，脸色凝重得仿佛要皱成一团，"可是……那件事……"

"我师父分明是被冤枉的，莫非宋经略还不了解其中的是非曲直？"吴广面色涨红，如果不是尊卑有别，恐怕要咆哮开来。

"你不明白，他是否冤枉根本无关紧要，重要的是他触怒了当今圣上，贸然举荐，委实祸福难测。"宋应昌眉头紧皱，显得顾虑重重。

吴广噌地站起，愤然道："原来宋经略担心丢了头上的乌纱帽。好，是卑职冒昧了，告辞！"

"吴广老侄，"宋应昌连忙阻拦，"你我相识也有些年头了，难道做伯伯的在你心目中，竟是无情无义之人？只要能为国荐此大才，即就摘了这顶乌纱帽，宋某又有何惜？我……我是担心圣上容不下他。"

吴广自觉话说得太冲，眼里露出几分歉意，“宋伯伯，你放心吧，天底下没有比让他老死乡里更加残酷的事了。”

宋应昌稍作沉思，说道：“为求稳妥，我先起用他为神机七营参将，试探朝臣态度，拉拢有识之士支持，待他进了京，方能向圣上摊牌。假使他不肯出山，我也能免于尴尬之境。”

他做事雷厉风行，当天就以兵部名义签署官告，到行人司找了一名可靠行人，命其火速将官告送往陈璘老家——广东翁源。

时光荏苒，随着宁夏之役的平定，兵马粮草都已逐步到位，议定于腊月二十三日出兵朝鲜。李如松在宁夏之役中表现优异，受到万历皇帝青睐，钦定提督蓟、辽、保定、山东军务，充防海御倭总兵官，成为仅次于宋应昌之下的东征军主将。虽然李如松的委任跳过了宋应昌，但东征军的其他将领人选还是需要宋应昌来决定。四个月来，他先后提交了大小将领人选，唯独御倭副总兵官之位迟迟未定。他想把这个职位留给陈璘，又不敢在陈璘未到京城之前向万历皇帝明言，他不知道老友是否愿意出山赴任，更不确定陈璘二字是否会触怒天颜，所以一直卡着御倭副总兵官的位子不放，希望等到陈璘进京后再作打算。

随着出兵日期愈发临近，朝鲜局势危如累卵，隔三岔五就有请兵陈奏使来京哭诉，万历皇帝不堪其扰，再三催促宋应昌尽快定下人选。石星不满于备倭总经略之位被宋应昌所得，对此颇有微词，先是接连弹劾宋应昌办事不力，后又挟党羽上疏，请于今日召开午朝，欲以人选问题为由，逼宋应昌交出备倭大权。面对顶头上司的施压，宋应昌无可奈何，只能让吴广在永定门外苦等陈璘。谁知这场大雪阻碍了陈璘父子的步伐，紧赶慢赶，才在朝会开始之前堪堪到达。

两刻钟前，百官手持朝笏[⑩]，陆续过了午门的左右掖门[⑪]，分成文武两班在金水桥[⑫]南依品级序立。上朝的钟声一经敲响，銮驾校尉便挥动臂膀，大鸣静鞭[⑬]三响。钟鼓司[⑭]奏起丹陛大乐[⑮]，古朴淳润的乐声随即响彻紫禁城内外。百官齐齐跪地，行一拜三叩之礼。庄严富态的万历皇帝朱翊钧踏着乐音走来，锦衣卫力士张五伞盖四团扇迎侍天子御门，在皇极门[⑯]上廊正中的金台御座坐定。鸿胪寺卿高唱入班，文武百官秩序井然地通过金水桥，在皇极门前的广场上分列两班，向皇帝行三拜九叩大礼，口中山呼万岁。丹陛大乐奏罢，万历皇帝双手作虚托之状，缓缓说道：“众卿平身。”百官称谢而起，将朝笏抱于身前，微微垂首，不敢仰面视君。

这番威严肃穆的朝会气象百官们已多年不曾见过了。自万历十四年（1586）开始，皇帝因为国本之争与百官生出龃龉，经过无数次面红耳赤的争论和血肉横飞的廷杖，敢于跟皇帝叫板的臣子一个个黯然离去，原本励精图治的万历皇帝也开始疏离政务，足足六年没有临朝听政。平时除了宫人内侍和机要大臣，寻常官员想要瞻仰天颜简直难如登天。因此石星请求召开朝会，文武百官无论此前政见如何，全都大力赞同。

万历皇帝对这场小题大做的朝会自是千百个不耐。他之所以答应举行朝会，根本不是为了议定御倭副总兵官的人选，而是因为人选问题的背后，还暗藏着朝中两股党派势力的利益角逐——王党与赵党。

万历皇帝多年不上朝，国家机器仍能运转自如，除了已臻完备的票拟批红[17]制度外，就是因为他默许臣子私相结党，利用党派之争让臣子互相监督，良性竞争，而又居中平衡各党利益，杜绝党派间发生大规模的恶意倾轧。石星因人选问题对宋应昌大加攻讦，此举已经挑起王党与赵党的斗争苗头，狡黠如万历皇帝，自然要将这苗子尽早铲平，出席朝会就是为了警示各党臣子莫要越过雷池。

可石星却铁了心要与宋应昌争个长短。他是宋应昌的顶头上司，当初正是他极力请战才促成出兵朝鲜的决议。本以为备倭总经略的位子该当落到自己人头上，不料宋应昌竟生生将这立功机会夺了过去，让他白白忙活一场。按理说备倭总经略只是个临时性职务，就算被宋应昌所得，他石星依然是兵部的第一把交椅，同样有权干预朝鲜之役。然而宋应昌作为石星的副手，却偏偏是王党的臂膀，而他石星则是赵党的得力大员。自己的属下不仅是别党政敌，还在眼皮底下抢了自己心心念念的立功机会，这让石星很是郁闷。他一口窝囊气堵在喉咙里吐不出咽不下，就开始对宋应昌的备倭工作挑三拣四，抓住御倭副总兵官人选迟迟未定一事大做文章。今日朝会的目的，一是把宋应昌批倒批臭，二是抢下备倭总经略之位，三是削弱王党力量，进一步争夺朝政大权，可谓一举三得。

鉴于此，丹陛大乐一经奏罢，石星便出班弹劾宋应昌办事不力，视国家大事如儿戏云云。立即有赵党言官出声附和，指责宋应昌尸位素餐，理应退位让贤。宋应昌严词反驳，引得赵党群臣群起而攻，七嘴八舌唾沫横飞，恨不得把他生吞活剥。王党官员因首脑王锡爵不在朝中，力量有所消减，眼见宋应昌被围攻，大多数人都成了袖手旁观的墙头草，只有少部分骨干成员出班声援，可惜寡不敌众，渐渐被赵党汹涌的声势淹没。正在宋应昌疲于抗辩，赵党官员咄咄逼人，万历皇帝冷眼看戏的当口，一名太监疾步越过金水桥，高声通报："宋经略所荐御倭副总兵官人选陈璘午门听宣！"

"谁？陈璘？"

踏上金水桥的那一刻，陈璘沧桑的面容上满是自信与坚毅，完全无视那些或惊讶或鄙夷的目光。他镇定自若地走到丹陛之下，向金台御座上的天子跪地叩拜，声音洪亮有力："故臣陈璘见驾，吾皇万岁万岁万万岁。"

万历皇帝已趁着陈璘觐见的空档，从久远的记忆中抓取到了关于他的一切。一俟礼毕，立即破口大骂："好个厚颜无耻的陈璘，你怎敢再入朝堂？是谁给你的胆子让你这般猖狂！"骂完陈璘仍不解气，又斥责宋应昌，"你个不知好歹的东西，怎的什么人都敢举荐？"

万历皇帝的失态言辞在新官看来不可思议，对石星等一班老臣来说却是意料之中。陈璘的名字刚刚响起，石星就预见了自己的胜利以及宋应昌的悲惨下场。他笑着走到陈璘面前上下打量，啧啧叹道："陈璘啊陈璘，当年保住一命已是万幸，在家安度晚年便是，何必再来受这万人唾弃之苦？"

有皇帝和石星表态，几乎所有认识陈璘的官员都一起指着他大声呵斥："贪官污吏，残暴罪将！滚出京去，滚出京去！"

宋应昌怒斥群臣："偏执愚昧，简直两豆塞聪！"转头对万历皇帝长揖到地，言恳意切近乎哀求，“臣请陛下恩开圣听，给陈璘一个为自身辩白的机会，莫使忠臣蒙冤，壮士报国无门！”

不等万历皇帝开口，石星便道：“陈璘贪污军饷奴役士卒是板上钉钉的事实，还有何辞可辩？”

“是非对错，可不是你石部堂[18]说了算！”宋应昌驳斥完石星，又对万历皇帝道：“皇上，今日百官朝会，意在敲定御倭副总兵官人选，不是翻论当年旧事。陈璘这等雄才，普天之下，谁人不知？臣斗胆请问，御倭副总兵官是去和日军上阵厮杀，还是去和日军比拼道德高低？若是前者，大明军界舍陈璘其谁？倘是后者，臣不得不说，当年罗定兵变乃是小人陷害，陈璘绝无错处！”他这番话说得铿锵有力，句句切中要害，包括石星在内的贬陈者谁也无法否认陈璘的军事才能，只要没人糊涂到说御倭副总兵官是去和日军比较道德水准，这个位子就非陈璘莫属。

石星不愿放弃这个斗倒宋应昌的大好机会，胡搅蛮缠道：“陈璘是一等一的帅才，这一点谁也否认不了，可他如此贪黩，真让他领兵出征，难保不会重蹈覆辙，再来一个罗定兵变。莫非我泱泱大明，除他陈璘之外，竟无人乎？”

赵党官员纷纷应和：“不错，我大明岂无能人？”

“这等贪残罪将，决不能用！”

“快把这厮打出宫去，莫要污了圣洁庙堂！”

宋应昌愤然道：“可笑，可笑！试问满朝文武，谁敢让锦衣卫彻查家产？倘若一查到底，在场的有几个海瑞，几个严嵩？你们分明如饕餮一般，偏偏装得高洁如圣人，定要抓住陈璘往事不放，到底是何居心？”

此言一出，满朝文武登时变色，嗡嗡然自陈清白者有之，轰轰然暴跳如雷者有之，心有惊雷而面如平湖者亦有之。整个庙堂乱糟糟的与菜市场无异，哪里还有半分威严肃穆可言。

聪明莫过帝王，万历皇帝已经从先前的失态中恢复平静，眼见宋应昌态度坚决，大有一副不用陈璘便誓不罢休的劲头，且又言语在理，正中群臣痒处，真要彻查百官家产，还不闹得天翻地覆？此事想要妥善解决，必须给陈璘一个说话的机会。当下摆手压言：“好了好了，既然宋爱卿说陈璘是冤枉的，朕便问问他到底何冤之有，再定去留不迟。那些赌气之言不用再说，省得越扯越远，无法收拾。”

群臣见皇上发了话，不敢再多纠缠，连忙举笏回应：“皇上圣明。”

万历皇帝见陈璘跪在地上一言不发，冷冷地说：“罪将陈璘，朕且问你，当年你任东安副总兵期间，大肆滥用职权克扣营中军饷，奴役士卒建造庙宇为己用，激得营兵不堪忍受，先后两次哗变，酿成哨官被戮，市墟被劫，无辜百姓惨遭屠戮之恶果，你认是不认？”

陈璘不卑不亢地回道：“臣不敢认子虚乌有之罪，认之无异于欺君。”

“好一个子虚乌有。”万历皇帝哼笑一声，双手按膝，上身略向前倾，“当年广东巡按御史罗应鹤将罗定兵变之因由具折上奏，指明是你贪污军饷，士卒粮米每斗扣银五分，鱼每斤扣银一分二厘。此外，你还利用士卒钱粮被扣，生活拮据之机，将所扣钱粮放贷给士卒，从中大收利钱，利息高达二成，简直丧心病狂至极！除罗应鹤奏疏，时任两广总督郭应聘也在兵变平息，核查因由之后，上疏证实了罗应鹤的举发。”他说话时一直盯着陈璘的眼睛，希望能从中捕捉到七寸被斩的惊慌，可那双眸子里始终只有沉着镇定。

“可否容臣解释当年之事？”

“你说。”

“臣年纪大了，双腿又有旧伤，不能长跪，可否起来说话？”

“哈？这……”

以戴罪之身面君还敢要求平身，这让惯于在天子脚下唯唯诺诺的满朝文武惊诧不已，一个个交头接耳，或愤怒或赞赏地议论开来。万历皇帝有心在百官面前显示自己的仁德，自然不会在这种小事上计较，摆手准陈璘平身，同时令群臣噤声。

陈璘谢恩而起，转头对面色凝重的宋应昌点头致意，示意他且放宽心。凝思稍许，记忆的脉络愈发清晰起来，思绪一飘再飘，缓缓开口说起了尘封的往事……

本章注：

①永定门：始建于嘉靖三十二年（1553），是北京外城南墙的正中城门，与左边的左安门，右边的右安门寓意“永远安定”。

②前桥：马鞍前后的上翘部分，靠马头的是前鞍桥，靠马臀的是后鞍桥，作用是为骑手保持平衡。

③大名：日本称统治一地的地主为大名，相当于中国的诸侯、西方的领主。

④对马岛：位于朝鲜海峡中部，横亘于朝鲜和日本之间，历

来是日本西出的踏板，发生过许多影响深远的战争。1246 年，惟宗重尚奉太宰府之命，击败对马岛豪族阿比留氏，夺取了对马岛的控制权。关于对马岛大名姓宗而不姓惟宗的问题，约有三种说法。一说惟宗重尚为了迎合中国和朝鲜的单字姓称谓习惯，去掉惟字，改为宗姓。二说惟宗重尚冒用祖母姓氏，后来因为没有子嗣，将家督之位传给弟弟宗资国。三说宗资国才是日本史上第一个姓宗的人。

⑤关白、太阁：关白一词出自《汉书·霍光金日磾传》“诸事皆先关白光，然后奏天子”，是陈述、禀告之意。唐代传入日本之后，渐渐成为天皇之下总理大权者的职位名称，与摄政合称摄关，相当于中国古代的丞相，现今日本的首相。太阁的正式名称是太阁下，高于殿下，仅次于陛下，是丰臣秀吉让位后的首创名称，意思是隐退的关白。

⑥不屑国家之隔，山海之远……：出自日本《续善邻国宝记》，是丰臣秀吉写给李昖的国书中的名言。

⑦宁夏之役：宁夏副总兵哱拜骄横不法，受到宁夏巡抚党馨弹劾，因而起兵叛明，历时八月而败。这场战役耗银二百多万两，与朝鲜之役、播州之役并称为万历三大征。

⑧平秀吉：丰臣秀吉因为出身低下无法冠姓，幼时名叫日吉丸，成为织田信长麾下武士后得以从父姓木下，名曰木下藤吉郎。桶狭间合战后，才被织田信长赐名秀吉。三十七岁时，他因战功获封今滨城主，信长又从麾下将领柴田胜家和丹羽长秀姓氏中各取一字，给他赐姓羽柴，曰羽柴秀吉。本能寺之变后，他斩杀智光秀，功劳颇大，日本天皇有意给他晋升官职，却因为他出

身卑微而无法实现，于是他谎称自己是平氏皇族之后，改姓曰平秀吉。再后来，为了合理上任关白之位，他又认近卫前久为叔叔，自称干侄，改姓曰近卫秀吉。直到四十九岁有了称霸之资，才被正亲町天皇赐姓丰臣。明人或许是认为他多次易姓，比起吕布的三姓家奴有过之而无不及，所以采用最具讽刺性的平秀吉来称呼他。

⑨东有李，西有麻：万历年间，辽东李氏（李成梁家族）和大同麻氏（麻贵家族）将才辈出，便合称这两家为东李西麻。

⑩朝笏：古代大臣上朝时手里拿的长板子，可以用来写字。明代规定四品以上执牙笏，五品以下执木笏。清代废止。

⑪掖门：即宫殿两旁的边门。

⑫金水桥：始建于永乐时期，分内外金水桥，采用汉白玉建造，桥下的河分别称内外金水河。内金水桥五座，外金水桥七座，中间的主桥是皇帝御道，左右的宾桥供王公大臣通行。

⑬静鞭：体型比正常鞭子大，是朝会或皇帝出行之时，銮驾仪卫用来警示他人安静的一种用具。

⑭钟鼓司：宦官机构，负责朝会钟鼓和宫内杂戏。

⑮丹陛大乐：泛称皇帝、皇后、太后上朝或接见大臣时演奏的音乐及乐器。

⑯皇极门：始建于永乐十八年（1420），原名奉天门，嘉靖四十一年（1562）改称皇极门，清顺治二年（1645）改为太和门，是明朝皇帝御门听政的地方。

⑰票拟批红：明代官员的奏疏，需要先由通政司呈送皇帝御览，而后发往内阁，阁臣将处理意见写在小纸票上，贴在奏疏中

呈回御前，是为票拟。皇帝根据票拟上的意见批阅奏疏，同意则下发各部执行，不同意则打回内阁重新票拟，如果皇帝不愿表态，则可留中不发。因为批阅使用红色朱笔，是为批红。

⑱部堂：尚书和侍郎的别称。各省总督按惯例兼任兵部尚书的，也可以称为部堂。

第一章 往事

翁源县位于粤北地区，属韶州府[①]管辖，是广东历史上最早建制的十六个县之一。明《嘉靖翁源县志》载："县境之东有名山，高耸秀拔，顶有灵池，池中有泉八处，曰：涌泉、温泉、香泉、甘泉、震泉、龙泉、玉泉、乳泉。泉水清澈甘洌，四时不涸，昔有二仙翁游息于此，居民饮其水者多寿。泉水汇而成河，故山名翁山，水名翁水。"翁源县因此得名，意为翁水之源。

嘉靖二十二年（1543），陈璘生于翁源第一峰青云山西面龙田铺的一个富农家庭，幼时便展现出异于常人的智勇。还在襁褓之中，他就能单手握住哥哥的手指，迫使对方不得不使出吃奶的力气抽离。长到五岁时，已经能抓着脚踝在沙地上拖行长工数丈。再大一些，他开始模仿说书人口中霸王举鼎的桥段，先后扛起了壮硕的父亲和庭院里的大石桌。两个老实巴交的哥哥从来不懂得质疑老师，他却能在刚入学时对老师的言语频频反驳，那些天马行空、角度刁钻的问题经常让自称博览群书的老师无语凝噎。

八岁那年，他大致了解了炎黄时期至明代的简史，按照太祖皇帝定下的律法，他的父亲是农户，他长大后就只能是农户，但他不想一辈子埋没在这个小山村的鸡零狗碎里，他想做霍去病，想做徐达，他也要封狼居胥，开疆拓土，让自己的名字被千百年后的人们所颂扬。

时人普遍认可穷文富武的观念，他父亲陈本琳因为家境优渥，不用亲自下地务农，无法排遣的精力都用在了拳脚和棍棒功夫上，看到儿子天赋异禀，又有这等雄心壮志，自然是大力支持。亲自教习了一年，又花大价钱聘请驰名岭南的文武师傅，传授十八般武艺，讲解兵法韬略，盼望儿子能学成文学艺，货与帝王家。

经过系统学习，陈璘的天赋得到彻底激发。步入少年时期，便能在纵马疾驰的状态下拉开三石强弓，射中一百五十步外的细柳叶；也能凭一双肉拳，闯进赌场打倒一群操刀带棒的地痞流氓，救出被挟持的同窗；更能依据地形排兵布阵，奇谋迭出，带领乡民打退前来劫掠的流贼。他的事迹被翁源百姓自发传播，很快就在粤北一带声名鹊起，得以结识许多慕名而来的能人异士，有了更多切磋剑术、谈论韬略的机会。十八岁时，他成长为文武双全的硬朗少年，和人称许氏三杰的发小——许断文、许断英、许断杰三兄弟一起发下宏愿，要以“马上死战，马下安民”为毕生己任。

命运很快就选中了跃跃欲试的少年。

嘉靖四十年（1561）五月，飞龙皇帝张琏以闽粤交界处的柏嵩关[2]为大本营，举兵十万，分三路攻掠闽粤赣浙四省。飞龙大将军林朝曦独领三万人马进犯广东，连克程乡[3]、大埔、兴宁、龙川、和平等地，剑锋直指翁源。飞龙国作乱之初，福建巡抚游震得奉旨调指挥王豪、福州通判彭登瀛进剿，却被张琏打得丢盔弃甲。明廷震怖，即着两广总督张臬兼理福建军务，征调七万六千广西狼兵[4]平叛。然而林朝曦横扫岭东，不仅无一城一将可挡其锋芒，甚至不少守将都在林朝曦杀到之前望风披靡。为了阻止飞龙军攻入广府，张臬布告治下，张榜求将。

看着蜂拥而来的逃难百姓，想到家乡父老不久也会在飞龙军铁蹄下哀号，陈璘毅然拜别父母，于次年初带着许氏三杰奔赴梧州总督署投军。他在张臬面前剖析时局，所献计策凿凿中款，直接被任命为督署标营[5]把总，统领战兵四百四十员。同年七月，陈璘跟随名将俞大猷攻破柏嵩关，火烧黄屋朱城[6]，追击百余里，撵张琏至福建云霄驿，迫使其远遁海外，终生不敢再回故土[7]。张琏兵败后，林朝曦、林朝敬仍然气焰嚣张，与程乡贼黄积山密谋再举。陈璘单骑奔入贼营，晓以利害，震退贼党，生擒二林，磔于市。这场战事陈璘表现优异，获得张臬千金重赏，不久授任韶州千户所指挥佥事。

明代在地方实行三司分权制度，承宣布政使司管民政，都指挥使司管军事，提刑按察使司管刑法，三司职权相当，互不统属。起初，全国的都指挥使司均受大都督府统领，到了洪武十三年（1380），朱元璋进一步分化军权，改大都督府为中、左、右、前、后五军都督府，分管全国都司卫所，受兵部节制，调军大权归皇帝一人独揽。

广东都指挥使司隶属于前军都督府，掌管全省军事，共辖十五卫五十二所。主官称都指挥使，乃正二品衔，须听命于两广总督。每卫有军五千六百人，戍所或在府城，或在冲要之处，主官称卫指挥使，正三品衔。卫下又设左、右、中、前、后五千户所，视情况驻扎在府城或州县，每所有军一千一百二十人，主官称千户，正五品衔。千户所下再设十个百户所，有军一百一十二人，分布在村落和交通干道等处，主官称百户，正六品衔。百户所下还有总旗、小旗若干。卫所数量并无定制，或一府一卫，或一府数卫，抑或一卫数府，在部分战略要地另有守御千户所，级别高于寻常千户所，不隶属于军卫，而是直接归都指挥使司管辖。

卫所配有军屯田地，意在寓军于农，官军有战则战，无战则耕，力求以军养军，自给自足。朱元璋引此制度为豪，曾言："吾养军百万，不费百姓一粒米。"卫所军由世袭军户充当，一朝为军户，子子孙孙皆为军户。明廷对军户管理严苛，戍所大多离家千里，赴戍之时，如果不带妻儿和家中余丁同去，生活必然凄苦困顿。既然拖家带口，卫所就必须保证军户及其家属吃穿不愁。但宣德之后，卫所武官侵吞军田，欺压军户为私人奴仆之事已经极其严重，久而久之，逃戍逃籍者日渐增多，到了正统三年（1438），逃亡者竟然高达一百六十余万。为了维持卫所运转，明廷采取将罪犯充入军籍的方式来补充军户数量，然而此举非但没有补益，反而使得卫所军的质量愈发低下，全然不堪以战。

土木之变后，明廷开始推行募兵制，遇有战事则招募民间骁勇，由朝廷发放饷银，所募兵卒只战不耕，事后裁撤，不用终生在伍，亦不落军籍。招募而来的兵卒经过精挑细选，战力自然比腐朽的卫所军高出数倍，明廷尝到甜头，兵主战、军主守的格局就此奠定，与卫所制浑然不同的营兵制开始主导战场。俞大猷的俞家军、戚继光的戚家军，乃至后来李成梁的辽东铁骑施行的都是营兵制度。

然而终明一代，营兵制并未发展成熟，人数规模全无成例。职务由大到小依次为总兵、副总兵、参将、游击、都司、守备、千总、把总、哨官、队长、什长、伍长。卫所制度中，卫指挥使以下的武官都能世袭，而营兵制的总副参游等职却不能世袭，所以统兵将领一般都加授卫所军衔，立功后的封荫也以卫所世袭军衔为主。因此，陈璘梧州从军，获任把总，走的是募兵制，当上韶州千户所指挥佥事才算入了大明军籍，才能完全地享受到武官的待遇。

韶州千户所始置于洪武六年（1373），初为直隶于都指挥使司的守御，后因清远守御千户所于洪武二十二年升格为军卫，而韶州与清远相邻，便撤韶州守御之称，划归清远卫管辖。指挥佥事主管练兵与军纪，是军卫中仅次于指挥同知的三把手，陈璘下放到千户所中，自然就成了韶州最高军事长官，故乡翁源也在他的荫庇之下。

此时大明朝正处于倭寇最为猖狂的当口。民间因倭乱而惨祸频仍，军界因剿倭而名将辈出，俞龙戚虎[8]大显神威，早就名噪天下。韶州府远离海岸，没有倭寇大举压境之虞，初出茅庐的陈璘虽然灭了几次小股流倭，但和俞龙戚虎的耀眼功绩相比，却显得不值一提。既然无法在天下瞩目的剿倭之战中建功立业，他只好将目光投向层出不穷的本土贼寇。此后十余年间，他和许氏三杰率兵四处征战，从粤北到粤东，自粤东到粤西，广东大部分府县都留下了他浴血奋战的身影。官祖政、张韶南、万尚钦、邓胜龙、钟月泉、赖元爵、朱良宝（一作诸良宝）等雄踞一方，曾令明军损兵折将的反贼巨寇都在他的兵锋下应声而灭。无论是山地奔袭，还是平原列阵，抑或是挥船水战，他都拿出了不可思议的不败战绩，打消了庙堂上“朝廷已无广东矣”的悲呼。他的战绩有目共睹，官职一升再升，三次荣赉白金与文琦嘉奖[9]，刚到而立之年，就凭军功累升至广东都指挥使司正三品指挥佥事，可谓前途不可限量。

万历四年（1576）春，新任两广总督凌云翼亲来肇庆，向时任肇庆游击将军的陈璘面授大征罗旁之机宜。

肇庆府德庆州泷水县境内有一座罗旁山，自古便是瑶人聚居之地。世人将云雾山西北，云开山东南，西起大王山，东至西江一带的七百里大地泛称为罗旁。罗旁地区多崇山峻岭，树林十分繁盛，因为不适合农耕，鲜有汉人居住，瑶人以游猎为生，民风极其彪悍。

大明开国之后，沿袭前朝土司制度，准许西南、华南等少民部落由土司世代统治。然而罗旁地区的瑶人分成多个部落，彼此间并不团结，一直未能形成如播州杨氏一般的大土司，而是由多个小土司各行其是，导致罗旁瑶人的发展远远落后于汉人。随着明廷政策的排挤，加上卫所世袭武官的打压，罗旁瑶人不堪欺凌，终于在成化年间揭竿而起，万千义军啸聚于罗旁山腹地，据守群山天险对抗官府，声势浩荡，震动天南。不料义军一朝壮大，竟然开始四处洗劫附近的汉人村落，被杀被掳的无辜汉人不计其数，罗旁瑶人就此从义军沦为世人眼中的瑶贼。

明廷为了镇压少民叛乱，特地在梧州创设两广总督署，不断发兵征剿。奈何罗旁地势复杂，瑶人谨守“官有万兵，我有万山；兵来我去，兵去我来”的游击战术顽斗百年，明廷始终不能将这七百里大地纳入帝国实控。

在没有官兵讨伐的和平日月里，各部土司家族也不肯休养生息，都想吞并其他部族壮大自身实力，好教自家成为罗旁的播州杨氏。于是各土司大肆招揽两广地区的亡命浪贼充作兵丁，划地割据，互相攻伐，那些想过安生日子的普通瑶民被斗争大潮裹挟，或痛心疾首，或习以为常，一遍遍地挥起屠刀杀戮自己的同胞。久而久之，五百六十四个隶属于不同土司的瑶寨分布在崇山之间，整个罗旁地区草木皆兵，连老弱妇孺都开始佩刀而眠。

张居正继任内阁首辅之初，曾亲自制定对粤方针，主张彻底肃清罗旁瑶乱。只因赖元爵、邓胜龙、朱良宝等巨寇接连生事，前任两广总督殷正茂疲于扑救，征剿罗旁的计划才一再推延。如今强贼巨寇都已被陈璘荡平，散乱流贼不足为惧，凌云翼便接过前任未竟之业，着手调集土兵[10]、客兵[11]、狼兵等二十万大军进攻罗旁。但在大征之前，必须先行雕剿。

所谓雕剿，是以一支精锐部队杀入敌方腹地，或斩敌将首级，或摧毁重要工事，或搅乱敌方部署，旨在打击敌方士气，提振己方战心。雕剿风险极大，一个不慎就会落得兵败身死的下场，将士大多不愿执行这种九死一生的任务。陈璘横扫岭南无敌手，如此重任，舍他其谁？

英雄之所以是英雄，就是因为他们敢为常人所不敢为。陈璘没有忘记自己“马上死战，马下安民”的宏愿，虽千万人，吾往矣！

四月，凌云翼奏明朝廷，擢升陈璘为高州参将，四赉白金。

雕剿之地在信宜县感化都[12]，位于罗旁西南边缘，有大小瑶寨九十余座，分属九个土司统辖。其中最大的土司姓盘。据说此人力大无穷，常年穿着斗袍攀爬悬崖绝壁，远远看去像是倒挂的蝙蝠，人送外号肉翼大王，是感化都群瑶共尊的首领。这次雕剿的目的，一是摧毁瑶寨，二是斩下肉翼大王首级，震慑敌胆。

陈璘率兵从高州出征，奔袭二百里，鏖战多日，扫灭瑶寨九十座，将肉翼大王等数千人驱赶至观古坪，双方列阵厮杀，瑶人一溃再溃，投降者众。肉翼大王独自逃到黄华江岸，乘废弃轻舟顺江直下，回到位于虎跳峡江道石壁上的翼王宫洞府。陈璘把黄华江沿岸的大小船只尽数征来，率领船队直捣翼王宫，提肉翼大王首级而回，圆满完成了雕剿任务。

此战瑶人丧胆，官兵振奋，凌云翼随后调集二十万大军，分十哨，以铁壁合围之法进攻罗旁。陈璘独领信宜哨两万人马，从信宜进击，联合各哨攻破瑶寨四百余座，一举平定罗旁，斩获首功。

战后，凌云翼上《奉命大征功已垂成并预计善后之图以保久安疏》，提议改土归流，废除罗旁地区的土司制度。升泷水县为罗定州，以泷江为界，分东、西二山置县，东为东安，西为西宁，取罗旁平定，万世安宁之意。在东安县的南乡、富霖，西宁县的封门、函口四处要塞设立守御千户所，调来浙兵戍守。考虑到卫所军能守不能战的通病，应在两县添设参将各一员，分领营兵驻扎要害之地。又因瑶人桀骜不驯，对官兵大多嗤之以鼻，稍有不慎就会降而复叛，而陈璘军威已经慑服罗旁瑶众，凌云翼便命陈璘举家迁入东安，以副总兵署参将事，镇守东安，协守罗定州全境。

东安县是析德庆州的晋康乡，高要县的杨柳、都骑、思劳、思办四都，芙蓉都一、二图，及泷水县本土而成，共编户十六图。身为东安最高长官，又得凌云翼上表特许，军政大权便都系于陈璘一身。他将县城地址定在黄姜峒，建造之事交首任知县萧元冈主理，自万历五年（1577）闰八月始建，至次年正月竣工，城池高两丈，周长三百八十四丈，有城门三座。陈璘麾下三千精兵，分为前后左右四营，前营驻尖底，以游击将军许断文为主官；左营驻冲天岭，以都司许断英为主官；右营驻富禄，以守备许断杰为主官；后营驻三岭，以守备曹瑞为主官。四营均建营城，俱在要冲。参将府则设在县城之外的南乡。

县城建造之际，陈璘发下移民令，从福建、广州、翁源、英德等地招来大量良善之民，承田立籍，与瑶人杂相居住。这些汉人除了善耕的农民，还有技艺娴熟的工匠、医术高明的大夫、学识渊博的书生，以及老于商道的巨富和小贩。他们的到来疏通了数百年的闭塞，使东安处处充满蓬勃的生气，极大地加快了城镇建设和山林开发。

县城建成之后，陈璘发布均屋令，向愿意入城居住的瑶人和移民家庭赠送房屋，店铺则需商人出资购租。待荒地垦出，又发均田令，按人头向农民分发田地，给予不同类别的作物种子，并承诺三年之内不征赋税。首轮稻谷丰收后，再发招抚令，允许大征之时逃匿的瑶人返回东安，每月发放薪资，负责桥梁道路、堡垒驿站的修建，事后再垦荒山，分予房屋田地。此令一出，那些潜藏在深山老林的顽固之徒终于交出赖以防身的瑶刀，前赴后继地奔来参将府，发愿成为陈璘治下的向化之民。

解决了百姓的吃住问题，陈璘从移民中精心挑选数十位饱学之士，在县城、乡镇、偏远村落建立义学若干，凡境内百姓之子女，乃至有求学之心的成人，均可到义学读书识字，无需缴纳分文费用。

在吏治方面，陈璘任人唯才，敲定严苛的官吏考核机制，严惩贪腐和无为，欺民者轻则罚俸夺职，重则鞭笞下狱，敢有拿民一粟者，立斩不赦。不久又效仿明初的《大诰》，颁发《东安齐民书》，里面写上草创时期的暂行律令，家家户户各持一本，倘有作奸犯科者，便按书中律法结合《大明律》处置。同时，只要发现官吏有办事不力、断案不公、欺压民众、受贿索贿等情，东安百姓人人都能持《东安齐民书》将贪官污吏绑至参将府，一旦查实罪行，必惩贪官而赏勇民。

数年之间，陈璘宵衣旰食，殚精竭虑，终于将东安县治理得欣欣向荣，百业兴旺。昔日的提戈喋血处，皆化买犊荷锄、嬉游歌咏之所；曾经的瘴疠蛮荒场，都成稻粟招摇、农商络绎之地。狼烟息警，山城如画，仓廪丰实而门不夜扃，官民和谐而人心安定。当真是行者歌，居者宁，忆罗旁如隔世矣。东安百姓对陈璘畏威之余更怀恩德，敬若神明者有之，视如父母者有之，怜其操劳而泣泪者亦有之。

岁月如流，转眼到了万历十年（1582）的腊月初。因为许断文的泰山突然暴毙，爱子又突发恶疾，妇道人家无法主事，许断文只好请了长沐，带着两个弟弟离开东安，奔赴江西娘家理事。陈璘没了左膀右臂，暂领前、左、右三营事务的千总杨禅、吕庄，把总王鸣全都不堪大用，导致他每日公务十分繁重。好巧不巧，五天前，后营守备曹瑞外出巡察，坐骑突然受惊，连人带马坠崖而亡。这下更是雪上加霜，陈璘只能矮子里拔将军，将后营大权交给把总刘宗汉暂理。

这一晚在堂上处理公务，府门突然砰砰作响，一个急促的男声喊道："总爷[13]……总爷……不好了，出大事了！"陈璘听出这是刘宗汉麾下哨官潘麒凤的声音，便向总管罗阿泰望了一眼。后者起身出去，很快就领着衣发凌乱、神色惶急的潘麒凤回到堂上。见了潘麒凤这副模样，陈璘隐隐觉得不妙，问道："慌慌张张的，出了什么事？"

"总爷，"潘麒凤扑通跪地，颤声道，"高村……高村遭了匪劫，村民死伤数十，房屋焚毁大半……"

他话还没说完，陈璘就嚯地站起，一迭声道："什么时候的事？匪徒有多少人？是否擒获？"

"事发约一个时辰，刘把总和右营把总王鸣已经前去处置，小的奉命赶来参将府禀报，不知其详。"

治下出了这等大事，陈璘哪里还坐得住，立即让罗阿泰擂响号鼓，点了一百飞骑，直奔高村。

高村在南乡西南四十余里，马队全速疾驰，约莫小半个时辰就到。此时大火已被二营将士扑灭，火把映照下，呛鼻的浓烟四下蹿腾，被夜风吹得漫天飘荡，焦黑的断壁残垣一处连一处，伏在亲友尸体边号啕的村民一群又一群。举目望去，真是惨绝人寰。陈璘翻身下马，大声喝道："刘宗汉，滚来见我！"

刘宗汉战战兢兢从人群中走出，跪地叫道："总爷，我……"

"啪！"陈璘马鞭一挥，在刘宗汉左颊狠狠抽了一鞭，怒道："高村是哪营该管？"

刘宗汉强忍脸上火辣辣的灼痛，唯唯应道："是我后营该管……"

"啪！"陈璘反手一甩，又在他右颊打出一道血红的鞭痕，"昨天你是怎么跟我汇报后营辖地治安的？"

"末将说道不拾遗，犬不夜吠，弊……弊绝风清……"

"你混蛋！"陈璘抬腿在刘宗汉肩头猛踹一脚，指着四周的惨况道："你睁眼看看，这就是你说的弊绝风清？欺上瞒下的东西，我砍了你！"唰的一声抽剑出鞘，作势就要斩下刘宗汉首级。

潘麒凤和左近将士慌忙跪地央求："总爷开恩，手下留情啊。"

刘宗汉见陈璘动了杀心，吓得往后仰倒，挪出数步，指着一旁的右营把总王鸣道："总爷饶命！这伙匪徒是从新兴县途经右营驻地富禄而来，这是右营防范不力，与我后营无关，末将冤枉啊！"

“你如何得知匪徒是从新兴县而来?”

“经查，匪徒共有八十多人，高村村民杀死一小半，余者往新兴县方向逃窜。末将查验匪徒尸首，发现十余人是新兴县有名的悍匪，其中一个面带刀疤，正是前年您在县界打伤的周老虎。”说话间，刘宗汉向麾下士卒一招手，便有两人拖着一具匪尸上来。

陈璘凑近一瞧，见那尸体的确是周老虎，便冲王鸣喝道：“你是干什么吃的?八十多人从你眼皮底下溜过，你竟浑然不觉?”

王鸣扑通跪下，两手连抡，自掌己嘴，讨饶道：“总爷息怒，总爷息怒。末将新领大权，欠缺经验，许多事务还不熟悉。而且……而且许守备的亲信并不服我。末将既不能如臂使指，有此疏漏，那也是在所难免。请总爷明察!”

许断杰脾气暴烈，轻易不肯服人，他带出来的兵也都是一个尿性，除了陈璘和断文断英，营中再也没有人能指挥得了他们。陈璘冷哼道：“听你言下之意，可是说许守备的兵故意放匪徒入境?”

王鸣吓得一哆嗦，忙又扇了自己两个大耳光，惶恐道：“不，不是!末将绝无此意!末将……末将是说匪徒之所以入境，罪在右营全体将士疏于防范，并非哪一人故意为之。请总爷开恩，容我等戴罪自赎，弥补过错。”

“是是是，”刘宗汉重新跪好，以膝作脚走到陈璘近前，痛心疾首道，“总爷，今夜之祸，虽是右营弟兄疏于防范，然而事情毕竟出在高村，我后营将士自也脱不开干系。请总爷开恩，容右后二营协助村民重建家园，待此间事了，总爷要打要杀，末将悉听发落。”

哨官潘麒凤、陈朝贵、黄朝魁、陈相等二营将士先后跪地高呼：“请总爷开恩，容我等戴罪自赎，弥补过错。”

所谓法不责众，事已至此，陈璘就算有天大的怒火，也不能把二营一千号人全都砍了。叹了口气，收剑回鞘，说道：“好，死罪可免，活罪难饶，等安置好受害村民，右后二营哨官以上者，皆到参将府领二十大板！”

众将士大喜，纷纷磕头拜谢：“末将领命，谢总爷不杀之恩。”陈璘摆了摆手，准众人起身。

“陈总爷，”一位须发皆白的老翁拄着拐杖颤巍巍走来，跪在陈璘面前说，“小人是高村的里长，有个不情之请，跪求陈总爷俯允。”

“老里长，起来说话。”陈璘将他搀扶起来，拍了拍他的手背，惭愧道，“身为东安副总兵，手下防范不力，我也难辞其咎。老里长有什么要求，只要我能满足的，尽管说来。”

“不不不，是匪徒狡猾，不是陈总爷的过错。”东安百姓对陈璘无不敬仰，这位老里长是建县之初陈璘亲自委任的，更不敢说他半句不好。“这个请求不是为了小人或哪一位村民，而是为了可怜的何大嫂，而且并不过分，完全符合天理人心，陈总爷一定能够满足。”

“何大嫂？不知她是何人？”

“请听小人从头说来。”老里长眼眶湿润，缓缓说道，“两个月前，小人早上起来去鸡舍喂鸡，发现一位浑身血迹的持剑女子，正在鸡舍前发愣，看样子像要偷鸡。小人抄起一根竹棒，大声问她是什么人。她说自己姓何，云南人士，夫家是开镖局的，几天前跟着丈夫押镖途经岑溪，不幸遭遇山贼劫道，镖师悉数战死，只有她和受伤的丈夫逃出生天。跑到东安时，丈夫因伤势过重，也一命呜呼了。因为行李被抢，她身上的钱不足以返回云南，只好在荒地埋了丈夫，乱走一夜，天明时撞到了鸡舍门口。她腹中饥饿，想偷只鸡吃，又觉得有亏德行，迟迟不敢下手。小人见她可怜，人又老实，便把家里的柴房收拾出来，小作修葺，让她暂住。她懂一些剑术和枪棒功夫，伤好后就去城里卖艺，积攒回家的路费。她在村里与人为善，经常帮大家做些力所能及的事情，村民们都叫她何大嫂。昨晚匪徒来袭，我们惊慌失措，乱哭乱叫，眼睁睁看着亲人死于非命而不敢动弹。是何大嫂率先持剑与匪徒厮杀，大声呼吁村民还击，我们才有勇气拿起锄头扁担反抗。何大嫂平时就热心肠，想不到生死关头也能挺身而出，她是我们高村的大恩人呐，没有她，我们已经是死人了，请陈总爷一定要好好补偿她。"

"原来如此。"陈璘没想到自己治下竟然藏着一位女中豪杰，敬佩心和好奇心大起，"何大嫂在哪里？快带我去见她。"

老里长惋叹一声，指了指远处一具用棉被盖住的尸体，含泪道："匪徒中有二三十人带了袖箭，何大嫂被他们团团围住，躲闪不及，已经……唉，可怜呐，可怜！"

陈璘心中颇为不忍，叹道："如此女中豪杰，陈某岂有不瞻仰英容、鞠躬致敬之理？"王鸣点头道："对极，对极，我们大伙儿都该瞻仰瞻仰。"刘宗汉弯腰做出请的姿势，连声道："总爷请，总爷请。”陈璘也不理他们，径自朝尸体走去。他们两个十分醒目，一溜小跑同时抢上，等陈璘走到尸体前，便争着去掀盖尸的棉被。

映入眼帘的尸体浑身赤裸，陈璘见状一愣，赶紧移开目光，问老里长：“她怎么赤身露体？”

老里长哽咽着回禀：“何大嫂之所以一丝不挂，大抵是因为匪徒破门之际，她正在屋里沐浴，情势危急，顾不得穿衣着裤便奋起抵抗。匪徒败退时故意放火烧村，当时急着救火，小人只好先捡了几块瓦片替她遮挡私处。救完火后，才找到一条完好的棉被给她裹身。”

“如此，何大嫂确实可怜可敬啊。”陈璘向尸体鞠了三个躬，亲自盖好棉被。刘宗汉、王鸣、潘麒凤等人不管有意无意，也都跟着鞠了三躬。默然片刻，陈璘问道：“老里长，你想我为何大嫂做什么？”

“何大嫂对高村恩同再造，小人和村里人商量过了，想求陈总爷为她修座香火祠庙。这么做有三宗好处，一是表彰她英勇抗匪之功，使她的英魂长留东安，保佑本地百姓不受贼匪滋扰。二是激励民众，倡导大家遭受贼匪迫害时勇于抗争，不再重蹈我们起初任人打杀的覆辙。三来也可震慑贼匪，让那些蠢蠢欲动的混蛋犯案之前，先想想何大嫂的剑锋。”

“嗯，言之有理，这个要求的确不过分，也符合天理人心，我绝无不允之理。等我把你们安置妥当，便着县衙拨付修庙款项，在九星岩为何大嫂造庙颂德。”

老里长和众村民闻言大喜，纷纷磕头拜谢：“陈总爷英明，我等永感大德。”

趁着陈璘让众人起身的间隙，刘宗汉一双鼠目滴溜乱转，心里快速思谋一番，壮着胆子道：“总爷，末将惊闻何大嫂义勇之举，心里真是既佩服又惭愧。唉，说起来，今夜之祸全是右后二营防范不力引起，末将以为，修庙的银子应由二营全体将士承担，只有这样才能让弟兄们吸取教训，对受害的村民有个像样的交代。末将愿意拿出三个月的军饷，聊作表率。”

一旁的王鸣听他说得大义凛然，心想这个红脸让他一个人唱了，自己岂不是成了小丑？于是大点其头，也说：“出了这样的事，弟兄们心里都不好受，如果不为何大嫂做点什么，难免会引为毕生之憾。其实末将早就想到要由二营将士来出资修庙，本打算考虑周全再说，没想到刘把总倒先提了出来。末将也愿意捐出三月军饷，稍减愧疚。”

潘麒凤见二营主官带头倡议，不肯放过这个在陈璘面前表现的机会，大声道：“东山营向来赏罚分明，我们既然错了，就该受罚，弟兄们说是不是啊？”陈相、陈朝贵、黄朝魁三位哨官也不是笨蛋，连忙振臂大呼：“我等愿意出资修庙！我等愿意出资修庙……”在场营兵见此情状，形格势禁，不论内心同意与否，都只能跟着表态：“我等愿意出资修庙！”

陈璘明白这件事于公于私于情于理，确实该由二营将士均摊费用，才有惩前毖后、抚慰天理人心的作用。看到手下人这么大公无私，心里很是欣慰，振声道：“我东山营的兵，果然都是好样的。既然大家有心自赎，我也不便拂了众意，这件事就这么办吧。身为东山营主将，属下有过，我又岂能独善其身？我出半年俸禄，谨与众弟兄共勉。”

“总爷英明！总爷英明！总爷英明！”

刘宗汉心里暗喜，摆手压下场中声浪，小心翼翼地说：“总爷，右后二营一千号人，不是个个都手头宽裕，不如明天通令二营全体将士，每月发饷之日，粮米每人每斗扣银五分，鱼每人每斤扣银一分二厘。如此连扣三月，边扣边修，谁都不会有半点压力。”

王鸣大表赞同：“对对对，我也是这个意思。”笑着在刘宗汉肩上打了一拳：“老刘，你是我肚里的蛔虫吗？总是抢我的话。”

刘宗汉干笑两声，并不回应，只顾用讨好的笑容望着陈璘，期盼总爷金口一开，把扣饷的美差交给自己来办。不料陈璘却说：“督工造庙的事你们两个一起办，扣减军饷不是小事，我亲自来抓。”

“哦哦哦，末将领命。”刘宗汉希望落空，神情略有些失落。王鸣则答应得十分干脆。

老里长道：“敢问总爷，何大嫂的香火祠庙如何命名？我们只知道她姓何，不清楚她的芳名，直接写何大嫂庙似乎稍欠庄严。”陈璘道：“何大嫂身上盖着瓦片，索性将‘瓦’美化为‘雅’，叫雅氏夫人庙[14]。”老里长和众村民觉得这名称好极了，纷纷围着尸体跪拜：“雅氏夫人走好！雅氏夫人千古流芳！雅氏夫人保佑高村子民无灾无难！”

处理完村民的安置问题，回到参将府时天刚发白，东边的云霞被云层后的太阳映得一片暖黄，西边尚未落下的月亮若隐若现，黯淡的月光已经照不亮街道上的青石板砖。陈璘不喜欢这种阴阳交替的时刻，他总能在这个特定的景象里感受到一丝兴衰浮沉的苍凉。黑白难辨的混沌状态也不符合他的处世观念。

虽然叮嘱卫兵轻声进府，但马蹄叩击地面的嘚嘚声和甲胄摩擦的沙沙声还是传到了一夜未眠的许怜卿耳中。

许怜卿是陈璘的发妻，也是许氏三杰的亲妹妹，陈许两家世代交好，他们是指腹为婚的青梅竹马。许怜卿具有大家闺秀的一切典型特质，端庄贤淑，知书达理，一直秉承着三从四德的原则侍奉丈夫。

她拿着一件貂绒披风赶到前厅，为丈夫除了盔甲，把披风披在他身上，一边系扣结，一边惴惴不安地说："璘哥哥，我觉得有些不对。"

"哪里不对呀？哈——"陈璘握着她的手，哈了口气，放在自己胸口轻轻摩挲。每到冬天，许怜卿的手脚就会变得冰冰凉凉，这么多年过下来，他早就养成了白天随时为她暖手，晚上睡前为她暖脚的习惯。

"说不上来，总觉得有什么坏事要发生。"许怜卿把手抽出，让陈璘坐在椅上，替他轻捶肩膀，"要不你写封信叫我哥快点回来，有他们在你身边帮着，我才会安心一些。"

"卿卿，你不要过多忧虑了。断文的老丈人去世，孩子又生了怪病，他现在哪有心思回来做公？断英断杰没有成家，你嫂嫂早就说过要给他们做媒，不花上三五个月，哪里回得来？再说了，我这一生大仗恶仗无数，什么风浪都见过了，又有谁能奈何我半分？你们女人家都这样，就爱多想。"陈璘摇了摇头，并不把妻子的话放在心上。

这时罗阿泰领着一位中年男子直入厅中，禀道："总爷，这位是布政使王藩宪府上的吴管家，奉命来向您递送藩宪大人的亲笔信函。"

吴管家神色间略有一些高傲，皮笑肉不笑地向陈璘行了个抱拳礼，也不说话，直接从身上的招文袋里取出一只信封递给罗阿泰。后者接过，双手转呈陈璘。

时任广东布政使名叫王元敬，藩宪是布政使的尊称。陈璘隶属于都指挥使司管辖，虽然当了副总兵，但和主管一省政务的布政使相比，身份地位仍有差距。而且他和王元敬并无交情，这封信来得多少有些奇怪。

陈璘带着疑惑刮了火漆，取出信函细看。开头的内容无外乎是千篇一律的官场套话，他最烦这种虚头巴脑的东西，直接略过不看。客套之后，是关于他治理东安取得卓越成绩的大力褒扬，并在言语间明请暗令，要他尽快把这几年的大小政令全部整理成文稿，务必要写明每条政策的制定缘由、推行效果、利弊分析等要点，为政心得和理念更需周全详尽，不得有半点藏私。最后承诺由布政司将文稿编印成书，署上他的名字递送天子，争取向全国推广，好教其他州县的穷苦百姓也能过上东安民众这样的美好日子。

看完信函，陈璘像是吃了糖果的孩子那么开心，又像是十年寒窗一朝高中的考生那般激动，要不是有外人在场，非要把许怜卿抱起来转上三圈不可。当年他举家迁入东安，得凌云翼支持，以武将身份统揽东安军政大权，无论朝堂还是布政使司，恨不得有一万人跳出来说武夫不能领政。他这些年劳心劳力地钻研新政，一是为了证明自己不是只会打仗的莽夫，二是要狠狠地挫一挫重文轻武的风气，让文官对武将有该有的尊重，教天下武将在文官面前扬眉吐气一番。他的新政在东安取得成效后，也曾动过上疏天子，请求全国推行的念头，但碍于直属衙门都指挥使司不作理睬，布政使司阻力重重，他又不肯做花钱疏通的龌龊勾当，导致这件事一直无法成真。王元敬的提议正中他的痒处，叫他如何不开心激动？

“尊管，”陈璘看穿了吴管家狗仗人势的嘴脸，但他此时迫切地需要王元敬的助力，不愿得罪吴管家这只老虎面前的狐狸，起身向他回了一礼，“尊管从广州到此，想必早就腿脚疲乏，肚中饥饿，陈某这就吩咐置办酒菜……”

“不必，”吴管家仍然是一副高傲姿态，不等陈璘说完就开口打断，“我在东安也有相熟的朋友，吃饭住宿，一概不劳陈总爷费心。我家大人信上所说的事，你干是不干，直接给句话来。”

陈璘微微笑道：“尊管另有安排，陈某就不强留了。请转告藩宪大人，他有此公心，不仅陈某感恩戴德，将来因新政而受惠的平民百姓也会对他衷心褒扬。这件事，陈某刀山火海，义不容辞。”

“很好。不过我要提醒你一句，我家大人计划明年三月进京访友，你最好动作快些，过了时候，可就永无机会了。告辞！”

“什么东西！”看着吴管家出了前院，许怜卿啐了一口，对陈璘道，“璘哥哥，人家欺负你，你还敬着他干吗？”

“跟这种小人计较百害而无一利，任他嚣张去吧，总会有人收拾他的。”说着，陈璘把信件递给许怜卿。后者看罢，马上理解了丈夫的隐忍。“卿卿，时间紧迫，写文稿的事必须立即进行，家里的事情都交给你了。”

“时间要赶，身体也要保重。”

陈璘当下写了四道手令，让罗阿泰送往前后左右四营，命各营主官自行处置本营事务，全营将士，包括县衙人员，没有要事不得来参将府叨扰。在给刘宗汉、王鸣二人的手令中特别说明，将右后二营的扣饷重任交给他二人同办，让他们互相监督，务必要将此事妥善完成。

接下来的一段时日，陈璘除了睡觉，其余时间都待在书房，呕心沥血地挥洒胸中珠玉。伏案写作之余，他曾到九星岩工地视察过一回，隐隐发觉干活的数百营兵看自己的眼神颇为怪异，像是暗藏着满腹委屈，又像是饱含着敢怒不敢言的怨恨。他环视左右，居然没有感受到一丝洋溢的热情，更不曾捕捉到半张崇敬的笑脸，那种诡异之极的气氛令他莫名不安。当下询问营兵，是否对扣饷修庙一事心存疑义，众营兵却只是冷笑着不答。他心中暗怒，立即质问刘宗汉和王鸣，得到的答案是右后二营多数营兵都肯出资修庙，只有部分手头拮据又无仁爱之心的家伙对此颇有微词，为了惩罚他们在营中散播不满情绪的行为，才把他们全部派来工地修庙。既如此，陈璘便不好再加责怪，回府后向许怜卿要来二百两银子，命罗阿泰送去工地，让刘王二人均发给营兵，算作扣减兵饷的补偿。

众所周知，明代官员俸禄相比唐宋时期低得离谱。洪武二十五年（1392），朱元璋对俸禄进行了永为定制的更改，规定正一品月俸八十七石米，从一品至正三品，逐级递减十三石至三十五石米，从三品二十六石，正四品二十四石，从四品二十一石，正五品十六石，从五品十四石，正六品十石，从六品八石，正七品至从九品递减五斗，至五石为止。十斗为一石，一石是现在一百五十多斤，按照十石米价值一两白银计算，正一品大员每年俸禄仅有一百零四两白银。副总兵是营兵制体系，本身并无品级，陈璘在卫所制度中属于正三品衔，月俸为三十五石米，每年折银不过四十二两。他一辈子只知道“马上死战，马下安民”，不屑于在钱财上做非法的钻营，这份收入可以说少得可怜。

卫所制度弊病颇多，武官私役军士充当奴仆便是其中一项，由此引发的戍所空虚、武备废弛、军户逃逸等问题日益严重。为了杜绝此类情况发生，明廷索性按照品级赐予武官相应数量的军伴。说是军伴，其实就是武官的合法奴仆。军伴每人每月可支米八斗，折银三四钱，这些钱自然也属于武官财产。

武官们对待军伴的方式大同小异，有收取一大笔赎身费后给予自由的，有开设商铺，让军伴充当掌柜伙计的，也有支持军伴踏入黑道，谋取不当之财的。无论哪种，绝大多数的武官都要占据收益的大头，部分敢于敲骨吸髓的，不仅要占据全部收益，甚至连军伴的月俸也要抽走一半。陈璘身为副总兵，可以合法拥有军伴二十名，但他一来不需要这么多人服侍，二来不愿压榨他人，只留下四名老实勤快的军伴在身边，其他都给予本钱放出府去，不管他们如何谋生，每月只要其收入的一成，稍稍贴补家用，维持官家体面。月俸则分文不取，遑论染指家属。这些军伴大多数耕田务工，从商的几人买卖做得不错，因为对陈璘感恩戴德，每个月都想方设法强塞硬送，一年下来，也能为陈璘提供三四百两的额外收入。然而这些银子陈璘拿得并不安心，大多数都用在了接济属下、救助贫苦百姓的义举上。所以和同品级的武官相比，陈家简直可以用穷酸来形容。家资不裕，也是他无法为推行新政而打点疏通的原因之一。

为了造雅氏夫人庙，陈璘已经在动工前拿出半年俸禄，现在又散发二百两巨款，许怜卿虽然没有抱怨，年少的陈九经却因为不能买想要的零食玩具多次吵闹，几名仆人也因为伙食骤然变差而牢骚满腹。家里的事情让他莫名烦躁，加上造庙营兵颇多怨言，干脆直接住在书房，两耳不闻窗外事，每天只顾奋笔疾书，恨不得一天掰作两天用，只盼完稿之日，祠庙也已落成，一切都能回到正轨。

时光飞逝，一眨眼岁首已过，时间来到了万历十一年（1583）的二月二十日。

这天傍晚，陈璘抱着一大叠稿纸走出书房，雨后昏黄的阳光照在他布满血丝的眼睛上，他竟然抵不住暮日的挑衅，用沾染墨迹的衣袖遮住了满是胡茬的脸，好一会儿才睁开眼睛。陈九经正好在月洞门处玩耍，看见父亲抱着稿纸站在屋檐下，赶紧跑上来说：“阿爸，是不是又要买纸墨了？这回让孩儿去买。”陈璘一只手搂住儿子，在他额头亲了一口，激动地笑道：“不用买了，写成了，阿爸的抱负终于要实现了！哈哈哈……”

他笑声未歇，忽然听见前厅有人大叫：“反了，反了！快请总爷，快请总爷！”他听出这是东安知县陈公大的声音，笑容顿时消却，一股强烈的不安感涌上心头，连忙将稿纸交给陈九经，

“待在书房，看好文稿。”然后迈开步子，往前厅赶去。

等他跨进厅门，正看见身穿绿色公服的陈公大坐在左首椅上气喘吁吁，一张圆脸汗珠密布，神色惊恐万分，捧着茶杯的手也在不断颤抖。许怜卿坐在主座下位，脸色略微发白，显然是刚刚听到了可怕的事情。看到他进门，两人都站了起来，陈公大哆哆嗦嗦道：“总总总……总爷……”许怜卿则一言不发，默默地从内门走了出去。陈璘问道：“慌什么，是谁反了？”

陈公大扑通跪下，颤声道：“总爷，今日申时，右营哨官陈朝贵麾下悍卒黄玉，突然纠集部分造庙营兵，从南山涌至长春寺墟，与白眉峒赶来的后营兵会合，百余人聚在酒肆吃喝，不肯付账。店家称要报官，黄玉那厮竟挥屠刀，斩下……斩下店家头颅，随即率众抢劫墟市，掳走菜米布货无算。前营哨官刘一鸾恰巧经过，只身上前喝止，黄玉不听劝阻，反而声称本管克……克扣钱粮，扬言要反出东安！刘一鸾威胁报总爷知晓，反被黄玉活活殴死……众叛兵鸣锣竖旗，立黄玉为大总，拥到县城外鼓噪挑衅。下官急闭城门，亲上城头安抚未果，见叛兵往富禄方向遁去，便来参将府禀报。”

“什么？”陈璘乍闻营兵叛变，当真是惊怒交加，骇骇然如遭雷轰。愣了一瞬，便即勃然大怒，冲口骂道：“这帮天杀的狗贼！扣减兵饷修建雅氏夫人庙，分明是去年高村村民请愿，在场将士一致同意的事，右后二营一千弟兄，绝大多数都心甘情愿出资修庙，他们若执意不肯，明明白白告诉一声，谁又会强行扣他们的饷？当日察知他们心怀不满，我已经自掏腰包做了补偿，为何还要叛我？杀官民，抢墟市，这不是存心要置我于死地吗？”

陈公大见陈璘盛怒之下青筋暴起，模样甚是怕人，吓得垂下脑袋，战战兢兢不敢言语。这时许怜卿带着罗阿泰从内门出来，手里提着陈璘惯用的宝剑，罗阿泰则举着甲胄架，上面挂着一副厚重的黑色山纹甲。许怜卿伸手在陈璘后背轻抚两下，柔声道：“璘哥哥息怒，事发不久，叛兵定未走远，早一刻将其剿灭，无辜百姓就少一分危险。我已经让人去擂鼓整队了。”顿了顿，又说：“叛兵固然要马上追讨，但右后二营全体将士均被扣饷，难保不会有人效法黄玉再次哗变。前左二营将士从头到尾都没有参与此事，应该立即派往右后二营城，捉拿刘宗汉、王鸣等涉事将官，并控制营兵，防其滋事。”许怜卿虽是弱质女流，但她的丈夫和三位哥哥常年征战，将来儿子多半也会走向战场，这些年经历了无数风雨，早就练成了遇事不乱、处变不惊的本领，这几句提醒更是切中要害。

“不错，正该如此。”陈璘很快平复了心绪，从许怜卿手上拿过宝剑，一边让罗阿泰为自己戴盔穿甲，一边向妻子叮嘱：“卿卿，别人我不放心，你马上持我兵符赶往前左二营，点齐兵马，分为两路，去右后二营城控制局势。”话音刚落，号鼓声便咚咚擂响，哨声、呼喝声、脚步声迅速从四周营房响起，所有卫兵都往校场跑去。夫妻俩扔下陈公大不理，许怜卿扭头去取兵符，陈璘则大步出府，点了三百骑兵，上马往富禄方向撵去。

一路追查，得知叛兵先在富禄渣峒休整，其间九星岩造庙营兵诸大用、丘如鸿、陈汝清等百余人风闻黄玉哗变，竟又反出工地，和黄玉所部会合。此后两日沿途洗劫托峒、鹿架、涌石、狗头、坪岗大寨等地，共掳去男女十七口，杀死八口，宰食耕牛五头、家猪十三只，烧毁营房七处，虐杀塘报潘顺，所掠财物，多寡难计。二十二日晚，有塘报[15]获悉黄玉所部在富霖千户所城外驻扎，敲锣叫骂，勒逼城内官军交出刘宗汉妻小，否则就要放火焚城。诸大用等百余人得知陈璘亲自追讨，未战先怯，劝黄玉撤出东安不得，已经自行遁入山林。富霖千户张耘之称刘宗汉妻小年前回江西省亲未回，下令紧闭城门，不敢与黄玉交战。陈璘遂率卫兵连夜奔袭，二十三日黎明时分攻入叛兵驻地，一举斩杀六十四人，生擒黄玉等三十二人，余者四下逃散。

进入富霖所城官署，命人将黄玉押到堂下跪定，陈璘厉声喝道："叛卒黄玉，我哪里对你不起，为何如此害我？"

黄玉抬头怒视陈璘，骂道："姓陈的狗官！事到如今，你还在这装模作样，不觉得太过虚伪吗？"

"我堂堂东安副总兵，一生行事，莫不以光明磊落为要，何必跟你这个腌臜小人装模作样？"

"光明磊落？我呸！假借修庙之名贪污克扣，奴役士卒，也叫他妈的光明磊落？哼，人要脸，树要皮，你当真没有心吗？"

陈璘闻言一怔，旋即拍案而起："你休要血口喷人！我几时贪污克扣，几时奴役士卒了？"

黄玉冷笑道："你这厚颜无耻之徒，可真叫我开了眼了！"

"放肆，放肆！"陈璘怒不可遏，从公案上抄起两块红漆令牌往堂下一掷，向左右喝道，"掌嘴，给我掌嘴！"

四名卫兵拱手答应，两人抓住黄玉臂膀，两人捡起板子，一左一右猛扇黄玉嘴脸，只扇了五六记，就打得他双颊红肿，嘴里涎血直流。这黄玉倒是一条硬汉，强忍着钻心剧痛，直至两眼翻白昏迷过去，也不肯出声求饶。

陈璘怒气稍却，命人打来一桶冷水，照着黄玉脑袋兜头浇下，待他激醒，问道：“贼厮，你为何说我借修庙之名中饱私囊？”

黄玉嘴脸火辣辣般疼痛，仍用愤恨的目光瞪视陈璘。“那晚匪徒袭击高村，责任首在右营，次在后营，是我们疏于防范害死了雅氏夫人，出资给她修座香火祠庙，那是理所应当、无可推脱之事。因此村民请求修庙，刘宗汉、王鸣等人提议扣饷之时，我和在场的弟兄无不欣然同意。当时我亲耳听见刘宗汉跟你说：‘每月发饷之日，粮米每人每斗扣银五分，鱼每人每斤扣银一分二厘。如此连扣三月，边扣边修，谁都不会有半点压力。’我记得没错吧？”

“只字不差。那晚发生的事情，在场营兵俱皆耳闻目睹。”

黄玉鼻中冷哼，语气陡然严厉起来：“既然说好了米每斗扣银五分，鱼每斤扣银一分二厘，为何发饷之日，你又指使刘宗汉和王鸣每人每月多扣二分？刘宗汉还说你拿出半年俸禄并非真心，私下怪罪我们防范不力，害你破财，授意他代你向二营弟兄借银，每人每月二钱，敢有不遵，立时便吃军棍！他说你每月领了俸禄就会偿还一些，可时候一到，他就躲回富霖所城，根本不见债主。从去年腊月开始，连续两个发饷日，他们先扣走我们八分二厘，再强行借走二钱银子，弟兄们饷银本就不多，这一来更是捉襟见肘，连自己的口都糊不住，如何养家？你明知我们日子过得艰难，却还跑来九星岩视察，当面假惺惺地问我们是否不满于修庙，转头就拿出一百两银子，让刘宗汉和王鸣放贷给我们，每月利息竟然高达二钱！我们迫于生活，尽管难以偿还，也只能咬牙硬贷。本月初，有几十个弟兄还不起账，你又令王鸣当众褪去他们的裤子，用藤条抽得皮开肉绽！此外，这两个渣滓每日轮流邀约潘麒凤、陈相、陈朝贵、黄朝魁等人，在营城教场和九星岩工地喝酒赏戏，白白耗费修庙的银子，吃下的亏空，又均摊到造庙的数百弟兄头上，每人每月再扣银八分。敢有异议者，轻则斥骂，重则棒打！这几日风雨昼夜不息，我们在工地干活的弟兄饥寒交迫，每日累死累活，刘王等人却搭起雨棚，喝酒吃肉，嬉戏玩闹，瞧见哪个手脚不勤，便用马鞭轮番抽打，美其名曰奉总爷之名督工！去你妈的狗屁总爷，你不把我们当人，谁还把你当爷？老子忍无可忍，这才豁出性命，带头反了！”

陈璘听到“你又指使刘宗汉和王鸣每人每月多扣二分”便心中一窒，黄玉后面的话越说越离谱，他越听越惊怒，心中似有烈焰蹿腾，颅内仿佛风雷激荡，直燎得浑身涨红，口中嘀嘀作响。待黄玉话音一落，便从椅上猛地跳起，力贯右拳，咔嚓一声将实木公案砸成两半，三两步冲到堂下，单手锁住黄玉咽喉，发力将他高举过顶，厉声吼道：“胡说八道，胡说八道！你哪只耳朵听见我让他们多扣银二分？拿出半年俸禄，意在与二营将士同甘共苦，好教大家心甘情愿出资修庙，不因此事横生事端。表面维护稳定，背后强借饷银搅弄风云，我图个什么？那天从九星岩回来，我分明让罗阿泰交给刘宗汉和王鸣二百两银子，怎么变成了一百两？这笔钱是给你们造庙营兵的补偿，谁说是放贷了？我让他们督工，可没叫他们喝酒赏戏，耗费庙资。至于虐打士卒，强扣八分饷银填补亏空之说，更是无稽之谈！”

黄玉咽喉被锁，进气多而出气少，陈璘话未说完，就已经憋得面色青紫，四肢乱挥乱打。一旁的参将府把总王骁急忙劝解：“总爷息怒，小心扼死了他。”陈璘便把黄玉往地上一摔，心头气愤难消，在堂中来回疾走。

黄玉捂着胸口呼呼急喘，等气息稍缓，恨恨道：“无耻小人，还在这装模作样！如果你真是清白的，为什么要发下严令，不准我们去参将府见你？去年腊月发饷，王鸣说奉你将令要多扣银二分，我和诸大用、丘如鸿几人都不相信，当场就提出抗议，吵着要去参将府找你问个清楚。可王鸣却拿出你发下的手令，上面白纸黑字写着：‘右营事务由代主官王鸣全权处置，闲杂事项与人等，一律不得烦扰本总。修庙事紧，务必克期完工，有违令不遵者，着王鸣依法惩处。扣饷之事，交刘宗汉与王鸣负责。’我们看了手令，这才不得不信王鸣所说。”

陈璘心中着恼，仍然耐着性子解释：“我之所以不准任何人来参将府叨扰，是因为雅氏夫人死后的第二天，布政司的王藩宪便发来信函，要我将这几年的政令心得悉数写下，以便呈入龙廷，推广全国。时间紧迫，我自然要专心致志，不能有半点分心。”

黄玉愤然道：“你这狗贼，事到如今，为何还要扯谎？种种迹象都表明刘王等人的所作所为是你授意，难道你还要将这一切归咎为阴差阳错？敢做不敢当，你算什么英雄？”说完嘴里咕叽几下，冷不丁往陈璘身上吐了一大口带血的唾沫。

“混账，我杀了你！”陈璘听他出言辱骂，心里本就怒火躥腾，这一下更是火冒三丈。正要拔剑将他大卸八块，却听门外响起一个娇柔细腻的声音：“璘哥哥不要冲动！”循声望去，一身黑色劲装结束的许怜卿已在富霖千户张耘之带领下走进堂来。见到妻子，陈璘火气消了大半，把抽出一截的宝剑推回鞘内，问道：“卿卿，事情办得如何？”

许怜卿先让张耘之押黄玉到牢房看管，为陈璘倒了杯茶，等他心情完全平复，这才说道：“二十日晚，我命千总杨禅率前营将士赶去后营，自己和吕庄千总带着左营将士奔赴右营。到达之前，黄玉等人叛变的消息就已传开，右营有数百士卒对扣饷之事不满，受此影响，都聚在营城官署，要求王鸣还回多扣的饷银并公开谢罪。王鸣不肯依从，命潘麒凤、陈朝贵传令全营，要把这数百营兵当作叛兵剿杀，然而号令传下，营中却应者寥寥。那伙营兵知道王鸣几人的所作所为失了人心，便强行闯进官署，一场恶战，王鸣、潘麒凤、陈朝贵三人和手下几十亲信都被剁成了肉酱。我和吕千总到后，迅速包围官署，声明不会追究罪责，这几百营兵才没有效法黄玉反叛。据说王鸣临死之前曾跪地讨饶，说这一切都是刘宗汉谋划，他是受了怂恿，一时糊涂才会和刘宗汉狼狈为奸。而姓刘的之所以铤而走险，是为了帮老家的弟弟偿还巨额赌债。”

“可恶！”陈璘踢了一脚断裂的公案，“后营如何？可曾捉到刘宗汉？”

“唉……”许怜卿摇头叹气，一张秀脸忧心忡忡，“叛乱发生时，刘宗汉恰巧在外巡察。据同行的营兵交代，他收到风后吓得面如灰土，跌坐在地上愣了许久，才说要回营平叛。往回走了半里路，突然说腹中不适，要去解手，独自骑马钻进了一片树林。随行营兵久等他不回，进树林找了一圈，不见人影，才知道他畏罪潜逃了。至于哨官陈相、黄朝魁二人，情况和王鸣三人差不多，都是被营兵活活打死的。”

听到刘宗汉逃离东安，陈璘只觉得头皮发麻，脊背一阵恶寒。眼下形势显而易见，刘宗汉和王鸣的所有恶行都顶着他的名义进行，导致右后二营兵认定是他假借修庙之名贪污克扣，如今王鸣已死，如果不能抓回刘宗汉说明真相，恐怕倾尽天河之水也洗不清他身上的腌臜。现在回头想想，才发觉当初刘宗汉提议扣饷就没安好心，如果不是王元敬突然要他撰写新政文稿，令他无力操持扣饷，今天的祸事根本不会发生。再往前倒，假如许断文家中无事，没有带着断英断杰去江西理事，就算他一年不管营中事务，刘王二人也不可能兴风作浪。“必须要抓住刘宗汉，”陈璘将一双铁拳握得嘎吱作响，“否则我纵然浑身是嘴，也辩不清这份冤屈。”

许怜卿道：“刘宗汉老家也在江西，我已经写信给哥哥，让他们去刘家捉人。”

刘宗汉出了东安便是泥牛入海，要捉他谈何容易，兵变之事闹得沸沸扬扬，旦夕之间就会被人捅出东安，与其将奏报的话语权让给他人，不如自己先声夺人，抢占主动。

鉴于此，陈璘即刻返回参将府撰写手本，简述东安有兵哗变，自己率部讨平叛首，正在追索溃逃者云云，兵变原因自是略过不提，连夜着王骁呈送广东布政使司。然后直奔肇庆总督署[16]，向总督陈瑞说明高村遇袭到抓住黄玉的详细经过，恳请陈瑞暂时不要将此事上奏朝廷，并发文通告王元敬，给自己一些时间捉拿逃犯。没想到陈瑞听完却是一声喟叹，说自己是张居正一手提拔的干员，张公既倒，自己也不能独善其身，今年正月和殷正茂一同受御史张应诏弹劾，被皇上勒令致仕，现正等候下任总督交接公务。又说自己对陈璘十分赞赏，眼下身处漩涡，更是惺惺相惜感同身受，绝对不会故意为难。无奈王元敬与张居正存有罅隙，此前就对他阳奉阴违，致仕旨意一下，人未走而茶已凉，那是断然指挥不动的了。有钱能使鬼推磨，只要陈璘肯去布政司奉送孝敬银，一定能求得王元敬按下此事。陈璘是何等样人，岂能做这种以行贿之举谋求清白之身的可笑行径？刚要拒绝，陈瑞忽然说了一桩坊间传闻："有消息说王元敬想在仕途上再进一步，故意骗你撰写新政文稿，嘴上说用你的名义上疏，其实是冠他王元敬的大名，他想剽窃你的心血结晶。你要是不愿送钱，把文稿给他，效果也是一样的。"陈璘一颗心凉了半截，寒气直涌上脑，仿佛透进了头发丝里。他没有对此发表任何言论，只向陈瑞作了一揖，就连夜回了东安。

一波未平一波又起，闰二月十二日，诸大用、丘如鸿等叛兵得知西宁县守备欧泮连月贪污，麾下营兵多有不满，均想效法黄玉起事。于是联合东安革退哨官诸魁、诸君用等百余人窜入西宁，招引哨官钟苍，队长张龙、朱达等人叛走，三百余众过境广西，在陆川北街杀死民众五十余人，掳走一百三十三人，穿州过县，横行无忌。陈璘是整个罗定州级别最高的武官，西宁叛乱他也脱不开干系，急忙派塘报四下出动，追查叛兵去向。

三月三日，新任两广总督郭应聘到任交接，驻扎于梧州行台[17]。当日便查到陈璘二月二十四日所上之东安兵变手本，因西宁兵变尚未平定，次日先仰[18]布政使王元敬、右参政徐汝翼补揭前项兵变情由。王徐二人称自己惊悉此事，即令东安知县陈公大查访原因，据其报告，此事纯系陈璘贪污克扣，奴役士卒引起。郭应聘早就对陈璘如雷贯耳，并不相信他会做出这种贪赃枉法之事，决定暂不追责，同时防止别有用心的官员向朝廷奏报，一切事宜都等叛乱平定再说。

所谓麻绳专挑细处断，都察院右佥都御史罗应鹤恰在此时奉旨代天子巡狩广东，新官上任的第一把火就烧到了陈璘头上。四月戊辰，将一封措辞激烈的奏疏呈到万历皇帝案头。朝中文武官员风闻此事，也纷纷上疏弹劾，要求将陈璘下狱论死，家人充为奴婢，以儆效尤。万历皇帝很快对此做出回应，《明神宗实录》载："巡按广东御史罗应鹤题，分守东山副总兵管参将事陈璘扣减兵饷三个月，又调兵三百名抬木，起盖庙寺，众兵怨恨激变，劫掠四五州县之间。罗定兵备佥事侯万爵、东安知县陈公大玩寇遗患，并宜加惩。上谓陈璘虐军致变，革了职，戴罪管事，立功自赎。侯应爵[19]降一级调用，陈公大罚俸半年。流劫叛兵，著郭应聘作速相机处置，毋得玩寇贻患。"

旨意一下，郭应聘回护陈璘之念已不可行，只好夺其印信，一面命他戴罪平叛，一面彻查兵变罪责。陈璘知道自己冤屈难洗，革职时颇为平静，查到叛兵藏身之地后就督兵进剿，混战中亲斩诸君用首级，先后擒回诸大用、诸魁等头目，一举肃清叛乱。他本打算向诸大用等叛兵解冤释结，奈何他们和黄玉一样，非但不听解释，反而扬言揭发，誓要将他的"丑恶嘴脸"公之于众。他心中苦涩，眼见无计可施，干脆听之任之，将全部希望寄托在许氏三杰身上，只要他们擒回刘宗汉，就有拨云见日的一天。

可惜厄运偏缠苦命人。不久许氏三杰从江西返回，说刘宗汉携巨款回家，本想带赌鬼弟弟亡命天涯，谁知弟弟犯了赌瘾，把他的银子偷走，一夜输光，他盛怒之下活劈了弟弟，自缢于家中房梁。刘宗汉的死意味着真相已无大白的可能，这件事旁人看不清，陈璘也辩不明，那些子虚乌有的罪孽会像烙印一样永远留在他身上。贪黩二字将成为他的代名词，千百年后，不会有人记得他原本的底色。

因右后二营兵众口一词的指责，陈璘又无证据证明自己的清白，郭应聘只好先后递交《哨兵倡变，追究酿乱将领疏》和《抚剿叛兵捷音疏》，详细汇报罗定州两次兵变的原因、经过、结果，并勘定各官功过，末了写道："分守广东东山副总兵管参将事署都指挥佥事今革职充为事官陈璘，挺身独任，欲捄过于东隅，冒险先登，几甘心于白刃……著抚擒之绩……陈璘致变有因，论功难泯，应候堪报，俟该部议处。"彻底将此事盖棺定论。所幸陈璘的赫赫军功摆在眼前，又及时平定叛乱，万历皇帝终究没有过多降罪，次年恩准除罪免脏，恢复原职，迁狼山副总兵了事。

狼山在今江苏南通，位于长江东岸，嘉靖朝因倭寇猖獗而设立狼山总兵，节制大江南北之兵马。这时倭乱早已平息，陈璘又是副职，每日不过练兵与巡察，完全是大材小用。时任兵部尚书王遴十分欣赏陈璘的才干，提议超擢大用，然而罗应鹤却主张追论陈璘罪责，与王遴就此事多番争辩。朝臣们不知真相，自然是站罗者多而撑王者少。陈璘初到狼山，在当地并无威德，又不懂得向上巴结、向下笼络、中间疏通的官场之道，在新环境里饱受刁难，每日闷闷不乐。听说罗应鹤等大批官员揪住罗定兵变不放，而王遴又在论战中处于下风，连月来的委屈骤然间化作了愤怒，挥剑将兵符印信、公服盔甲等物砍折削碎，带着妻儿弃官而去，径回故乡翁源。

走出狼山官署正是日暮时分，雄风不再的太阳完全没入西山之后，只剩一圈昏黄的残阳溅染愁云，东边的弯月像是渴血的刀刃，又像是吃人的獠牙。那时的陈璘却没有心思去想什么阴阳交替兴衰浮沉，什么黑白难辨处世哲思，世事纷杂，他只觉得疲倦。

那一年万历皇帝仅仅二十二岁，正是逆鳞最盛的年纪，得知陈璘弃官的消息，气得暴跳如雷，即令锦衣卫奔赴翁源捉拿陈璘进京问罪。他却忘了陈璘保卫广东半生，恩德遍及岭南，当地百姓说什么都不相信陈璘会做贪黩之事，一致认定其中另有隐情。听说皇帝竟然派锦衣卫来翁捉人，翁源百姓不约而同地聚在县城外呐喊示威，一场声势浩大的交农抗议从翁源席卷至广东各地，群情激奋，要求朝廷立即还陈璘清白，否则就不再从事生产。布政使司、都指挥使司无力安抚汹涌的民情，只好让锦衣卫打道回京。消息一出，满朝惊哗，万历皇帝更是出离愤怒，拍着龙案大呼：“好啊，朕看广东不姓朱，要姓陈了！”立即找来王遴和时任内阁首辅申时行，要发兵入粤，斩杀陈璘，镇压忤逆之民。

这个想法过于疯狂，王申二人断然反对，言明广东百姓交农并非陈璘煽动，弃官也不是重大罪行，既然陈璘无心仕途，强行把他捉回来毫无意义。当初检举兵变的是罗应鹤，揪住此事不放，阻止重用陈璘的也是罗应鹤，只要勒令此人致仕，一定能平息广东民愤。同时，再下一道今后不许推用陈璘的旨令。如此一进一退，不仅能挽回朝廷颜面，还能将一场大祸消弭于无形。万历皇帝冷静下来再三思索，最终同意了王申二人的提议。权威遭受挑战是历代统治者最大的忌讳，事情虽然平息，万历皇帝对陈璘的愤怒却迟迟没有退去，所以听到宋应昌举荐陈璘做御倭副总兵官时，他才会如此失态。

听完陈璘漫长的叙述，群臣大致分成了三个立场。宋应昌和一批有识之士相信陈璘清白，脸上或是惋惜，或是愤懑。以石星为代表的部分官员心存偏见，都对陈璘的说辞不以为然，面露讥嘲之色。另有少数人要么无感，要么城府过深，神色较为平淡，看不出确切的态度。群臣交头接耳，议论纷纷，整个庙堂一片嘈杂。万历皇帝眉头微蹙，直勾勾盯着陈璘平静的面容，不知道在想些什么。

“简直一派胡言！”石星与宋应昌敌对，而陈璘是宋应昌举荐，天然就站在陈璘的对立面，最先出来反驳，“说了半天，你无非是想说自己该承担的是筹款不当、用人失察的小过，而不是贪污克扣、奴役士卒的大罪。但你根本没有证据佐证你的说辞。你可以说兵变是刘宗汉等人造成，我也可以说刚才的故事完全是你胡编乱造，反正无凭无据，怎么说都行。”

“我只管陈述事实，无法左右旁人信是不信。私以为，真便是真，假便是假，真相不会因为无人相信就变成假象。”陈璘淡然一笑，没有兴趣和石星逞口舌之利。

宋应昌道：“皇上，细论起来，当年罗定兵变已经除罪免脏，事情早就过去，没有必要再追论真假。如果非要给陈璘定一个罪名，那也是擅自弃官的罪，不是什么贪污克扣、奴役士卒的罪。而且陈璘弃官情有可原，此举也没有对江山社稷造成半点危害，如果皇上实在气不过，打他二十大板便是，为此埋没一位国家栋梁，愧对我大明江山啊！”

“混账！”石星一指宋应昌，喝道，“你言下之意，可是说皇上心胸狭隘？”

“你放肆！”宋应昌猛一挥手，打开石星伸到面前的手指，大声驳斥，“那四个字，这里几百只耳朵都听到是你说的！”

“你抓住御倭副总兵官人选不放，百般拖延至今，原来是为了这么个贪黩罪将。难道宋大经略让此人上位，是想和他学一学中饱私囊的学问吗？”

“你想要备倭总经略的位子大可直言，何必借题发挥！只怕石部堂浸淫党同伐异之道久矣，早就忘了如何埋头干事了吧？”

石星还要回击，就听万历皇帝颇为不耐地说：“今日朝会是为了议定人选，那些平平仄仄的事就先放一放吧。”这满朝文武能在庙堂为官，个个都不是平庸之辈，明白“平平仄仄”实为钩心斗角之意，皇上因为陈璘的出现失去了调停党争的耐心，倘若石星继续死缠烂打，多半讨不了好。石星自然也懂得这个关窍，横了宋应昌一眼，甩袖回班。

宋应昌以为万历皇帝相信了陈璘的自白，忙道："皇上，陈璘是不可多得的将帅之才，早年也曾有过抗击沿海倭寇的经历，既能掌兵，又熟倭情，绝对是御倭副总兵官的不二人选。臣请皇上一切以大局计，给陈璘一个为国发挥余热的机会，也给东征军数万将士多吃一颗定心丸。"

万历皇帝陷入了沉思。

平心而论，其实他对陈璘的才能十分认可，也不相信陈璘是个利欲熏心的贪官，否则当年就不会恩准除罪免脏。至于弃官的罪名，历朝历代都是可大可小，更加无甚所谓。真正让他不满的是广东百姓的交农抗议，这说明陈璘在广东的威望已经到了功高震主的程度。那里的民众竟敢为了陈璘对抗官府，这种大不敬的举动挑衅了皇权的威严，而皇权的稳固往往与帝王的身家性命挂钩，试问他怎能轻易释怀？可是听了陈璘这一番叙述，群臣中已经有不少人为之动容，宋应昌以备倭总经略的身份大力举荐，陈璘又的确能力超群，再抓住旧事不放必然有违天理人心。如果非要起用陈璘不可，也得想个法子出出胸中鸟气才是。

万历皇帝心中盘算，眼睛慢慢眯成一条细缝，富态的面容透着一丝狡黠的意味。过了良久，他说："陈璘，朕没兴趣了解罗定兵变的真相，也谈不上是否相信你的说辞，此事早有定论，任你如何抗辩都是白费功夫。不过，既然宋爱卿对你如此推崇，你往日功勋也着实耀眼，朕就大发慈悲，给你一个机会好了。"陡然间话锋一转，语气带上了几分戏谑，"大家都说你自幼文武双修，文才与翰林相比也不遑多让，朕要你据图赋诗一首，只要能博得满堂彩，就封你个副总兵当当。反之，则发回岭南，此生永不叙用。”说完招手唤来总管太监，低语几句，那太监哦哦答应，快步下了上廊。

陈璘听说皇上要自己据图赋诗，只是略显讶异，并没有过大的反应。群臣却乱轰轰地“啊”了一声，均想陈璘纵然文武双修，终归也是个武将，哪能和曹子建一样七步成诗，这不是摆明了要他卷铺盖回家吗？因此这一声“啊”含义复杂，有惋惜吁叹的，有愤愤不平的，也有幸灾乐祸的。

宋应昌脸上写着大大的不满，扑通跪下，伏地大喊：“皇上如此羞辱臣工，臣不服，不服！”一边喊一边用脑袋叩地，咚咚咚的闷响声如鼓点一般，引起了更多官员的不满之情。万历皇帝怫然不悦，哼了一声，却不做理睬，似乎要任由他磕死御前。陈璘见此情状，又是心疼又是感动，上前扶起宋应昌，用衣袖擦去他额头上的血迹，宽慰道：“宋兄，事已至此，多说无益，我听凭皇上吩咐罢了。只要上天有眼，自然会有文曲星降于我身。”宋应昌摇了摇头，说不出话来。

这时总管太监领着两名宫女从皇极门出来，将一幅高三尺、宽七尺余的巨大画卷在陈璘面前摊开。放眼望去，画上内容极其简朴单调，不过是一串串硕大沉重的石榴果压在一堆娇花弱蕊之上而已，此外别无他物，毫无美感可言，根本品味不出任何可堪入诗的意境。而且石榴在岭南地区被称为“鸡屎果”，名字十分不雅，陈璘是广东人，万历皇帝让他以石榴作诗，隐隐有讥讽他糟粕如鸡屎的意味。以吟诗作赋见长的文官们看了这幅画连连摇头，都觉得皇上这一手过于刁钻，认定陈璘必将出个大丑。石星等赵党官员已经嘴角上扬，乐滋滋地等待着哈哈大笑横加讥讽的时机。宋应昌颇有文才，看着这幅石榴图也不禁眉头大皱，凑到陈璘身边低声劝说："陈兄，要不算了……"

在所有人窃窃私语认为他必将灰溜溜离去的时候，陈璘一直充耳不闻，将全部心思放在那幅石榴图上，调动浑身才气去想象图内图外呈现出的一切意象，或许是心中强烈的渴望让他灵光乍现，宋应昌话未说完就已成诗在胸。"皇上，臣已诗成。"

"哦？"万历皇帝将信将疑又颇有几分兴致，"吟来。"

"磊累磊累又磊累。"

此句一出，石星等赵党官员顿时哄堂大笑，对这句拗口至极，毫无格律可言，甚至是狗屁不通的诗句大为鄙夷，一个个笑得前仰后合，看着陈璘就仿佛看到了笑话本身。万历皇帝脸上也乐开了花，认为自己不仅驳回了宋应昌的举荐，还把陈璘置于尴尬耻辱羞于见人的境地，真真是一手英明绝伦的高招。宋应昌急得直跺脚，想要说点什么来挽救糟糕的局面，看到陈璘满脸自信，又把嘴边的话咽回肚去。

陈璘对周遭的哄笑置若罔闻，朗声吟出下句："磊累压倒众琼枝。"

这句一出口，一股凌厉的霸道之气陡然而生，诗味顷刻间显露出来。这让那些肆无忌惮的笑声戛然而止，一张张幸灾乐祸的脸沉了下来，宋应昌和部分官员则是一扫愁容，精神大振。群臣纷纷竖起耳朵，目不转睛地盯着陈璘，或期待他口吐珠玉，或盼望他吟出臭俗败笔。

只见陈璘面露苦笑，向金台御座上的万历皇帝深鞠一躬，一口气吟出后两句："博得君王开口笑，方知满腹是珠玑！"

寂静。

一干君臣陷入了死一般的寂静。

每个人都在心里反复咂摸这首诗的味道，并尝试解读其中的深意。

"磊累"形容石榴的丰硕，"琼枝"代表各色鲜艳娇弱的花卉，如果陈璘将自己比作朴实无华的石榴，把朝中某些官员比作中看不中用的糜花烂蕊，那就是在说："我陈璘一心为国全无花花肠子，一身实用本领足以压过那些蝇营狗苟毫无是处的小人，奈何非要以取悦君王的方式，才能让人明白我的韬略和才干！"短短二十八字，不仅写活了石榴的妙处，还以石榴作比，表达了自己的心声，词锋之犀利，构思之精巧，无一不令那些诗坛老手啧啧赞叹。短暂的沉默过后，先是宋应昌高叫一声好，随后欢呼喝彩之声纷至沓来，群臣半数以上都冲着陈璘拊掌大赞，将刚才的哄笑一扫而光，硬生生把石星等人置于尴尬难堪之中。

宋应昌格外激动，就着喝彩声向万历皇帝求恳："皇上，君无戏言，请封陈璘为御倭副总兵官。"

没想到万历皇帝却是一副折了颜面的羞恼模样，语气暗含不悦："朕只说封他个副总兵当当，可没说让他出征朝鲜。朕谕，升陈璘为中军都督府佥事，充蓟镇、宝坻海防副总兵。东征军不设御倭副总兵官。宋应昌即刻奔赴辽阳整饬兵马，务必如期东征，不得有误！"这一下大大出乎群臣意料，陈璘得到起用却无缘东征，说明皇上只是迫于情势，而非真心想重用于他。

宋应昌无法忍受这种无赖的做派，红着脸道：“皇上应当物尽其用人尽其才，怎能……”

“退朝！”不等他说完，万历皇帝一甩衣袖，起身离去。

本章注：

①韶州府：今广东省韶关市。

②柏嵩关：位于广东饶平和福建漳州交界处，在明代是防敌御寇的重要关隘。

③程乡：今广东省梅州市的旧称，明代归潮州府管辖。

④狼兵：即俍兵，明中期广西田州土司建立的少民武装，后泛指广西军队。

⑤标营：直属于总督、总兵等高级军官的半私有制部队，不在卫所制度之内，可随军官调任而一同调动。明末指李自成的部队，清代指绿营兵。

⑥黄屋朱城：位于广东饶平上饶镇乌石乡，是飞龙国皇帝张琏建造的宫殿名称。

⑦撵张琏……故土：张琏是广东潮州府饶平县人，初为饶邑库吏，后与郑八、林朝曦、萧晚、罗袍等组织白扇会起义。1560年于柏嵩关建飞龙国称帝，年号造历，次年发兵十万攻掠粤赣闽浙四省。再次年，被俞大猷、刘显击败，渡海攻占三佛齐岛（今苏门答腊）为国王。《中国人名大辞典》载：“琏潜逸入海，夺据三佛齐，自为国王。”《明史》载：“嘉靖末，广东大盗张琏作乱，官军已报克获。万历五年商人诣旧港者，见琏列肆为蕃舶长，漳、泉人多附之，犹中国市舶官云。”

⑧俞龙戚虎：抗倭名将俞大猷、戚继光的合称。

⑨白金、文琦：白金即白银，文琦是华贵的丝绸。

⑩土兵：泛称西北、西南地区土司组建的军队。

⑪客兵：指从外地调来的军队。

⑫感化都：今广东省茂名市信宜市怀乡镇。

⑬总爷：明清时对总兵、副总兵的尊称。

⑭雅氏夫人：民间关于雅氏夫人存在多种说法，均为戏说，不是正史。一说她是陈璘妾室，沐浴时有贼人来袭，裸体领兵出战，胜利后羞愤自尽。二说也称她是陈璘妾室，因山贼首领陈冬瓜被陈璘击败后遁入山林，无法寻得踪迹，她带领一队打扮艳丽的女兵到山岗上骑马奔驰，引诱陈冬瓜现身擒杀后羞而自刎。三说她是无名女将军，与贼人战斗至衣衫尽毁而死，民众用瓦片遮其下体，遂称雅氏夫人。这三个传说都有漏洞，不符合常理，书中雅氏夫人的故事，系笔者结合这三种传说加工而来，亦非历史。《陈璘研究史料与传说》一书中提到："庙址位于现在富林圩镇国药店处，庙里有一个真人般大小的雅氏夫人雕像……直至公社化时这庙才拆掉。"笔者没有实地走访，不知真假。高村至今有祭祀雅氏夫人（降娘）的活动。

⑮塘报：军事情报。与斥候、探马相同。

⑯肇庆总督署：两广总督署初设于广西梧州，万历八年（1580），时任总督刘尧诲将两广总督署迁至肇庆端州。

⑰行台：指官员在外临时设立的办公处所。

⑱仰：旧时公文用语。向上行文中用在"请、祈、恳"等字之前，以示恭敬。向下行文中表示命令。

⑲侯应爵：《明神宗实录》记载“罗定兵备道佥事侯万爵、东安知县陈公大玩寇遗患”，后文又说“侯应爵降一级调用，陈公大罚俸半年”，侯万爵、侯应爵应该是同一个人，此处疑系原文记载有误。

第二章　浮沉

銮驾校尉挥鞭击地，啪啪啪三声响过，鸿胪寺卿仰头望天，高唱退班。百官只好山呼万岁，恭送万历皇帝起驾，按文武两班退出午门。陈璘还没排到班次，不用随班，宋应昌心头有气，不肯退去，二人站在原地四目相对，久久无言。等百官散了，他们沉默着出了午门，经六科直房[①]过端门[②]，到承天门[③]外止步。吴广和陈九经一直在此等候，已经从群臣路过时的窃窃私语中得知结果，看到他们一脸的失落，哪里还敢多问。君命不可违，宋应昌今日必须离京，片刻也不能和陈璘多待。没有达成举荐的最初目的，他既觉挫败，又觉愧疚，只和陈璘说了一声保重，便落寞而去。

承天门左右两边各有一道大门，称为左长安门和右长安门，将大明朝文武官员办公的官署分隔开来。当时重文轻武的风气早已成型，按照左尊右卑的原则，文官署在左，武官署在右。过长安左门右转是东公生门，进门后中间有一条直道，右侧建筑依次是东朝房、宗人府、吏部、户部、礼部；左侧依次是太医院、钦天监、鸿胪寺、御药库、节慎库、工部、兵部、留守二卫等衙门。过长安右门左转则是西公生门，布局和文官署相同，左侧建筑依次是西朝房、中军都督府、左军都督府、右军都督府、前军都督府；右侧依次是锦衣卫、通政使司、太常寺、后军都督府、旗房、行人司等衙门。宋应昌需要回兵部衙门交接公务，自然是往长安左门去。陈璘的授任手续今天办不下来，便从千步廊[④]直出大明门[⑤]，到棋盘街东面的东江米巷吴广家中落脚。

嘉靖三十二年（1553），为了防范蒙古俺答部对北京城的袭扰，世宗皇帝下旨在大明门外建造宣武、正阳、崇文三门。两年后采纳给事中朱伯宸建议，在这三门外修筑外城，加固城防。自此北京城以这三门为界，分成了内外二城。对于平民居住的外城来说，达官贵人和商贾巨富云集的内城才是真正的京城，而承天门内的皇城更是当朝大臣和皇亲国戚才能居住的场所。棋盘街位于内外城交汇之处，士人、商户、平民杂相混居，是北京最为繁华的街道。

吴广受陈璘影响极深，思想观念和为人处世跟他年轻时一模一样，都是那么腰直颈硬低不下头，似乎用天下最锋利的刀都削不平身上的棱角。在偏远县衙当班的未入流[⑥]差役尚需逢迎，北京是帝国的权力中枢，在这儿为官更需圆滑，然而吴广身为南城兵马司指挥，却不事钻营，仅凭微薄的俸禄根本无法在内城拥有房产。如果没有军伴帮补，恐怕连现在住的一进小院也买不起，遑论使唤奴仆。因此，他的妻子王氏没有享受过一天官太太的奢侈生活，手上起茧，肤色黝黑，甚至不曾裹脚，活脱脱是个婢女形象。知道丈夫的恩师要来，早早收拾好了客房，等陈璘一进门，便恭恭敬敬来见大礼，然后灶间厅上地忙活起来，赶在饭点摆上一桌丰盛的接风酒席。

三杯下肚，陈璘在压抑的气氛中说了朝会上的经过。陈九经敦厚老实，虽然气愤，也只是闷头喝酒，不敢随意发怒。吴广却将酒杯一摔，指着紫禁城的方向大骂："不敬贤良，简直昏庸无道！大明若亡，定是亡于你手！"王氏吓得一哆嗦，慌忙扯住吴广的衣袖，"天子脚下，不敢高声！"吴广一甩胳膊，又冲着石星府邸的方向骂道："石星老狗，可惜你不住在南城，否则叫我抓住你半点把柄，哪怕豁出性命，我也要摘你乌纱，斩你狗头！"骂完坐在凳上两手按膝，大生闷气。

陈九经替他重斟一杯酒，劝道："吴大哥，你别生气了，我们为人臣子的，哪能拗得过皇家真龙？他不让我阿爸东征，这是朝廷的损失，不是我阿爸的损失。"

"话虽如此，我心里总是不忿。"吴广一口喝干杯中酒，长长地叹了口气。

陈璘看吴广就像在看年轻时的自己，但眼前的徒弟明显比他当年更懂得克制，这件事如果被二十岁的他遇上，再被许断杰那个火药桶一炸，恐怕此时北京城的天已经塌下来了。"广儿，"他伸手拍了拍吴广的肩膀，"守卫海疆也是为国效力，只要能发挥余热，就比在小山沟里腐烂发臭要好。人得多做事，少抱怨，才能活得踏实自在。"

"不错，"陈九经连连点头，"阿爸得授都督佥事，已经是正二品大员。蓟镇是九边重镇之一，宝坻则是海防要塞，二者俱为京师屏障，责任不可谓不重。我相信皇上只是一时负气，等他这口气消了，一定会看到阿爸的能力，重新委以大任。”

“你这小子，还是喜欢把人往好了想。”吴广不是无脑莽夫，情绪来得快去得也快，知道自己刚才言语有失，如果被别有用心的人听见，只怕等不到天亮就得头悬北阙。这么想着，心里不禁有些害怕。感激地看了王氏一眼，脸上绽出笑容，举杯道：“师父，经弟，不说那些烦心事了，咱们多年不见，今天一醉方休。”干了一杯，看向陈九经，“小子，刚才在承天门外等候，心里着急，没心思和你聊天。我记得上回通信，你明明说在东山营升了把总，怎么会跟着师父进京呢？”

陈九经从小在军营长大，受到父亲和三位舅舅的熏陶，自然是习武容易而学文艰难。陈璘弃官后带他们母子回翁源居住，更有时间教导他学习兵法武艺。他没有吴广那么天资聪颖，凭着一股子韧劲，将勤补拙，也学到了父亲三四分的本事。论武艺，七八个等闲之辈不能近身；论兵法，曾在韶州千户所试演战阵，当地武官无人能敌。因为全家户籍落在东安，许氏三杰又在东安身居要职，便在十八岁那年回东安入伍，积功升至把总，军籍入在南乡千户所，是个正六品的百户。陈璘接到宋应昌签发的起用官告时，他恰好告假回翁，得知此事，一来不放心父亲独自进京，二来也想去朝鲜痛杀倭寇，于是给担任东安参将的大舅许断文寄了书信，央求他料理手续，让自己先随父亲动身。他性子内敛，不爱说显示孝心的关怀话语，只说：“阿爸年少时想做霍去病，想做徐达，我虽然能力有限，也是想的。”

吴广一拍陈九经的胳膊，赞道："好！男儿大丈夫，就该心怀壮志。来，哥哥敬你一杯。"陈九经连忙举杯回敬。兄弟俩搭着肩膀，来言去语，说个不停。

陈璘面带微笑地看着他们，心说："我儿虽有大志，可惜天赋有限，将来的成就未必有我一半。广儿非我所出，只在我身边待了几年，就学到了我大半本领，如果能学着圆滑一些，肯在仕途上多做钻营，以后定有一番大作为。"

喝到子时，三坛酒尽，吴广和陈九经先后醉了，陈璘只是略有微醺，并不尽兴。看见外面的雪暂时停了，便让王氏把他们扶回房去休息，自己拿了只坐垫，提着剩下的半壶残酒，走到院中的石桌前坐下。缺月疏星，云丝涌动，他本想抒发一番感慨，谁知寒风一拂，竟然受不住这份寒冷，待了片刻，躲回房去。

次晨起来，王氏端来盥洗之物，说吴广上衙去了，中午不能回来。伺候陈璘洗漱完毕，便引他到饭厅用饭。桌上摆着现炒的二荤一素三碟小菜，另有五个馒头，四条拆开的粽子。陈九经坐在桌前等了多时，肚子早就咕咕直叫，却不敢轻易动筷。王氏从厨房捧着托盘出来，将一碗稀稠适中的热粥摆在陈璘面前，给陈九经的则是满满一碗米饭，笑着说："官人出门前吩咐了，您老人家早上吃不下饭，得喝粥养胃。经弟年轻，不吃大米饭不扛饿。"陈璘夹了一块肉片，细细一品，觉得味道没有昨晚那么淡了，正合自己偏咸的口味。陈九经吃了一口粽子，发现是花生肉馅的，里面还掺了些胡椒，吃起来有轻微的辣味，明显是他爱吃的翁城[7]粽子的做法。这说明时隔多年，吴广仍然记得师父和小弟在饮食上的偏好，而王氏果真贤惠，没有因为丈夫不在就怠慢他们父子。

陈璘心中感动，对王氏说："别忙活了，坐下吃饭。"王氏却只拿了一个馒头，低着头，一点点撕着吃。这副模样陈璘见得多了，知道她是因为自己相貌并不出众，不想再因身材变胖而让丈夫丢脸，所以故意节食。许怜卿像她这么年轻时，也曾这样做过。他默默起身到厨房盛出一碗热粥，夹了些肉片和蔬菜，放在王氏面前，微笑道："孩子，我们是平民出身，没那么多贵胄人家的讲究。填饱肚子，有个好身体，比什么都重要。"王氏不敢拒绝陈璘的好意，红着眼眶吃了半碗，剩下的说什么都不肯吃了。

一上午无所事事，挨到午后，陈璘估摸授任手续已经办妥，便独自冒着风雪来到兵部衙门前，对门口的胖阍人[⑧]说了身份，想进去找石星领取印信。那胖阍人却不引他进门，而是点头哈腰，毕恭毕敬地说部堂大人早上吩咐了，他的手续今天还办不好，不必进去干等。陈璘说了声谢谢，到长安街找了家茶馆，呆坐一个时辰，赶在晚饭前回到吴家。吴广随后回来，抖落一身雪花，从胸口的内袋里掏出一瓶安骨油，说是托人骑快马去天津铁骨刘那买来的，能治师父的旧伤。原来陈璘左腿和右肩中过箭，伤及了骨头，每到寒冷天气就禁不住的刺痛。这一点，他也不曾忘记。又因这安骨油受凉后会减轻药效，所以一直捂在胸口。陈璘想不到吴广能细心到这种程度，虽是严寒天气，心里却热乎乎的，连带着周身暖和。

过了两日，大雪终于停了。陈璘再次来到兵部衙门，那胖阍人虽不引进，但态度依旧恭敬，说自己昨天特意问过相熟的吏员，手续还是没有办妥，让他回去再等几天。陈璘觉得其中有些不对，却不好多说什么。谁知三日后再来，这胖阍人还是如此说辞，他登时怒了，质问对方是受了石星指使，故意不让他进门，还是财迷心窍，想向自己收取通报费用。那胖阍人只是一味讨饶，哪敢吐露出半个字来。他正想强闯进去质问石星，一位面相油滑的中年人却在此时现身，说自己是内阁次辅、吏部左侍郎、东阁大学士⑨张位的管家，奉张阁老⑩之命，请他到张府一见。

吏部自古就是六部之首，一度掌管天下文武官员铨选爵勋考课之政，吏部尚书因此被尊称为天官。而明代的吏部只管文官，武官的升迁任免则归兵部，权力相对小了一些。陈璘是正二品武官，完全不用理会吏部的二把手，可这个二把手又偏偏是内阁的次辅，这就要命得很了。当年明太祖朱元璋为了收拢权力，借胡惟庸案废除丞相一职，后来政务繁重，常有力不从心之感，便设立殿阁大学士作为辅政顾问。因朱元璋能力超凡，终洪武一朝，殿阁大学士极少参决政事。永乐时期，成祖朱棣不如其父强悍，不得不从翰林院选拔殿阁大学士，到文渊阁入值当班，参与政务。对后世影响深远的内阁就此诞生。随着后代皇帝对内阁的依赖愈发严重，阁臣的地位也水涨船高，最终获得了替皇帝批答群臣奏章的票拟权，内阁首辅更是权压六卿，赫然是真宰相无疑。张位虽是次辅，权力同样滔天，而且他与代首辅赵志皋交情匪浅，是赵党中比石星地位更高的权臣。陈璘当年并非京官，赋闲后也无心过问朝局，这一层他却未有耳闻。听说是张阁老有请，实在不好拒绝，便饶了胖阍人，随那管家前往张府。

张位这等身份，自然住在皇城，府邸也是极尽奢华，处处显示着位极人臣的尊荣，和吴广那座简陋的小院一比，简直判若云泥。七兜八绕，步入偏厅，里面的装饰金碧辉煌，古董字画更是琳琅满目，随便一样的价值对普通人来说都是天文数字。光看这些宝物，陈璘已经能大致猜出张位的为官之道，还没见面，心里就存了七分鄙夷。

那油滑管家让陈璘坐在左首等候，自己去书房向张位通报。这一等就是小半个时辰，陈璘觉得张位无礼，渐渐有些恼了，待要发作，那管家正好捧着一杯茶回到厅里，笑着把茶杯递到他手上。他接过细看，见这茶杯蓝白相映，花纹青翠欲滴，显得明净素雅，幽倩美观之极。揭开盖子，一股高长的清香随着热气扑鼻而来，说一句沁人心脾毫不为过。再看杯中茶水，茶叶是淡绿色的矛头状嫩芽，每片茶芽都有清晰可见的茸毫，充分吸水后斜斜地倒在杯底，汤面上竟无半点浮末。至于汤色，更是清澈透亮。罗定兵变之前，他曾在两广总督府见过同样的茶杯，知道是元代景德镇产的名贵青花瓷，存世稀少，价值连城。那茶叶却不知是何名目，料想也是茶中极品。他觉得口渴，刚要饮用，那管家笑吟吟道："这茶叫紫霞茶，产自南直隶[11]紫霞山，是我家张阁老从宫里带回来的贡品。紫霞茶本就名贵，能挑出来做贡品的，更是极品中的极品。陈总爷不叩张家门楣，恐怕一辈子都没这口福呢。您再看这元青花，那可是……"

陈璘本来就对张府的富贵颇为不屑，听他话里除了炫耀，还藏有一层讥讽意味，心中更加不悦。把茶杯放在桌上，冷冷地说："陈某愚钝，不知什么叫'叩张家门楣'？"

那管家是察言观色的高手，一听这话，脸上的笑容就冷了下来，原本略弯的腰也挺了起来。微转过身，斜眼看着陈璘，说："既然如此，那也不用废话了。半个月内，你送白银一万两，大珍珠六百颗来此拜谒，我家张阁老承诺三天内给你办妥都督佥事和海防副总兵的手续，一个月内，帮你谋到御倭副总兵的职位。花点小钱，就能去朝鲜建功立业，博取更大的财富，这笔买卖可不亏啊。"

"原来张阁老是要向我索贿！"陈璘恍然大悟，心里一股无明业火蹿腾而起，斥道："白银一万两，大珠六百颗，这还是小钱？我虽然官居二品，每年俸禄却不足百两，上哪找一万两来孝敬你家老爷？海外征战，能击退敌人活着回来就不错了，什么叫博取更大的财富？"

那管家见他不通官窍，就知道在他身上捞不出油水，这回老爷算是找错了人。指着桌上的茶杯道："听陈总爷的意思，这茶你是不肯喝了？"

"朱门酒肉，姓陈的无福消受！"

走出张府，陈璘气不打一处来，直接到午门外求见万历皇帝，要狠狠地告石星和张位一状。门卫认得他是新任都督，慌忙叩拜了，进去通报。干等一个时辰，一位油头粉面的太监小跑出来，先是都督前都督后地奉承一番，才说皇上这几日心情不佳，拒见臣工，末了满脸堆笑，明里暗里讨要赏钱。这一来陈璘更加气愤，从兜里摸出一把碎银，往那太监脸上一丢，转身便走。

出了大明门，他心里烦躁，不想回吴家闷着，索性在棋盘街上乱逛。此时已经过了中午饭点，棋盘街上人头攒动，摆摊的、卖艺的、骑马的、坐轿的，既有穿红戴绿的，也有衣衫褴褛的，形形色色的人群川流不息，发出的喧嚣声嘈嘈杂杂，起起伏伏，像是一曲繁华的乐章。陈璘满心郁愤，眼前这花天锦地的气象更让他觉得烦躁。路过一处器玩摊位，摊主突然叫道："陈总爷！是陈总爷吗？"他转头望去，见那摊主四十左右的年纪，头上戴一顶棕榈毛编织的缠棕大帽，穿一身丝绸的衫裙墨绿褙子，右腰处挂一条和田玉的无事牌。宽衣博带，面貌雍容，于细微处显富贵，十足的儒商气质。"你是？"他觉得这人有些眼熟，一时却想不起来在哪见过。

那摊主凑到陈璘近前，瞧得仔细了，啊呀一声，扑通跪地，激动道："小人江庆丰，早先是翁源人士，因先父经商失败，不堪打击而投河，房屋田产被债主强行分去，气死了老阿妈，只剩我和姐姐寄居在亲戚家中。万历五年（1577），东安百废待兴，您下令从翁源、英德等地迁徙良民，承诺给予田地，分派房屋，我便带着姐姐移民到了东安。那天，您亲自划了房屋田地给我，为了不让我们姐弟俩在庄稼收成前饿死，又给了我们二两银子生活。后来，我靠这二两银子做小本买卖，一年挣了几十两。大伙儿说我有经商头脑，消息传到您耳中，您就出面做了保人，领我去东安钱庄贷了五百两巨款。我用这笔钱做了古玩生意，三年不到，就成了东安首富。兵变之后，您调任狼山副总兵，我自觉留在东安无甚兴味，于是变卖产业，跟着朋友来到北京发展。"

"噢，你是江大胆。"陈璘回忆起当年给江庆丰做保人的经过，连他的外号也想了起来。先前的不愉快被偶遇故人的喜悦冲淡，伸手把他扶起，笑道："好你个江大胆，我给你做保人，是希望你能繁荣东安的经济，你不在东安发展，也该回翁源造福家乡，怎么却来了北京？"

"唉，"江庆丰叹了口气，"别提了，我当时受人蛊惑，一心想来北京挣大钱，妄想成为本朝的沈万三⑫。谁知到了北京，官员吃拿卡要，商界又派系林立，我是处处碰壁，天天亏损。最后那厮卷款外逃，害我数年积累一朝丧尽，只能重操旧业，上街摆摊。这两年挣了点钱，在北京慢慢吃得开了，添了别的产业，又有了当年八九分的实力。这摊位是个风水宝地，我不想撤掉，平时让手下料理，偶尔心血来潮才会亲自照看。没想到今天再当贩夫，就碰上了陈总爷您。"

"想不到你也是命途多舛。跌倒后能重新站起，并且不忘根本，着实难能可贵。"陈璘听到江庆丰的人生轨迹和自己相似，心里多少有些感慨。

江庆丰向身后大酒楼门前的小二一招手，指了指摊位，示意收摊，无声地说明那座酒楼也是他的产业。然后拉过陈璘的手，笑道："陈总爷，今天能在此相遇，这是老天爷给小人的造化。您要是不跟我回去大醉一场，我可就躺地上打滚啦。"陈璘哈哈一笑，心想左右无事，跟他喝上几杯也不打紧，便点头应了。

江宅位于锦衣卫官署后街的洪井二条胡同，是一座四进四出的大宅院，虽然远远不如张府那么豪奢，但其中的富贵也不是寻常人家所能想象的。走进正厅，首先映入眼帘的是主座后面墙上挂着的一幅巨型将军画像。那将军身披黄金盔甲，手持黄金雕龙枪，腰挎金柄金鞘剑，甚至连胯下的黑战马也套着一身黄金马铠。面庞硬朗刚毅，和十年前的陈璘极其相似。这一人一马矗立山头，四周甲士林立，面前则跪着一群狼狈的叛军。左上角的十个狂草大字格外醒目——恩公陈大将军璘受降图。画像下有一张贡桌，桌上摆着一块顶戴红彩球的檀香木神牌，牌上仍是十个狂草大字——恩公陈大将军璘功德牌。牌前有一只三鼎黄金炉，插着一根小拇指粗的长思香，炉中积灰高耸。透过主座太师椅的缝隙，可以看到贡桌下有三只蒲团，蒲面有明显的凹陷和磨损。不消询问，也能看出这是晨昏三叩首，早晚一炉香留下的痕迹。

“这……”陈璘又是惊诧又是感动，眼眶不由得湿润了，“庆丰，我不过是举手之劳，你何至于此啊。”江庆丰道：“在陈总爷看来，那些恩德不值一提，但在我们这些受益的百姓眼里，却是堪比天高，没齿不敢忘之万一。”听了这话，陈璘鼻头一酸，忍不住要流下泪来，暗说：“值了，都值了。”

江庆丰让陈璘在左主位坐下，自己坐在右主位相陪，先喊管家上茶，再叫三位妻妾和五个儿女出来拜见，待酒席备好，便屏退家人奴仆，亲自伺候陈璘饮食。酒过三巡，陈璘说起万历皇帝不许他东征、石星拖着授任手续不办、张位厚颜索贿等事，江庆丰皱着眉头凝思片刻，微笑道：“都督，小人向您汇报一下来京后的遭遇可好？”他既然知道陈璘升了都督佥事，便不敢再以身份较低的总爷相称。

“洗耳恭听。”

“当年在东安经商，因为是都督治下，官场一片清明，并不需要上疏下通，生意做得十分舒心。后来到了京城，才知道拿地不只要出地钱，还要出官员的孝敬钱。开了客栈，还得按时上交月贡，否则就三天一小查，五天一大检，要么说你防火不力，要么说你账目不明，今天怀疑你饭菜不净，明天就诬陷你私藏逃犯。又或者授意商界同道孤立排挤，不许有所往来。更有甚者，直接叫地痞流氓进来捣乱，非要搅得你鸡犬不宁，关张走人不可。小人当时不肯妥协，这才赔光了万贯家财。”

“京城鱼龙混杂，乱象层出不穷，对老百姓来说，这是没有办法的事情。后来你是怎么东山再起的？”

“生意失败后，我带着妻儿租住在外城，邻居大嫂娘家姓彭，她二哥彭庸是兵部职方清吏司主事，大哥彭福则是石星府上的管家。去年十月，彭大嫂死了丈夫，她两个哥哥前来奔丧，因是邻居，我也带着妻妾过去帮忙。偶然间，我听到彭家兄弟谈话，彭庸说：‘大哥，你家老爷由户部尚书改任兵部尚书已经一个月了，你服侍他这么多年，没有功劳也有苦劳，我上回跟你说的事情到底能不能办？’彭福说：‘老二，你想当清吏司员外郎，还是勤勤恳恳，踏踏实实做点政绩出来比较好。我家部堂大人颇为精细，这么多年，我还没见他收过一分贿赂。安排你登门拜访的事，还是算了吧。’彭庸说：‘你知道什么呀！石部堂今天正式颁布了《兵防大坏，积玩宜惩禁令》，其中有一条名为禁馈遗的规定，你可听过？’彭福说：‘我一个下人，哪知道这些国家大事。’彭庸便从招文袋里取出一份公文，打开放在彭福面前，逐字念给他听：‘凡督抚、总兵以下，走牍而议吏事者，无瓯金。他如蓟州之薏酒、辽左之参貂、甘州之枸杞、兰州之绒毡、宣大之黄鼠乳酪，不得以污蔑人名节。’念完了又给他解释，‘意思是说，官员之间走动送礼，如果送的不是金银，而是各地的土特产，那就不构成行贿，不能以此污蔑送礼者的名声。’彭福说：‘照这么说，送金银才是行贿，送自己家乡的特产就不是行贿了。’彭庸说：‘不错。这条规定是他石星定的，经过了朝廷的反复讨论，得到了皇上的圣意允可，公文一发，就具备了法律效应。如此，我带家乡的名贵特产登门拜访，他就算不肯升我的职，也没有把我抓起来坐牢的道理。’彭福这才被他说动，答应过两天安排他上门拜见石星。”

“以前官员互相拜访，哪怕是提一篮水果上门，都有可能被人冤枉为行贿。石星颁此禁令，明确贿赂的标准，从根本上杜绝了随意诬陷的可能，是一条大大的善政。这么看来，石星虽然好大喜功，但不可否认他在政事上确有建树，人品也要比张位之流好上一截。”陈璘自饮一杯，并不吝啬对石星的称赞。

江庆丰接着说：“听了彭家兄弟的谈话，我马上嗅到了商机，心里暗暗盘算：‘既然送金银是行贿，送特产不是行贿，官员们一定会光明正大地利用这条规定，四处购买自己本省的名贵特产，作为与上司同僚走动的礼品。如果我提前把城内的各省名贵特产买光，囤积居奇，一定能卖个高价。’思来想去，我决定放手一搏。俗话说瘦死的骆驼比马大，我三位妻妾各有一匣子首饰，价值数百两，我统统拿去变卖了，拉回一屋子的货，每天在棋盘街摆开摊位，坐等京中官员来买，大大地赚了一笔。随着买家日益增多，久而久之，我攒下了深厚的人脉，自此财运亨通，产业遍地开花，迅速成为京中有名的富商。”

陈璘举杯笑道：“哈哈！庆丰，你很聪明，的确是难得一见的经商天才。”

江庆丰连忙起身，双手捧杯，将杯口压低在陈璘杯肚处，弯着腰道："都督，小人敬您才是。"

陈璘见他数次敬酒都小心翼翼，好像儿子服侍老子，下属讨好上司，忍了几次，实在看不过眼，板着脸道："诶，故人相见，干吗如此拘谨？你这样我可要走啦。"

江庆丰见他不喜欢这副做派，赶紧自嘲道："嗨，应酬惯了，学了一身的臭毛病。"轻轻碰了杯，坐回凳上，稍稍挺直了腰杆，仰头一饮而尽。按照以往的习惯，他还要替陈璘添酒夹菜，说一些溜须拍马的奉承话，这时却只敢默默地添酒夹菜而不敢说话了。

吃了两口菜，冲淡了嘴里的酒气，陈璘见他欲言又止，打趣道："我说庆丰啊，你在北京待了几年，怎么从江大胆变成江细胆了？"

"小人有些话，说出来怕都督生气。"

"但说无妨。"

"好，那我就斗胆直言了。"江庆丰鼓足勇气，对上陈璘的目光，"皇上金口玉言，封您为都督佥事，任蓟镇、宝坻海防副总兵，为什么手续迟迟办不下来？究其原因，无非两点。第一，石星知道皇上存着敷衍之心，不会派人督促此事，平日又不见大臣，拒开朝会，他就算拖您一年半载，皇上也不会过问半句。第二，您的才能有目共睹，无论去不去朝鲜，将来都会大放异彩。而您和宋经略是知交好友，宋经略则是他的对头，他担心您以后进入权力中枢，会像宋经略一样成为他的政敌。因了这两点，他才会拖着您的手续不办。"

“你的分析正中利害，我也早就想到这一层，可皇上不站在我这边，我有什么法子？总不能去向张位行贿吧。”

“不，张位胃口太大，明说要白银一万两，大珠六百颗，给了就是板上钉钉的贿赂，小人可不敢把您往火坑里推。况且他虽然位高权重，终究当不了兵部的家。石星此人，抛开政治上的党派斗争不提，为人倒还称得上一个直字，跟您又没有什么仇怨，如果您愿意拿些广东特产，去他府上表个态度，他多半不会再跟您为难。等手续办下来，您有了正式的官身，论品级和他石星相同，就算他当着兵部的家，今后想在您面前指手画脚，也得掂量掂量。”

“表什么态？”

“表明您绝不跟他石星做政治上的敌人。以他过往的为政举措来看，他还是有为国之心的，只要您不站在他的对立面，无论你们是不是朋友，他都会接受您的好意。”

“政治倾轧必定会引起朝野动荡，最终流毒于民，祸害国家。我自从军以来，每次晋升都是靠实打实的战功获得，没有做过半点疏笼之事，本身就不存在加入党派的可能。我的政治主张只有四个字：利国利民。哪怕是杀父仇人，只要他的主张符合这四个字，用不着结盟，他也是我政治上的朋友。反之，即便是至爱亲朋，胆敢祸国殃民，也是我政治上的死敌。”短暂的思虑过后，陈璘看着江庆丰的眼睛做出了决定，“既然有明文规定，表这个态也不违背我的处世原则，这个礼，我送了。”

江庆丰见他答应了，想到自己或能帮恩公解决一大难题，心里说不出的欢喜。“托朋友介绍，我跟石星喝过两次酒，也算有些交谊，明天我先去趟石府，探好了路，再带您登门。”

“那便有劳了。”

对饮一杯，江庆丰喊管家去库房翻检广东名贵特产。不一会儿，管家捧着一只小盒子进来，后面还跟着两个伙计，用扁担挑着一个大箱子，放在地上。江庆丰接过盒子，打开摆在桌上。陈璘仔细观瞧，见里面放着四只无把的兽角杯，上宽下窄，通体呈黑红色，光泽很是红润。杯体上雕刻的图案分别是梅兰竹菊四种花卉，颇有一股清新的文气。在犀杯旁边，另有一只小白瓷瓶，瓶口用红布塞着，不知装着什么物事。江庆丰介绍道：“这四只是犀牛角杯。所谓近山多用鬳杯，近海多用犀杯，都督可知为何？”

陈璘微笑道：“我只知道鬳杯是用大鸟的喙做成的杯子，可能只有深山老林才能长出如此巨鸟，所以说近山多用鬳杯。犀牛在北方早就绝迹，仅川黔两广部分区域才有踪迹，而广州是海外物产汇集之地，来自外国的香料、玳瑁、象牙等物在港口堆积如山，其中就包括犀角。我听人说过，大明朝只有北京、苏州、广州三地有犀杯制作工艺。广州的犀杯工艺精巧，讲究文气，图案多以花卉为主。这只犀杯雕刻花中四君子，用料又不怎么厚，一看就是广州的手笔。”

“都督博学多闻，佩服，佩服！”江庆丰赞了一句，然后将小白瓷瓶的布塞拔了，拿起来递到陈璘面前，“这瓶药的来历，都督说得出吗？”

陈璘接过瓷瓶，轻轻在左掌心一抖，滚出一粒棕红色的小蜜丸，气味很是香浓。说道：“这是抱龙苏合丸，广东地产药物，有祛风镇痛、通窍除痰、安息宁神之效。唉，年纪大了，什么药都认得一些了。”

江庆丰向管家一挥手，管家便打开地上的大木箱子，从里面拿出一端大红天鹅绒。两名伙计也是醒目的，各拿出一端大绿天鹅绒，两端西洋布。江庆丰道：“天鹅绒又称漳绒，起源于福建漳州，传到南京江宁织造府后，加工改良出雕花天鹅绒，颇受达官贵人追捧。我们广东民间织造坊产的天鹅绒不如漳州的正统，也不如南京的金贵，只胜在便宜二字。至于这西洋布嘛，广州仿造的外国棉麻织品，图个款式稀奇，没什么好说的。”

这几样东西寻常人家用不起，放到官宦人家也不过是一般物件，送给堂堂的兵部尚书石星，既不贵重到令人见财起意的程度，也不掉价到有轻贱之嫌的地步，方寸恰到好处。陈璘十分满意，提出按照行价购买。江庆丰能把他供在家里，朝跪晚拜这么多年，怎么可能收恩公的钱？三两言语将这茬儿让过，开始热情地留他在家里过夜，要和恩公抵足而眠。陈璘盛情难却，差人去吴家知会了，当晚饮至半夜，落了一场大醉。

这一夜陈璘思绪万端，辗转到鸡鸣时分才迷糊入睡。临近中午，江庆丰亲自端着盥洗之物来叫他起床，说自己早上去了石府，石星急着要出门上衙，很干脆地答应午饭后在石府会面。陈璘拿不准石星见了自己会做何反应，以前也没有类似的经验，心里多少有些忐忑。匆匆吃了午饭，便和江庆丰坐上轿子，赶奔石府。

他以为这件事要费很多唇舌，就算能谈妥，石星大抵也会摆出高高在上的姿态，奚落嘲讽他一番，然后让他指天立誓，反反复复地做出保证。很可能还要重提罗定兵变一事，非要他证明自己没有贪污克扣不可。为此，他提前打好了应对的腹稿，定下了忍受刁难的底线，以及怫然而去时该撂的狠话。没想到整个过程竟然出乎意料地顺利。进了偏厅，先是江庆丰哈着腰说了来意，他简短地表明了态度，石星就一边剔牙，一边用深邃的眼神审视着他。不知沉默了多久，才意味深长地说：“这些破烂统统不值钱，本兵一样都瞧不上。但是，你陈大将军硬气了半辈子，多少权贵都不曾使你屈服，今天肯向我低头，那就值钱得很了。哈哈，哈哈哈！”这次见面的时间很短，短到陈璘和江庆丰走出石府大门，石星还没把牙缝里的残渣剔净，甚至他们三个人说的话加起来都不超过三十句，就拿到了想要的结果。

在承天门外和江庆丰分了手，陈璘怅然若失，往前走了几步，回头望着雄伟的皇城，喃喃自语：“原来只需要低一低头，许多困难就不再是困难了……”

石星言而有信，翌日就将授任手续办妥，陈璘领了兵符印绶、官服盔甲等物，终于能到中军都督府就任。

五军都督府各有正一品左、右都督，从一品都督同知，正二品都督佥事，下面还有从五品的经历司经历，从七品的都事等官。起初，都督多由勋戚担任，权力在兵部之上，随着文官集团的崛起，武官集团日渐式微，都督权力被架空，成了光有地位没有实权的空衔，不得不另授总兵、副总兵等实职。遇有战事发生，总兵必须拿到兵部印信，才能派麾下军队出战，而兵部要下发印信，又要得到皇帝旨意。这种互相掣肘的制度大大降低了军队作乱的可能。都督佥事是三把手，在府则掌印，在外则充总副兵官镇守地方，按理说交割完手续，他就得离京就职。此时临近岁尾，府中上下都劝他年后再走，吴广要补上这些年没磕的头，也不让他现在离京。他只好消停下来，带着九经安心过年。

除夕前夜，北京城发生了一件骇人听闻的大事——王党首脑、现任首辅王锡爵遭遇刺杀。

今年九月，前任首辅王家屏在国本问题上触怒万历皇帝，惨遭罢免。当时王锡爵因为母亲患病，已经回乡探视多时，虽然接到了出任内阁首辅的旨意，可他孝心难泯，始终不肯抛下病榻上的母亲从速回朝。万历皇帝没法子，只好让赵党首脑、东阁大学士、辅臣赵志皋暂代首辅。

赵志皋视王锡爵为头号政敌，这些年带领赵党与王党连番博弈，争来争去，无非是为了权力二字，而想要权倾朝野，就必须夺得内阁首辅之位。他年近七十，可以说半截身子都入了黄土，但王锡爵却比他年轻整整十岁，真让王锡爵坐上首辅之位，人家光耗时间就能把他耗进棺材里去。垂暮的身体已经不允许他再韬光养晦，如果不能抢在王锡爵回朝之前把自己头上的“代”字摘掉，他和手下的赵党成员都将成为王党晋升的垫脚石，轻则贬谪，重则丧命。他熬了一辈子，终于摸到了帝国的权柄，不拼个你死我活，怎么可能轻易认输？为了巩固地位，他一上任就不断扩张赵党的力量，尽一切可能削弱王党势力，对其余党派也是大力排挤。朝中人尽皆知，石星借御倭副总兵官人选问题紧咬宋应昌，就是受了他的指使。没有他这个代首辅在背后搅弄风云，万历皇帝怎么可能同意举行一场小题大做的朝会？只不过他老谋深算，担心亲自出马会把万历皇帝逼急，所以称病在家，没有参与朝会。谁曾料想，陈璘的出现竟然意外打乱了一切。整垮宋应昌的计划刚刚失败，他还没做好新的谋划，王锡爵回朝的消息就传到了耳中。人一旦咂摸出权力的滋味，就绝不能容许权力的流失。他在紧张慌乱中动了杀心，叫来任职两淮都转盐运副使肥差的儿子赵凤威，命其派出秘密组建的杀手组织——擒龙死士在城外进京的必经之路上刺杀王锡爵。

夜幕降临，当仪卫队敲锣打鼓护着王锡爵的枣红色大官轿经过山林，灌木丛中突然射出一阵箭雨，三十名身着红色斗篷披风、头戴黑色獠牙面具的擒龙死士悍然杀出。他们左手佩戴袖箭，右手提一柄鬼头钢刀，顷刻间就杀得仪卫队人仰马翻，丢下官轿四散而逃。几名死士甩出索钩，掀开轿顶，扯破轿壁，里面却空无一人。

正在此时，四周号角声起，吴广率南城兵马司二百精兵杀来，骑兵先行冲锋，刀盾手随后合围，另有大队鸟铳手压阵，只一个照面就将擒龙死士斩杀大半。有几人丢下武器跪地投降，可吴广接到的是万历皇帝不留活口的密旨，哪敢给他们说话的机会，亲自手起刀落，都给砍了。

据当晚宫中流出的消息说，死士暴起发难之时，王锡爵已经在乾清宫和万历皇帝弈棋，君臣二人谈笑风生，自始至终都没有提及刺杀二字，好像这件事根本就不曾发生。

除夕夜，一班重臣进宫贺岁，王锡爵和赵志皋在御前相拥大笑，你送我养心丸，我送你痛风膏，好得像久别重逢的亲兄弟一般。与此同时，参与行动的南城兵马司上下人等，都收到了赵凤威托巡城御史[13]送来的赏赐。那位姓周的御史跟吴广私交不错，生怕他不开茅塞，特意把他拉到一边，说了六个字："想活命，管住嘴！"

陈璘也在都督府听到了一些风声，说是那天分属王赵两党的中、东、西、北城兵马司指挥使都被周御史叫去官署议事，锦衣卫指挥同知许茂橓带领大队缇骑埋伏在永定门外，如果吴广放跑一个死士，或者让他们吐出半个名字来，那么自吴广以下的二百号人都将被冠上叛乱的罪名，成为绣春刀下的冤魂。皇上之所以派吴广出兵，固然有他英勇善战的因素，更重要的原因是他不曾结党。

这一夜烟花绚烂，灯光璀璨，全世界都洋溢着喜庆欢腾的气氛，陈璘和吴广却后背发凉，相对无言。

万历二十一年（1593）正月，元宵的喧闹刚刚结束，万历皇帝便下旨降赵志皋为次辅，正式任命王锡爵为首辅。转天，王锡爵呈上新首辅的新年第一疏——请恩封海防副总兵陈璘为蓟、辽、保定、山东等处防海御倭副总兵！群臣还没来得及反应，万历皇帝已经御笔一挥，准了王锡爵所奏。

消息传出，满朝文武无人不知王锡爵的用意：陈璘是戎马半生未尝一败的主儿，去朝鲜等同于虎入羊群，泼天的功劳任他攫取，成为军界柱石只是时间问题。有宋应昌这层关系，何愁他将来不加入王党？如此一来，王党在军界就有了更深的触角，实力便远在赵党之上了。

石星收到消息时正在府中吃饭，认定陈璘私下和王锡爵有过接触，想到他之前在自己面前表的态，直气得暴跳如雷，呼啦一声掀了桌子，破口大骂："卑鄙小人，竟然下作至此！敢骗我，我跟你没完！"气冲冲来到赵志皋府上，要商讨阻止陈璘东征的法子。赵志皋苍老的面容不见一丝波澜，对石星摇了摇头，幽幽说道："飓风过岗，伏草惟存。人家锐气正盛，何必强撄其锋？暂且避上一避，往后波谲云诡，还不知鹿死谁手呢。"

凭陈璘的聪慧，自然也明白王锡爵的目的。从功利的角度出发，他应该顺势去王府大表一番感谢和忠心，博取信任，以期得到更多的助益。但经过刺杀一事，他愈发视党争为洪水猛兽，绝无加入王党的可能。既然见了面多半不欢而散，那又何必自讨无趣？这回有皇上和首辅督促，石星不敢拖延手续，他很快就拿到相应的兵符印绶，领了一队卫兵，吃完吴广夫妇准备的送行宴，带着陈九经直奔辽阳大营。

时至仲春，南方的江水已经有了些微暖意，辽东的冰雪却还没有消融的迹象。一路行来，雪花总是断断续续，随着寒风飘飘洒洒，极目所见，天地一片苍茫。陈璘不习惯北方气候，冻得脸颊通红，手脚指节开裂，稍微用力就冒出殷红的血丝。可他还是握紧冰凉的剑柄，不肯放缓行进的步伐。陈九经生长于天南，却对风雪有着极强的抗力，在一处冰湖岸边休息时，他竟然突发奇想，走到冰面上敲出两个相隔八九丈的洞口，光着膀子从甲洞扎入水中，一口气游到乙洞冒头，令随行的卫兵膜拜不止。陈璘坐在柴火边，先是为儿子健壮的体格骄傲，之后就因为自己不再年轻而黯然神伤，叹息道："岁月如流水，须臾作老翁。谁又不曾年轻过呢？"

数日后，队伍披着一身风霜抵达辽阳大营，在辕门外报了名号，赞画[14]主事袁黄慌忙领着把总以上将领来迎，众星捧月，请陈璘到副总兵大帐落座。饮过一杯接风酒，陈璘问起当前局势和出兵日期，却从袁黄口中得知：去年腊月二十三日，李如松刚从宁夏回辽，就趁着鸭绿江冰面未化，如期率领四万兵马开赴朝鲜。半个月前，宋应昌筹集到一批粮草，亲自押送入朝，临行前吩咐袁黄暂留营中，等候陈璘到任，待下一批兵马粮草到齐，再一同杀奔朝鲜。日军足有十五万众，营中却只有千余守卒，最起码要筹够三五万兵马方能入朝。无奈战事来得太急，宁夏之役消耗又重，这批兵粮短期内怕是难以调集。

陈璘原以为到了辽阳就能挥师东征，去和那帮耀武扬威的倭奴杀个痛快，谁知天不遂人愿，竟然让他陷入缺兵少粮的尴尬局面，导致一腔热血不得挥洒。他心中窝火，却又无可奈何，只好一面向上催促，一面训练既有士卒。其间，他每日骑马射箭，演练战阵，近年来略显发福的身体逐渐变得精壮硬朗，一点点重焕往日风采。

光阴弹指而逝，转眼到了夏末时节。这一日陈璘正在帐中温习《纪效新书》，忽然帐帘一掀，陈九经领着一位模样狼狈的中年男子入内，说道："阿爸，这位先生姓沈，名曰惟敬，是石星委任的游击将军，自称有朝鲜军情，特来报您知晓。"陈璘合起书本，上下打量沈惟敬一番，见他作布衣书生打扮，长相斯文白净，像是投笔从戎的文官。问道："不知沈游击有何军情？"

沈惟敬拱手道："陈都督容禀：小人奉宋经略的命令，带领日本使团进京。不料一到辽阳境内，负责护送的小队哨官突然哗变，嚷着要斩杀倭寇，为死去的兄弟报仇。其余士卒受到煽动，一发劫了日本使者。小人见情势不妙，打马便跑，就近来大营求陈都督搭救。”

陈璘奇怪道：“前线还在交战，这个节骨眼上，怎么会有日本使团进京？”沈惟敬道：“这是宋大经略的命令，我一个小小游击，哪能懂得邦交大事？还请陈都督速速出兵解救。”陈璘看他不像扯谎，便点了两百骑兵，让他前面带路。

奔出辕门，往东疾驰二十里，远远瞧见一支二十人的飞骑小队迎面行来，当中有五人身材矮小，双手被绳索绑缚。这五人穿一身宽袖大氅，梳着怪异的月代头，一看就是倭人打扮。见此情状，陈璘对沈惟敬的话更无怀疑，率众迎上前去，叫道：“好大的胆子，竟敢劫持他国使者，你们活腻了吗？”

那位小队哨官看见陈璘穿着红色山纹甲，头戴冠金凤翅兜鍪，批一袭内白外黑的薄披风，就知道他是总副一级的将军。连忙滚鞍下马，单膝跪拜：“将军何出此言？小人没有劫持他国使者。”

陈璘还没说话，沈惟敬突然大喝：“你这叛贼，日本使者分明遭受绑缚，这里几百只眼睛看得清清楚楚，你还敢狡辩？”那哨官见了沈惟敬，瞬间怒容满面，起身道：“沈惟敬你血口喷人，明明是你……”沈惟敬不容他说完，立即高声打断：“叛贼住口！陈都督面前，岂容你胡言乱语？命你即刻下马受缚，再敢狡辩，格杀勿论！”那哨官是个受不得屈的血性汉子，眼见分辩不过，悍然拔出刀来，“狗贼，老子活劈了你！”发一声喊，就要冲上来刀劈沈惟敬。

“放肆!”陈九经一声大喝，驾着坐骑挡在沈惟敬面前，居高临下一挥剑鞘，打得那哨官嘴角渗血，一跤跌在地上。那哨官怒不可遏，指着陈九经道：“我看你们不是朝廷的兵马，而是沈惟敬找来的贼党，意图劫夺日本使者！你们人多势众，我也不怕你们。给我上!”军中等级森严，众飞骑得了顶头上司命令，不敢不动，一个个挥刀跃马，疾冲而来。

陈璘才说了一句话，场面就闹到了不可收拾的地步，心中很是恼怒，往前一挥马鞭：“拿下!”唰唰唰一阵出鞘之声，二百骑兵催动战马，随陈璘迎面冲杀。眼看两支队伍就要短兵交接，陡然间一声铳响，惊得四周树上鸟雀齐飞，一个粗豪的声音高叫：“住手!”

两支队伍勒马止步，寻声望去，一队百人飞骑从左侧山坡俯冲而下，领头之人方面紫髯，正是备倭总经略宋应昌。陈璘大喜，下马喊道：“宋兄，想煞我了。”宋应昌跑到近前下马，激动道：“兄弟，我每日望穿秋水，盼得你好苦。”二人眼泛泪花，相拥大笑，这段时日积压的情绪全都在笑声中宣泄出来。

抱了一阵，宋应昌道：“陈兄，你怎么和自己人动手？发生什么事了?”陈璘道：“刚才游击将军沈惟敬来大营汇报，说这支小队劫持日本使者，欲报私仇。我率队赶来，果然瞧见日本使者遭受绑缚，与这哨官一言不合，因此动手。”那哨官看到陈璘和经略大人交情深厚，心中害怕，忙道：“将军被那狗贼骗了。”陈璘要叫沈惟敬出来对质，回头一看，哪里还有他的踪影？一怔愣间，已经知道自己上了大当，懊恼道：“这家伙奸猾狡诈，不是好人。下回撞到我手里，决不轻饶。”

“算了，先不管他。”宋应昌拍拍陈璘的肩膀，转头看向狼狈不堪的日本使团，发现其中一位中年人衣着最为华丽，应该是他们当中的首领。于是走到此人面前，用审讯的口吻道：“你叫什么名字？你们随沈惟敬私自进京，想干什么？”那首领用腔调怪异的汉语回道：“我的，内藤如安[15]。汉语的，一点点的明白。使者的，不杀。”宋应昌道：“我有的是耐心，你连说带比，我总能明白。”内藤如安摇摇头，表示自己没有听懂宋应昌的话。

宋应昌不知他是否使诈，正不知如何是好，陈璘慢慢走过来，脸上挂着友善的笑容，对内藤如安道：“使者先生，我入你娘。”内藤如安起初看到陈璘和颜悦色，也报以礼貌的笑容，哪知他竟然口出侮辱之言，笑容瞬间凝固，丑陋的脸上浮起一层怒色。突然间心念电转，又装出一副茫然无知的模样，望着陈璘摇了摇头。陈璘把他脸上的变化尽收眼底，知道他明明听懂了自己的话，却假装不懂，以此逃避审问。当下拔剑出鞘，抵住他的咽喉，喝道：“你要死要活？给我老实交代！”

既然伎俩已被识破，内藤如安也就不再装模作样，用标准的汉语道：“两国交战，不斩来使。贵国堂堂礼仪之邦，如果甘愿在东瀛蛮夷面前自失体统，只管动手便是。若能以我项上人头，扯下天朝上邦的面皮，倒也划算。”他这番话词锋犀利，伶牙俐齿之极，与刚才的笨口拙舌形成鲜明对比。

“我把你们剁成十七八块，挖几个坑一埋，谁知道此间事体？”陈璘手上稍稍用力，让剑锋略微划破内藤如安颈上的皮肤，语气极尽威胁。

“斩杀使者，和谈之事立即告吹，太阁盛怒之下，一定会派名护屋的十万大军倾巢出动，和贵国战个不死不休。你要是担得起这个后果，那便来吧。”内藤如安吃定陈璘不敢擅杀使者，虽然颈上已有血迹，仍然面无惧色。

陈璘从未听说朝廷要跟日本和谈，听了这话，直是一头雾水。正要发问，便听宋应昌道：“好，你有种，我们不杀你。不过北京你是去不了了，委屈你在辽阳大营住上几日。”对那小队哨官一挥手，“先押他们回营。”那哨官拱手称是，押着内藤如安和其余四名使者先行。陈璘担心路上再出岔子，吩咐陈九经率一百骑兵随行监押。

宋应昌让众骑下马步行，自己和陈璘走在前头，把这几个月发生的事细细说了。

去年七月，明廷虽然定下了出兵的决议，但当时宁夏之役尚未平定，辽东、宣府、大同、山西、浙江等地的兵马均受牵制，倘若日军在这紧要关头攻入辽东，一旦山海关有失，大明朝势必会重蹈土木堡的覆辙。为了给宋应昌争取时间筹措兵马粮草，明廷急于和日军展开以拖延为目的的谈判。石星身为兵部尚书，这个棘手的任务自然非他莫属。他深知日军凶残，不可能亲自到朝鲜去和日军交涉，于是广发招贤令，重金悬赏，遍寻雄辩之才。

沈惟敬是浙江嘉兴人士，早年曾参与王江泾之战，单刀匹马救过胡宗宪的性命，但他当时无心仕途，一门心思都扑在商道之上，继承家业后，大力从事对日走私贸易，学会了一嘴流利的日语。随着嘉靖朝剿倭胜利，隆庆朝开放海禁，倭寇趋于绝迹，导致他生意惨淡，家道一落再落。近年流寓京城，以临摹名家字画，兼炼丹药为生。石星小妾袁氏的父亲爱好古玩字画，从沈惟敬手里买过临摹的《寒食帖》和《富春山居图》，信以为是苏、黄真迹，于是常相往来，推为上宾。招贤令一出，沈惟敬便求袁父引荐，成功获得石星青睐，挂了个游击将军的虚职充任使臣，前往朝鲜与日军谈判。

按照常理度之，日军占领了朝鲜八道，一定会趁明廷分身乏术之机火速进犯，沈惟敬单凭一张嘴，漫说把日军拖在鸭绿江外，恐怕连自己的性命也难以保全。因了这一点，石星根本没对他抱太大的希望。然而他却自信得出奇，一人一马来到平壤城下，用娴熟的日语叫开大门，只和小西行长谈了半个时辰，就成功说服日军停战五十日，为明军的集结争取到了至关重要的时间。没人知道他和小西行长说了什么，人们只能将此事归结为天助的奇迹，明廷和朝鲜都对他赏金赐银，奉为功臣，一时间名声大噪，风光无两。五十日期限到后，他再次独闯平壤，又凭三寸肉舌和小西行长达成了永久停战的共同意愿。他志得意满，正准备向石星请示具体的停战条件，突然间风云变色，李如松率领四万大军攻破平壤，斩杀上万日军，小西行长仅率少数残兵败走。明军既已出战，议和唯有作罢，沈惟敬只好留在李如松帐下，静观局势发展。

平壤一战迫使日军从不切实际的妄想中惊醒过来，总大将宇喜多秀家主动放弃开城，把驻守在附近的五万余人收缩到王京汉城，企图集中优势兵力，与明军一决雌雄。李如松顺势进占开城，因为粮草短缺，决定速战速决，奇袭汉城。于是命副总兵查大受、祖承训二人领三千辽东铁骑为探路先锋。

正月二十六日，查大受部击溃日军先头部队，派快马向李如松报捷后继续前进。宇喜多秀家遂将汉城日军分为前后两军，共四万一千人，陆续出城围歼查大受部。查大受在距汉城三十里的砺石岘遭遇日军主力，迅速后撤到碧蹄馆，占据有利地形与日军周旋。李如松收到捷报，亲率两千精骑杀来，行至惠阴岭，突然得知查大受部被日军主力困在碧蹄馆，担心查大受无力抗敌，于是将两千精骑交由杨元统领，自己亲率百余家丁，先行奔往碧蹄馆。

李如松的到来振奋了军心，三千辽东铁骑生生抗住四万日军数个梯次的进攻，重创日军大将立花宗茂，击杀小野成幸、十时连久、安东常久三名悍将。战至胶着，杨元率两千精骑杀到，把日军的包围圈撕开一道缺口，接应李如松和查大受部突围。日军担心被明军主力埋伏，不敢追击，只能眼睁睁看着李如松死里逃生。

碧蹄馆之战争议颇多，影响也极其深远。从战斗层面上看，五千明军被四万多日军围攻还能杀出重围，而且伤亡远比对方小得多，明军的战力无疑是完胜的。但从战略层面上看，明军长途奔袭却折损三分之一，全然没有达成袭击汉城的目的，反倒是日军通过人海战术遏止了明军的锐气，达到了坚守汉城的目标。因此碧蹄馆之战应当视为明军的失败。

日军经过平壤和碧蹄馆的两次恶战，已经意识到明军的战力远高于己方，闻明军而色变者大有人在。从大将到足轻，全都丧失了当初登陆釜山时的意气，一个个垂头耷脑，整天都被深深的恐惧和浓浓的乡愁困扰。他们只想守住现有战果，再也不敢轻易和明军交战。

明军的境况也到了崩溃的边缘。众所周知，辽东铁骑是李如松之父李成梁一手创建，粮饷不用朝廷供应，而是由李家负责分派利益，因此辽东铁骑名义上是大明军队，实则是李氏父子的私人武装。此番援朝，辽东铁骑固然是东征军主力，但以吴惟忠率领的戚家军为代表的南兵[16]亦非等闲。平壤大战时，南兵将士锐不可当，吴惟忠攻打牡丹峰立下大功，骆尚志更是领着麾下部卒率先登上平壤城头，可谓功不可没。谁知战后论功，李如松却存心偏袒自家队伍，把属于南兵的功劳都记在自己人头上。南兵上下对李如松心生不满，起初挟平壤大胜之威，倒还愿意听其调遣，如今碧蹄馆一战受挫，加上粮草日益紧缺，南兵怨声四起，不肯再尊李如松为主将。明军内部已然困顿不堪，朝鲜方面非但对此全无帮助，还时刻催促李如松尽快出兵汉城，个别拎不清自己位置的朝鲜臣子频频作妖，摆出一副“我无能我有理，你活该出钱出粮出命”的姿态对李如松指手画脚。在鞭打了几个夯货之后，李如松心力交瘁，飞书北京，请求卸任御倭总兵官一职，麾下的辽东铁骑自然也要撤走。

在这紧要关头，宋应昌押着一批粮草抵达开城，稍稍解了明军倒悬之危。研判多时，终于抓住日军围攻幸州的朝鲜军之机，授意李如松派查大受奔袭汉城附近的龙山仓，一把火将日军数十万石粮草化为灰烬。日军没了粮草，士气一落千丈，只好向明军提出和谈请求。这一着正中李如松下怀，把闲了许久的沈惟敬带到了宋应昌面前。然而宋应昌作为东征军最高统帅，击退日军收复朝鲜是他最为基本的使命，和谈无疑是向世人宣告他经略下的东征军无力驱逐倭寇，这既不利于他的仕途又违背了他的抱负。他显然是不愿和谈的。可明军上下战心沦丧，倘若强令出击，恐怕会陷入比现在更为糟糕的境地。权衡再三，他决定故技重施，派沈惟敬明修栈道，自己则暗度陈仓，只要拖到下一批兵马粮草调齐，有陈璘这员虎将在朝，那便万事大吉。因了石星的关系，他对沈惟敬并不信任，特地派门下幕僚谢用梓、徐一贯同行监督。

三月二十六日，沈惟敬与谢徐二人进入汉城，按照宋应昌的指示，要求日军撤出朝鲜，丰臣秀吉应当向万历皇帝上表谢罪，作为奖赏，明廷可以考虑册封丰臣秀吉为日本国王。一番漫天要价就地还钱之后，双方达成初步协议：

一、日军送还被俘的两位朝鲜王子和官员。

二、日军撤出汉城退往釜山。

三、开城明军应与汉城日军同时后撤，不得追击。

四、大明派遣使者赴日本磋商具体条件。

于是，四月十九日，日军撤出汉城退往釜山，朝鲜君臣终于从义州还都汉城。

得到宋应昌允许后，沈惟敬三人至釜山出海，在小西行长和宗义智带领下前往日本。五月八日，在名护屋见到了野心勃勃的丰臣秀吉。因谢用梓和徐一贯不懂日语，谈判几乎是由沈惟敬独自进行。

六月初，沈惟敬带着以内藤如安为首的日本使团回到朝鲜，不知何故，竟在曲折的山道中甩脱谢徐二人，不回汉城向宋应昌复命，而是走小路绕过汉城，企图带着日本使团私自入境辽东。谢徐二人回到汉城禀报，宋应昌对此满腹狐疑，连忙派出多支飞骑小队分头拦截，自己亲率一队百人骑兵，随后撵来。其中一支小队追过鸭绿江，在辽阳境内一举擒获日本使团，沈惟敬则因机警多变，趁乱逃离。路过辽阳大营时，估计是欺陈璘不知底里，故意谎称日本使团被劫，想利用营中兵马抢人。

“沈惟敬这厮鬼话连篇，着实可恨。要不是你及时赶到，我就着了他的道了。”一杯酒下肚，陈璘颇为自责。宋应昌为他续满酒杯，宽慰道：“沈惟敬那张嘴连日军的铁蹄都能挡住，骗你抢几个人，原是小菜一碟。所谓不知者不怪，陈兄不必过于自责。”

陈璘点点头，一针见血地指出利害：“他虽然去日本和平秀吉谈了一遭，终究只是个小小的游击将军，无论是战是和都轮不到他来拍板，他冒险私带日本使团进京，背后定有重大阴谋。”

宋应昌一双剑眉皱了起来，凝思片刻，忧心忡忡道：“沈惟敬是石星选用的人，石星向来与我政见不合，如果是他在背后指使，事情可就复杂了。”

“如果真是石星捣鬼，沈惟敬一定会进京向他复命。此时天色已晚，你明日一早动身回京，或许还能在路上将其截获。即便不能，你回京后把事情奏明皇上，总不会错。这几个使者暂押营中，由我设法审问，一旦审出端的，立即飞书告你。”

“那便拜托陈兄了。”

次日天明，揖别宋应昌后，陈璘让人把日本使者逐一带来帐中审讯，旁敲侧击，恩威并施，竟然全不奏效。他不肯轻言放弃，每日仍是不厌其烦地提审。然而内藤如安五人仗着使者身份，笃定他不敢用刑，横竖是不肯开口。前线的将士已然不能饱腹，加上自己催促的兵马粮草迟迟不到，种种迹象表明，这场战事极有可能以和谈收尾。陈璘虽然没有动摇出征的决心，却不敢再奢望能尽快出征，每日只是训练营中士卒，静静等候宋应昌的佳音。

七月的一个燥热午后，陈璘正在校场观看众将比试马上功夫，一位风尘仆仆的行人突然到来，恭恭敬敬地把一折公文递到他手里。折面上醒目的调令二字让他心里蓦地一紧。拆开细看，里面只写了两行大字：即日免去陈璘防海御倭副总兵一职，调任南澳岛副总兵，协守漳、潮。即刻赴任，不得有误！“这……”他看向那行人，一脸的不可置信，“为什么？”

行人司共有三百四十五名行人，虽然职位低微，只负责公文传递的跑腿差事，但这些行人却都以进士充任。能在科举中考取功名的没有等闲之辈，加上职司使然，他们对朝中的任何风吹草动都有敏锐的嗅觉。眼前这位行人是个精明人物，不敢在这件事情上过多置喙，只说：“兵部提的议，皇上拍的板。”

陈璘何其聪明，单凭这句话，心里已经有了大致的答案。须知南澳远在广东，这份调令名义上是平调副总兵，但离开了东征军序列，就失去了在朝鲜战场上建功立业的机会，对他这个常胜将军来说，这和贬谪有何区别？兵部是石星当家，宋应昌一回北京，兵部就提议把他调回广东，就算用膝盖想也能猜到背后的原因——党派利益。可以想象，宋应昌回朝后必然和石星有过一场激烈的政治角逐，皇上性情反复，考虑到王锡爵这几个月已经握稳首辅权柄，不想王党势力压过赵党，因而选择适当拔除王党的爪牙。尽管他没有加入王党，但有宋应昌这层关系，又岂能撇清将来成为王党爪牙的嫌疑？皇上只想平衡党派利益，怎么会在乎臣子的仕途抱负？

想明白这其中的关窍，陈璘以为自己会像年轻时那样愤懑不平，可涌上心头的却只有深深的无力感。反倒是平日里老实巴交的陈九经爆发出无明业火，气冲冲地拽鞍上马，想要直奔京城，豁出性命到御前理论一番。陈璘扯住缰绳，只用一句话就化释了儿子的愤怒："莫言名与利，名利是身仇！"

当天下午，陈璘父子怀着复杂的心情登上南下的官船。

南澳岛地处粤东，北濒柘林，南濒南海。自隋开皇十一年（591）起，近千载都属于潮州治下的海阳县，一向是东南沿海的重要商贸站点。因其特殊的地理位置，被视为广东潮州、福建漳州的锁钥，是海上的兵家必争之地。万历三年（1575），明廷设闽粤南澳镇，将南澳一分为二，深澳、隆澳的民政归广东潮州府饶平县，青澳、云澳则属福建漳州府诏安县，各建兵营镇守。特置协守漳潮等处专驻南澳副总兵一员，统领岛上的左右二营以及广东东路水师，总兵府及镇城设在深澳。

嘉靖四十四年（1565），闽广海寇总首领吴平攻陷南澳，在岛上构建工事，企图负隅顽抗。俞大猷、戚继光、刘显、汤克宽等名将水陆夹击，大破吴平，打完了嘉靖倭乱的最后一场大战。当时陈璘只有二十二岁，因在平定飞龙之乱中表现亮眼，受到俞大猷赏识，特意把他从韶州千户所调来，以把总身份参战。限于年纪和地位，他没有立下足以名垂青史的战功，却也让俞龙戚虎看到了他身上惊人的潜力，有幸得俞大猷授《剑经》一部，戚继光赠《纪效新书》一卷。研习这两部皇皇巨著使他的兵法武艺突飞猛进，造就了征伐十余载而无一败的赫赫威名。在为人处世方面，他学会了俞大猷的刚正不阿，却没有学会戚继光的隐忍圆滑，这是导致他官运不能亨通的重要原因。

登陆南澳岛时刚刚下过一场细雨，炎热尚未缓解，雨水就被随后冒出的毒辣阳光蒸发，热气腾腾而起，反倒比下雨前更显闷热，把人的心情也燎得烦躁不安。此时潮州知府徐一唯[17]、漳州知府李载阳[18]、饶平知县刘玉山、诏安知县郑文利等二府县官员，已经领着快壮皂三班衙役[19]在码头等候。文官尚且如此重视，二府县的武官更不敢有丝毫怠慢。潮州卫指挥使吴志和、镇抚杨汪、漳州卫指挥使侯锐、澄海所千户袁庆并左右二营数十武官，俱在总兵府参将韩光彦和东路水师参将陈蚕率领下戎装恭候。另有三百官兵在码头站岗，不许商贩喧哗靠近，就连地上的垃圾都打扫得干干净净。一俟官船靠岸，陈璘父子从船舱登上甲板，众武官呼啦啦跪下一片，争先恐后地大呼："末将拜见都督!"文官们只是拱手作揖，叫道："下官恭迎都督大驾。"陈璘在陈九经搀扶下跳上码头，先向文官们抱拳回礼，"诸位客气了，陈某惶恐。"然后伸手对武官们作虚托状，"大家不用多礼，快快请起。"武官们称了谢，纷纷站起。

徐一唯和李载阳双双上前通名，前者说："陈都督的威名，下官早已如雷贯耳，今日有幸得见，果然是将形帅貌，英武不凡啊。”后者说：“下官常听人说，陈都督有项羽之气概，赵云之英姿，今日一见，始信传言非虚啊。”

前文说过，武官的升迁任免大权归属于兵部。武选清吏司负责武官的品级、选授、升调、功赏等事务；职方清吏司负责舆图、叙功、核过、赏罚、抚恤等事务；武库清吏司掌管兵籍、军器及武科考举；车驾清吏司则管马政和邮传。可以说兵部完全掌控了全国武官的命运。武官品级虽高，但是再怎么升迁也进不了兵部，入不了内阁，而文官品级虽低，却有升入兵部乃至入主内阁的可能。因此到了明朝中后期，高品武官在低品文官面前往往做小伏低。

沈德符的《万历野获篇》中有一段记载，很好地描述了这种荒谬的现象。“往时浙弁牛姓者，官副总兵，上揭张永嘉相公，自称‘走狗爬见’。其甥屠谕德耻之，至不与交。然此右列常事耳。江陵当国，文武皆以异礼礼之，边将如戚继光之位三孤，李成梁之封五等，皆自称‘门下沐恩小的某万叩头跪禀’，又何怪于副将之走狗耶？”

陈璘已经封了正二品都督佥事，再往上升，无非是加授虚衔的都督同知及左右都督，或者提为实职正总兵而已，在武官系统中差不多做到了头，根本不用委屈自己去巴结低品的地方官。岭南一带的官员都知道他为人方正，加上徐李二知府也不是刁钻之人，便不在他面前强摆架势，甘愿按品级高低自称下官。

“二位知府廉明公正，高节清风，学生早有耳闻，一直想前来拜谒，聆听示训。今日承仰天恩，如愿得见，真乃三生之幸。”人家礼仪周到，陈璘自然也要说些漂亮的场面话以作回应。徐李二人见他如此给面，甚是高兴，又多客套了几句。

知县是正七品衔，和正四品的知府有云泥之别，遑论和都督相比。连徐李二人都自称下官，刘玉山和郑文利更不敢得罪陈璘，一起上前哈腰通名，大出恭维之词。韩光彦、陈蚕等武官则逐一上前跪禀，自报官职姓名。等陈璘一一见过，便下令鸣锣开道，簇拥着前往总兵府接风。席间觥筹交错，免不了阿谀奉承和敷衍客套。陈璘不善交际，明明兴趣索然，表面上却要热情应酬，着实难受至极。强撑了个把时辰，就开始假装醉酒，故意东倒西歪，流露醉态和胡话，然后十分自然地扑在桌上，不再动弹。陈九经向众人拱手致歉，把他背回房去，结束了这场令人头疼的酒宴。

转过天来，陈璘让韩光彦送来南澳本镇及漳州、潮州近两年的兵备卷宗和详细舆图，以便对辖区有大致的了解。在书房翻阅数日，总算看完了最后一本卷宗，正要外出巡视，陈九经突然推门而入，“阿爸，有件事，孩儿要请您管上一管。”陈璘见他脸上有几分难以遮掩的愤慨，凭着对儿子的了解，猜到他要说一件大不平之事。便打消了传令的念头，正色道：“什么事？”

“孩儿今天去左营就任把总，点兵之时，发现有一位叫吕庄的哨官未到……”

“吕庄？”陈璘闻言一怔，脸上露出惊奇和迟疑的神色。

“当时孩儿也是阿爸这般反应。我询问属下吕庄因何缺勤，属下说他昨天在营牢内自杀身亡，因此未到。我又问他为何自杀，属下却支支吾吾，不敢明言。我催问得紧了，索性告诉我吕庄在深澳城中的住址，让我当面去问。我觉得有些蹊跷，便趁着中午休憩的工夫独自进城，一路打听，来到吕庄住处。当时他家大门洞开，院里摆着条凳和破门板搭成的床，上面躺着一具尸体。我进去查看，发现……发现那尸体的面容似曾相识，依稀就是当年东山左营的千总吕庄！”

“真的是他？”陈璘噌的站起，上前几步，“你看清楚了吗？确定不是同名而已？”

“当年我还小，和吕千总接触不多，光看那具尸体还不敢确定，直到他妻子提着香烛纸钱回来，我才肯定他就是吕千总。”

“吕庄的妻子？江庆丰的姐姐江淑贞！”

“不错，正是淑贞阿姨。您给江庆丰做保人之后不久，淑贞阿姨就嫁给了吕千总。她念着您的恩情，经常到参将府帮妈妈处理琐务，平时在街上遇见，总爱给我几文钱，让我去买糖葫芦吃。她对我这么好，我自然印象深刻，一眼就认出了她。”说到淑贞阿姨的好，陈九经眼眶湿润，胸中的愤怒更加强烈。

既然认出了江淑贞，就说明此吕庄的确是彼吕庄。陈璘悲痛道：“他家在哪？快带我去。”

“我把淑贞阿姨带来了，就在门外候着。”陈九经转头看向门外，“淑贞阿姨，您进来吧。”话音刚落，一位中年女子从门墙后走出，快步入内，一头扑到陈璘脚下，哭道：“都督在上，请为故人做主！”

“淑贞弟妹，”陈璘连忙把她扶起，“你们在东安好好的，怎么会来到南澳？吕老弟为何从千总降为哨官？他又为何在营牢自杀？这当中有什么冤屈，你只管大胆说来，做哥哥的一定为你们主持公道。”

江淑贞用袖子抹了眼泪，带着哭腔道：“您离开东安后不久，总督署派来一位周姓参将，接管东安军务。这个姓周的欺软怕硬，在许氏三杰面前规矩得很，却喜欢向底层军官耀武扬威。有一次喝醉了，当众说都督您的坏话，吕庄气不过，狠狠地顶撞了他。这厮怀恨在心，想方设法给吕庄穿小鞋，不知怎么弄来一纸调令，要把他调去广西梧州。当时我弟弟财迷心窍，已经卖了东安的产业，跑去北京做万三梦了。我们两口子都不是东安人，既然举目无亲，也就懒得抗诉。谁承想到了梧州，才发现营中参将和那姓周的竟是表亲，千方百计挑吕庄的刺，半年内把他降成哨官，一脚踢到了南澳。”

这几年陈璘没有踏足过东安半步，和以前的老部下只有书信来往，但吕庄从未在信中提及自己的遭遇，许氏三杰每年回翁祭祖，估计是怕他烦心，也不曾说过此事。他一直以为吕庄虽非大才，但胜在敢打敢拼，就算不往上升，坐稳千总的位子总是不成问题，谁知他竟沦落至此。“可恶！可恶！”他心中怒火蹿腾，一拳砸在书桌上，震得笔架倒落，砚台内的墨水四溅而出。

陈九经道：“淑贞阿姨，您继续说。”

“来到南澳后，我劝吕庄收敛性情，低调做人，过了几年太平日子。两年前，我弟弟在北京二次发迹，想到我们两口子生活凄苦，便派人送来五百两黄金、三千两白银，好教他可怜的姐姐享享清福。我和吕庄并未生育，老家也没亲人了，南澳岛上风景秀丽，这几年住惯了，索性在这儿买田建房，长期定居，以后若要外调，再来提请退伍。于是，吕庄到隆澳买了一百亩田地，请来佃户种植，又画了图纸，要在边上建一座三进三出的宅子。一个月前，庄稼大丰收，宅院也落成了，我们正在张贴乔迁剪纸，参将韩光彦和饶平知县刘玉山突然带兵闯入，韩光彦拿出一份左营的亏空账本，硬说吕庄贪污军饷，否则一个小小哨官哪来的钱建房置地？刘玉山则说我们的房屋田地、金银细软都是赃物，要全部没收，充归国库。我们解释钱财是弟弟江庆丰所赠，他们哪里听得进去，把吕庄打了一顿，戴上镣铐押走，强行找出房屋地契和满箱金银，连刚收的稻谷也不放过，统统判了个充公罚没。然后把我丢出门外，封了宅子，日夜派衙役看守。我叫天不应，叫地不灵，只好回到以前租的住处，每日以泪洗面。十天前，姓刘的狗官组织饶平和南澳本地富贾，专为我家的房屋田地办了一场扑买会[20]。街坊告诉我，刘玉山跟那些富贾提前打了招呼，让他们在会上百般挑剔，极力压价，最终一个名叫孙新的人以白银五十两的价格中标。而这个孙新，竟是韩光彦的小舅子！昨晚，几位狱卒把吕庄的尸体送回来，说他在牢里畏罪自杀，死前还交代了贪污军饷的经过，让我办了后事就马上离开南澳，否则吃不了兜着走……他……他决不是自杀的……”说到这里，江淑贞声泪俱下，一张脸哭得通红，再也说不出话来。

吕庄跟随陈璘征战多年，曾经舍命为他挡过一次箭，可谓忠心耿耿，称得上是过命的交情。听到老弟兄被人欺负到这个地步，陈璘心里像有万箭穿刺，浑身因盛怒而发抖，“这些不知死活的东西，我要扒了他们的皮！”

“阿爸，”陈九经忽然想起了什么，“早上我出门时，听到韩光彦说要去饶平视察军务。现在看来，他一定是借机去和刘玉山商量对策了。”

陈璘点点头，对江淑贞道：“淑贞弟妹，路不平有人铲，事不平有人管。吕庄是我的好兄弟，他落到这步田地，跟我也脱不开关系，这个冤我伸定了。你和经儿待在这里，哪也别去。”从剑架上取下傍身宝剑，大步流星，出了书房。

这几天他已经摸清本府治下众武官彼此间的亲疏关系，知道韩光彦在总兵府内有两位得力臂膀，一个是游击将军周添，一个是千总陶纲，牢牢把控着府内的武装。左营将领也几乎都是韩光彦的亲信。东路水师参将陈蚕与右营守备孟养义则是前任副总兵提携，一向对韩光彦颇为不服。但凡良将，均善筹谋，陈璘作为常胜将军，自然也是谋道高手。走出书房之后，他没有鲁莽地大呼小叫，而是找来周陶二人，让他们通知左营把总以上将领一个时辰后到府中议事，本府两营把总也要参加。然后说自己连日阅卷，心中烦闷，想骑马出去驰骋一番，水师和右营便由他亲自通知。一个时辰后，孟养义率部驻扎在总兵府外，陈璘则在府堂上用各种理由将周陶等人训斥一通，让他们把近几年所做的兵防措施写下来，不检讨出纰漏，不许离开府堂半步。傍晚时分，正当这些倒霉蛋胳膊酸痛，肚子咕咕抗议之际，突然有五十名水师刀盾手冲进堂内，分成两个队列站在周陶等人座位后面。另有两名精兵腰悬佩刀，手持军棍，护在陈璘公案左右。紧接着，陈蚕押着韩光彦和刘玉山进来，四名士卒一踢膝弯，把这二人摁跪在地。陈蚕拱手道：“都督，人犯带到。”直到此时，周陶等人才明白陈璘把他们聚在此处的目的——预防兵变！形格势禁，他们都默契地选择装聋作哑，只盼能置身事外。

“干得好。”陈璘赞了一句，用凌厉的目光扫视周陶等人一圈，见他们服服帖帖，不敢流露出半点反抗之意，心里暗暗地松了口气。挥手让陈蚕退到一边，猛地一拍桌案，喝道：“堂下人犯，你们知罪吗？”

韩光彦心中害怕，表面上仍然强充镇定，装出一副无辜的模样说：“都督，末将不知所犯何罪。”

刘玉山是个软骨头，从饶平一路到此，已经足足哭过三回。这时见了陈璘，直吓得浑身战栗，磕磕巴巴道：“卑职……卑职冤枉……卑职无罪啊……”

“好，我让你们嘴硬！”陈璘顺手拿起桌案上的毛笔，当作令签[21]掷下，“先打韩光彦五十军棍！”

两名精兵答应一声，上前解了韩光彦身上的盔甲，扒开上衣褪下裤子，让身边士卒把他摁在长条凳上，抡圆军棍就往他脊背和臀部狠狠打去。韩光彦毕竟是武将，头三棍打下来只当挠痒，从第四棍起，皮肉才开始有了淡淡的红痕。感受到疼痛后，他心中的害怕都转成了愤怒，抬头瞪着高坐公案的陈璘，破口骂道：“你这贪黩罪将！老子头上有人，你怎敢打我？”

陈璘最恨的就是贪黩二字，听了这话简直要怒发冲冠，起身抄起桌案上的砚台，对准韩光彦脑门掷去，咆哮道：“今天就是天王老子也保不住你！”又对两名精兵吼道，“没吃饭吗？”

两名精兵吓了一跳，权当韩光彦是一条死猪烂狗，每一棍都使出吃奶的力气照死里打。只七八棍，韩光彦就气焰尽灭，嘶嘶哈哈地叫出声来。挨到二十棍时，韩光彦整个后背和两片屁股已经血肉模糊，叫声变得凄惨至极。周陶等人看得心惊肉跳，哪敢出言求情？打到四十棍时，韩光彦终于经受不住，哑着嗓子哀求："别……别打了……我招……我招了……"两名精兵刚要住手，陈璘却不解气，喝道："打够五十棍！敢少一下，便由你们来挨！"他们只好加大力气，把两根血淋淋的军棍抡得呼呼作响，恨不得每一棍都能击碎一根骨头。等到五十棍打完，韩光彦已经昏死过去，整个后身不成人形，活脱脱是一摊烂肉。

陈璘哼了一声，坐回椅上，又拿起一支毛笔，电一般的目光射向刘玉山，"你想吃多少棍？"

韩光彦挨打之时，刘玉山早就三魂丢了七魄，听到陈璘也要打他，更是吓得肝胆俱裂，屎尿一涌而下。还没挨打，就杀猪似的哭喊起来："别打我！别打我！卑职手无缚鸡之力，便是一棍也吃不得啊。我招……我全招了！"

其实陈璘不敢真打刘玉山，他虽然官居二品，但武官对军队之外的人根本没有执法权力，何况是朝廷命官？他先打韩光彦，就是为了吓住刘玉山，好教他顾不上用文官的身份拒审。见他果然被吓住，心里直呼"妥了"，嘴上仍然厉喝："说！你们是怎么侵吞吕庄家产，怎么把他害死狱中的？少说一个字，我拔你一颗牙！"说完向陈蚕使了个眼色。后者会意，在桌上摊纸提笔，准备记录刘玉山的供言。

"是是是，卑职一定知无不言，言无不尽。"刘玉山满头虚汗，战战兢兢道，"两年前，韩光彦听说吕庄发了横财，正在买田建房，出手阔气至极，便生了夺占之心，只是苦无善策，迟迟不敢动手。有天晚上，他请我去饶平的天香楼喝花酒，席间把这件心事吐了出来。还说……还说吕庄的老婆虽然人到中年，却韵味十足，一双眼睛有勾魂摄魄的本事，不用脱衣，也能叫人回春……卑职……卑职阅女无数，近年来学了魏武遗风，不爱青春少女，专好风韵人妇。于是……于是就……”

听到此处，江淑贞红着脸从公案旁的内门快步走出，手里抓着一块木板子，上前抡圆胳膊就往刘玉山脸上抽去。啪啪啪连声脆响，木板咔嚓折断，刘玉山两边脸颊高高肿起，嘴里涎血直流，后槽牙碎了一地。江淑贞把半截木板摔在刘玉山头上，厉声道：“我撕烂你的臭嘴！”说着将四根指头插进刘玉山嘴里，发力向左右撕扯。刘玉山痛得哇哇乱叫，脑袋乱摇乱甩，奈何双手被绑，根本无力反抗。

陈璘转头向内门看去，瞧见陈九经低声叫好，一脸的解气神色，摇了摇头，叫道：“经儿，先带你淑贞阿姨下去。”陈九经赶紧出来，拉着出离愤怒的江淑贞退了出去。陈璘道：“继续说。”

刘玉山忍痛道：“于是……于是我就出谋划策，先让韩光彦把这些年贪的亏空账目做到吕庄名下，待宅院建成，再拿出来冤枉吕庄贪污军饷，借此将他打入大牢。因为隆澳是我治下，有了这个名目，我便能名正言顺地没收吕庄财产。那些金银细软和稻谷，只登记了十分之一，剩下的都由我们均分。韩光彦的小舅子孙新一直在南澳经商，为了合理合法地侵吞房屋田地，我又想了个折现归公的名头，组织本地富贾进行扑买，暗中让韩光彦武力威胁，不许参与者哄抬价格，好让孙新低价购入。按照计划，我们下一步就要定一个完美无缺的罪名处决吕庄，然后分割利益，软硬兼施，强纳……强纳……”他本来要说“强纳江淑贞为妾”，想到这句话可能会招来又一场毒打，便咽下了不说。

“我们还没着手实施，就接到了您要来上任的消息。徐知府专程到饶平县衙，要求我做好深澳和隆澳的街面卫生，不许在面儿上输给漳州。另需排查上访民众，不准有鸣冤之事发生。韩光彦一直疏于防务，生怕被您责罚，也急着整顿军事。这件事就搁了下来。直到昨天晚上，韩光彦和一位常去东安的富商喝酒，才意外得知吕庄和您的关系。他害怕极了，马上赶去营牢，先把吕庄勒死，再解下他的腰带，套住脖颈吊在栅栏门上，伪装成自杀的模样。然后喊来几名守卒，赏银打点，串好说辞，让他们把尸体送到江淑贞城中的住处，谎称吕庄是畏罪自杀，威胁江淑贞尽快走人。韩光彦可没这么好心，他是打算等江淑贞离开南澳，再派人前去追杀，免得在本地露出马脚。今天上午，他借视察之名来到饶平县衙，想让我参谋灭口之事。唉，想不到事情竟然败露得这么快！”

陈璘深知兵贵神速的道理，担心刘玉山冷静下来后会翻供，待他话音一落，便用眼神向陈蚕示意。陈蚕十分机灵，马上起身走到刘玉山面前，把毛笔和供状放在地上，从精兵手里拿过军棍，往地上重重一顿，喝道：“签字画押！老子可没耐心跟你多耗！”刘玉山不愧软虫二字，见了军棍上沾着的鲜血和肉末，全身抖得好似筛糠一般，慌忙拿起毛笔，先在供状上签下自己的大名，再颤巍巍地伸大拇指到军棍上蘸血，摁在自己的名字上。陈蚕拿起供状，呈到陈璘案上。

有了这份签字画押的供状，这桩案子就算基本告破，就算刘玉山事后提出武官无权审案也无济于事。陈璘心下大定，对周陶等人道："刚才刘玉山的话你们都听见了？"周陶等人见识了他的雷霆手段，心里怕得不得了，忙道："听到了，他若胆敢翻供，我们都能出面作证。"陈璘满意地点了点头，命人打来冷水浇醒韩光彦，也将他的供词记下，签字画押后，当场将两名罪犯钉肘收监。

之后，陈璘亲自率队捉拿孙新，收回房屋地契，再去饶平县衙把没收的财物要回，登记造册后，全部归还苦主。跟案件有关人员也悉数拘捕，逐一审问明白。然后将刘韩二人供状、孙新供状、狱卒供状、衙役供状、周陶等人的证词、伪造的亏空账目、勒死吕庄的腰带、仵作的验尸格、财产没收登记簿并原告江淑贞诉状等物结成档案，这件案子才算彻底尘埃落定。

当年陈璘在东安军政一把抓，是受了时任两广总督凌云翼特许，如今在南澳并无此项特权，虽然将案子审理清晰，却不能处决文官体系的刘玉山。他只好写下两份公文，一份发给潮州知府徐一唯，一份飞呈现任两广总督陈矩，请由徐一唯接手后续的行刑事宜。徐一唯或许是介意陈璘越界，又或者是不想得罪刘韩二人的后台，回文说案子是陈璘所破，他不敢掠美，已向总督署申请授予陈璘处决之权。陈矩的手令随后到达，这封数百字的回复可以凝练为两个字——准斩！

霜降之后，秋气肃杀，正是一年中处决人犯的大好时节。为了行刑不出意外，陈璘提前一日调来诏安县的老练衙役，希望所有事项都能符合既有规矩。

衙役们说，按照约定俗成的规矩，行刑当日一早，狱卒要向人犯说一声“向您道喜”，卸下他们身上的脖锁、手铐、脚镣三大件，扯去上衣，用指头粗的麻绳五花大绑，押到牢门口，对外面接人的衙役说一声“交了”，把人犯往前一推，就要后退三步。外面的衙役需要迅速接人，并回一句“收了”。一旦完成交接，人犯若有什么闪失，便跟里面的狱卒无关。

衙役押着人犯来到公堂，摁跪在地，高呼“人犯带到”。老爷要穿一身辟邪的红色斗篷，早早端坐在公堂之上，左右两边各站一名衙役。左边那位端一小碟用茶水化开的朱砂，上面摆一支崭新的毛笔，笔头必须提前蘸红，不能让老爷亲自来蘸。右边那位则手捧白色的剑状斩条，上面写好人犯姓名。当听到“人犯带到”，左右衙役马上将手中物事摆上桌案。老爷须喊人犯姓名，若犯人不开口答应，则由身边的衙役代回。

验明正身之后，老爷要提笔在斩条上勾画人犯姓名，表示将人犯在阳间除名。勾画时的动作要从里向外，趁着外挥的手势，一并把笔扔出，代表摈除凶晦之气。如果是两名人犯，就要先从外向内勾，再从内向外划。这支笔落地之前，堂下的衙役都要后退躲避，以免沾染污秽，但只要接了地气，众衙役都会上前哄抢，据说拿回家里给学龄前的孩子开蒙，读起书来会有神效。就算拿出去扑买，也能卖个好价钱。

掷完了笔，左右衙役拿起斩条，从人犯脖子后面插入，直插到反背着的手掌心里，强令人犯抓着尖端，不许撒手。众衙役架起人犯，押出公堂，衙门口早有仪仗队等候，队伍前头高举犯由牌，牌面上写着人犯姓名、籍贯、身份、所犯罪行等内容。等老爷坐上官轿，仪仗队便鸣三声礼炮，敲锣打鼓，开赴刑场。

刑场要选在人多的闹市区域，才能借强盛的阳气镇压邪气。到了刑场，老爷坐在监斩台上不能正对刑台，离开时也不能回头，避免邪祟沾身。犯由牌立在刑台之下，须得有人向围观百姓念诵牌上文字，达到以儆效尤的目的。午时三刻之前，允许家属上台给人犯喂酒食，如无家属，则由衙役代喂断头饭。行刑之后，若是大奸大恶之徒，头颅和腔子由衙门分开运走掩埋，反之则允许家属领回安葬。

老爷离开刑场后要先去城隍庙上香，因为城隍庙是神明所在，如果有冤魂跟随老爷，便能在此处甩脱。老爷把红斗篷、斩条、犯由牌等物连同写给阴间的告文一并焚烧，言明自己是为国法杀人，祈求神明莫要怪罪，方能返回衙门。

听完衙役们说的这套烦琐规矩，陈璘颇有些不以为然，心想："这些腐儒，杀个人而已，手起刀落的事，竟能弄出这么多臭规矩。难怪都说书生造反，三年不成呢。他们搞得花里胡哨，无非是担心自己判错案杀错人，防止被冤魂缠身。真要一身正气，事事问心无愧，阎王见了你都躲，怕什么冤魂索命？这桩案子我审得明明白白，证据真真切切，即便刘韩二人真的变成了鬼，那也是恶灵，不是冤魂。我行得正坐得端，何惧邪祟？"于是只让衙役插上斩条，写好犯由牌，其他规矩一概不依。等到行刑前半个时辰，直接让陈九经去牢里提人，自己骑上大马，亲自押往刑场。

处决刘韩二人的消息早就轰动了整个南澳。陈璘还没率兵出门，百姓们已经呼朋引伴，乌泱泱地涌到城东菜市口的刑场，把临时搭建的刑台围得水泄不通，等人犯一到，全都高声呐喊："杀！杀！杀！"足见刘韩二人平日为非作歹，已经在本地引起巨大的民愤。时辰一到，陈璘掷出斩首令牌，两颗颤抖的人头便在刀光血雾中滚滚落地。场中雷鸣般的喝彩声盖过了角落里可怜的恸哭，那是刘韩二人的亲属发出的哀号。陈璘目光扫过，余光竟从那角落里捕捉到一丝不易察觉的寒意，待要仔细辨认，江淑贞正好从另一边的人群中走出，面朝陈璘跪拜，大喊："青天大老爷！"那寒意便在百姓们浪潮般的呼喊和跪拜中消失不见。

几天后，江淑贞身穿大红喜服，在吕庄坟前割腕自尽。街坊到总兵府报信时，还带来了江淑贞留在家里的遗书，其中一项写着：自愿将房屋田地、金银细软等财物赠予恩公陈璘都督。

江淑贞头七刚过，陈璘还没想好怎么给江庆丰写报丧书信，一支穿盔戴甲的十人小队突然来到总兵府，领头的是个二十岁左右的年轻人，自称是总督署标营把总。他先口头传达陈矩对陈璘的赞誉，随后就拿出盖着总督大印的公文，要求陈璘上交刘韩二人的所有罪证，说是刑部、大理寺、都察院三司需要对此案再次核查，发文让总督大人呈送罪证。陈璘看出公文上的字迹与上次的回复不同，但大印的确一模一样，心想总督公务繁忙，不可能事事都亲自动笔，由他人撰写公文原也稀松平常。于是叫陈九经取来档案，让那年轻把总写了回执，便把档案交了出去。

大案告破，陈璘召集本岛将领及漳州卫指挥使侯锐、澄海所千户袁庆、潮州卫镇抚杨汪等武官对所辖地区进行全面勘察。作为一名合格的将领，必须对自己镇守的每一寸土地了如指掌，才能在战争中占尽地利的优势。

这一日登上南澳山顶极目远眺，但见岛上金山巀嶪，云盖插天，屏障逶迤，地势左右环抱，海上则水天一色渺渺无涯，不时有三五只海鸥掠过日头，当真是风土奇佳，景色俊美。只可惜南澳山上树木稀疏，缺了些青翠之色。古语有云："种树之术类为政。"如果能在山上遍植树木，一来景色秀丽，可悦百姓眼目；二能防风固土，减少泥石流对民众的侵害；三可免去木材从岛外运进的成本，达成惠民的目的。树木长成之后，只需像爱惜琴瑟一样有节制地砍伐，便能利薄百世。陈璘本就为江淑贞留下的巨额财产头疼，既然想到了种树，索性把这笔财产都用来惠民，料想吕江夫妇泉下有知，也会含笑九泉。于是让陈九经变卖房屋田地，再将现有金银全部拿出，购得松苗四万株、杉苗三万余株，命侯锐、袁庆、杨汪三人各率士卒在南澳城后左右山麓种植。

冬去春来，又是一年佳节到。爆竹声中，一队锦衣卫缇骑闯进总兵府，喝止正在准备年夜饭的陈璘父子，领头的千户手按绣春刀柄，高声道："皇上口谕，跪下接示!"陈璘父子慌忙跪下，应道："臣恭听圣谕。"那千户学着万历皇帝的口吻说："好你个多事的陈璘，石星检举你在南澳索贿不成，便将刘玉山和韩光彦冤杀，并揭发你去年曾向他行贿求官！朕着锦衣卫千户骆思恭拿你进京查问，胆敢反抗，就地正法!"

"什么?"

一股寒气从脚底凉到头发丝里，陈璘脑子嗡的一声，整个人都僵立住了。

本章注：

①六科直房：洪武六年（1373），分吏、户、礼、兵、刑、工六科，各设给事中一人，正七品，掌侍从、规谏、补阙、拾遗之事，辅助皇帝处理奏章，并有稽察六部之权。直房即当值办事之处。

②端门：始建于永乐十八年（1420），位于午门和承天门之间，城楼上主要用于存放皇帝的仪仗用品。历代皇城的南门，大多称为端门。

③承天门：即今天安门。始建于永乐十五年（1417），是紫禁城（皇城）的正门。

④千步廊：中央文武官署中间的过道，分为东千步廊和西千步廊，文在东，武在西，北接承天门，南接大明门。

⑤大明门：北京内城的南大门，明代称大明门，清代称大清门，民国改称中华门，现已不存。

⑥未入流：指不在九品十八级内的差役。

⑦翁城：地处翁源县西，洪武二年（1369）至民国二十八年（1939）为翁源县城，遭日军飞机轮番轰炸而毁，今为翁源下辖镇。

⑧阍人：守门人的通称，起源于周代。

⑨东阁大学士：明太祖废相后于洪武十五年（1382）设立殿阁大学士为皇帝顾问，东阁大学士是其中之一。内阁成立后，以

中极殿（原华盖殿）大学士、建极殿（原谨身殿）大学士、文华殿大学士、武英殿大学士、文渊阁大学士、东阁大学士入阁办事，通称内阁大学士。大学士权力极大，但品级只有五品。

⑩阁老：内阁阁臣的尊称。

⑪南直隶：明初定都于应天府（今南京），以应天府、凤阳府、苏州府、扬州府等十四府，徐、滁、和、广德四州直隶于京师管辖，称直隶。明成祖迁都北京后，改应天府为南京，直隶为南直隶。与之相对，以顺天府、保定府等八府，延庆、保安二州为北直隶。

⑫沈万三：元末明初的巨富。

⑬巡城御史：都察院内负责稽查京城治安的试用御史，三个月一换。

⑭赞画：相当于现代的参谋。

⑮内藤如安：原名内藤忠俊，如安是基督教名 Joan 的音译。日本天正十三年（1585），内藤如安成为小西行长家臣，被赐姓小西，因任从五位下的飞驒守一职，又称小西飞驒守如安，相当于陈都督璘、宋经略应昌。当时中、朝双方以为“小西飞驒守如安”是其真名，记载时省略为“小西飞”。

⑯南兵：明前期称南直隶、浙江一带的军队为南兵，随着戚家军的崛起，逐渐专指浙兵。戚家军是后世叫法，嘉隆万年间的官方文献无此称呼，戚继光及时人多以南兵、义乌兵称呼戚家军。

⑰徐一唯：湖广蕲水县人，万历十八年（1590）任潮州知府。

⑱李载阳：湖广黄州府蕲州人，万历五年（1577）第三甲进士，十四年（1586）任漳州知府。

⑲快壮皂三班衙役：古时州县衙门未入流的公职人员。皂班负责站堂行刑；快班又分步快和马快，负责传递公文，缉捕罪犯；壮班负责看管囚徒。三班人员统称衙役、差役、皂快等。

⑳扑买：即投标夺买，类似于现在的拍卖。

㉑令签：也称令箭，木制或竹制，上面刻有文字和图案，用于传达各种命令。

第三章　激流

时间拨回去年的夏末时节。沈惟敬在辽阳蒙骗陈璘不得，趁乱逃之夭夭，半个月后叩开石府大门，跪在石星面前叫道：“部堂大人，请您老人家为小人做主。”

石星捧着茶杯坐在太师椅上，见他蓬头垢面，一脸的狼狈不堪，疑惑道：“你不在朝鲜，跑回京来做甚？怎么弄成这副模样？”

沈惟敬哇的一声哭了出来，以膝作脚扑到近前，抱着石星的小腿哭道：“宋应昌那厮好不无礼，真真欺人太甚！小人险些就没命回来见部堂大人您啦……”

石星伸手将他拉起，让到右首落座，略有不耐道：“有话便说，哭哭啼啼的，成何体统！宋应昌怎么着你了？”

沈惟敬抹了眼泪，添油加醋道：“今年正月，小人和小西行长商定停战，正要向您请示，谁知李如松率军入朝，不顾小人劝阻，硬是强攻平壤，破了停战盟约。后来碧蹄馆惨败，军中离心离德，后续的兵马粮草又遥遥无期，李如松眼见形势不妙，便让小人去和日军讲和。宋应昌却无心停战，只令小人设法拖延，为他催调支援争取时间。又因小人是您的心腹，特派自家幕僚谢用梓、徐一贯随行监视。”说到此处，他索性胡编乱造起来，“这两个贼厮鸟，竟然在小人面前大放厥词，一个说：‘待宋经略立下援朝大功，兵部尚书的宝座就得换换人啦。’另一个说：‘石星老贼昏聩无能，我家宋大经略早就瞧他不顺眼，一旦大功告成，非把他赶回老家种地不可。你最好尽心办事，休要偷奸耍滑，以免落得和他一般下场！’”

石星一拍座椅扶手，愠道：“宋应昌跟我素来不和，觊觎兵部尚书之位已有年头，想借援朝之功取我而代之，原在情理之中。可是赶我回家种地，未免过分！”他心里先对宋应昌存了偏见，听到沈惟敬这般说辞，自然深信不疑。

“不错，姓宋的委实欺人太甚。”沈惟敬早就料到石星不会怀疑，继续说道，“小人得您老人家一手栽培，才有了为国效力的机会，心中感恩戴德，自不能屈于宋应昌淫威之下而背叛部堂大人。当时便想：‘如今朝鲜形势陷入僵持，议和才是明、日两军将士的共同心声，他宋应昌一味主战，岂不是拿大明将士的性命换取一己之功？他让我假意议和，我干脆变假为真，与日方谈妥之后，悄悄跳过这厮，把议和之功献给部堂大人。’想明白这一点，小人便带着谢徐二狗进入汉城，与小西行长等日将达成初步协议。因后续兵粮未到，宋应昌只能允许小人随小西行长、宗义智二人赴日会见平秀吉，进一步磋商议和之事。本月初，小人携日本使团返回朝鲜，故意甩脱谢徐二狗，打算带着使团进京，把这件不世之功奉送给您。不料行至辽阳大营附近，却被宋应昌派出的骑兵小队撵上，夺走了五名日本使者，要不是小人机灵，只怕性命难保。”

“宋应昌既是假意议和，当然不能让你携日本使团进京。他想害你性命，应该是杀鸡儆猴，向我示威。”说话之间，石星的脸色又比刚才难看了几分。

“部堂大人高见，姓宋的定是此意。”顿了顿，沈惟敬接着编排，“小人一路逃到辽阳大营门口，心中暗忖：‘听说营中副总兵姓陈名璘，和宋应昌交情甚笃。他不知此间详情，我何不设法蒙骗，诓他救人？若能因此令他和宋应昌生出罅隙，对部堂大人来说岂非好事一件？’打定主意，遂入营中相告：‘我受兵部石部堂指派，入朝经办议和之事……’小人话未说完，陈璘便道：‘石星打压我兄弟多年，老子早就恨他入骨，你敢在本督面前提这鼠辈贱名，真真找死！’抽剑在手，便要砍了小人脑袋。幸得营中将士劝阻，把小人拉出帐外，这才逃得性命。”

“放肆！”石星怒容满面，冲口骂道：“这贪黩罪将，欺世盗名的宵小！先前求我办理授任手续恭谦得很，没想到一转头就出言辱我！猖狂至此，殊为可恨！”

“陈璘所言远不止于此，他还说了许多难听的话语，小人心里敬重部堂大人，实在不敢一一复述。”

“好，好得很！不治他一治，我枉为一部之主！”

“对极，对极。部堂大人何等身份，岂能受那无耻之徒侮辱？这回定要大力整治他不可！”

气了好一会儿，石星渐渐平复心绪，说道：“你说要将议和之功献给我，这可奇怪至极了。如今皇上决意出战，只有击败日军收复朝鲜，才算得上是一件不世之功。议和无非是战而不能胜的无奈之举，即便促成，却又何功之有？”

“部堂大人此言差矣。眼下日军仍然占据朝鲜南部四道，尚有兵马十余万众，我军想要将其赶下海去，非调十万大军不能成事。然而十万大军跨国作战，要花费多少饷银，消耗多少粮草？沿途保障，又要征发多少民夫？就算此战能胜，恐怕大明国库也十不存五了。用我大明血汗去救一个无能的藩篱，试问这笔账岂能划算？如此关头，倘能凭一纸协议斥退虎狼之敌，使我大明国力不损，难道不是大功一件？”

石星一甩衣袖，佛然道：“日军占了南部四道，大抵是想暂时休兵，腾出精力稳固这半壁江山。等他们站住了脚，缓过了气，必定会蚕食北部，最终犯我国土。因此日军的议和条件中，一定有划南部四道而治的要求。哼，须知我大明开国二百余年，无汉之和亲，无唐之结盟，无宋之纳岁币，亦无兄弟敌国之礼。面对区区倭奴，竟要低头求和，岂不辱没祖宗？他宋应昌一力主战，仕途抱负尚在其次，最重要的原因，是不敢开大明对外用兵的议和先例，否则子孙后代都要唾弃于他。我石星虽然不才，自问比宋应昌还是强上一筹，连他都不屑干的事，我岂能为之？”

沈惟敬本以为石星会欣然应允，没想到他在国事上竟然颇有几分见地和骨气。眼珠一转，干笑道：“部堂大人有所不知，日军的确占了半个朝鲜，但我大明天兵连番血战，已经击垮了日军的战心，他们自保尚且不及，焉敢犯我疆界？小人此番会见平秀吉，曾指着他的鼻子痛骂半个时辰，那厮唯唯诺诺，大气也不敢喘上一口，只盼小人快些消气，喝他亲手斟的清酒才好。嘿嘿，他听到小人说朝廷可以封他为日本国王，登时千恩万谢，高兴得手舞足蹈。起初小人也以为他会要求划南部四道而治，可他却只提了三个条件，一是日本向大明称臣，二是日本请求大明封贡，三是日本撤出盘踞在朝鲜的军队。"

"哦？"石星不禁一呆，"这三条除了封贡全是退让，未免太卑微了些。当初平秀吉发兵十余万，野心昭昭，非要鲸吞大明不可，现在仗还没输，怎么会提出这种奴颜婢膝的利好条件？虽说我大明天兵战无不胜，可朝鲜那十几万日军也非乌合之众，这其中怕是有诈。"

沈惟敬忙道："日本久经战乱，统一不过数载，国内百业未苏，德川家康等大名也还算不上心悦诚服。发兵以来，平秀吉不曾向日军将士发过半两饷银，只承诺抢掠所得各归己有，攻下中国和朝鲜后，与各大名平分土地而已。如今攻占中国已然无望，就连全境占领的朝鲜都只剩下南部四道，日本国内早就民怨沸腾，各大名更是人心思变，再这么耗下去，平秀吉必遭反噬。权衡利弊，他只能求和撤军，捞个封贡了事。这些情况小人都探听得明明白白，决不是诈。"

"嗯，这话倒也有理。"石星点点头，心中快速盘算一番，喜道："既然平秀吉不要南部四道，又肯将日军全部撤出朝鲜，让他封王朝贡有什么打紧？如此议和，等同于不战而屈人之兵，的确是一件盖世之功啊。好，既然老天要我石星名垂青史，我便主了这个和。"沈惟敬大喜，两手一拱，谄笑道："小人提前恭贺部堂大人百世流芳。”石星抚须大笑，对“百世流芳”的恭维十分受用。

喝了口茶，沈惟敬突然收起笑容，摇头道：“不成，此事不成啊。”

石星问道：“如何不成？”

“宋应昌在兵部是您的下属，可他现在毕竟当了备倭总经略，除皇上之外，援朝大事统归他一人裁决。他执意要战，您又能奈他何？再者，您先前因祖承训兵败而遭受冷落，由您重提议和，恐怕难以改变皇上的主战立场。”

“言之有理啊。皇上正值青壮之年，如今东夷猖獗，他势必想趁此机会扬威四海，以图千秋之后，仍有英名称颂于世。既已用兵，哪肯轻易言和？唉，看来这议和之功，是断然不能克就的了。”

“小人有一计，能令部堂大人克成款事。”

“说来听听。”

“李如松萌生退意，宋应昌假意议和，究其原因，无非是缺兵少粮而已。您虽然不是备倭总经略，总归还是天下大司马，只要您签发公文，命令各地准备派往辽阳大营的兵马和粮队不得出发，已在路上的也勒令返回驻地，前线的将士饿久了，士气一落千丈，不用咱们说，李如松自己就会强行撤军回国。到那时候，他宋应昌若胆敢阻拦，只怕会被将士们大卸八块，分而食之。辽阳是东征军集结的大本营，如果能把御倭副总兵陈璘调走，不仅能打击宋应昌等主战派的信心，对咱们的议和大计来说，也是裨益良多呀。”

“哈哈！好一招釜底抽薪，妙极，妙极啊。禁止兵粮向辽阳集结，乃至调走陈璘，对本兵来说都是轻而易举的事情，就按你说的办吧。”

第二天上午，宋应昌在飞骑小队护卫下抵达北京，驰入安定门时，恰好和前往辽阳大营传递调令的行人擦肩而过。直到进入兵部衙门，才从部内的亲信口中得知石星做了手脚。他气得胡须乱抖，跑到石星面前拍着桌子大吵一通，要求撤回命令无果，便当场手写一本，向万历控诉石星破坏东征战略。石星不甘示弱，上疏指责李如松作战失利，痛斥宋应昌的经略工作是彻头彻尾的失败，顺势禀明丰臣秀吉的三个议和条件，力请行款[①]。万历没有急着表露自己的态度，而是让内阁主持廷议，就当前形势重新商讨战和方针。

石星不爽于宋应昌先前的无礼，竟在廷议上提出宋应昌不能胜任备倭总经略一职，理应撤去，改由兵部左侍郎顾养谦接任。又弹劾宋应昌未经请示擅自扣押日本使者，违法犯禁，大损国家体统，必须连兵部右侍郎的本职也一并罢免，收监下狱，交由刑部论罪。朝中人人皆知顾养谦是赵党成员，石星如此提议，直接把战和之争变成了党同伐异。王党成员群情激奋，均想：“宋应昌是我党大员，你石星说罢就罢，而顾养谦是赵党虎翼，你说提就提，真当我们是死的吗？”一言不合，王锡爵指着赵志皋的鼻子骂出一句老匹夫，彻底唱响了王赵两党全面斗争的大戏。

一时之间，几乎满朝文武都被这场声势浩大的党派倾轧卷入其中，当庭对骂、上本弹劾那是家常便饭，有罪必举、无罪诬陷也是寻常伎俩。吵到胶着时，他们甚至聚集在曾经打死人不偿命的左顺门里，像街头的流氓烂痞一样撸袖揎拳，面红耳赤地群殴起来。宋应昌武艺颇为不俗，年轻时跟陈璘切磋也能斗个三五十招，打这群肩不能挑手不能抬的文官，简直与大人打三岁小孩无异。连日约架，几乎每次都能把石星摁在地上暴打。万历皇帝对此完全不闻不问，只要不影响到日常政务，他巴不得这群讨厌的臣子闹个头破血流，他们闹得越凶，就越没工夫管他的立储之事。皇上不拍板定夺，底下的臣工又无法统一意见，导致主战派不能往朝鲜派发支援，主和派也不能请日本使团进京开展议和，局势就这样僵持下来。

百官们斗得激烈，沈惟敬的日子却过得十分滋润。他以前做假字画和贩药的生意，规模不大不小，在权贵遍地走的京城没什么地位，自从被石星委任为游击将军，去朝鲜立下两次停战功劳之后，他在京城的知名度才有了跨越式的提升。这次从朝鲜回来，愈发抱紧了石星的大腿，他又善于吹嘘和包装，有意无意地把自己塑造成石星面前的红人，甚至是赵党下一个要捧的宠儿，使得北京政商两界的中底层人士纷纷前来巴结。他因此应酬不断，买卖做得风生水起，银子就像他老娘头上的白发，每天都能掉下一把。

江庆丰能在北京东山再起，靠的就是人脉二字，眼看沈惟敬傍上了赵党这棵大树，一飞冲天只是早晚的问题，作为一个精明的商人，他岂能不早早与之结交，以便将来利用？可派人去沈宅问了几次，得到的答复都是日程已满，最快也要一月之后才有空闲。在这期间，他听说沈惟敬字画铺和丹药铺的掌柜名叫沈嘉旺，此人才干出众，不仅是沈惟敬的左膀右臂，还是关系亲密的族弟。江庆丰头脑活泛，打算先和沈嘉旺搞好关系，再让这个小沈安排自己和大沈见面。于是备了一份礼品，派人去约沈嘉旺吃饭，没想到对方极为爽快，当场就同意赴约。

江庆丰在北京共有三座酒楼，内城的两座一曰醉卿阁，一曰抱琴坊，都是京中权贵消遣会友的绝佳去处，生意颇为兴隆。但他最喜欢的还是棋盘街这座穷富皆宜的贞丰楼。在这里，他不用给那些达官贵人装孙子，不必担心哪个醉酒的纨绔子弟会扬言让他从京城消失。而且，他只要看到匾额上的“贞”字就会想起姐姐。家道中落之后，姐姐一直是他努力打拼的动力源泉。为了不在沈嘉旺面前丢份，便把见面地点选在贞丰二楼最好的上房。

三天后的傍晚，江庆丰摆下一桌盛宴，自己在后厨躲着，等小二带沈嘉旺上去坐了一盏茶的工夫，才装作应酬结束的样子推门而入。眼前的沈嘉旺年纪在四十上下，一脸的粗粝横肉，满头的钢丝乱发，右眼角有一条食指长的褐红色刀疤，这身粗野气息让人感觉他不像是做生意的掌柜，而是山林中称王称霸的悍匪。江庆丰还没开口，心里就有了三分压力，偏偏沈嘉旺又不爱说话，笑起来阴森森的很是瘆人，对于他抛出的话题要么不接，要么回应大出意料之外。预想的效果没能达到，他很快就兴致缺缺，气氛越来越尴尬。

正不知如何结束，楼下大堂突然传来喝骂声，细细一听，像是一群小二和客人起了争执。江庆丰暗呼有救，对沈嘉旺道：“沈掌柜，楼下出事了，你先吃着，我去瞧瞧。”沈嘉旺看出他想借机结束会面，皮笑肉不笑道：“我饱了，铺里还有事，下次我回请江老板一顿。”江庆丰笑道：“沈掌柜客气了。那便一同下楼。”

二人一前一后来到楼下，瞧见八名小二或持哨棒，或操条凳，正在围攻一位二十出头的年轻人，整个大堂一片狼藉，食客们都跑到门外围观。那年轻人以一敌多，却丝毫不落下风，闪避时动作迅捷，进攻时凌厉刚猛，三拳两脚就打倒了五名小二。剩下的三人畏畏缩缩，不敢再轻易动手。年轻人不跟小二较劲，一伸手把躲在柜台内的掌柜拽了出来，举拳就要往他面门打去。掌柜大呼：“快来救我！”三名小二只好一拥而上，两个壮实的抡哨棒分左右夹击，另一个虚弱的胖子慌慌张张，从后面抓着年轻人背上的包袱乱扯。年轻人放开掌柜，双手向上一探，牢牢抓住两条下击的哨棒，抬腿向左右各踢一脚，把这两人踢得倒飞数步，喀喇喇撞翻桌椅。突然间嘶啦一声，背上的包袱被那胖子扯了下来。年轻人猛地转身，一边伸手来夺，一边喝道：“还给我！”那胖子本就害怕，见状更是惊惶，“妈呀”一声甩了包袱，扭头便跑。那只包袱从年轻人头上飞过，斜斜地撞上天花板，破口内掉出两件衣服、一把匕首，另有一只厚厚的牛皮纸袋，啪嗒啪嗒地落在江沈二人脚下。江庆丰的注意力都在年轻人身上，顾不得去看脚下的物件，沈嘉旺则低头瞄了那牛皮纸袋一眼，看清袋面上的字后，不由得轻轻“啊”了一声。年轻人面色大变，对江沈二人喝道：“别碰我东西！”便要扑上来捡。

江庆丰上前几步，说道：“这位客官，我是这里的老板，你们为何打架？”年轻人没有心思解释，喝一声“滚开”，把江庆丰推了个趔趄，急忙捡起地上的牛皮纸袋，拉开交领，揣入怀中。江庆丰心头火起，指着年轻人怒斥：“哪来的泼皮，敢在这里撒野！”

年轻人愤愤道：“我撒野？好，我便跟你论论这个理。七天前我到你这里住店，因为盘缠用尽，第四天起就交不出食宿钱，于是便将贴身的玉佩押在柜台。当时掌柜明明说这块玉佩可以抵一个月的花费，这才过了三天，他就改口说只能抵半个月，我不肯，他就叫小二赶我出门。我想要回玉佩，他也不给。你说，这是什么道理？”

江庆丰看向掌柜，质问道：“他说的是真的吗？”

那掌柜早吓得满头大汗，如实回答：“小人见那块玉佩价值不菲，便动了贪念，想提前把这位客官赶走，自己补上食宿钱，好将玉佩据为己有。”

“你这贪多嚼不烂的东西！”江庆丰气坏了，上前揪住掌柜衣领，照他脸上甩了几个响亮的耳光，“我给你的工钱不够吃吗？竟敢这样损坏我酒楼的声誉！快把玉佩拿出来还给这位客官。他在这里的一应花销，都从你工钱里扣！”那掌柜自知理亏，不敢还嘴，连忙从柜台的抽屉里拿出玉佩，双手奉还给那年轻人。江庆丰抱拳道：“都怪在下管理不善，才会闹出这种丑事，还请客官大人大量，不要深究。作为补偿，本酒楼可以免去客官此前的花销，并赠送七日食宿。”

“既然你肯免了那几天的食宿费，此事我便不再追究。大丈夫不受嗟来之食，我宁可流落街头，也不要你的施舍！”那年轻人捡起衣服和匕首，用破包袱裹了，往外就走。

江庆丰乐得省钱省事，当然不会出言挽留。沈嘉旺心念一动，对江庆丰说了声“告辞”，快步跟出门去。

那年轻人步履极快，在棋盘街熙来攘往的人流中穿行甚速，沈嘉旺的脚力居然也似流星一般，紧紧跟在十步之内。年轻人有所察觉，脚步愈来愈快，想借助夜色和拥挤的人群甩脱跟踪，然而沈嘉旺却始终紧咬不放。年轻人动了杀机，从包袱内摸出匕首，反握着藏在袖内，引沈嘉旺进入一条偏僻的阴暗小巷，打算躲在拐角处一刀送尾随者归西。半个时辰后，沈嘉旺从巷口的阴影里探出脑袋，左右张望一阵，确认无人目击，这才一瘸一拐地出来。他胸前的衣衫鼓鼓囊囊，像是藏着什么东西，手里拎着年轻人身上的大衣，里面似乎裹着一个圆咕隆咚的物事。寒风呼啸，一股浓烈的血腥味从暗巷内飘荡而出。

谯楼上鼓打二更，沈嘉旺回到位于内城东长安街尾的沈宅，斥退四名仆人，在偏厅坐到三更天后，沈惟敬才恍恍荡荡推开大门。他踉跄着迎到院中，跪地叫道：“小的给主人道喜。”

沈惟敬醉醺醺地把右手摁在沈嘉旺头顶，左手叉着腰，哈哈笑道：“主人的好拐杖怎么也跛脚啦？你要道什么喜啊？”

“小的给主人道鱼跃龙门之喜。”

“嘿嘿嘿，老爷我自然是会鱼跃龙门的，不过眼下道喜还早了些。”

“小的今晚得到一件宝贝，可令主人早跃龙门。”

“什么宝贝？你要是敢拿我寻开心，我一泡尿淹死你。”

“小的纵有熊心豹子胆，也不敢戏耍主人。请主人随我到偏厅一看，便知端的。”

“好，那便瞧上一瞧。”沈惟敬把手挪开，晃晃悠悠向偏厅走去，沈嘉旺好心扶他，反被他推了一跤，“瘸拐杖，你想摔死我？”

沈嘉旺连说不敢，挣扎着站起，躬腰跟在后头。进到厅中，他先把门关了，到茶炉前斟了一碗提前备好的姜茶，双手呈给沈惟敬醒酒。然后从桌子底下取出大衣包解开，里面赫然是一颗面目狰狞的人头！断颈处狗啃似的烂糊，血已经凝固成褐红色，浓浓的腥气扑鼻而来。

沈惟敬乍见人头，吓得瞳孔大张，噗的一声，把还没咽下的姜茶全喷在沈嘉旺脸上。起身向旁边跳开几步，指着沈嘉旺道：“你你你……你干什么？”他受了这一惊，体内的酒气都化作冷汗挥发了。

沈嘉旺慌忙跪下，脸上露出惶恐之色，“小的该死，请主人恕罪。”

他言语神态仍然恭谦，不像是要造反的模样。沈惟敬心中略定，重新坐回椅上，问道：“你割了谁的头颅？发生什么事了？”

沈嘉旺拉开交领，从怀中取出牛皮纸袋，倒出一沓供状、一份尸格[②]，伪账簿、没收财产登记簿、藏蓝色经折各一本，另有一条用细红绳绑成方块的腰带。把经折递到沈惟敬手里，说：“请主人先看看上面的内容。”

沈惟敬看到封面上写着“南澳副总兵陈璘题报吕庄案事”，心中顿觉诧异。拉开细阅，只见折文写道：

钦差协守漳潮等处南澳副总兵中军都督府佥事陈璘题报：

癸巳中元，有本府参将韩光彦勾连饶平知县刘玉山，合谋侵吞左营哨官吕庄家产案。吕庄者，韶州曲江人也，先从臣下戎马岭表，积功而晋东安千总。后与上司不睦，几经降职，流贬南澳。吕妻江氏，有母弟曰庆丰者，经商富于京师，遣人赠金五百、银三千相济。乃于隆澳买田百亩，依田建三进之第。工始，韩已怀豪夺之心，与刘阴定巧取之计。第竣，即率隶卒冲入，韩以所贪伪账嫁祸于吕，诬其财产系贪污所得，挞而下狱。刘以财产不洁，判没充公，逐江氏出户。未几，刘邀本岛富贾扑买屋田，韩则暗施威压，强令会者抑价，使其妻弟孙新以白金五十两购入。及臣下到任，韩偶闻吕乃臣下故旧，恐事泄，亲赴狱中勒毙，解其带悬尸栅门，伪作自缢。又买通狱卒，还尸江氏，诈称畏罪自杀，勒逼江氏葬夫远走，阴图灭口于岛外。臣下之子曰九经，随任本岛左营把总，点兵不见吕，询于左右，莫敢答之，因访江氏，方悉内里。臣下拘回二犯，穷治其罪，首恶及从者皆唯唯不讳，冤情迅明。遂将证据归档，飞报总督署，拟交潮州知府徐一唯处置。徐曰案出臣手，不敢窃功，已请总督署准臣下续理。督宪陈公矩旋赐回文，授臣下裁决大权。是年秋后，斩刘韩二犯于深澳闹市，新及所涉隶卒皆依律惩处。大案既定，臣下俱折附证，俟后有司查核。

是岁初冬，陈璘上。

“这是陈璘写的吕庄案折文。”沈惟敬合上经折，又先后浏览了尸格、伪账簿及部分供状，对吕庄案有了大致的了解，心里却更加疑惑。“这些罪证你是从哪弄来的？到底怎么回事，给我细细说来。”

沈嘉旺简单说了与江庆丰见面的经过，遇到那位年轻人后的事情则说得十分仔细。“当时胖小二扯下这小子身上的包袱，甩手一扔，牛皮纸袋正好掉到我和江庆丰脚下。姓江的一心平事，没心思低头查看。我扫了一眼，瞧见袋面上写着‘南澳副总兵陈璘归档吕庄案罪证’。这段时间，我经常听主人提起陈璘，知道这个姓陈的是您和石部堂的敌人，于是尾随这小子出门，想找个没人的地方问他一问，看看里面有没有利于主人的可乘之机。”

“阿旺时时刻刻想着主人，不枉我养你一场。”沈惟敬满意地点点头，摆手准沈嘉旺起身落座，“后来如何？”

“这小子引我到一条偏僻小巷，躲在暗处突然袭击，想将我一刀封喉。我一面招架，一面解释：‘小兄弟不要误会，我没有恶意。’他非但不罢休，出手反而更加狠毒，处处尽是杀招，回道：‘你看见纸袋后就跟着我不放，到底有何图谋？’他使的是军中的搏杀功夫，对付起来虽然不易，跟我相比却还差了一截。既然一切尽在掌控，我也就懒得编谎，直接说：‘陈璘是我族兄的对头，你跟他是敌是友？’他问：‘你族兄是谁？’我说：‘促成中日停战的功臣，石大司马面前的红人，沈公惟敬是也。’他的攻势略有放缓，说：‘听闻石部堂因宋应昌而恨屋及乌，并不待见陈璘，是否确有此事？’我看他动作慢了，断定他和陈璘是敌而非友，就把主人建议石部堂调走陈璘的事说了。他这才扔了匕首，扑通跪地，说道：‘陈璘是我杀父仇人，求沈老爷助我报此大仇。’”

“杀父仇人？他到底是谁？”

“小的也是这么问他。他并不直接回答，而是让我先看牛皮纸袋里的东西，等我知晓吕庄案的前因后果，才说他叫韩弼，是韩光彦的独子。原来韩弼在两广总督署任标营把总，直到陈璘派人来督署呈送案情公文，他才知道韩光彦出了事。他跪在陈矩脚下又叩又拜，再三申明他阿爸不会做违法之事，定是陈璘那个卑恶小人故意陷害。陈矩当面说会慎重处理，一转头就给陈璘写了准斩回文。他没法子，只好以收尸为由告假。回到南澳家中，才发现体弱多病的母亲已经因为悲伤过度而咽气，二叔三叔趁他不在，带人闯进家门，把家里的金银珠宝等财物搜刮一空，只剩忠心的管家跪在堂前守灵。他正要给亡母磕头上香，突然听到街上有官差敲锣打鼓，高喊：‘陈都督令，今日处斩刘玉山、韩光彦二犯！’民众竟然欢呼雀跃，一路跟着敲锣的官差走向刑场，那官差每敲一次锣，他们就欢呼一遍：‘杀得好，杀得妙！’他压着满腔怒火，跟随人群来到刑场，看见了刑台上身穿囚服、背插斩条的韩光彦。昔日威风凛凛的参将大人跪伏在地，好似一摊抬不起头的臭肉烂泥，任凭台下的百姓如何辱骂掷打都不敢还嘴抗辩，只是一个劲地哭喊求饶。他不敢看父亲尸首分离的场面，便把目光转向监斩台上的陈璘，恨不得用眼神把陈璘碎尸万段。陈璘似乎有所察觉，转头向他看来，他赶紧低下头，隐入人群之后。”

沈惟敬又瞧了瞧地上那颗狰狞的人头，讶异道：“这么说，这颗人头是韩弼的。他是怎么拿到这些罪证的？”

沈嘉旺道：“行刑后，韩弼让管家出面领回韩光彦的尸首，带回去和亡母一同安葬。悲痛之余，他开始思索复仇的方法，认为武力刺杀是下下之策，如果能让陈璘也跪在刑台上哭爹喊娘，像他父亲一样受万民唾弃，那才是一场足以抒尽胸中恶气的复仇。谋划一夜，他假冒陈矩名义写了一封向陈璘索要刘韩二人罪证的公文，星夜兼程赶回总督署，照常当了两天差，等到陈矩外出公干，就借着职务之便潜入署堂，偷偷用陈矩的总督大印在假公文上盖了印。然后到营中找来九名平时看不惯的兵痞，谎称陈矩有紧急公文，要他们火速送往南澳，敢泄露半个字，全都得提头来见。于是他带队出了督署，快马加鞭去到南澳总兵府，陈璘见他们身披甲胄，公文上的总督大印又属实不假，所以没有生疑，当场交出了罪证。坐上出岛的船只，韩弼在酒里下了迷药，把众兵痞和船家麻翻，丢进海里灭口，独自驾船到饶平码头，骑快马北上京城。原来韩弼有个远房表叔在刑部做主事，此人擅长罗织术，害过不少政敌。如今韩弼骗到刘韩二人的罪证，只要那位表叔以索贿不成，便冤杀朝廷命官为名检举，陈璘手里没有罪证，必然百口莫辩，落得个锒铛入狱，身死刑台的下场。然而韩弼千算万算，却还是百密一疏。当时刑部已经收到总督署和按察司的呈文，部内大小官员都认为吕庄案铁证如山，尚书孙丕扬更是对陈璘称赞有加。因此，韩弼进京后跑去那位表叔府上求见数次，都被当作瘟神拒之门外，最后一次还和家丁动了手，闹得很不愉快。投奔表叔不成，他在京城举目无亲，一时没了计较，居然鬼使神差来到贞丰楼落脚。偏巧江庆丰约我吃饭，他又因为交不出食宿费与掌柜吵闹，最终被我看到了牛皮纸袋。嘿嘿，这真是命里该着啊。”

“原来如此。”沈惟敬若有所思，“既然韩弼视陈璘为仇敌，理应是我们的朋友，你为何杀他？”

“敢问主人，议和之事迟迟没有进展，其中的阻力在哪？”

“明知故问！谁不知道是宋应昌等主战派极力阻挠。”

“假如宋应昌转变立场，改主战为主和，并且辞官回乡，不再过问政事，议和是否能顺利进行？”

“宋应昌是备倭总经略，倘若连他都支持议和，款事自然水到渠成。可他自始至终都是坚定的主战派，怎么可能转变立场？”

“以前我们没有筹码，当然无法令他乖乖听话，如今有了这份罪证，形势可就豁然明朗了。”

“你是说……”

“韩弼的复仇计划很精妙，一旦实施，必定能置陈璘于死地。他找不到人来检举，主人背后却有石部堂和整个赵党。只要石部堂弹劾陈璘索贿杀人，赵阁老再率赵党群臣添一把火，何愁皇上不下旨逮捕陈璘进京问罪？等陈璘进了锦衣卫诏狱，石部堂便能凭这些罪证和宋应昌谈判，如果他肯转战为和，我们就交出罪证，还陈璘一个清白。就算他不肯依从，我们顺势除了陈璘这个未来的劲敌，不也是好事一桩吗？”

沈惟敬是个极其精明的人物，听到这里就完全明白了沈嘉旺杀害韩弼的原因，恍然道：“宋应昌生性豪迈，极重情义，知道陈璘遭此横祸是因他而起，大概率会放弃自己的仕途和抱负，去救无辜的老友一命。目的达成，石部堂肯定会交出罪证帮陈璘脱罪。退一步来看，石部堂虽然也党同伐异，但他身上终究还有几分直节，即便宋应昌见死不救，他多半也不会让陈璘冤死在自己手里。也就是说，无论宋应昌是否就范，陈璘最后都能洗清这个莫须有的罪名，韩弼是注定复不了仇的，到时候难保他不会恼羞成怒，跳出来揭穿我们构陷陈璘的事实。细论起来，我们需要的是这些罪证，而不是韩弼其人，为了杜绝后患，趁早把他杀掉的确是明智之举。”

沈嘉旺连连点头，挑着大拇指道：“主人英明。”

筹谋详细，沈惟敬次日带着罪证到石府献策，刻意隐瞒沈嘉旺杀韩弼的一节，谎称韩弼到京后突发恶疾暴毙，临死前曾到自己的丹药铺开药，偶然得知他是部堂大人的心腹，于是将罪证交给了沈嘉旺。石星的态度完全合乎沈惟敬的预料，明知韩弼暴毙的说法颇为蹊跷，仍然没有对此进行深究，而是选择拥抱利益，拿着沈惟敬亲手伪造的匿名检举信进宫状告陈璘索贿杀人。为了佐证这个荒谬的控诉，他又颠倒黑白，罔顾自己颁布的禁令，翻出陈璘去年送的天鹅绒、犀杯等物，污蔑陈璘用这些名贵特产向他行贿，求取御倭副总兵的职位。赵志皋随后组织赵党官员上疏弹劾陈璘，有追论罗定兵变罪责的，有从各种角度论述吕庄案办得可疑的，也有硬说陈璘劣迹斑斑，行贿索贿不足为奇的。总之是口水涛涛，唾沫汹汹，非要万历皇帝下旨捉陈璘进京不可。宋应昌和王党官员哪能坐视不理，或在奏折上奋笔疾书，或在廷议中当面驳斥，拼尽全力维护陈璘周全。两党的倾轧因此变得更加激烈，骂战和殴斗连日不绝，大明庙堂愈发乱成了一锅杂粥。万历皇帝是个聪明的帝王，在这件事情上并不倾向任何一方，虽然同意派锦衣卫拿陈璘进京，却没有下发明文圣旨，仅仅是让骆思恭传达口谕。而且口谕说的是查问而非问罪，无形中留出了转圜的余地。

陈璘被押到京城时早已过了惊蛰，北方的气温将暖未暖，天空灰蒙蒙的，云层中似乎有雷电蛰伏，却又迟迟不见炸响。踏入北镇抚司管下的昭狱，一股混杂着霉菌、粪便、腐肉和血腥味的浓郁浊臭入肺熏心，令疲惫不堪的陈璘几欲作呕。在忽明忽暗的火把照耀下，蟑螂和老鼠肆无忌惮地蹿来蹿去，浑身血污的犯人或因疼痛而哀号，或因惊恐而幽泣。久不知怜悯为何物的看守挥着鞭子呼来喝去，在这些命比草贱的要犯面前大逞威风。骆思恭把陈璘带进一间能勉强通风的单人牢房，吩咐司狱官不得用刑，就进宫向万历皇帝复命去了。

这间牢房正好对着刑讯室，陈璘刚刚靠着墙角坐下，就瞧见一群锦衣卫押着一个身穿六品官服的中年人进来，先把他摁在铸椅上，锁住双脚和右手，左手腕则用绳圈套住，由两名锦衣卫合力拽直胳膊，撸起袖子露出整条手臂，另有两人提来热气腾腾的开水桶，轮流用长瓢舀沸水浇烫。等手臂烫得红肿溃烂，一名百户拿起生锈的大铁刷子，发死力在几乎烫熟的胳膊上狠狠刷洗，在手臂彻底变成一根白骨之前，这个可怜虫就活活疼死了。那百户朝尸体脸上吐了一口唾沫，鄙夷道：“赵党的官都是软骨头，昨天王党那位熬到两条胳膊刷净才死呢。”一人道：“这帮官老爷天天斗个不休，许多人进来一用刑就死了，也不知他们有罪没罪。”那百户道：“傻小子，落到锦衣卫手里的人，是不需要管他有罪没罪的。走，喝酒去。”

陈璘曾在进京途中反复想过石星诬告自己的原因，因为不知个中详情，始终没有梳理出头绪。直到听见这番对话，他才意识到王赵两党仍在进行一场你死我活的政治博弈，自己下狱应该也和这场斗争有关。他常年领兵作战，十分擅长推理，有了这条小小的线索，大脑马上就如车轮一般飞速旋转起来：“我无缘东征，失去了御倭这个建功立业的大好机会，南澳海不扬波，离京师又有万里之遥，就算我加入王党，对石星和赵党也不会有任何威胁。石星如此大费周章，即便真能置我于死地，又能得到什么实际的好处？这老贼是千年的狐狸，不可能冒着污蔑忠良的风险做无用功。如果他把我架到铡刀之下，所图却不在我，那必然是想以我质，向别人换取利益，而这个人自然是宋兄无疑。且不论他要和宋兄做什么交易，他手上总得有能帮我洗清罪名，免于刑罚的筹码，否则宋兄救不了我，怎么可能给予他相应的利益？皇上在口谕里说石星告我两条大罪，一是冤杀刘韩二人，二是行贿求官。后者有他石星颁布的《兵防大坏，积玩宜惩禁令》，要澄清并不困难。吕庄的案子证据确凿，已经得到总督署和三司的一致认可，石星到底有什么筹码，竟能使我来昭狱走一遭，还能全身而退？”

陈璘的推理切中利害，可惜韩弼骗取罪证的方法实在无懈可击，他再聪明也不可能在没有明确线索的情况下勘破真相。他远在南澳，又无心过问政事，对朝中闹得火热的战和之争全无耳闻，因此也猜不到石星发的这支暗箭要着落于何处。牢内没有铺盖，而且闷臭不堪，这一晚辗转反侧，挨到三更后才艰难入睡。

第二天上午，陈璘被铁链碰撞的刺耳声惊醒，司狱官打开牢门，大声叫道：“起来，有人找！”摆手让一位身穿武官常服的魁梧青年进入牢房，一边锁门，一边吩咐："麻溜儿的，十两银子只能见半个时辰。"说完掂了掂手里的银元宝，哼着小曲离去。陈璘坐起来揉了揉惺忪的睡眼，看见这青年左手拎着干净的被褥和新衣裳，右手提着暗红色的三层食盒，两条剑眉紧皱，显得一张俊脸十分凝重。"广儿，你怎么来了？"他认出来人是自己的爱徒吴广，心里说不出的欢喜。

吴广红着眼道："师父，徒儿来晚了，让您老人家受苦了。"

陈璘道："我正处在风口浪尖，你不该来的。"

吴广道："知道恩师有难，做徒儿的袖手旁观，还是人吗？"说着将手里的东西放下，解开被褥靠墙铺好，让陈璘换上新衣坐在褥子上。接着打开食盒，取出一钵米饭、两瓶秋露白、四碟下酒菜，另有一大壶半温的龙井茶，茶酒各倒一杯，往饭钵里夹了些菜，含泪递上。

陈璘心中感动，眼里也泛起了泪花，点头赞道："好，好孩子，好孩子。"行伍中人吃饭本来就快，这一路跋山涉水，陈璘早就饥渴难当，见了这些可口的酒菜，直接甩开腮帮子，撩开后槽牙，好似饿虎啖肉一般大嚼大咽，不到一盏茶的工夫就吃了个精光。吴广见他吃得如此着急，就知道恩师路上没少受罪，心里愈发难受。

酒足饭饱，陈璘道："广儿，我下狱的内情你有耳闻吗？"

吴广愤然道："何止耳闻，徒儿是当场目睹！"

"啊？此话怎讲？"

"自从石星诬告师父以来，徒儿每日都为此四处奔走，和宋经略等有识之士极力斡旋。没想到皇上听信谗言，最终还是派锦衣卫拿您进京。昨天下午，我听说您到了昭狱，便急匆匆赶往宋府，和宋经略商量对策。然而此事过于棘手，我们反复商讨，始终不得善法。傍晚时分，石府管家彭福突然登门，说石星在府中备了一桌酒席，邀宋经略前去饮宴。石老狗和宋经略平日势不两立，在这节骨眼上邀约见面，用膝盖想也知道和您有关。宋经略急于破局，不得不去，我担心这是鸿门宴，也跟着去了。”

“如果我猜得不错，石星设宴的目的，应该是要向宋经略提出什么交易。”

“正是。”吴广知道陈璘素来料事如神，但听到他一语中的，心里还是颇为惊讶。顿了顿，继续说道：“到了石府，彭福领我们到饭厅，里面除了石星，还坐着一个斯文白净的中年人。我曾在巡城时见过此人一面，认出他是石星身边的红人——游击将军沈惟敬。坐下喝了两杯，石星开始步入主题，说韩光彦有个儿子叫韩弼，利用总督署标营把总的职务之便，伪造公文，偷盖总督大印，带着麾下士卒到南澳向您骗取吕庄案的罪证，之后独自进京，打算求刑部的表亲诬告您一个索贿杀人的罪名。因为刑部、大理寺、都察院三司都视吕庄案为铁案，这位表亲不敢捣鬼，压根儿没和他见面。韩弼走投无路，抑郁成疾，到丹药铺抓药时得知沈惟敬是石星的心腹，便把罪证交给了沈嘉旺，希望沈惟敬能说动石星诬告您索贿杀人。据说韩弼离开丹药铺，当晚就暴毙而亡了。”

“韩弼？”听到这条关键线索，陈璘回想起去年那支总督署小队前来索要罪证的经过，才发觉那位年轻小将的言语神态的确有几分蹊跷。如果不是总督大印和他们身上的盔甲太有信服力，如果自己再多留一个心眼，或许后面的事情就能统统避免。这么想着，心里好不懊恼，连喝三杯酒，喘息声愈发沉闷。“石星到底要和宋经略做什么交易?”

“石星让沈惟敬把罪证原件揣在怀里，只拿出手抄本给我们看，对宋经略说：‘我和陈璘并无仇怨，没兴趣要他的命，如果你肯递交辞呈，表明转战为和的立场，我便把罪证交给吴广，让他去三司翻案，还陈璘一个清白。否则，陈璘固然是死罪难逃，你宋大经略也免不了要做一个无情无义的冷血小人。’”

陈璘面色大变，“原来石星以我为质，是想逼宋经略递交辞呈，转战为和！石老狗不是一贯主战吗，为什么突然支持议和了？我调离辽阳之时，日军已经占了朝鲜南部四道，如要议和，依照平秀吉的狼子野心，岂能不割南部四道为己有？待其经营稳固，必定挥师北上，侵略我大明国土。不将日军赶下海去，便是养虎为患，最终重演土木之变于本朝亦未可知！战乃正道，和是邪道，我宁愿皇上杀我的头，也不要宋经略因我而放弃东征大计！”

吴广见师父在这生死关头仍旧慨慨然深明大义，心中的敬佩之情比往日又增了不少。这段时间沈惟敬每日应酬，曾在酒醉时透露过自己说服石星主和，将陈璘从御倭副总兵任上调离的经过，消息流出之后也传到了吴广耳中。看到恩师仍然不知内里，吴广叹了口气，把石沈会面的大致经过及日本的三个议和条件说了出来。得知自己被调往南澳竟然是沈惟敬作祟，陈璘心里怒气丛生，恨不得立即冲出昭狱，把沈惟敬剁成肉泥。后面听到三个议和条件居然有两条都是退让和利好，他的怒气便换成了疑惑，十二分的不可思议。第二条的封贡，意思是日本请求大明册封丰臣秀吉为日本国王，并开启中日朝贡贸易。对于大明来说，丰臣秀吉已经统一日本，封他为日本国王不过是顺水推舟，中日朝贡贸易以前也曾有过，双方各取所需而已，论起来不算吃亏。倘若果真如此，这场仗似乎就没有再打下去的必要了。可是这三个条件表现出来的卑微和丰臣秀吉最初的野心勃勃简直有云泥之别，如果日军到了穷途末路的境地还说得过去，问题是目前敌我双方僵持不下，胜券谁属仍不能轻易断言，丰臣秀吉此时一反常态，未免蹊跷了些。

“怕就怕这里头有诈。”陈璘不敢确定自己的怀疑，语气并不坚决。

石星提出议和之后，宋应昌等主战派都对这三个条件存有疑虑，后来石星要罢宋应昌的官，把战和之争升级为党派倾轧，斗争变了方向，王党为了阻止议和，不管有无证据，全都一口咬定其中有诈。吴广起初也持有诈论，现在为了使陈璘接受宋应昌妥协的结果，便道：“沈惟敬说这三个条件是平秀吉亲口跟他说的，当时平秀吉态度恭谦，几乎到了奴颜讨好的地步，看起来不像作伪。沈惟敬虽然跟我们不对付，毕竟还是大明的臣子，这等国家大事，弄不好就是诛九族的大罪，他岂敢儿戏？我想……此事应该不假。”

“宋经略如何抉择？”

“当时宋经略脸色青红不定，把一双拳头握了又握，沉默许久，一口气泄了出来，说您遭此劫难根源在他，若牺牲您来保仕途，那他与禽兽何异？这桩交易，他没有不做的道理。石星很高兴，说议和利大于弊，宋经略坚持主战本来就是错的，如今能在纠正错误的同时救您一命，算是赚了。然后拿出一份提前写好的错战论和一张白纸，让宋经略照着错战论抄写。我看了一眼，里面的内容都是以宋经略的口吻论述东征战略如何失败、主战怎么不妥、主和怎么有利，最后一段还向石星等主和派道歉，表明转战为和的立场。宋经略抄写时，手都是颤抖的。”

“他……真的答应了？”多年老友，其实陈璘猜到石星要用自己威胁宋应昌之后，就几乎百分百断定宋应昌会救自己，现在得到了明确的答案，虽然心里五味杂陈，脸上却没有多少震惊和意外。他抄起酒瓶咕嘟咕嘟喝了个干净，老泪止不住地流淌而下，“他怎么不来见我？”

“他知道您必定反对，而且石星给的期限很短，索性不来见您了。按照昨晚的约定，宋经略抄了错战论，回去写一封辞呈派人递送进宫，就得连夜举家离京，不能等皇上来拦。他此时应该已经到天津地界了。”

吴广进入昭狱之前，万历皇帝刚从郑贵妃的香怀中醒来，贴身太监就把宋应昌的辞呈递到了跟前。万历皇帝一时洞察不到其中的关窍，以为这是宋应昌为了博取关注，企图在党争中获得优势玩的把戏，优哉游哉用过早膳，才起驾前往宋府，形容憔悴的老管家刚刚挥泪送别一帮仆人，远远瞧见圣上的銮驾，急忙跪在门口磕头接驾。万历皇帝坐在辇车上挑帘扫视，见偌大的宋府只有管家一人接驾，宋应昌和他的家眷全无踪影，立时面露不豫之色，“你家老爷还没睡醒吗？他倒比朕逍遥了！”老管家惶恐回禀："启禀万岁，老爷天没亮就离京了。"

"什么？"万历皇帝推开车门，下来揪着老管家的发髻，把他的头扯起，一迭声道："他去了何处？为何不辞而别？发生什么事了？"老管家不敢直视皇上，拼命将视线下移，呜咽道："小人不知……老爷昨晚半夜才回府，一回来就到书房写了辞呈，吩咐小人连夜送到司礼监，结算完仆人的薪水，鸡鸣时分就带着夫人和少爷出城去了。"

"反了，反了！"万历皇帝龙颜大怒，一把将老管家推倒在地，呼哧喘着粗气，"好你个宋应昌，朕没批你的辞呈，你怎么敢私自离京？任你跑到天涯海角，朕也要把你拎回来从严惩治！"

"皇上息怒！"石星恰于此时小跑而来，跪在万历面前高呼万岁，一脸诚挚道："宋经略是羞愧难当才引咎辞职的。"

万历皇帝锐利的目光在石星脸上刮来扫去，冷声逼问："他好端端的羞愧什么？多大的羞愧才能让朕的备倭总经略弃官而去？你又是怎么知道他的羞愧的？快说，说不清有你好看！"

石星被万历皇帝咄咄逼人的高压态势震得惶惶不安，忙道："昨晚宋经略突然来老臣府上造访，原以为一场争论在所难免，谁知宋经略抓着老臣的手道了一通歉，说是忽然想通了，悟透了，我们自掏腰包去帮朝鲜打仗根本得不到半点好处，议和止损才是最明智的选择，大明在朝鲜这块泥潭里损兵折将，全是因为他的错误方针导致。他自觉上愧于君下愧于民，再无颜面空食君禄，甚至连当面向皇上请辞的勇气都不再有，只好委托老臣转述他的愧意。老臣苦口婆心劝他回去三思，千万不要做出傻事，谁知今日一早就听说宋府在清退仆人。"

“你当朕是三岁小孩吗？宋应昌和你是死对头，怎么可能向你道歉？他一向主战，怎么会突然转变立场支持议和？你嘴里有没有真话？”

万历皇帝的怀疑早在石星的意料之中，他掏出昨晚宋应昌抄写的错战论，委屈巴巴地说：“天地良心，老臣绝不敢有半句欺瞒。这是宋经略昨晚交给老臣的手书，请皇上验验是不是他的亲笔！”万历皇帝接过细看，那遒劲有力、潇洒飘逸的字迹再熟悉不过，确然无疑就是宋应昌的亲笔。万历皇帝不由得愣住了。

石星见那手书打消了皇上的疑虑，试探道：“皇上，既然宋经略确实是羞愧难当引咎辞职，还请皇上念在他过往的功劳上，不要降罪于他，就让他回乡颐养天年吧。”万历皇帝点点头，默然不语。石星壮着胆子进一步试探，“如今连宋经略都认同议和，不如……”

“那就议和吧！”他一言未毕，万历皇帝就冷冷地打断，然后半眯着眼睛，意味深长道：“你接下来是不是要说‘应当由顾养谦接替经略之职，由你全权负责议和之事？’”

这句话顷刻间让石星寒毛倒竖，冷汗嗖嗖而下，瞬息的怔愣过后，便委屈地坐在地上双足乱蹬，捶着胸口哭道：“如果皇上怀疑是老臣逼走了宋经略，直接把老臣下狱拷打便是！老臣问心无愧，死又何惧？”万历皇帝却哈哈一笑，走到近前拍拍石星的肩膀，露出一贯的面具式微笑，“石卿家多虑了。朕准了，都准了。哈哈，哈哈哈！”万历皇帝在大笑声中登上辇车起驾，只留石星战战兢兢坐在地上，感叹伴君如伴虎的凶险。

回到府上，石星独自在书房将整个事件重新梳理一遍，虽然皇上对宋应昌的离去有所怀疑，毕竟没有明确怪罪到自己头上，允许顾养谦接任经略之职，又令自己全权负责议和，这场大戏的目的就算是圆满达成了。他不是言而无信的人，马上派彭福去召沈惟敬来见，决定兑现自己许下的承诺。谁知等了个把时辰，彭福才急匆匆回来禀报，说沈宅人去屋空，字画铺和丹药铺也关了门，沈惟敬及其亲属仆人不知何故，全都不见了踪影。这一下变起仓促，大大出乎石星意料之外，冷静下来仔细一想，才发觉自己似乎堕入了沈惟敬的蛊中。

沈惟敬提议污蔑陈璘，表面上是为了帮石星逼走宋应昌，促使皇上同意行款，但只要沈惟敬不在关键时刻交出罪证，石星还不了陈璘清白，无形中就落下一个诬陷忠良的把柄任人拿捏。沈惟敬处心积虑要促成议和，就是想利用款事鱼跃龙门，而要攫取巨大功劳，就必须在款事中担任重要角色。他心思缜密，担心事成后石星会把他一脚踢开，所以故意携罪证消失，等到石星手足无措，再跳出来索取属于自己的利益。想到自己玩了一辈子鹰，到头来竟然被沈惟敬这只小鹰崽啄了眼睛，石星气急败坏，冲彭福发了一通邪火。

晚饭后，吴广如约敲响石府大门，满心期待取得罪证，连夜送往三司证明恩师的清白。石星羞惭难安，自觉无颜相见，忙让彭福以自己身体不适为由拒见。吴广急着解救恩师，哪能这么容易被他打发，反复要求见面无果，认定石星有反悔之念，登时气往上冲，力贯双拳，呼呼数下将彭福和两名看门的家丁打倒，大踏步进府，喊道：“石星老贼，滚出来见我！”几个在前院扫地的仆人见有生人闯入，连忙抡着长扫帚上前来挡。吴广武艺精湛，三拳两脚便把他们撂倒在地，继续往里强闯。

石府养的众家丁听见动静，四下里蜂拥而至，把吴广团团围住，操着刀棒劈头就打。吴广侧身避过兜头一刀，左手抓住对方手背往下一按，待对方吃痛撒刀，便用右手一抄，把刀抢了过来。紧接着反手猛挥两下格开身后攻势，便挪动步子，凭借丰富的陷阵经验和扎实的武术根基，于躲闪腾挪之间趁隙反击，往往不击则已，击则必中。只是他和这些家丁没有仇怨，出刀时用的都是刀背。

伤了多人之后，家丁们心里怯了，畏畏缩缩不敢再贸然冲上来讨打。吴广从地上抓起一名家丁，把刀架在脖子上，逼问石星所在。那家丁知道老爷躲在书房，只好一面求饶，一面带路。众家丁被打怕了，只敢在十步外跟着，不敢轻易靠近。来到书房门口，吴广一脚破门，正瞧见石星坐在金丝楠木的圈背椅上，那副颤巍巍的模样哪里还有半点尚书大人的威仪？提刀冲入，怒道："王八蛋，你要反悔吗？"

石星见他浑身杀气，吓得"妈呀"一声跌坐在地，就势一个翻滚，想要爬到器架前取佩剑自保。吴广动作极快，一把将他后心揪住，拖猪拽狗般拉拉离器架，用刀柄朝他嘴角猛砸两记，直砸得他黄牙落地，鲜血喷涌，倒在地上惨叫不止。吴广厉声骂道："你这啖粪的老狗，卖腚的死猪！你的脸皮厚如城墙，人格贱如草芥，你的为人和你的政声一样败坏得一塌糊涂！"

"你……你……"石星又痛又气，憋得满脸通红，说出一句十分可笑的话来，"你简直有辱斯文！"

“你也配提‘斯文’二字?”

“士可杀不可辱，你动手吧!”

“我要你的狗命有何用?快把罪证交出来!”

“罪证在沈惟敬手里，他今天一早就消失不见了!”

“还想骗我?”吴广手起刀落，又用刀柄在石星嘴上砸了两下，“你到底给不给?”

石星吐出两颗碎牙，疼得眼泪一涌而下，“我说的都是真的，你若不信，我跟你去沈宅看看便是!”

吴广将信将疑，“他好端端的为什么消失?”

“他应该是想做议和特使，怕我不肯，所以带着罪证消失，打算以此要挟我。”

“你们的事情我不管，总之你答应过会还我师父清白，如今拿不出罪证，你便写封奏疏，向皇上言明一切。”

“不可能!与其身败名裂，我还不如死了痛快。”

“你做得出这么下作的勾当，还想要脸吗?”

“我可以不要脸，国家大事却不能不顾。”

“笑话!你心里除了功名利禄，还装得下国家大事?”

“促成议和我有功，按甲休兵国有利。你们这些武夫懂得什么国家大事?”

吴广正要反唇相讥，门外忽然脚步声起，五六十个全副武装的官兵呼啦一下鱼贯而入，长枪箭矢齐刷刷对准了他。彭福随后领着一个膀大腰圆的中年军官进来，指着吴广对那军官道:“李指挥，就是此人强闯尚书府作乱!”原来彭福吃了一拳后，心知府内家丁不是吴广对手，便悄悄溜到后院骑快马直奔东城兵马司搬取救兵。指挥李天德和吴广本就互为不爽，听说他竟然到部堂大人家里逞凶，自然不会放过这个既献殷勤又报私仇的机会，马上集结麾下官兵赶来逮捕。见此情景，立马下令："吴广私闯尚书府行凶，给我拿下！"众官兵得令，挥动兵刃，一拥而上。

眼见形势不妙，吴广挥刀向左猛攻，从窗口飞身而出，爬上院墙跳出府外。一路跑回家中，简单收拾细软，拉着王氏到马槽同乘一马，仓皇出城，向南逃窜。李天德率追兵撵到吴家扑了个空，便将此事上报巡城御史，请发海捕文书，天下大索，定要缉拿吴广归案。但石星心里存了几分愧疚，不愿置吴广于死地，出面表示只罢官而不通缉论罪。连他都息事宁人，巡城御史更没有穷追的理由，这件事就这样不了了之了。

石星把自己的失德都归咎于沈惟敬的卑恶，坚信这厮还藏在城中，每日派人四处搜查。与此同时，他一面让兵部左侍郎顾养谦奔赴辽阳，迎接日本使团进京；一面与朝中大臣磋商议和条件，下令撤回李如松兵马，只留刘綎一部驻守。

事情没有按照预料的方向发展，陈璘很快就意识到罪证交接出了问题，然而万历皇帝迟迟不派人提审，吴广又不来探视，他无法与外界沟通，只能在无尽的凄楚中苦苦煎熬。这天深夜，迷糊中听到司狱官大喝："什么人擅闯昭狱？"一个粗粝的声音大叫："我等奉命抓陈璘狗贼到韩参将坟前火祭，挡路者死！"陈璘一骨碌站起，走到栅栏门处向过道尽头张望，瞧见三十多个黑衣人拉弓搭箭，将十几名锦衣卫逼住，一位黑布兜住头脸的汉子揪着司狱官，来到陈璘牢房外，喝道："打开！"司狱官慌忙掏出钥匙，颤抖着打开门锁。那汉子将司狱官推进牢内，把陈璘拽了出来，瓮声瓮气道：“陈璘狗贼，我们要抓你出去，给韩参将报仇！”不由分说，用刀抵住陈璘脖子，往外就走。出了昭狱大门，另有三四十人和五辆马车在门口等候，那汉子拉着陈璘坐上中间那辆，叫一声“撤”，七八十人便护着五辆马车撤离。

陈璘在车内瞧不见外面的情形，只能听见四方八面不断有追兵喝令站住，打斗声此起彼伏，十分激烈。混乱之中，骆思恭的声音传了过来：“陈璘在那辆马车上！不要恋战，截停马车！”那汉子掀开窗帘，朝外面喊道：“掩护！掩护！”四下里黑衣人纷纷应命，脚步声、呼喝声迅速向陈璘所在的马车汇集，两方人马围着马车追来挡去，一路奔驰，尽是刀光和血雾。

约莫跑了两刻钟，追击的声音渐渐远了，陈璘见那汉子的注意力一直放在窗外，迟迟不把刀从自己脖子上移开，便说：“断文，车上颠簸，小心手抖。”那汉子闻言一怔，赶紧把刀放下，扯了头脸上的黑布，露出一张威严庄重又不失儒雅的面容，诧异道：“大哥，你怎么知道是我？”原来这汉子竟是许氏三杰中的老大许断文。

陈璘微笑道：“你右手背有道食指长的刀疤，是当年在潮州围剿朱良宝时，替我挡刀留下的。卿卿为此埋怨了我好几天，我怎能不认得？”许断文赞道：“如此紧要关头还能洞若观火，大哥的犀利不减当年啊。”

“少来这套，”陈璘没心思听他夸赞，“这是怎么回事？你不要命了，敢劫昭狱？”

“大哥别急，听我慢慢说。”许断文把头探出窗外瞧了一眼，确认后面没有追兵，这才说起劫狱的事。

那天陈璘被锦衣卫带走，陈九经心急如焚，当日就离开南澳，星夜兼程赶回东安求救。许断英快意恩仇，许断杰不怕天塌，都吵着要点齐兵马直扑京城，一则向万历皇帝要人，二则狠狠地教训石星一顿。许断文老成持重，知道率军进京等同于造反，哪能由他们乱来？思前想后，决定先率一批百战之士进京斡旋，若不能文救，再来武取。于是从营中挑了一百名忠心耿耿的老弟兄，对外宣称要分批探亲，让这批老弟兄先行离营，秘密到翁源县城集结，再由梅关北上。东安不能无人镇守，许断杰做事没谱，议定由许断英留守东安。许断文随后谎称老家有事，带着许断杰和陈九经回翁，将部下编成三队，分头进京。谁知刚过长江，竟然意外撞见南逃的吴广夫妇，从吴广口中得知了陈璘下狱的前因后果。许断文料定石星不敢向赵志皋透露真相，赵党的气焰会因为宋应昌的离去愈发猖獗，为了进一步打击王党的士气，必定会大力要求处陈璘以极刑。想要救人，除了劫狱别无他法。

吴广曾和王锡爵有过一面之缘，于是自告奋勇，随队伍潜回北京，引许断文到王府拜谒，将事情的真相和盘托出。王锡爵无法忍受被人剪臂断膀的耻辱，出于对宋应昌的情义，决定助许断文完成劫狱壮举。他贵为当朝首辅，运作此事并不困难，先是和巡城御史打好招呼，要求行动前后一个时辰，不许五城兵马司的官兵上街巡逻。又请锦衣卫指挥同知许茂橓到府中饮酒，不知许下什么承诺，换来了许茂橓睁一只眼闭一只眼的支持，并且拿到了昭狱的地形图和岗哨图。陈九经则去贞丰楼找到江庆丰，把吕庄的案子一五一十告知。江庆丰既悲且愤，不仅为队伍提供食宿，还动用关系买回一批制作精良的兵刃。

许断文的头脑不在陈璘之下，特意让众人穿上夜行衣，还巧妙地以“韩光彦同伙劫持陈璘火祭”为幌子，隐藏真实身份，误导锦衣卫事后追查的方向，避免因劫狱而获罪，可谓一着高招。可惜事无完备，骆思恭不知为何突然带领一队锦衣卫撞了过来，要不是许断文谋划周详，事先布下马车疑阵，恐怕会有衔橛之变。

听说王锡爵也冒险出力，陈璘颇觉意外，对这位首揆大人又多了几分敬意。马车直达临时租下的落脚点，王氏和江庆丰的亲属仆人提前烧好了热水，足足备下十二桌丰盛的宴席。陈璘沐浴之时，吴广、许断杰、陈九经陆续带队返回，众弟兄都是百战猛士，除了几人轻伤，无人殒命。开席之后，陈璘先向老弟兄们跪拜致谢，逐桌敬酒，然后和许吴等人围坐一桌，说起下狱前后的事情，只觉得恍如隔世。

当前形势明朗，朝廷以为陈璘是被韩光彦同伙劫走，不存在越狱的罪过，接下来只需坐等沈惟敬现身与石星谈判，伺机夺回罪证，陈璘就能假装从韩光彦同伙手里偷得罪证而回，到三司擂鼓喊冤。倘若夺取罪证失败，也能将错就错，权当被韩光彦同伙杀死，从此隐姓埋名，不问世事。石星已经派顾养谦去辽阳迎接日本使团进京，陈璘笃定沈惟敬会在使团到京之前现身，只要派弟兄们日夜在石府外监视，便有翻盘的机会。

陈璘的研判十分准确。

劫狱引起的波澜尚未平息，朝中就流出了顾养谦迎接日本使团失败的消息。按理说内藤如安被扣押数月，总算盼到进京指示，应该十分欣喜才对，然而他却拒绝了顾养谦的迎接，声称沈惟敬已在名护屋城见过丰臣秀吉，要议和，日本只认沈惟敬。顾养谦拗他不过，只能悻悻回京。石星正为此一筹莫展，沈惟敬便有恃无恐地登门求见，一开口就要石星封他为议和特使。既然日本指名要沈惟敬议款，石星就算恨得牙痒痒也奈何他不得，只盼他能解决燃眉之急，哪里还有心思再管旁的？满口应道："只要你能顺利完成议和，往事不用再提。"

沈惟敬聪明绝顶，用膝盖想也能猜到陈璘被劾的真相，知道陈璘正躲在暗处伺机而动，反正自己的目的已经达到，与其日防夜防，不如主动解冤释结，顺便缓和一下与石星的关系。于是主动交出罪证，让石星派彭福送往贞丰楼。陈璘大喜过望，立即携罪证到三司喊冤。

三司长官都是青天明镜似的人物，收到罪证后马上核查，迅速确定罪证的真实性，判定陈璘处决刘韩二人合乎理法，彻底洗清了索贿杀人的罪名。石星上疏说自己之所以检举陈璘，完全是受了那封匿名信的蒙骗，愿意就吕庄案向陈璘致歉。但他不肯太过被动，自始至终都不承认冤枉陈璘向他行贿。有他颁布的禁令在前，谁都知道陈璘送特产的行为不属于行贿，无论他承不承认，都没人在意此事。

陈璘刚刚恢复自由之身，还没弄清楚自己是官复原职还是另调他处，一名小太监前来宣召，说皇上在西苑赏花，召他前去觐见。西苑在紫禁城之西，壬寅宫变后，嘉靖帝搬入西苑玄修，一应政务均在此处置，连内阁的阁臣也改到无逸殿当值，使西苑一度成为明帝国的权力中心。陈璘随那太监踏过玉河桥，得知皇上赏花结束，正在当年嘉靖帝玄修的玉熙宫内休息，赶紧来到丹房之外，跪地叫道："微臣中军都督佥事、南澳副总兵陈璘见驾，吾皇万岁万岁万万岁。"

丹房内传出一个圆润的声音："进。"

"谢陛下。"陈璘起身跨过门槛，低着脑袋小步快走，来到金丝帐暖阁之下，再次跪地叩拜，高呼万岁。他虽然不敢抬头，进门时却悄悄将视线上移，瞥见万历皇帝既不穿龙袍，也不带翼善冠，而是着一袭明黄绸衣，交领大开，露出白色的中衣，模样颇为慵懒。他身后跪着一位云鬓略乱、身披半透明薄丝衣的妇人，粉红的肚兜和雪白的肌肤若隐若现，正用两根葱葱玉指揉搓万历皇帝的太阳穴。陈璘看不见他们身上的细汗，却能清晰地闻到空气中弥漫着一股香艳的气息，不禁大为尴尬。

万历皇帝道："起。"

陈璘谢恩站起，微微低头，不敢再向暖阁望上哪怕一眼。

只听万历皇帝说道："陈璘，事情朕都知道了，你受了委屈，朕很心疼你。"

这句话让陈璘十分意外，鼻头一酸，颤声道："能为国诛除奸佞，是臣子莫大的荣幸。微臣不敢委屈。"

"你一心为国，这很好，朕很满意。这次下狱，你有什么感想吗？"

"感想？这倒是有的，只是臣不敢说。"

"许你无罪，说。"

"是。臣以为，朝中党争过于凶猛，权贵们为了自己的利益肆意倾轧，已经严重危害到无辜臣工。微臣斗胆请皇上整顿朝纲，预防党祸。”陈璘本来还想说“重开早午朝，励精图治，敲定国本”云云，话到嘴边，终究是不敢出口。

“说得好。朕苦党争已久，早有整顿之心，只是朝中派系林立，绝非一朝一夕所能克就。你几十年来不曾涉党，身上又有柱国之才，朕希望你能继续保持赤子之心，为国为民，而不为己。”

“请皇上放心，微臣曾发过宏愿，此生要以马上死战，马下安民为己任，哪怕日月倒悬，江河倾覆，也不敢有半点利己私心。”

“很好，朕相信你。”万历微笑颔首，突然话锋一转，“可是你毫无背景，又得罪了石星和整个赵党，难保他们不会蓄意报复，再炮制一次索贿杀人的构陷。眼下议和已成定局，你再有能耐也派不上用场，既然留在朝中没有用武之地，反有遭人迫害之虞，不如先回老家蛰伏，静观时局演变，等待重用的契机。”

陈璘诧异道：“皇上的意思是？”

“赵党认定你将来会是王党的臂助，倘若让你带官休养，他们多半还要设法害你。为了保护你，朕想顺势以坐贿石星为由将你罢官，好让他们以为你没有再举的机会，从而达到平安蛰伏的目的。”

“啊？这……可是……”

“朕知道，百官知道，石星本人也知道，你不用解释。你是一把好刀，朕需要你，大明百姓也需要你，为了国家社稷，有些委屈不得不受啊。”

“这……微臣……微臣谨遵圣谕！”

“嗯，你是识大体的，朕没看错你。带上你那帮兄弟回家去吧。”

万历皇帝最后这句轻描淡写的话直接让陈璘浑身一震，下意识抬头看向万历皇帝，惊恐道：“皇上……”话未说完，站在暖阁左右的两名大汉将军便手按刀柄，厉声喝道：“大胆！仰面视君，可是要刺王杀驾？”陈璘额头冷汗涔涔直下，慌忙压低了头，急道：“皇上，微臣……微臣……”

万历皇帝淡然道：“不用说了，去吧。”

陈璘忙道：“是，是！微臣遵旨！”两手抱拳，躬腰后退，直退到门槛边才敢转身。出了玉熙宫，才发觉前心后背都已湿透。

回到落脚点，把事情跟许吴等人一说，众人也都惊出一身冷汗，分析了半天，都不明白万历皇帝怎么会得知劫狱真相，既已知晓，又为何不作追究？为了解开心中的疑窦，陈璘没有急着南归，打算在京城多待几日，看看局势如何发展。

事情很快就有了答案。

次日下午，江庆丰打听到一个重磅消息——王锡爵提议三王并封。

要将三王并封说清道明，还得从延续多年，导致万历皇帝不上朝的国本之争说起。

十三年前，年少的万历皇帝一时兴起，在李太后的慈宁宫宠幸了一名模样姣好的王姓宫女，不料这宫女竟然怀上龙种，并顺利生下一名男婴，是为皇长子朱常洛。可万历皇帝对这王姓宫女全无感情，还因为李太后的训斥而心生叛逆，竟在普天同庆的喜庆氛围中，公然流露出对朱常洛母子的厌烦，之后不顾李太后阻拦，一头扎进郑淑妃的香怀。五年后，郑淑妃诞下皇三子朱常洵，万历皇帝大喜，不仅将淑妃封为贵妃，还承诺要册立朱常洵为太子。这一着让满朝文武炸开了锅，大臣们搬出立长不立幼的祖训，纷纷上疏建议立皇长子朱常洛为太子，并指责后宫干政，将矛头对准独得宠爱的郑贵妃。这让万历皇帝十分恼火，与群臣发生了几次激烈的争辩，渐渐疏远了朝政。

五年前，大臣们集体上疏，强烈要求早定国本，再次请立朱常洛为太子。虽然李太后也支持朱常洛，但执拗的万历皇帝始终不肯让步，一再找借口往后推延，承诺会在两年后举行册立太子之礼，岂料时间到了又不断推延，迟迟不肯定下决议。前年初，眼见朝野上下的非议愈发汹涌，太后和大臣们依然没有松口的迹象，万历皇帝再也拖延不过，正在不知所措之际，回乡探母多时的王锡爵终于回京就任首辅。于是万历皇帝亲笔写下一封密诏，请王锡爵在廷议中提出三王并封，将皇长子朱常洛、皇三子朱常洵、皇五子朱常浩一并封王，待他们全部长大成人后，再择优者立为太子。如此一来，万历皇帝就能以虚心纳谏的姿态接受首辅谏言，顺理成章将此前的承诺作废，制造更多时间和机会来为册立朱常洵作斡旋。

可王锡爵担心被群臣所不容，对此犹豫不决，一直没有给出准确的回复。万历皇帝虽然不悦，但也明白这是强人所难，无法对王锡爵做出实际性的责罚，只好再找借口，将册立太子之事一拖再拖。他容忍党争的原因之一，正是为了让大臣们疲于合理的斗争，没有精力再来管他的立储之事。

许茂橓毕竟是天子近卫，讨好首辅远不如讨好皇帝，从王府出来，转头就进宫禀报劫狱机密。万历皇帝心思诡谲，故意不作理会，等劫狱事成，立即召王锡爵觐见，以密谋劫狱的罪名相要挟，勒逼王锡爵提议三王并封。王锡爵一来为了自保，二来也想救人救到底，这才答应万历皇帝的要求。至于借贿赂石星之名罢陈璘官职，以此躲避赵党迫害，则是这对君臣共同商量的结果。

据说王锡爵在廷议上提出三王并封之后，群臣就在震惊中爆发出腾腾怒火，钻营小人固然横加指责，刚正直臣也不顾首辅权威，言辞激切地当庭驳斥。赵志皋、石星等赵党成员更是群起而攻，定要趁此机会将王锡爵生吞活剥不可。其余大小党派激愤难平，全都要求罢免王锡爵以谢天下。一时之间，攻讦谩骂如雨点般打在王锡爵身上，汹涌的讨伐声浪一阵高过一阵，几乎要将王锡爵淹没在口水的汪洋。王锡爵始终一脸漠然，对所有的质问都不予理会，等他们骂得口干词穷了，才低下头迈着沉重的步伐离去。

陈璘不知内情，自然无法将三王并封与自己联系起来。他明白自己只是一个被罢免的武将，没有资格干涉国本大计，对此毫不置喙。在京城待了几日，确认三王并封之议卷走了百官的精力，连战和之争都被搁到一边，已经没人有闲心理会自己的事情，才终于感到一丝久违的安心。拿到兵部签发的免职公文，他揖别江庆丰，率众南归。

离京之前，他特地去了一趟宋府，瞧见门前停着数辆马车，一位胖官员站在门口指手画脚，十几名家丁正从车上搬取家具，往府内抬去。拿眼一打，门上的匾额已经由“宋侍郎府”改成

“何御史府”。陈璘正自伤感，忽然看见一位须发皆白的老管家跑来，隔老远就开始作揖打躬，“是陈都督吗？”

陈璘应道：“鄙人陈璘，都督二字，再也不要提了。”

老管家道：“小人是宋经略的老仆，奉老爷之命，留在京城变卖房产。今日事了，也该走了。那晚老爷启程之前，曾嘱咐小人给您带几句话。”

“不知宋兄有何话语告我？”

“老爷说：‘我将隐居于西湖孤山，不谈兵事，不见故人，亦不论恩仇，今后惟著书立说，聊度光阴而已。我反复思索，总觉议和之事大有蹊跷，平秀吉或不愿就此善罢，陈兄务必忍辱负重，韬光养晦，以待后用。倘若倭奴和而复战，兄当以民族大义为重，个人荣辱为轻，有诏则挺身而任，无诏亦应勇于自荐。天降兄于大明，所为何来？无外乎‘大公济世，精忠报国；驱倭荡寇，保境安民’十六字而已。盼兄珍重，莫来寻我。”

“大公济世，精忠报国；驱倭荡寇，保境安民”这十六个字在陈璘耳边萦绕不去，心道：“宋兄所言极是，这场议和就算能成，按照平秀吉的野心，想必也太平不了多久。我堂堂男儿，若不能为国家出力，活在世上还有什么意义？皇上已经明言要我静观时局，等待用武之处，我又何必对莫须有的行贿罪名耿耿于怀？消极自伤，可不是大丈夫的做派。”说道：“多谢尊管转述，既然宋兄不见故人，我也不好再去寻他，烦劳尊管代我致谢。”

许断文做事周详，进京前曾派人回翁源接许怜卿到东安暂住，以防事情败露，朝廷缉拿家属。因此陈璘父子得先去东安接上许怜卿，再回翁源老家。吴广左右无事，想到恩师爱吃妻子王氏做的菜，便也陪侍在旁。这一路上风平浪静，单只许断杰闲不住，不是和老弟兄们喝酒，就是驻扎时偷逛青楼，一喝多就向陈九经灌输各种离经叛道的想法，没少惹陈璘生气。

许氏三杰个顶个的强悍，单拎出来都是足以独当一面的大将，然而性格却迥然不同。

许断文兵法韬略只比陈璘略逊一筹，在为将者的稳重方面则远胜年轻时的陈璘。后者喜欢兵行险着，次数多了难免百密一疏，而许断文思谋周密，总能排除潜在风险，于关键时刻扭转乾坤。可以说没有许断文这条臂膀，“未尝一败”四个字便与陈璘无缘。他身为武将，却有一颗文心，工诗词，善书画，时常妙手得文章，天然作佳句，最好的一幅书法已经被文人雅士炒出天价。他的感情生活对于两位弟弟来说，也是神仙眷侣一般的美好。他在陈九经出生那年成婚，娶的是时任翁源知县黄袖清之女黄竹西。这个女子是典型的大家闺秀，尽管容貌算不上倾国倾城，但论知书达理、温柔婉约等内在气质，则远在许怜卿之上。在她的悉心教导下，儿子许同尘五岁便能背出唐宋八大家的名作，七岁就掌握了作诗填词的要义，随笔一挥就能写出锦绣佳篇。聪慧程度和习武天赋也比年长几岁的陈九经强上数倍，在可以预见的将来，许断文的晚年生活大抵能因这个天才儿子富贵腾达。

比起老大的专情，老二许断英是个十足的情场浪子。从翁源到韶州，自粤东到粤西，他在十几个情窦初开的少女心间留下了永远无法磨灭的印记，却只向一个女孩儿许下婚约。然而大婚前夕，他却斩下左手小指，连同自己所有的财物一并交给那个女孩儿，换来了继续在情场浪荡的权力。来到东安的第二年，他在巡视村庄的途中遇到一个眼睛充满灵气的瑶家姑娘，两年之间，他使尽浑身解数，发了一个又一个狠毒的誓言，终于抱得美人归。他人生中最快乐的日子只维持了十个月，就因妻子难产大出血，落了个一尸两命的悲惨下场。那天阴风呼号，漫天尽是愁云惨雾，他在妻子坟前枯坐一夜，蓦然回首，才惊觉亡妻竟和那个被退婚后投河而死的女孩儿有三分神似。悚然之余，他感到悔恨，无尽的悔恨。次日陈璘夫妇送来早饭，发现他两鬓已然微霜，俊秀的面容覆上了一层沧桑的褶皱。之后他便从情场浪子转为酒中真仙，逍遥洒脱，放浪形骸。他不再主动偷心，却不断有怀春的少女和多情的妇人为他欢喜忧愁。

看着外甥和侄子从嗷嗷待哺的婴儿成长为拆天掀地的顽童，许断杰曾不止一次感慨：“女人和娃娃，果然是天底下最大的麻烦!”为了过上自由自在的快活日子，他决定一辈子都不去沾惹这恼人的麻烦。陈璘和许断文坚决不准他孤独终老，为他的终身大事操碎了心，耐心的劝说也随着年龄增长变成了严厉的训斥，总算在镇守东安的当年说动犟牛饮水，借回乡祭祖的机会，在翁源给他物色到一位老举人的娇生幼女。本打算定好日子直接迎娶过门，可他非要在婚前和那女子照面，确认双方是否合拍。

陈璘亲自包下翁源酒楼最大的雅间，许断英更是将自己毕生积累的经验倾囊相授，谁知许断杰一见那女子，便傻傻地说：“乖乖，你可俊得很啊。”

那女子羞答答地问：“我是你见过最俊的姑娘么?”

他说："那倒不是，我妹妹比你俊上十个杨贵妃也还不止。"

那女子神色已然不悦，"我这么丑，你定是看我不上了？"

他大喇喇地笑道："我家老二说了，情人要美，老婆要丑，只要你够贤惠，丑一点……"他话没说完，已被泼了个茶水淋头。

陈璘仍不死心，几天后又托人介绍了一位富商家里的大龄长女。许怜卿苦口婆心教导数日，恨不得将初次见面可能遇到的所有问题一股脑列出，让这笨牛把应对方法背得滚瓜烂熟才好。

这次约会选在滃江岸边，那姑娘显然已是经验丰富，一上来就问："你有多少财产？"

他老实回答："白银十九两，铜钱二百文，官舍一间，无田。"

"你官居守备，怎么才这仨瓜俩枣？"

"吃喝……呃……吃喝玩乐，接济弟兄，哪样不用钱？"

"以后你的钱都归我管，不准喝酒，不准赌博，不准傻不拉几地做散财童子。生儿子跟你姓，生女儿跟我姓。能做到我就嫁给你。"

他把眼珠一瞪，扯着嗓子嚷道："那老子还活个什么劲儿？你镶了金边还是嵌了宝玉？不成，不成！"

那姑娘见他男子气概充沛，竟然不恼反羞："好啦好啦，你跟人家道个歉，人家就嫁了你啦。"

他更加气得面色通红，指着她的鼻子说："我又没错，干吗道歉？别人的老婆都是娶来的，我许断杰的老婆却是道歉来的，传出去岂不是笑煞了人？呐呐呐，你看看你啊，扭扭捏捏，娘不拉几的，叫人看了浑身膈应，老子才不伺候你呢！”

那姑娘心中直骂：“傻子，大傻子！”转念又想：“这种傻男人最没坏心眼，我可得好好把握。”红着脸哭道：“讨厌，你欺负人！”转身跑出几步，啊呀一声佯装摔倒，顺势将自己领口拉开，楚楚可怜地半坐在地，叫道：“我脚崴了，你来扶扶人家，好么？”

他蹲下来细细打量，突然猛地跳起，气急败坏道：“啊呀，啧啧啧，你这女人真是坏得不可理喻，竟然想诈伤讹我的钱！真当我是傻子吗？你十个脑袋也不如我一个灵光！我呸！”跨上坐骑，一溜烟跑了个没影儿。

两次费心费力的介绍都以失败告终，陈璘气得头疼，和许家兄妹一起骂了他好几天，见他仍是不开窍，也就慢慢断了催婚的念头。他乐得我行我素，每日喝酒吃肉摇骰子，时不时悄蔫蔫地逛上一回窑子，也不知午夜梦回之际，看见别人一家欢乐之时，他心里会不会感到孤单寂寞。

踏入东安地界已是仲夏，广东天气闷热，天地好像一个大大的蒸笼，哪怕静坐不动也会热出一身臭汗。行至南乡石龟塘大岩，距离参将府已经不远，陈璘还是不忍弟兄们受苦，下令靠着石壁的树荫休息。许断杰酷爱吹牛，在吴广和陈九经面前滔滔不绝地谈论当年勇，从大征罗旁时在石龟塘生擒敌酋，一直扯到嘉靖四十五年（1566）随俞大猷平定广东匪首李亚元之乱。说到夺回被掳男女八万口的场面，一段久远的记忆突然涌上陈璘脑海。

当时大战结束，陈璘在满目疮痍的战场上看着得救后跪拜的百姓，愈发坚定“马上死战，马下安民”的宏愿，跪在俞大猷脚下请求：“将军，末将自幼习武，苦读兵书，立志要将一生奉献给大明江山。我要做郭忠武[③]，扶大夏之将倾；我要做徐武宁[④]，护中华之正统。我要四海八荒穹庐之下的每个角落，都知道大明天威为何物，教蒙古鞑子、东瀛倭寇等异族永世不敢犯我国境。缔造一个国泰民安、远迈汉唐的强盛大明，是末将毕生的追求。如蒙不弃，请将军教我经天纬地的大本领。”

俞大猷本就对陈璘十分欣赏，听到他有此大志，更是欢喜赞叹。默然良久，却道：“仕途多艰，官场险恶，在这权力场中站稳脚跟，光是防人算计就已千难万难，想要顺风顺水步步高升，就得舍弃羽毛，磨平棱角，才有可能换来权柄，去施展胸中的抱负。你要创惊天动地的大功业，道路可比做个普通的大官更为艰险，稍有不慎便会身死名灭。你性子太正，有些事情，我怕你做不来。”

他说“想要顺风顺水步步高升，就得舍弃羽毛，磨平棱角”，陈璘这等头脑，岂能不明白“有些事情”之所指？肃然道：“将军，莫非为官就一定要阿谀奉承，溜须拍马？您清白刚毅，持身端正，仅食应得之禄，只凭战功居该居之位，我当以您为毕生榜样，决不做无耻行径。”

俞大猷听了这话心头一热，大慰老怀，可他脸上没有丝毫喜色，反而忧心忡忡道：“不，你不能学我，否则你穷尽一生都实现不了胸中抱负。”

“末将像您一样做个堂堂正正的大丈夫，有什么不好？”

“好是好，就是太苦了些。我受过的屈，不想你再受一遍了。

这条路正则正矣，但对你这等身怀大才能大抱负，却又毫无家世背景的后生来说，并不是最佳的处世之道。”

“那依将军高见，末将该学谁?”

“当学胡宗宪和戚继光。”

“哈?”陈璘一愣，随即嚯的站起，神色间又是恼怒又是不解，“您这是何意?戚将军还则罢了，那胡宗宪贪污腐败，趋炎附势，发迹全靠通过赵文华攀附严嵩，去年已因贿求严嵩而自裁。您让我学他，难道也要我做权贵的走狗?我陈璘头可断，血可流，死也不做这等辱没祖宗、遗祸子孙之事!”

“孩子，情深不寿，过刚易折。性子太正，只会害了你。”俞大猷拍拍陈璘的肩膀，叹了口气，缓缓说道：“当年胡宗宪只是个小小的七品御史，通过赵文华结交严嵩之后，短短一月就升为四品右佥都御史巡抚浙江，主持东南御倭大计。那时我投身军旅已有年头，有功不赏，无罪亦罚，浮沉起落，郁郁不得其志。是胡宗宪看中我的才干，极力向严嵩求恳，一手将我扶上浙江总兵官之位，我方能统领大军，屡破倭寇。严嵩一手遮天，顺者昌，逆者亡，胡宗宪不巴结攀附，哪能迅速掌权?他不掌权，这场旷日持久的东南倭患何时能平?我要你学他，是叫你舍弃自己宝贵的羽毛，磨平身上锋锐的棱角，变得滑而似奸，不以阿谀媚上为耻，才能在这权力场中立足求进。”

陈璘见他神色真挚，并非故意愚弄自己，尽管对这种观念不以为然，还是作出恭顺的模样，点头应道：“是，末将聆听教诲。”

俞大猷续道：“我要你学戚继光，是叫你时刻谨记初衷，跃入淤泥而身无腌臜，巨财过手而心无贪欲，别像胡宗宪那样在钱权之中迷失本心，落得个因术而起、因术而败的下场。戚将军正因老于交际，善于疏通，才能如鱼得水，创此不世功勋。但他谋权而不谋私，为国而不为己，在个人品德上却又远胜胡宗宪十倍。孩子，只要你以胡、戚二人为榜样，取其长而避其短，凭你的天赋，将来成就定不在他二人之下。你若一味爱惜羽毛，名声是好了，可谋不到足够的权位，才华不能尽展，枉了自己一生事小，不能为国为民创造福祉事大。个中利害，望你三思。”俞大猷这番话说得语重心长，循循善诱谆谆告诫，可谓用心良苦之至。

“末将明白，可是末将不喜此道。”陈璘毕竟年轻，气血方刚，低不下头，脸上露出执拗不甘之态，慨然道：“将军，您的苦心我都明白。您一辈子持身守正，立下的汗马功劳不说封侯拜相，起码也得比现在更上三级，只因您不贪财不媚上更不拨弄人脉，便如此坎坷浮沉，受尽打压。您回望一生，难免委屈不值，误以为自己的坚守是错，他人的圆滑是对。您这么想，真真是谬之极矣。末将以为，胡、戚二人的无奈妥协固能理解，您的洁身自爱更无半分错处。错的分明是严氏父子等尸位素餐的权奸，是赵文华那帮阿谀谄媚的宵小，是他们把大明官场搅成了粪缸，逼得胡、戚等英雄含泪俯首，您这样的刚正之士反成异类。我不信泱泱大明竟无日月朗照，我偏要既挺脊梁又居高位，教奸邪之流不再猖獗，英雄之辈永不含恨，让亿万生民知晓，唯有堂堂正正清清白白，才是人间大道！”

说到这里，他一身热血沸腾燃烧，胸中豪气从周身毛孔喷薄而出，当真是壮怀激烈，眉发倒竖。起身走出几步，撩襟跪地，指月起誓：“明月为鉴，繁星为证：我陈璘愿以此身热血，换得大明官场一片清朗。终我一生，绝不俯首于权奸，妥协于乱象。倘违此誓，天诛地殛！”咚咚咚三声响过，已向星月磕了三个响头。

后来，陈璘吸取俞大猷《剑经》和戚继光《纪效新书》的精华，兵法武艺日渐精进，攻则必取，战则必胜，一手扫清了岭南地区的强贼巨寇，才能和功业不可谓不大。但他不屑于做上攀下笼中疏通的行径，得到的封赏远远配不上自身的功勋，一直处于品级高而实权小的状态无法突破。没有足够的权柄，任他有通天之才，作为又如何能大？

这段回忆对陈璘的冲击十分巨大，使他刹那间心绪激荡，沧桑的面容上风云变幻，转了好几个颜色。心道：“那时我太过年轻，既不明白俞老将军的良苦用心，也不懂得权力场的卑劣险恶，以为只要抛头洒血，就能凭借实实在在的功绩傲立世间，还梦想用胸中热血换取大明官场一片清朗。呵呵，此时想来，何其天真啊。”

他思如潮涌，感慨万千，又想：“或许正是因为我不俯首于权奸，不妥协于乱象，命途才会如此多舛。倘若……倘若我当年听了俞老将军的话，学习胡戚之道，运用权力谋取钱财，上下疏通，努力攀附，凭我的才干，现在哪是区区副职所能打发？如果我有闲钱恩泽下属，王鸣、刘宗汉等人就不必冒险贪污军饷，没有罗定兵变，我的仕途就不会在如日中天时戛然而止。难道……难道我一生持身守正，竟是入了歧途？不！不会的！天下哪有黑是而白非的道理？可是……如果我没错，为什么会落到这步田地？难道大明的庙堂，真的容不下刚直之士吗？”

他胡思乱想以致头昏脑涨，只觉得眼前天旋地转，周围的一切都变得扭曲歪斜，似乎有无数小人在他面前肆意讥嘲。一时之间，他气血翻涌，顾不得有人在旁，起身指天大呼：“贼老天，你瞎了吗？看看你脚下的人间，这一个杀人放火金腰带，那一个修桥补路无尸骸！你不会做天，你塌了吧⑤！”唰的一声抽剑出鞘，以剑作笔，剑尖没入岩壁寸许，一勾一划好似切肉破纸，石屑纷纷而下。山野间回声未绝，岩壁上已经现出四行诗句：

万历四年天洞开，
从前未见一人来。
我今欲借神仙窟，
浪学尧夫日打乖！⑥

本章注：

①行款：即议和。

②尸格：古代仵作验尸后填写的报告单。

③郭忠武：唐代名将郭子仪谥号忠武。

④徐武宁：明朝开国第一功臣徐达谥号武宁。

⑤你不会做天，你塌了吧：出自明代民歌《老天爷》，原文是：“老天爷，你年纪大，耳又聋来眼又花，你看不见人，听不见话。杀人放火的享着荣华，吃素看经的活活饿杀。老天爷，你不会做天，你塌了罢！你不会做天，你塌了罢！”该民歌见于清

代小说家艾衲居士话本小说集《豆棚闲话》。

⑥此诗名曰“石龟岩题”，其实是陈璘万历二十四年（1596）创作，刻于今云浮市六都镇大庆石龟塘大岩。出于情节需要，书中陈璘刻诗的时间无法与真实时间相符。笔者没有实地走访，不知道石刻是否尚存。

第四章　雷霆

故地重游，最怕物是人非。在东安住了几日，陈璘除了伤感还是伤感，听说有一艘故人的商船要去翁源进货，便带着妻儿和吴广夫妇登船，走水路返乡。船只一路沿西江顺风东航，至三水县驶入北江干流，再从英德东岸咀转入滃江支流，抵达翁源宜阳乡地界的中游停靠。陈璘登上船头甲板，但见宽阔的江面上几只白鹭掠水而飞，两岸青山对峙，峰峦高耸，草木葱茏，间有猿啸鸟啼，甚是清幽怡人。晨雾散后，前方江心处现出一座岩石小岛，岛上岩层重叠，山石嵯峨。一幢古朴的石室倚岩而建，四周有犀牛、雄狮、猛虎、飞鹰等怪石环列，岩墙交错，浑然一体。整座小岛形似一艘激流破浪的战船，使人看了，不由得心潮澎湃。江风吹拂，一阵琅琅书声穿透薄雾，从石室内荡了出来，听得是："先天下之忧而忧，后天下之乐而乐……"

"阿爸，咱们翁源的学子果真勤奋，这么早就起来读书了。"

陈九经给陈璘披上一件薄披风。

“经儿，你可知道那是什么所在?”

“我记得三舅说过，这里叫书堂石，是唐朝一个叫邵……呃……邵什么的侠客建的。”书堂石位于江心，进出都要乘船，距陈家所在的龙田铺足有四十里路，陈九经不爱读书，没有到过此处，因此所知有限。

吴广是宜阳本乡人，虽然在外多年，但对家乡仍有一定的了解。笑道：“经弟，书堂石是我们家乡的文气聚集之地。建造者名曰邵谒，是唐朝咸通年间的进士，而非什么侠客。唐朝至今，每年都有学子在书堂石室内攻读，已不知出过多少鸿儒了。听说师父年幼时，也在这读过两年书。”

陈九经挠头道：“是吗？三舅明明说这个邵谒是叱咤江湖的武林高手。”

吴广哈哈笑道：“傻小子，许三叔没个正形，他的话你也信?”

陈九经道：“阿爸，邵谒为什么会建这座书堂石?”

“广儿说得不错，邵子的确是唐朝咸通年间的进士。据说他生在青云山下，少年时曾在县衙为吏，事事秉公，处处为民，颇得百姓拥戴。一日，县令有私客到访，为了炫耀自己的权势，便再三喝令邵子铺床待客。邵子岂是奴颜婢膝之人？当下怫然不应。那县令在客人面前失了面子，恼羞成怒，竟让差役将邵子乱棍打出衙门，曰：‘区区贱吏，枉作孤高，可笑至极!’邵子不堪凌辱，立即拔出匕首，自断头顶发髻悬于县衙大门，愤然道：‘吾乃大唐吏员，非尔奴也！小小县令，何以欺人至斯？吾跃龙门，即跨尔首！学苟不成，有如此发！’邵子撂下狠话便溯江而上，来到眼前这江心小岛，亲手用石块垒起一座简朴的石室，每日在里面攻读经史子集。邻里笑他痴愚，他充耳不闻，纵然衣食艰难，他的心志也不曾有过半分动摇。如此苦熬三个春秋，邵子终于学业大成，经省试而被举荐到长安国子监就读。”

“阿爸，这县令欺人太甚，孩儿真想打得他满地找牙。不知邵子到长安读书，可曾做了大官？”

陈璘叹道：“邵子一到长安便交下许多同好，时常与友人聚饮，赋诗针砭时弊。因他为人刚正，诗文风格大胆激进，殿试上不得当权者青睐，最终名落孙山，生活过得极其潦倒。当时大文豪温庭筠担任主试，私下对邵子赏识有加，遂将他三十二首珠玉之作张榜布告于长安。邵子得以诗名大盛，与文献公张九龄跻身岭南五才子之列。后来金榜题名得中进士，披红挂彩离京赴任，不知何故，竟然就此音讯全无，泯然于历史长河之中。总算老天开眼，邵子生前命途多舛，那三十二首诗作却在他死后被收录到《全唐诗》中。唐诗浩如烟海，璀璨如繁星，邵子的光芒虽不如李杜白王耀眼，却也足以名垂青史了。”

陈九经诧异道：“音讯全无？难道是赴任途中遭了匪劫，送了性命？”

吴广道：“有这个可能。也或许是一生碌碌无为，因而不见于史册。”

陈璘道：“邵子的下落没有史料记载，后人众说纷纭，均不可信。年深日久，那也不用理了。经儿，从邵子的故事当中，你悟出了什么道理？”

陈九经复又挠头，嗫嚅道："这个……呃……想必是教导人们遭受他人欺凌时要勇于抗争，但不要逞匹夫之勇，万事忍为先。"

陈璘摇了摇头，对儿子的回答不甚满意，目光望向吴广，"广儿，你来说说。"

吴广稍一凝思，答道："邵子的故事告诉我们：人无常势，水无常形，贱者非恒贱，贵者亦非恒贵。纵在尘埃之中，亦不许他人贱我，更不可自贱于人。只要心存远志，发奋进取，今日不可逾越的高峰，不过是日后抬腿便过的土墩。身怀大才能者，即便时运不济，终究也会有熠熠生光之时。"

"彩！"陈璘拊掌大赞，"广儿，你年纪轻轻就有此悟性，不枉为师对你的一番教导。"

吴广得师父赞誉，心中欢喜，担心陈九经失落，赶忙转移话题，"邵子既有珠玉传世，请师父教徒儿一二。"

陈璘看向薄雾缭绕的书堂石，凝视良久，说道："邵子有一首《送徐群宰望江》，符合我眼下的心境。你们两个好好听着，记在心里。"两个小的连忙点头称"是"。只听陈璘朗声吟道："古人力文学，所务安疲氓。今人力文学，所务为公卿。大贤重邦本，屈迹官武城。劝民勤机杼，自然国用并。但见富贵者，知食不知耕。忽尔秋不熟，储廪焉得盈？贡艺既精苦，用心必公平。吾道不遗贤，霄汉期芳馨。一夫若有德，千古称其英。陶潜虽理邑，崔烈徒台衡。浊者必恶清，瞽者必恶明。孤松自有色，岂夺众草荣？为刀若不利，焉得宰牛名？为丝若不直，焉得琴上声？好去立高节，重来振羽翎。"他起初心情平稳，随着吟诵的投入，声情愈发慷慨激昂，到后来，整个江面都有了激切的回音，听得旁人心潮澎湃。

“这首诗的意思，孩儿只明白十之五六，还请阿爸详加指点。”

“徒儿也是半懂不懂，请师父解惑。”

“这首诗的意思是：古人钻研文章学问，追求的是治国齐家平天下的理想。而现在的人们钻研文章学问，追求的却是如何升官发财，如何权倾朝野。春秋时的贤人言偃以百姓为国家之本，为了体察民情，曾屈身在武城做过县令。他劝诫人们勤于耕织，只要百姓丰收，国库自然就会充盈起来。可那些高高在上的达官贵人，只知道挥霍丰收的果实，却不懂得体恤耕耘的艰辛。如果突然间秋粮颗粒无收，民仓不丰，国库不盈，他们又该如何果腹？百姓田间操劳，辛苦万分，为官者应该用心体察民情，事事以公平为先。我们的传统向来主张不遗漏贤良之才，倘若有真才实能，朝廷和百姓一定会给予施展的机会。一个人若有大才能大德行，千年之后，仍会有人称颂他为英才。你看，陶渊明只是小小县令，却能流芳百世；而催烈身居高位，却受后人批判。其中的区别，只在是否诚心为民而已。心怀腌臜之人，必定厌恶他人身心清白；眼盲者，必定对眼明之人暗藏嫉恨。然而孤松自有他的高傲底色，岂会屑于和凡花俗草争奇斗艳？倘若一把刀不够锋利，哪能得到宰牛的美名？倘若一根弦不够紧直，哪能弹奏出美妙的琴音？不要理会旁人的误解，只要自己坚持树立崇高的名节，总有重新振翅翱翔的一天。”陈璘心中感慨，说得愈发激动，眼里泛出一道热烈的光芒。

吴广一点就透，振声道："那些小人浑身污秽，自然见不得师父洁身自好，都来下绊子，使手段，恨不得让师父也像他们一样丑陋才好。但师父心里想的是如何以有用之身造福百姓，根本不屑于和他们争长论短……"

"啊！"陈九经若有所悟，"所谓清者自清，自己不蹚泥潭，无论别人怎么泼脏水，自己的身心都不会有半点污秽，迟早能等到拨云见日的时候。阿爸，您不要难过，百姓们会明白您的。"

说话间，岸上走来一大群男女民众，人手各提一只竹篮，站在岸边招手，叫道："将军，家里的三华李熟了，甜得很。"陈璘吩咐收拾行李，带着许怜卿和王氏下船，向民众拱手道："邑人陈璘，见过父老乡亲。"

一位白发苍苍的老者走到近前，先向陈璘作了一揖，从竹篮里拿出一颗紫红色的圆果子，热情地说："将军，三华李正好熟了，听说您今日返乡，果农都摘了一篮自家的果子，给您尝鲜。"

陈璘展颜笑道："大家有心了，故乡风味，我已想了多时啦。"将那颗三华李凑到鼻间细闻，登时便有清雅的芳香扑鼻而来，深吸一口气，心神不禁为之一荡。他咔嚓一声咬下半颗，稍作咀嚼，只觉蜜汁四溢，口感清新，爽脆之极。细辨滋味，又觉得甜蜜之中有股恰到好处的微酸在唇齿间散发开来，不由得舌底生津，食欲大振。"嗯……"他微微点头，看了眼另外半颗，端得是皮薄肉厚，红润光泽，鲜美而多汁。赞道："夏令果王，舍吾乡三华李其谁。"老者和果农们听了他的称赞，个个心花怒放，上前围着他们几人，争先恐后道："尝尝我家的，我的更甜。"

吴广和陈九经各拿起一颗，咔咔连声，囫囵吞枣似的吃下肚去，都摇着头说："好像没什么味道。"许怜卿则小咬一口，细细咀嚼，慢慢品味，笑道："的确是酸酸甜甜，清香袭人。"瞥了他二人一眼，打趣道："傻孩子，急什么呀？这回又不是吃人参果。"他们伸手又拿一个，耐心一尝，始知个中绝味，一个说："好吃好吃。"另一个说："人参果怕是犹有不如。"逗得众人哈哈大笑。

王氏是北方人，婚后久在京城，没有机会品尝翁源的风味。吃了两颗，问道："师父，这三华李有何特异之处？"

他们说话的工夫，陈璘已经连吃五六颗，挥袖抹去唇边汁水，解释道："据我所知，这三华李有两大异处。第一，此果普天之下，只咱们翁源三华村一地独有。第二，唐代名医孙思邈曾说：'肝病宜食之。'不仅能治胃阴不足、大腹水肿等症，女子食用，还有美容驻颜之效。"

话音刚落，远处又有二三十位民众走来，当中两人用一根竹竿挑着一只大箩筐，看不见里面是什么物事。领头的是个书生气十足的清瘦员外，向陈璘打躬道："将军，小可是九仙乡的果商，这厢有礼了。九仙桃已经结了青果，往年都要半月后才能采摘，昨日有几棵树上的桃子骤然成熟，果农全都一头雾水。今日得知您老人家回乡的消息，才知道是老天爷要我们用这批九仙桃迎您回家。"招手让两名果农把箩筐放下，拿起一只大桃，用干净的手帕擦了又擦，双手递给陈璘。

陈璘接过细看，见这九仙桃粉红饱满，足比往年吃的大了一圈，笑道："陈某何德何能，能让老天如此厚待？这九仙桃提早成熟，当是果农们悉心栽培所致。"说完张嘴咬下，仔细一品，只觉肉质白嫩，口感清甜爽脆，蜜味极其悠长，说一句唇齿留香毫不为过。与往年相比，着实好吃不少。他三啃五啃，把这拳头大小的九仙桃吃得干干净净，手上的桃核小小一颗，没有半点桃肉粘连。忍不住赞道："想来天上的蟠桃也不过如此。"许怜卿母子、吴广夫妇品尝过后，都说："此桃只应天上有。"

众人正自分桃吃李，突然听到远处有锣鼓之音及鞭炮炸响，一大群男女老幼提着食盒走了过来。一位衣着朴素的老里长行礼道："将军，前几日码头传出您要回乡的消息，乡亲们高兴坏了，家家户户都做了些风味小吃，接您回家。"这群人里熟面孔颇多，陈璘认得他们是龙田铺及左近村落的乡亲，抱拳环施一礼，感动道："惊动了各位父老，实非我意。我们住得近，有的是机会串门，不必如此隆重迎我。"

老里长让乡亲们把食盒摆在地上打开，一半是周陂大肉，一半是周陂米饺。这两样都是本乡特产美食，陈璘从小吃到大，许怜卿更是对每样的做法都有研究，边吃边向王氏传授心得。

制作周陂大肉，需要将五花肉切成肥瘦均匀、约一指厚、半个巴掌大小的肉片，用生抽、生油、白糖、八角、小茴香等调料腌制小半个时辰。将粘米炒香，磨成粉末裹入肉片，先用猛火蒸熟，再用文火慢蒸半个时辰，成品色泽金黄油亮，香气醇厚。这道周陂大肉看起来简单，却有三大妙处。成品好不好吃，首在五花肉的选取。倘若瘦多肥少，蒸熟后必然干涩塞牙；要是肥多瘦少，一口下去满嘴是油，未免太腻了些。每块肉片都要保证肥瘦均匀，此为第一妙。口感爽不爽滑，则在火候的把握。大火猛蒸，意在催熟，文火慢蒸，旨在使瘦肉软绵，并滤去肥肉的大半油脂，以求入口爽滑，咀嚼无渣，此为第二妙。至于第三妙，则全在米粉。肥肉再怎么过滤，毕竟还是油腻，而米粉略涩，恰能抑制油腻，将五花肉沾满米粉，正好达到油而不腻之神效。没了油腻，肥瘦中和之下，口感岂能不佳？

周陂米饺以米粉为皮，制作过程同样十分讲究。首先要选取上好的冬米擦洗至米水清澈，在冷泉水中浸泡一个时辰，然后用石磨反复磨浆三匝，加上适量豆油，倒入锅内用中火边熬边搅，五成熟后转为细火，直到熬成黏稠而不沾手的糍团方告成功。接着趁热揉搓增加弹性，捏成小团，再用清竹杖擀成透光的薄米皮。馅料在香菇、精肉、虾肉、胡萝卜、芥兰头、葛薯、木耳、冬笋、韭菜中任选三种搭配，混合烹熟，包入米皮之中，用平篾托摆满一托，放在锅中猛蒸刻半，出锅后的米饺晶莹剔透，十分雪白光亮。吃起来入口弹牙，说不尽的鲜、滑、爽、脆，下肚后仍有米香绕齿。因为米饺灵魂不在馅料而在米皮，这份独特的滋味是面饺不能比拟的。

吃过水果美食，陈璘拜别父老，径返龙田。次日去禅宗六祖慧能潜修过的东华寺[①]祈福，安心在家休养，等待命定的契机。

话分两头，此时的沈惟敬可谓风光无两，已然进入了四十年来未有之巅峰。

陈璘离京后不久，王锡爵因为三王并封招致满朝文武口诛笔伐，不堪压力递交了辞呈。论资排辈，赵志皋得以接过权柄，成为新一任的当朝首辅。至此，赵党全面压倒王党，绵延许久的战和之争也尘埃落定。石星忌惮沈惟敬的心计，断言此人是一把双刃剑，用得好足以披荆斩棘，用不好必定玩火自焚。然而事情到了这步田地，石星已经没有回头路可走，只希望老天眷顾，脚下的薄冰不破。在石星和赵志皋的运作下，沈惟敬很快获封议和特使。

当他骑上高头大马，领着威严的仪仗走进辽阳大营，不禁思绪恍惚，又忆起了两年前那个彻底改变他命运的午后。

东征军入朝前夕，沈惟敬来到风雨飘摇的朝鲜，孤身一人叫开平壤城门，在万军丛中与小西行长谈笑风生，仅凭三寸不烂之舌就令嚣张的日军停战五十日，这是至今仍为中朝两国所赞颂的佳话。可这件功勋背后的真相却讽刺至极——他与小西行长暗通奸谋！

沈惟敬早年从事对日走私贸易，认识一些日本权贵，其中却不包括贩药出身的小西行长。他和小西行长的渊源，还得归结于沈嘉旺。

沈嘉旺并不是沈惟敬的族弟。他祖籍温州，原名郑四，自幼随父在浙江乐清一户官人府中做苍头。年少时随那官人抗击横行于东南沿海的倭寇，不幸战败，被倭寇掳至日本，卖到一个武士家中过了一段猪狗不如的奴隶生活。那武士渐渐发觉郑四有习武天赋，就教他日本武术培养为私家打手。十几年间，郑四跟随那武士在各路大名手下四处征伐，甚至加入东南沿海的倭寇集团，参与对故国同胞的抢掠。艰难的岁月在血泪的浸染和倭人的凌辱中流逝，郑四总算熬到武士年迈，曾经柔弱的少年成长为一个心肠狠辣、漠视一切的杀手，用武士所教的刀法杀了武士一家，只身流亡于日本各国。某日来到肥后国，撞见一群浪人追杀一位怀抱婴儿的将军，婴儿并非将军的血脉，那将军却不肯抛下这个累赘独自逃命。他于心不忍，出手相救，后背留下了一道深可及骨的刀疤，事后才知道这将军竟是肥后国的大名——小西行长。小西行长对他颇为感激，养好伤后，听说他有落叶归根的念头，便暗中助他返回故国，并且给予信物，承诺将来有难，可以随时来投。

此时的大明苦倭寇久矣，为了防止他人知晓过往，郑四不敢轻易施展日本武术，内心也不愿通过武力劫取财富。昔日的亲朋流散无踪，他无处容身，只能回到乐清投靠当年的主家，希望德行宽厚的旧主人能看在往日的情分上收留他，好让他能有瓦遮头，有饭下肚。虽然他刻意掩盖了那些不能言说的经历，旧主人还是以担心沾上通倭之嫌为由拒绝他的投靠，只给他十两银子和一担水桶，让他挑担送水为生。

沈惟敬随父亲沈坤到乐清拜访故友，无意中在一座脏臭的桥底撞见郑四练习日本刀法，认为此人必有大用，便以白银三十两的价钱把他买回家中，按照沈氏字辈给他取名沈嘉旺，并办理合法合规的户籍手续，让颠沛流离的郑四能挺胸抬头走在大明的每一寸土地上。为了报答恩情，沈嘉旺将自己的过往和盘托出，自然也提到了搭救小西行长的一节。

正是因了这层关系，沈惟敬得知攻破平壤的日将名字后，才敢向石星毛遂自荐，料想即便谈判不成，看在沈嘉旺的份上，自己的小命总能得保。他带着信物来到平壤，小西行长果然没有忘记曾经的救命恩人，对他礼待有加。经过一番交谈，他察觉小西行长对战争并无兴趣，更不认为日本有能力鲸吞中国，觉得这场战争必定以日本的惨败收尾。他心思活络，当场就嗅到了飞黄腾达的契机——朝贡贸易！

所谓朝贡贸易，是指域外各国臣服明廷的前提下，携带本国物产前来朝贡，明廷抽买部分，其余流入市场贩卖的通商模式。明廷从中得到万国来朝的繁荣，各国也能在贸易中获得巨大的利益，乃是互惠互利的好事。起初中日双方是存在朝贡贸易的，只因嘉靖二年出了争贡之役[2]，明廷愤而关闭福建及浙江的市舶司，中日双方的朝贡贸易才告断绝。争贡之役直接导致嘉靖朝倭乱蜂起，东南沿海地区对日走私成风，信奉富贵险中求的冒险者开始在惊涛骇浪中谋求财富。沈惟敬和小西行长不仅是这些冒险者中的一员，做的还都是药物生意，倘若能重新促成中日朝贡贸易，作为议和的功臣，又是商道的行家里手，他二人必将成为最大的受益者。

沈惟敬试探着说出自己的想法，正中小西行长下怀，二人一拍即合，停战五十日的奇迹由此达成。后来李如松收复平壤，他们的阴谋一度告吹，随着碧蹄馆战后陷入僵持，宋应昌无奈借议和之名拖延时间，又让他们看到了希望的曙光。

去年三月二十六日，有小西行长暗中配合，沈惟敬顺利在汉城与日军诸大将达成四个初步协议。五月八日，终于在名护屋城见到了不可一世的丰臣秀吉。这位日本史上亘古未有的枭雄有着骇人的野心和不切实际的自信，面对天朝上邦的使者，一口气提出七个狂妄至极的议和条件：

一、大明公主嫁日本天皇为后。

二、恢复明、日贸易。

三、明、日两国武官永誓盟好。

四、朝鲜一分为二，南部四道割与日本。

五、朝鲜王子至日本为质。

六、日本交还俘虏的朝鲜二王子及官吏。

七、朝鲜宣誓永不背叛日本。

除了第六条有所示好，其余全是一副盛气凌人的胜利者口吻，俨然已将大明当成了奴颜婢膝的战败国。沈惟敬听到这七个梦幻般的条件后倒吸一口冷气，心中暗道："狂妄倭酋，也不怕想瞎你的心！原来他不了解朝鲜战事详情，以为明军孱弱可欺。"见丰臣秀吉态度强硬，不敢直言拒绝，便以考虑为由告辞。

当晚与小西行长回到下榻的驿馆，沈惟敬用日语道："小西桑，你我一拍两散，议和之事再也休提。我就算吃了龙胆，也不敢玩这烧身的火。"

小西行长却不以为然，幽幽说道："沈桑少安毋躁，议和之事仍能继续。"

沈惟敬没好气道："你要作死，趁早别带上我。须知大明朝刚猛如虎，朝野上下，有的是敢死之士。这七个条件别说答应，光是叫他们听到，不闹个伏尸百万是收不了场的！"

小西行长端起茶杯，轻轻吹了口气，"那就别让他们听见。"

"你什么意思？"

"秀吉出身卑贱，虽然靠着谋略和武勇统治了日本，但内心深处仍然极度自卑，害怕被贵族讥笑，迫切地需要一个荣耀的头衔来增加自身的荣光。如果大明朝真能封他为日本国王，他一定会欣然接受，不再计较其他条件。日本连年战乱，国力萧条，秀吉渴望通过恢复中日贸易来增强国力，这是人尽皆知的事实。封王利于秀吉，朝贡利于国家，我们把第二条的恢复贸易改为请求封贡，其余的大可私自删去，对贵国只说三条。”

“哪三条？”

“一、日本向大明称臣。二、日本请求大明封贡。三、日本撤出驻朝军队。”

“这岂不是欺上瞒下？一旦被发现，那可是诛九族的死罪。”沈惟敬面露惧色，怀疑小西行长的脑袋是否出了问题。

“贵国与日本隔着万里重洋，议和又是由你我一手操办，只要贵国的册封能让秀吉欢喜，等双方撤了军，事情慢慢平息下来，还有谁会知道这其中的隐秘？”

“话虽如此，可是未免太过凶险。”沈惟敬嘴上这么说，心里却已涌起对财富的渴望。

小西行长脸上露出狂热的神色，说道：“沈桑，这是一场豪赌，赌赢了，荣华富贵享之不尽，输了……”他嘿嘿一笑，一脸的有恃无恐，“我手握重兵，不少大名都是我的死党，秀吉要不了我的命。只要你肯来日本安家，贵国也奈你不何。”

沈惟敬耐不住心底的贪欲，思虑再三，决定铤而走险，玩一玩这烧身的火。仗着谢用梓和徐一贯不懂日语，次日一口应下丰臣秀吉的梦幻七条。为了保证议和的真相不被戳破，沈惟敬伪造了一封关白降表，小西行长则安排家臣内藤如安担任使臣。在丰臣秀吉的欢送下，沈惟敬怀着忐忑不安的心情离开了日本。

他知道宋应昌根本无心议和，因此不回汉城复命，决定私带日本使团进京，直接去找一手将他推上历史舞台的石星。原因简单明了——石星与宋应昌不和。

后面的事情，已经无须赘言。

万历二十二年（1594）十月，沈惟敬引日本使团抵达北京城下，石星尽撤三大营兵，率一众文武官员夹道相迎，拉着内藤如安的手不胜欣喜，仿佛是握住了议和成功后获赐的权柄。作为兵部尚书，又是促成议和的重要人物，石星顺理成章做了明廷的谈判代表。他先设宴为日本使团接风洗尘，安排内藤如安住进齐化门外的成国公府，那是靖难名将朱能曾经的宅邸。他本想翌日再引着内藤如安进宫面圣，谁知朝鲜国王李昖派遣的使团于此时入京，使者金睟不知沈惟敬篡改了议和条件，认定朝鲜南部四道不保，于是抢先进宫，声泪俱下地跪求万历皇帝停止议和，并控诉石星主导的议和工作不力，企图让万历皇帝撤换石星，以达到暂缓议和的目的。主战派官员立即群起而攻，想要趁机扳倒石星，为宋应昌出一口恶气。大明庙堂又响起了激烈的争辩之声。

眼见形势不利，沈惟敬不得不找到石星，声称内藤如安带来一封关白降表，有此降表在手，定能堵塞朝野上下的悠悠之口。石星大喜过望，没有产生丝毫怀疑，第二天就引着内藤如安进宫，把降表呈给万历皇帝。

万历皇帝聪明绝顶，当场发现这封降表的口吻过于诚恳，甚至到了摧眉折腰奴颜讨好的地步，明显和丰臣秀吉“一超直入大明国”的猖狂气焰不符。因此搁置下来，着内阁盘问内藤如安，同时派人前往釜山日军大营核实真伪。小西行长早已回到朝鲜，有他周旋出不了什么乱子，而内藤如安同样是个睁眼说瞎话的高手，面对阁臣的审问，竟能对答如流不露丝毫破绽。一通折腾下来，万历皇帝打消了疑虑，允许议和继续进行。

战和之争方罢，朝臣又围绕议和条件展开激辩，主要分为许封许贡、许封不许贡、许贡不许封、不许封亦不许贡四种意见，直吵得面红耳赤，唾沫横飞。石星此前的斗争方向一直是确立议和，至于议和条件却无自己的计较，因了此前的罅隙，故意对沈惟敬的劝说不予理会，等内阁有了大致的结论，就代表明廷向内藤如安提出三个议和条件：

一、丰臣秀吉受封后，日军迅速撤出朝鲜全境。

二、只册封而不许朝贡。

三、日本与朝鲜修好，永世不得侵犯。

这三个条件一经提出，对沈惟敬和内藤如安来说无异于晴天霹雳。没想到费了这么大的功夫促成款事，最后偏偏是他们最为看中的朝贡贸易落了空。这意味着他们最多只能得到行款的功劳，无法通过合法的贸易获取巨额财富。更要命的是，丰臣秀吉的梦幻七条被全盘否决，只得到一个从未要求过的国王空衔，少了贸易的庞大利益，沈惟敬不知丰臣秀吉还买不买议和的这笔烂账。

他心中惶惶，陷入了深深的犹疑和反复的分析。这三个条件是明廷经过激烈的争辩才最终定下，而且不曾向日本问罪索赔，这在明廷看来已经是给日本的极大便宜，断然不存在更改的可能。如果日本胆敢拒绝如此优惠的条件，还讨价还价要求朝贡，必然会触怒明廷，届时谈判破裂尚是小事，一旦发起狠来，举大军登陆日本，那沈惟敬最后的藏身之所可就化为乌有了。事到如今，沈惟敬必须让内藤如安答应明廷的条件。往坏处想，即便到时丰臣秀吉因不满而停止议和，他干脆就如小西行长所言，留在日本不再回来。往好处想，倘若丰臣秀吉当真被一个空衔打发了，议和顺利完成，就算失去朝贡贸易的利益，他也能凭借议和的功勋加官晋爵。既然回头无岸，那就硬着头皮赌下去吧。

想明白这一层，沈惟敬马上和内藤如安暗通款曲。后者只求活着回到日本，自然是满口答应。

万历二十三年（1595）正月，石星成立册封使团，以临淮侯李宗城为正使，都指挥杨方亨为副使，携册封诏书、敕谕各一道，并国王金印、冕服、赏赐礼品等一干物事，与议和特使沈惟敬同行，先到朝鲜要求日军撤退，再去日本举行册封仪式。

册封使团在沈惟敬的故意拖延下，到达釜山已是初夏。小西行长得知朝贡泡汤，竟然一改往日的自信，开始忧心丰臣秀吉到底会不会接受这个意外的结果。他心里没底，只好千方百计将册封使团滞留在釜山，同时延缓撤军，希望时间一长能看到些许转机。李宗城每天在釜山左拥右抱，过了一段快活似神仙的逍遥日子，等他想起此行的目的，要求日军全部撤退时，突然就有莫名其妙的人通过各种途径向他传达一个危险的信号：丰臣秀吉后悔议和，决意用大明使臣的血祭旗！

李宗城耐不住三人成虎，渐渐生出惧意，不敢再提撤军之事，面对杨方亨等人的催促，也是百般敷衍了事。等恐惧到达顶点，又没有新的理由继续敷衍，他竟然在一个月黑风高的夜晚悄悄出了釜山，只身逃命去了。

李宗城的出逃震惊明廷，万历皇帝愤怒之余，只好传谕升杨方亨为正使，着其火速赴日，尽快完成册封。

拖延不是长久之计，沈惟敬和小西行长无可奈何，终于在次年八月带着册封使团抵达日本。小西行长获悉丰臣秀吉将在大阪城接见使团，由通晓汉语的僧人西笑承兑宣读册封诏书，便事先与西笑承兑打好招呼，让他宣读自己拟定的内容，希望能以此蒙混过关。沈惟敬则告诉丰臣秀吉，明廷已经答应册封他为日本国王，至于其他条件，可在撤军之后再行磋商。

丰臣秀吉发觉朝鲜并未送王子来做人质，心里已然不快，又听说明廷拒绝了他的全部条件，只给了一个不能吃不能喝的国王名号，脸色更是难看，眼里隐隐闪出了凌厉的杀机。但想到明廷的册封着实可以解决他出身卑微的心病，也就强行压下心头的怒火。然而西笑承兑并未履约，而是直接宣读诏书[③]的真实内容，那些鄙睨轻慢的语句刺痛了丰臣秀吉的自尊心，使他瞬间爆发出雷霆之怒，把冠冕摔得粉碎，嘶声怒吼："吾掌握日本，欲王则王，何待髯虏之封哉?"抽刀便要斩杀大明使臣。要不是石田三成、大谷吉继等重臣劝阻，沈惟敬等人必定血溅当场。看着战战兢兢的大明使臣，丰臣秀吉的狂妄达到顶点，以极具威胁的口气说道："明国公主不嫁天皇为后，朝鲜王子不入日本为质，李昖小儿不向我上疏请罪，我丰臣秀吉绝不善罢甘休!"喝令左右，将沈惟敬、杨方亨等人逐出城去。

小西行长大梦方醒，这才意识到自己的判断从一开始就出现了偏差。丰臣秀吉固然自卑，可是自卑之人通常又极其自尊自傲，这一点梦幻七条早就昭示得明明白白。提出迎娶大明公主，是因为大明开国二百余年从未有过和亲的先例，倘若日本与大明和亲，就等同于是达到了和大明平起平坐的地位，比之朝鲜、安南、琉球等藩属国自是高了一头。要求朝鲜王子到日本为质，朝鲜宣誓不背叛日本，是向世人宣告他丰臣秀吉并未输掉战争，而是征服了朝鲜打怕了大明，日本已成为朝鲜的第二宗主国。凭这三条就足以让丰臣秀吉在世人眼里增光添彩，哪还用得着什么册封？在此基础上再要求恢复明、日贸易，如果明廷不允，则要强行割走朝鲜四道。至于武官盟好、交还朝鲜俘虏不过是以退为进的利好条件罢了。如今倒好，不仅要求没达成，连利好条件都被否定，这如何不令狂傲的丰臣秀吉大发雷霆？

小西行长暗骂自己是个自作聪明的蠢货，被丰臣秀吉的怒火吓得颤颤巍巍，把当初的有恃无恐抛之脑后，跪在丰臣秀吉脚下连声讨饶，将所有罪过都推到沈惟敬头上，经一班重臣求情，才算保住了项上人头。他找到沈惟敬，失魂落魄地说："沈桑，我们这回真是引火烧身了。太阁怒不可遏，随时可能取你性命，我最多为你准备一艘逃亡船只，日本你是待不得了。"

聪明如沈惟敬，哪能不知自己被小西行长卖了？但他尚在日本境内，打不敢打骂不敢骂，只能咬牙吞下这口恶气。央求小西行长带他去市集选购一些日本土产冒充贡品，再协助他伪造一封谢恩表，企图回国做最后的挣扎。登上返程的船只，他反复思谋，对杨方亨说："咱们可是一条绳上的蚂蚱，如果让朝廷知道真相，你我都是万死难辞其咎。你先带着谢恩表和贡品回京找部堂大人，我去朝鲜王廷逼他们派王子为质，或许还有一线生机。"

杨方亨惴惴不安，回京后依照沈惟敬的编排向石星汇报。石星立功心切，并未察觉异常，兴冲冲拿着谢恩表和贡品面圣，宣告议和大事顺利完结。谁知杨方亨越想越怕，最终承受不住巨大的压力，把事情的真相告诉了自己的老师——右都御史邢玠。

邢玠久为巡边大吏，谋略过人且颇有政声，为官四十载，名望播于海外，在朝中是个举足轻重的人物。他惊悉议和真相，立即直入宫中，三言两语就把虚幻的泡影戳穿刺破。至此，这场东亚史上绝无仅有的遮天骗局终于大白于天下，历时三年的中日议和彻底破裂。

万历皇帝无法容忍臣子的愚弄，生发出来的天子之怒远胜丰臣秀吉，以不容置疑的果决将石星下狱，命骆思恭点齐锦衣卫高手，奔赴朝鲜捉拿沈惟敬，同时彻查涉事人员，大有管他神鬼妖魔一并推倒踏碎的气势。所谓破鼓万人捶，石星的倒台激起一阵汹涌的讨伐声浪，除赵志皋外，战和两派官员无不愤懑塞胸，纷纷要求立斩石星。万历皇帝却不想便宜了他，决定先籍没其家，妻儿发配广西世代为奴，等事情完结再来论死。

沈惟敬的挣扎并未奏效，朝鲜王廷本就不愿议和，哪肯派王子去做人质？东窗事发的消息很快传到朝鲜，为了逃避锦衣卫追捕，沈惟敬一头扎入山林，潜踪匿迹了。

万历二十五年（1597）初，恼羞成怒的丰臣秀吉倾全国之力，发兵十二万，水陆并进再攻朝鲜。日军分为左右两路，左路军以宇喜多秀家为总大将，小西行长为先锋，兵力四万九千六百人；右路军以毛利秀元为总大将，加藤清正为先锋，兵力六万四千三百人；水军由藤堂高虎率领，加藤嘉明、胁坂安治等部组成，兵力八千人。与先前驻扎釜山的日军合兵一处，兵力达十四万之多。此时明军主力已撤，在如狼似虎的日军面前，朝鲜又一次溃不成军，只得再抱父母之国的大腿，遣使臣入明求援。

明廷迅速议定出兵，擢邢玠为兵部尚书，加授蓟辽总督，总领援朝御倭大局。山东右参政杨镐负责经理朝鲜军务。因不满朝鲜王廷无能而又自大，李如松无心援朝，明确表态不愿再率辽东铁骑去为朝鲜卖命，年初辽东总兵官出缺，仰仗万历皇帝恩宠，早就欢欢喜喜上任去了。鉴于此，明廷起用原延绥总兵官麻贵为备倭总兵官，加授提督头衔。由于事发突然，麻贵只带了一队亲兵就匆匆进抵汉城，把驻扎在朝鲜的所有明军收拢起来，兵力不过区区万余。他只好派杨元率三千人死守全罗道重镇南原，再令陈愚衷率两千五百人驻防全州，希望能坚持到邢玠大军到来。

可日军再次将势如破竹演绎到了极致。

在小西行长率领下，左路军一路如砍瓜切菜，朝鲜守军降的降逃的逃，完全没有反抗之力，轻易攻克泗川、南海、光州等地，兵锋眨眼间就已指向南原。杨元曾随李如松在碧蹄馆血战，是个十足的勇将，面对如此悬殊的兵力，仍旧拼死抵抗。奈何敌众我寡，身受数创之后，仅率十余人杀出重围，所部全数战死。南原一失，陈愚衷迫于日军威势，竟然不战而逃，加藤清正率领的右路军得以兵不血刃拿下全州。南原和全州的沦陷导致汉城屏障尽失，日军快速合兵一处，不日就将合围汉城。

麻贵碍于兵力不足，派飞骑回辽阳大营向邢玠报告，请求放弃汉城后撤开城，却被邢玠一口拒绝，还派经理杨镐到汉城督战，要求麻贵死战不退。事到如今，麻贵只能拼死一搏。经过周密的谋划，他将所有兵力投入稷山，伏击黑田长政率领的第三军团，打得万余日军抱头鼠窜，成功遏制了日军前进的步伐。

十二月，邢玠率四万大军开进朝鲜，麻贵当即兵分三路，猛攻两万日军驻守的蔚山，想要断绝日军的粮草和退路，为全歼釜山日军做准备。可惜加藤清正修筑的岛山城实在坚固无比，鏖战多日也未能拿下。毛利秀元、黑田长政忽然率大批日军来援，激战数日，眼见形势不利，麻贵只得下令撤军。屋漏偏逢连夜雨，杨镐在撤退中指挥失误，导致大军溃散，竟然丢下全军将士，独自逃回汉城。日军趁势穷追猛打，明军伤亡惨重，只能将战线收缩至汉城，日夜坚守不出。日军也伤了元气，组织不起像样的进攻，朝鲜战局再度陷入僵持。

邢玠痛定思痛，认为日军之所以能久战不败，是因为有强大的水军不断运送粮草和兵员，不断为陆上日军提供补给，还能随时将掠夺的财货运回日本。因朝鲜三道水军统制使元均的无能，导致朝鲜水军在漆川梁海战中全军覆没，日水军得以终日耀武扬威，往来海上袭扰中朝联军。可以说日水军不除，这场战争就难以看到胜利的希望。有鉴于此，邢玠果断上疏，请求征调大明水师入朝。

收到邢玠的奏疏时，万历皇帝刚刚得知石星在狱中绝食而死的消息。他站在玉河桥头出神良久，当日下了一道起复诏书，着得力太监奔赴翁源。

宣旨队伍涉过周陂河，走上龙田山道，在村民指引下来到一座简朴的农家宅院，琅琅书声随即传入耳中：“孙子曰：‘兵者，国之大事，死生之地，存亡之道，不可不察也……’”穿过院子，循着读书声来到一间改建的厢房门口，见里面坐着二三十个少年学生，每人手捧一本《孙子兵法》诵读。陈璘闭着眼睛坐在讲台上，须发已显出微霜，身形也比四年前消瘦不少。

这几年陈璘的日子过得十分平静。许怜卿是持家巧妇，当年陈璘从狼山副总兵任上弃官回乡，为了维持生计，她主动在镇上开了一间米铺，辛苦操劳多年，生意还算红火。陈璘本想和她一起打理生意，她却不愿丈夫被米铺的斤斤计较磨灭心气，建议他在家里开设讲武堂，教十里八乡的上进少年学习兵法武艺。吴广就是第一批学生中的最优者。从北京回来之后，陈璘重开讲武堂，仍像从前那样不好意思向学生收取学费，盈亏全看学生自觉。他倒不在意收入，只是收不到像吴广那么优秀的徒弟，时常烦闷叹息。

两年前，广西岑溪有瑶民叛乱，新任两广总督陈大科束手无策，传檄假任陈璘为副将，吴广为参将，请这对威名在外的师徒出山平乱。陈璘有心助吴广重归行伍，毅然散尽家财，招募乡勇，率军深入不毛之地，力战多日，一举肃清祸乱，顺利让吴广获得起用，自己仍回翁源待诏。所幸老天终究是有眼的，起复诏书来得并不算晚。

那天陈璘肃然正色，撩襟向北面跪倒，宣旨太监拉开卷轴，朗声宣读："奉天承运皇帝，敕曰：'原中军都督府都督佥事、南澳副总兵陈璘听者：朕知将军神武，有保国安民之才，所向披靡之能。今倭奴卷土重来，朝鲜危如累卵，无将军横刀立马，难挫倭奴锐气。特复中军都督府都督佥事，升防海御倭总兵官，加授水师提督。鸭绿以南，惟卿制之，点兵选将，亦遂卿意。望将军择日出征，克敌制胜，鞭笞倭夷，扬我大明国威。钦此！'"

历来圣旨形制严格，材料按照所授官员品级大小各有不同，一品为玉轴，二品为黑犀牛角轴，三品为贴金轴，四品和五品为黑牛角轴。陈璘恢复了二品官阶，这道圣旨自然是黑犀牛角轴。

“老臣领旨，谢主隆恩。”陈璘叩首接旨，起身之时，眼里闪现出一道不容逼视的精光，当年威武豪壮的风采顷刻间又陡然而生。

蹉跎数载，命运终究还是选中了他。

许怜卿知道陈璘出征，一定会带上自己的三个哥哥，九经早已回东安复职，必然也要跟去。吴广升了副总兵，此前归入同为副总兵的刘綎麾下，先行去了朝鲜。于是到东华寺求来五张《楞严经》护身符，缝在贴身的锦囊之内，让陈璘自戴一只，另外四只转交给他们四人。这个坚强的女人已经习惯了提心吊胆的日子，送别时云淡风轻，直到丈夫的身影彻底消失在道路尽头，她的眼泪才无声地滑落下来。

本章注：

①东华寺：东华禅寺坐落于翁源县东，是广东远近闻名的千年宝刹，鼎盛于唐宋，毁于明清，现已重建。相传南朝梁武帝天监元年，印度智药三藏禅师渡海抵粤，行到翁源时，见东华山山形与印度灵鹫山神似，便在此处创建灵鹫寺。大唐龙朔元年，禅宗六祖慧能大师于黄梅继承五祖弘忍衣钵，至翁源隐修，复建灵鹫寺，改称东华禅寺。其后慧能大师前往曹溪南华寺弘法，入灭成肉身菩萨。坊间自此流传：“先有东华，后有南华。东华证道，南华弘法。”

②争贡之役：嘉靖二年（1523），日本大名细川氏和大内氏各派使团来华贸易，双方在宁波因堪合问题爆发矛盾，继而烧杀

抢掠，造成军民死伤。争贡之役被认为是嘉靖倭乱的导火索。

③明朝册封日本国王诏书原文：“奉天承运皇帝，制曰：圣仁广运，凡天覆地载，莫不尊亲帝命。溥将暨海隅日出，罔不率俾。昔我皇祖，诞育多方。龟纽龙章，远赐扶桑之域；贞珉大篆，荣施镇国之山。嗣以海波之扬，偶致风占之隔。当兹盛际，咨尔丰臣平秀吉，崛起海邦，知尊中国。西驰一介之使，欣慕来同。北叩万里之关，肯求内附。情既坚于恭顺，恩可靳于柔怀。兹特封尔为日该国王，赐之诰命。于戏龙贲芝函，袭冠裳于海表，风行卉服，固藩卫于天朝，尔其念臣职之当修。恪循要束，感皇恩之已渥。无替款诚，祇服纶言，永尊声教。钦哉！”这封诏书现存于日本大阪博物馆。

第五章 惊涛

万历二十六年（1598）初，陈璘率许氏三杰、陈九经等五千广东精兵抵达南澳，广东东路水师参将陈蚕、季金，王元周，游击将军梁天胤、福日昇、许国威、沈懋，把总李天常等大小将领在码头迎候，交付五千二百水兵及五百余艘大小战船。陈璘先前对陈蚕印象不错，直接提他和季金为副将。经过一段时间的集训，四月中旬，陈璘在震天的战鼓声中誓师完毕，挂“忠心报国”大旗于船头，一声令下，大明水师势如下山猛虎，壮似出海蛟龙，自南澳岛扬帆起航，到浙江与副总兵邓子龙率领的三千浙直精锐会合，再东进渤海，直抵旅顺。休整数日，于六月份浩浩荡荡驶入朝鲜半岛西海岸，转入汉城外的江华湾停靠。塞江断流一望无际的巨舰令沿岸的朝鲜百姓惊惶不已，一个个跪伏在地，被大明天兵的威武深深慑服。邢玠亲率新任经略万世德、提督麻贵、副总兵刘綎、董一元等将领至码头相迎，与陈璘一一见过，便到明军大营设宴接风。

敬酒三匝，邢玠放下酒杯，微笑道："陈都督，今日我大明天兵云集，当今虎将济济一堂，正是商讨御倭之策的大好时机。你来之前，本督已和诸位将领商讨多次，限于才智，始终未能议出善法。本督知道你是有名的常胜将军，雄才大略，当世罕有，御倭之策，自是信手拈来。你初来乍到，于朝鲜形势不甚了解，就请麻提督为你概述一二。"

陈璘拱手道："邢总督思虑周详，那便有劳麻提督了。"他和麻贵分别是水陆两军的最高主将，都加了提督头衔，论职权彼此相当，谁也管不了谁。但麻贵起点比陈璘要高，此时已经是从一品的都督同知，比陈璘的正二品都督佥事高了一级。

麻贵先向陈璘点头笑笑，说道："蔚山战后，平秀吉扫灭朝鲜之心已死，策略由鲸吞改为蚕食，意图坚壁清野固守南部，与我军长期消耗。为减少负担，已将五万余人撤回日本，但留守的水陆兵力仍在八万上下。"命属下取来舆图，拔剑指着上面的图案一一介绍，"陆上日军分为三路。左路军部署如下：军团长小西行长，率第二军主力一万三千余人驻守顺天城；宗义智率一千人驻守南海城；柳川调信率第二军一部驻守见乃梁，兵力不详。中路军部署如下：军团长岛津义弘，率第五军一万三千人驻守泗川城；立花统虎率四千人驻守固城；锅岛直茂、锅岛胜茂率第四军一万两千人分守竹岛、昌原两城。右路军部署如下：军团长加藤清正，率第一军一万人驻守蔚山城；黑田长政率第三军五千人驻守西生浦城；毛利吉成率第三军主力七千人驻守釜山大本营；寺泽正成率第三军一千人驻守釜山支城。另有水军以巨济岛为大营，由藤堂高虎统领，编制如下：藤堂高虎部，两千八百人；加藤嘉明部，一千四百人；胁坂安治部，一千二百人；已故来岛通总等部，约一千五百人。”

介绍完日军情况，麻贵继续道：“我军现有水陆兵力七万，后续仍有生力军分批开来，预计可达十一万人。至于朝鲜方面……哼，这帮家伙战力低下，多寡不算！”说起朝鲜，麻贵与李如松的态度一致，都是极其不满。

他一说完，邢玠又把目光转向陈璘，“陈都督满腹韬略，兵法精纯，大抵已有破敌良策，望请见教。”

陈璘听完介绍，确实已经思虑清晰谋划分明，张口正要回答，坐在他身后的许断文忽然低咳一声，以极其轻微的音量提醒：“不说为宜。”聪明如陈璘，立即领会了许断文的用意，心道：“我远离行伍多年，虽然当上了御倭总兵官，但和场中多数将领皆不熟稔，旧日的名头怕是难以镇住这些轻狂的后生。军旅中人没有一个是善予之辈，今日所出的风头已引来些许侧目，还是稍敛锋芒，避免开罪于人的好。此外，我刚刚入朝，对当前形势缺乏深刻了解，如果仅凭麻贵的简短介绍就轻易制定作战计划，一旦战事不利，败军的罪责定会夺走这次得来不易的机会。我已经五十有五，还经得起几次罢免，等得到几次起用？”心念至此，便把一肚子的话咽下，脸上露出谦恭的笑容，拱手道：“总督大人恕罪，下官本就浪得虚名，如今年纪大了，脑子不甚好使，听了半天仍是云里雾里，实在计无所出。”

邢玠察觉到陈璘似乎顾虑重重，不知他是谦虚还是确无实才，礼貌笑道：“无妨，陈都督大可慢慢思虑，但有良策，随时告知便是。”麻贵也道：“陈都督想是舟车劳顿以致神思疲倦，献策如同作诗，张口就来的多为糟粕，缓思细琢的方为上品。”陈璘道：“二位所言极是，容我细细思量。”

邢玠环视众将一圈，正色道：“既如此，就请诸位听听本督的计划。”

众将连忙拱手，“末将洗耳恭听。”

“鉴于日军已转攻为守，意在长期拖延，消耗我军后勤，本督以为，应该集齐我军与朝鲜军全部兵力发动决战，务求速战速决。”

万世德道：“敢问总督大人，具体如何战法？”

“本督意，将我军与朝鲜军混编为水陆四路。东路麻贵，率我军两万四千人，朝鲜军五千五百人，由庆州进击蔚山，消灭加藤清正部。中路董一元，率我军一万三千五百人，朝鲜军两千三百人，由星州进击泗川，消灭岛津义弘部。西路刘綎，率我军一万三千六百人，朝鲜军一万人，由全州进击顺天，消灭小西行长部。水路陈璘，率我军水师一万三千二百人，至古今岛与朝鲜水军李舜臣部七千人会合，一分为三，协助其他三路进攻。总攻计划于九月十一日同时发起，逐个击破之后，四路大军会师釜山，一举荡清倭患！诸位以为如何？”

众将交头接耳，低声议论一番，刘綎最先赞道：“总督大人之谋，可谓雄伟宏大而又精巧入微，四路猛攻之下，定能使日军陷入各自为战，无法互相支援的境地。凭我大明天兵的神勇，配上如此周密的方案，把倭奴赶下海去，指日可待呀。”麻贵忙也赞道：“总督大人运筹帷幄，谋略超群，末将佩服。”万世德、董一元等人纷纷附和，一时巧言百出，均道邢玠文才武略冠绝当代。

“哪里哪里。”邢玠对这些恭维之语很是受用，抚须笑道，“诸位如有建议，还请大胆提出。”

刘綎等人齐声高呼：“末将无异议。”

邢玠见众将认同了自己的计划，唯有陈璘沉吟不语，问道：“陈都督可有异议？”

陈璘征战半生，于兵法之道已入化境，邢玠话音未落，他便洞察到了其中的弊端。然而众将全都对此表示赞同，他若直言反对，不仅冒犯邢玠，还会得罪诸位将领，这明显与刚才拒绝献策的顾虑相悖。但他分明察觉到了计划的不足，倘若因为心中的顾虑而闭口不言，一旦此计失败，必然会给明军造成极其惨重的伤亡。他磊落一生，根本就做不出因私废公的行径，只觉得如鲠在喉，实在不吐不快。一听邢玠垂问，便抛下重重顾虑，冲口说道：“有！”

“哦？”邢玠眉毛一挑，登时来了兴趣，“说来听听。”

“总督大人之策过于呆板，至少有三处破绽！”不顾许断文的低声劝阻，陈璘直言不讳，“第一，十则围之，五则攻之，这是兵家众所周知的至理。眼下日军据城坚守，兵力又与我军相差无几，可谓是占尽了地利人和。我军长途奔袭，想要三路全胜，谈何容易？第二，陆上三路兵马同时开进，全都担任主攻，意在使日军陷入困斗，可我军又何尝不是各自为战？只要有一路兵马溃败，得胜的日军出城驰援，另外两路兵马就有腹背受敌之险。第三，我部水师兵力虽然远胜日水军，但若一分为三，兵力差距立时反转，如果日水军以整攻零，岂不让人逐一击破？”

“这……”邢玠想不到自己的得意谋划竟会被陈璘一通批驳，脸色渐趋复杂。

刘綎突然拍案喝道：“大胆陈璘，竟敢顶撞总督大人，该当何罪？”

刘綎是名将刘显之子，当年曾与邓子龙各领一军赴缅作战，因其性子桀骜，对邓子龙百般挑衅，彼此生出龃龉，关系十分紧张，刚才在码头相见就已横眉怒目。邓子龙早就忍他不住，见他对陈璘不敬，同样拍案喝道：“刘綎放肆，你虽有提督空衔，职权不过区区副总，如此呵斥御倭总兵官，以下犯上，该当何罪？”

许断杰性子更是暴烈，指着刘綎骂道：“刘家小儿，几十年前，我大哥曾和你爹刘显并肩作战，虽然算不上生死之交，总还有些故友之谊。你见了我大哥，不磕头叫叔已是大大的无礼，怎敢……”他话未说完，断文断英伸手一扯，把他拉回座位，嗔道：“闭嘴！”陈九经也小声劝道：“三舅，你少说两句吧。”

邢玠横了刘綎一眼，“既是商讨军事，理应畅所欲言，何来顶撞之说？你好好坐着，休要聒噪！”刘綎没想到马屁拍在了马蹄上，面色一红，唯唯应道：“是，总督大人教训得是。”邢玠道：“陈都督，既然你觉得本督之计不可行，就请你亮出自己的牌来。”

陈璘对邢玠的为人知之甚少，拿不准自己的话是否开罪了他，心中不由得计较起来：“我受尽磨难才等来这个报效国家的机会，如果因为得罪邢玠而再遭贬黜，又怎么对得起宋兄为我所做的牺牲？这把年纪了，还是隐忍些吧。”干笑一声，用近乎于示好的语气说："总督大人误会了，下官并非说你的计策不可行，仅仅是指出个中弊端而已。只要把进攻时间和攻击主次稍作修正，此计还是大有可为的。"

"请赐教。"邢玠面无表情。

"下官以为，应当把同时进攻改为先后进攻，三路主攻改为两路佯攻一路主攻。东路军按计划于九月十一日佯攻蔚山，以此迷惑日军耳目，牵制加藤清正部。中路军于九月十九日佯攻泗川，进一步搅乱日军对战局的判断，目的在于把岛津义弘部牢牢困住。西路军担任主攻，以顺天城为此战的首要攻击目标，于九月二十日发动进攻，意在剿灭小西行长部。如此，日军接连遇袭，前期摸不透我军目的，必然束手束脚。即便后期得知我军意在顺天，碍于东路和中路受制，也只能憋在城里干着急，无法轻易出击。顺天城两面环海，等西路军发起攻势，水师主力便协助西路军，水陆合围顺天。水师余部则进出西南、东南海域，监视水陆日军动向，封锁海上补给线，待其败退，断其归路。顺天城破，西路军和水师掉转攻势，与中路军合兵一处，以数倍于敌的兵力攻取泗川，再与东路军合击蔚山。届时，剑指釜山才真是指日可待。"

在场众将虽然能力高低不等，但无一不是知兵善战之人，听此一言，当真醍醐灌顶，茅塞顿开，除刘綎之外，莫不由衷赞佩，暗道："好个不败老将，这一手辣得紧啊！"

邢玠惊喜不已，起身走到陈璘面前，一把拉住他的手，欣喜道："都督，有才何故遮掩？害我险些把帅才当作庸才。"

陈璘道："总督大人恕罪，刚才我的确是累了。"

邢玠关切道："陈都督任重道远，东征战略，还要你多多费心，可得保重身体，不可过度操劳。"

陈璘点头道："是，多谢总督大人关心。"

邢玠回到座位，举杯向众将敬道："诸位，总攻策略，便按本督构想和陈都督的修正进行，朝鲜方面由万经略负责对接。家国大事，拜托各位了。"

众将举杯应道："为我大明，万死无悔！"

酒席散后返回舰队，陈九经和许氏三杰各去忙活，陈璘独自进入帅舱，一位身着副总兵甲胄的汉子在桌旁跪下，拱手叫道："师父，想煞徒儿了！"

这汉子正是吴广。当初因平岑溪之功起用，不久邢玠四处调兵增援朝鲜，得陈大科和广东巡抚萧彦举荐，吴广被邢玠任命为副总兵，编入刘綎麾下，入朝抗倭。刚才他有军务在身，没能参加会议。

陈璘扶起吴广，欣慰道："广儿，你年纪轻轻就当上了副总兵，假以时日，成就必定不在为师之下。"

吴广惭愧道："师父过誉了，徒儿若有您一半的本事，做梦也会笑醒。"扶陈璘落座，倒了两杯烧酒，师徒俩对饮三杯，吴广说道："师父，刚才会议上发生的事我已经听说了，刘綎那厮自诩当世第一猛将，向来狂妄自大，徒儿与他切磋多场，不过半斤八两，谁也胜不了谁。这等狂徒，师父别和他计较，没的自降身份。至于邢总督，却要留个心眼。"

"为何要对邢总督留个心眼？"

“去年底蔚山大战，麻提督与时任经略杨镐率部围困加藤清正于岛山倭城，鏖战十余日不下，士气萎靡不振。后来日军大将黑田长政率水陆大军来援，杨镐惊慌之下，竟然抛弃大军独自向汉城逃窜，导致我军士气崩塌，五万兵马如山洪倾泻，止不住地溃败起来。加藤清正和黑田长政趁势追杀，致使我军损失惨重。”

“此事我也有所耳闻，杨镐固然可恨，但这与邢总督有何干系?”

“战后，各部将领回到汉城，欲向朝廷上报此战伤亡情况。杨镐明知打了败仗，却喝令诸将不准据实上报，只说蔚山之战己方仅伤亡百余人，还觍着脸向邢总督提议上报前期战功，想要硬生生把溃败说成大捷。邢总督是负责朝鲜战事的最高长官，战事的成败直接关乎他的仕途甚至身家性命，自然是只想报捷而不愿报败的。可战况如此，不据实上报便是欺君，于是他言语上不置可否，态度却是形同默认。皇上得报后大喜，赏赐邢总督一百两、杨镐和麻提督各八十两，又拨太仆寺马价银五万两犒赏三军。但赞画主事丁应泰察觉此事蹊跷，寻到杨镐帐中质问，杨镐竟然拿出阁臣张位、沈一贯私自下发的嘉奖令来炫耀。丁应泰气不过，上表弹劾杨镐二十八条罪状，又弹劾张位、沈一贯与杨镐朋比为奸。皇上勃然大怒，下旨着锦衣卫缉拿杨镐回京核查，命天津巡抚万世德接任朝鲜经略。因赵志皋已升任首辅，对同僚张位、沈一贯竭力营救，他二人并未受到什么惩处。”说到此处，吴广压低了声音，“杨镐自始至终也不敢提及他向朝廷报捷是得了邢总督授意，而邢总督也一直是一副置身事外的样子，所以，徒儿劝您在邢总督面前要多留一个心眼。”

“原来如此。”陈璘稍一思索便心中雪亮，嘴上却不多加评点，“广儿放心，为师吃亏上当多了，凡事都会小心谨慎的。”

吴广走后已是下午，微醺带来的愉悦使陈璘浑身舒爽，似乎所有感官都被酒力放大了数倍，心潮澎湃思绪飞扬，像是卸下了什么无形的包袱，走在旗舰的甲板上，脚下轻飘飘地畅快极了。

“阿爸。”陈九经登上甲板，领着一位身着朝鲜官服的老者走到近前，介绍道，“这位是朝鲜领议政柳成龙柳大人，说是奉王命前来求见。”

柳成龙作个大揖，用腔调怪异的汉语道：“卑职柳成龙，拜见陈大都督。得瞻天将威容，实乃三生之幸。”

陈璘托臂相扶，微笑道：“原来是柳议政，久仰了。不知王上寻我何事？”

柳成龙恭维道：“我王仰慕都督威名，在青坡野的清凉阁内设下宴席，欲率文武群臣一睹都督风采，便请移驾，随我同去赴宴。”

陈璘问道：“邢总督、麻提督等可在受邀之列？”

柳成龙道：“今日我王专请陈都督，并未再请旁人。”

陈璘眼珠一转，已将李昖用意猜了个十之八九，呵呵笑道：“既然王上如此厚爱，本督却之不恭，唯有欣然应命。”柳成龙大喜，连忙摆手作请。陈璘突然对陈九经伸出一根手指，陈九经点点头，意味深长地看了柳成龙一眼，便找来许氏三杰陪陈璘同去，自己却推说有事，婉拒了柳成龙的邀请。

走进苍翠掩映的青坡野，李昖亲率一班文武出阁相迎，客套过后，亲热地拉着陈璘的手入阁就座。一通推杯换盏，李昖很快步入正题，用娴熟的汉语道：“陈都督少年从军，大小数百战，未尝一败，可见都督于陆上战法早已出神入化，当世难觅敌手。然而水战之道，毕竟与陆战判若云泥，都督不谙此道，临时钻研，难免有所不逮。须知日水军经验丰富，且又凶悍无匹，都督以己之短而攻彼之长，只怕……”

听到此处，许断杰一拍桌面，直震得杯倾酒洒，怒道：“你担心我大哥是酒囊饭袋，打不过东瀛矮子？”许断英愠道：“谁告诉你水战是我大哥的短处？”许断文也面有不豫之色：“王上贵为一国之君，说话可得三思！”

陈璘并不呵斥许氏三杰的无礼，皮笑肉不笑道：“只怕什么？”

李昖见许氏三杰不把自己放在眼里，心下好生着恼，但见陈璘仍有笑容，也不敢轻易发作，干笑道：“天将误会了，小王并非此意。所谓术业有专攻，有人能琴，有人能棋，有人能书，有人能画，四种才艺集于一身者，毕竟不如专研一道者精。陈都督以陆战功勋扬名于世，就算也晓得水战，却无法和其中翘楚比拟。”

陈璘饶有兴致地问：“这么说，朝鲜军中是有水战翘楚了？”

“本国水军统制使名曰李舜臣，此人是我朝鲜千年不遇的栋梁之材，论水战本领，天下无人能敌。日军侵朝以来，李统制与日水军连战连胜，去年的鸣梁海战，仅凭十三艘龟船[①]大破日水军三百余艘战船，不仅击沉三十艘，歼敌九千余人，还击毙了日军大将来岛通总。试问这等赫赫军功，天底下除了李统制，还有谁能克就？为求立于不败之地，小王斗胆请陈都督让出中朝水师联军指挥权，一切行动，悉听李统制号令。”

原来这厮是要夺权。

陈璘和许氏三杰目光交汇，露出果然如此的神情，盯着李昖的眼睛道：“敢问王上，当年李如松碧蹄馆之战是胜是败？”

“当然是败。”李昖不假思索，“众所周知，碧蹄馆之战的起因是明军粮草短缺，李提督想要速战速决，便派查大受、祖承训率三千人奇袭汉城。结果被日军围困于碧蹄馆，虽然与日军伤亡等同，最后也突出了重围，却没有达到奇袭汉城的目的。日军挫了明军锐气，成功坚守汉城，怎么看都是日军胜利。”

“王上能如此分析，可见不是昏聩之主。”陈璘略微捧他一句，陡然间变了话锋，“据本督所知，鸣梁海战之时，日水军号称有船三百三十三艘，实际战船只有一百三十三艘，余下两百艘，都是没有战力的运输船。鸣梁口狭窄至极，日水军不能全数铺展，只能以小股舰队分批次出战。再者，李统制的十三艘龟船是战船，但在龟船之外，还征调了一百多艘民船从旁协助。所以严格来说，这根本不是你所谓的十三对三百。”

这番话一说，李昖、柳成龙等一干君臣脸上的笑容顿时消却，全都面面相觑，颇有尴尬之色。

陈璘不容他们反驳，继续说道：“鸣梁海战发生在去年九月十六日，藤堂高虎先率三十艘中型关船来袭，李统制事先在海下设置木桩铁索困住敌船，再率十三艘龟船杀入敌阵，包括来岛通总在内，拢共毙敌数十。须知整个日水军不过八千人，当时前来扫荡的并非全部，此战如何能毙敌九千？李统制战后曾言：‘贼船三十只撞破。’撞破与击沉，那可是天壤之别。撞破三十艘，不过是零头罢了，根本没有对日水军造成实际性的伤害。最重要的是，战斗结束后，李统制见日水军主力杀来，便以水势极险，势亦孤危为由，先退往唐笥岛，再退往更远的古群山岛，把自己的水军大营拱手让了出去，日水军得以进占右水营，成功扫荡全罗道海域。试问，李提督碧蹄馆之战以少敌多，战斗胜而战略输，被公认为失败，李统制同样是战斗胜而战略输，如何就成了辉煌大捷？另外，李统制和朝鲜水军倘若真的如此厉害，为何迟迟没有切断日军从对马岛至釜山的生命线？大明天子之所以派本督率水师入朝，不就是因为你朝鲜水军无法夺取制海权吗？”

“这……这个……”李昖额头冒出豆大的汗珠，被陈璘批驳得哑口无言，尴尬到无以复加。柳成龙等臣子几次想要驳斥陈璘，却又无从下口，一个个扶额捏手，窘态百出。

许断文毕竟老成，不想羞辱朝鲜君臣太甚，微笑着打起圆场：“当然，李统制能以少敌多，还击毙了目前日军阵亡最高等级将领来岛通总，也的确算得上是一大奇迹。”许断杰插口道：“但这和我大哥过往功勋相比……”他话未说完，就被许断英用眼神禁斥，后面那句“仍是不足一哂”便没有出口。

其实陈璘对尚未谋面的李舜臣十分欣赏，要不是李昖为了夺权故意夸大，他绝不会当众剥李舜臣的面皮，见朝鲜君臣难堪到了极点，便想说几句回缓的话。正要开口，却见李昖向柳成龙使个眼色，后者拊掌叫一声来，立即有四名宫人抬着两只大木箱进来，箱盖一掀，金光灿灿，映得本就富丽堂皇的厅堂更加辉煌了几分。又有内廷女官二人，领着十名浓妆艳抹的窈窕美女入内，一个个搔首弄姿，对着陈璘媚笑不止。

李昖赔笑道："陈都督容禀：我朝鲜积弊多年，自日本入侵以来，陆上兵马连战连败，若非大明天兵来援，势必江河倾覆，亡国灭种。这七年间，我国人畏日军如虎狼，早已骨气尽失，脊梁尽断。小王遍观全军，唯有李舜臣可称名将，也唯有他手下的水军可与日军一战，高捧李舜臣，是重塑我朝鲜脊梁的最佳办法。刚才的言语虽有夸大之处，但李统制的才能却是货真价实的，由他指挥水师联军，成就必定不可估量。小王知道都督爱财，爱财之人多半风流，愿奉黄金三千两，美姬十名，请都督大发慈悲，让出指挥权。"

此言一出，陈璘还未发作，一旁的许氏三杰就已目眦尽裂。许断杰起身踹翻几案，指着李昖破口大骂："放你妈的高丽屁！你把我大哥当什么人了？"许断英道："给脸不要脸，端的讨打！"许断文道："你要捧李舜臣，何必踩我大哥？着实可恨！"门外的侍卫听见动静，呼啦啦冲了进来，许氏三杰抽刀在手，护在陈璘左右，与侍卫对峙起来。

突如其来的变化令朝鲜君臣惊愕不已。李昖没想到赠送黄金美女竟然弄巧成拙，恼怒地看了柳成龙一眼。原来他之所以宴请陈璘，完全是因为柳成龙风闻陈璘有贪污克扣、行贿索官的过往，一干君臣断定他是贪财好色之人，认为只要以黄金美姬收买，就能让他心甘情愿交出指挥权。谁承想对方居然反应暴烈，转眼间就把场面激化到抽刀亮剑的地步。李昖预感大祸将至，心中惴惴，干笑道："陈大都督这是何意？"

陈璘斜睨他一眼，冷声反问："你又是何意？"

李昖咽了口唾沫，硬着头皮道："你不喜欢这些也无妨，只要你肯让出指挥权，想要什么随便提。"

"我什么都不要，我只想修书一封，上奏天子，禀明你朝鲜君臣威逼利诱，企图夺取水师联军指挥权的事实！"

这句话威力之大胜似九天惊雷，直击得李昖面无血色，呆若木鸡。要知道朝鲜本就是大明的藩属国，如今山河破碎强敌当前，完全是靠大明一力撑持才不至于国破家亡。此时的大明之于朝鲜，已不仅仅是父母之国宗藩之属，而是浩瀚大海中的方舟，茫茫沙漠里的甘霖，朝鲜举国上下无不将明军视为下凡解救苍生的天兵天将，总督、经略等头头脑脑责骂朝鲜官员，乃至直接训斥李昖也是寻常之举，更别提帝都里高坐龙庭主宰苍生的天子。他李昖就是吃了龙胆也不敢在万历皇帝面前喘上一口大气，又怎敢让万历皇帝知道他争夺指挥权的行径？

李昖浑身一颤，慌忙从王座上站起，恳求道："陈大都督息怒，小小误会，就不必上达天听，惊扰天子安宁了吧？"

柳成龙见李昖口出讨饶之语，大损国王威严，心中甚是羞恼，用朝鲜语道："王上！您贵为一国之君，在他国将军面前，应当注意国王的威仪！"

几名武将无法忍受国王受屈，纷纷抽刀上前，用朝鲜语喝令侍卫，叫嚣着要把陈璘当场剁碎，好叫他没有上奏天子的机会。为首的金仁英想在王上面前表现，叫得最凶，胆气也最壮，喊道："把他们四个宰了，就地一埋，明军不知他们来此，又能奈我们何？"其余几名武将大同是理，抡刀便向陈璘劈去。

"找死！"许断杰箭步抢上，战刀上撩，挑开金仁英的攻势，左手一伸将他衣领揪住，奋力拉到身前，用刀抵住他的咽喉，喝道："你叫，你他妈的再叫！"余下的将士抡刀要劈许断杰，柳成龙急忙大喊："住手！都给我退下！"金仁英颇有几分宁死不屈的气概，哇哇叫道："别管我，我要用性命来捍卫王上的尊严！"

"蠢货，你以为杀了他们就神不知鬼不觉了吗？"柳成龙想起陈璘出发前曾向陈九经伸指示意，他现在才品味出来，陈九经那个复杂的眼神蕴含的是洞察隐秘后特意流露的警醒："如果我阿爸不能毫发无损地回来，后果将不堪设想！"意识到这一层，柳成龙脸色惨白，"陈璘早就有准备了！"朝鲜君臣闻听此言，全都心头一震，侍卫们高举的刀枪也无力地垂落下来。

他们说的是朝鲜语，陈璘四人听不懂他们说话的内容，只隐约猜到是柳成龙制止了一场血战。许断杰有心要为陈璘出气，见朝鲜将士都已退下，便拖猪拽狗般将金仁英拉出阁去，来到自己的坐骑前，取绳索绑住金仁英双手，自己牵着绳子跨上马背，公然在清凉阁门口纵马来回拖行金仁英，任由凄厉的嚎叫响彻整个青坡野。陈璘和吴广叙旧时已喝得微醺，又和朝鲜君臣喝了不少，此时酒力上涌，加上心中有气，自然不加制止。断文断英为陈璘出气的心比断杰只多不少，更加没有制止的可能。朝鲜君臣气为之夺，分明倍觉羞辱，却不敢出言制止。

柳成龙走到陈璘面前深深一拜，用汉语说道："陈大都督，今日之事全系因我而起，我不该轻信谣言揣度您的为人，都是我的不对。"

"是是是……"李昖脸上浮现出抓住救命稻草似的喜色，点头如小鸡啄米，顺着柳成龙的意思自我开脱，"这不关小王的事，都是这个可恨的家伙蒙骗小王!”

柳成龙向来忠心护主，此事又的确是因他而起，哪敢让王上乃至整个朝鲜为此承受明廷的震怒？虽被出卖，仍然无怨无悔，对陈璘道：“我王所言句句属实，的确是我蒙骗了王上，赠送黄金美女也是我的主意，是我错了，陈大都督有气冲我来撒，千万不要为难我王。”然后向李昖请罪：“臣恶意揣度天朝天将，罪在不赦，请王上降罪，以息都督之怒。”

李昖一心只想撇清自己，哪还顾得上柳成龙的死活，忙道：“好个柳成龙，竟敢教唆本王触犯天威，恶意中伤天朝都督！来啊，将柳成龙拿了，杖责至死!”侍卫领命，当下按倒柳成龙，取来刑杖便要狠打。

“慢着!”陈璘没想到柳成龙如此忠心，更没想到李昖心肠这般狠绝，为了推卸责任竟要当场打死一个忠正直臣。此番情形，岂不与自己曾经的遭遇相似？心中一酸，不禁起了惺惺相惜之意，上前夺下刑杖扔到一旁，将面如死灰的柳成龙扶起，说道：“先生忠君爱国之心可昭日月，陈某钦佩之至。”

柳成龙面有愧色，“陈都督，我……我如此误会你，实在……实在抱歉得很。”

陈璘笑道：“无妨，世上毁我者千千万，不多你柳成龙一个。”转身瞪视李昖，大声斥道，“为人君者，不知爱惜贤臣良将，有错不敢承担，竟把责任一股脑推给臣下，你配为一国之君，主宰一方臣民吗？没有良臣辅佐，没有贤才拥护，你还算个什么狗屁国王？还能逞个什么狗屁威风？”

“这……这个……小王……”李昖面色烧红，支支吾吾说不出话来。

“有民才有国，有臣才有君。你若不仁，得到的只能是无穷无尽的不义！柳先生如此忠君爱国，我便不与你朝鲜为难了。你给我好好记住，我陈璘是大明天子钦封的御倭总兵官兼水师提督，鸭绿江以南的一切船只皆听我一人号令，想从我手中夺权，先问问你脖子上有几颗脑袋！此外，我既不贪财更不好色，谁再敢以此辱我，定叫你们瞧瞧我陈璘到底是何等样人！”撂下这句狠话，陈璘一甩衣袖，与断文断英大步出门，只留朝鲜君臣怔愣无言。

出了青坡野，走在曲折蜿蜒的山道上，陈璘只觉得浑身酣畅，心中激荡着说不出的痛快。这痛快与酒力无关，而是压抑多年的块垒突然喷吐所致。原来他对李昖说的话，是预备说给万历听的，只因万历皇帝性情古怪，他不敢随便开口，朝鲜君臣这一通胡闹，反倒给了他抒发块垒的机会。

心中的闸门一经拉开就再也难以关上，陈璘三两下跑到一处面向西南的悬崖，对着紫禁城的方向撩襟跪地，拱手说道：“皇上，老臣的心声你听到了吗？有些话老臣原本不敢出口，只是人人毁我谤我，臣心凄苦，今日不得不言了。皇上……皇上！老臣别无所求，只盼皇上自此奋发图强，早日临朝听政，亲贤臣，远小人，定国本。内肃党争毒瘤，外拓四海八荒，使我大明江山永固，黎民安居乐业。如此，老臣死也心甘！”

几天后，一场淅沥至傍晚的透雨驱散暑热，彩虹挣脱云层，为泛黄的暮色增添了几分绮丽。西南风紧，庞大的水师舰队顺风东进，往朝鲜水军驻扎的古今岛踏浪而去。

黎明时分，急促的战鼓声忽如天雷炸响，惊得海波震荡，鸥鹭四散。陈璘从梦中惊醒，迅速披坚执锐冲上甲板，顺着九经手指的方向看去，赫然发现前方朦胧的晨雾中驶来四艘日军战船！凭借多年前与倭寇海上激战的经验，他判断这是一支日水军的掠夺小队。这种掠夺小队大多由一艘关船和三艘小早船组成。关船长约六丈宽约三丈，船头尖利船身细长，用薄板覆盖船体作为装甲，两舷橹有数十，具备极高的机动性和攻击性，可容纳的水手和战兵不足一百。小早船大小只有关船的一半，由此可以推断出这支掠夺小队约为二百五十人。令他不解的是，李舜臣的水军舰队分明驻扎在古今岛，就算朝鲜君臣对这支水军过于夸大，也不可能假到能让一支掠夺小队突入全罗道近海，莫非是日水军大举进犯，古今岛已被攻克？

他无法推断真实情形，不敢轻易将此担忧表露出来，决定先灭掉这支掠夺小队，抓个舌头问问究竟。稍加思索，打算由自己亲率突击小队前去截击，各舰全速开进，合围剿杀。

陈九经对此计划大为反对，力劝父亲镇守主帅旗舰，截杀之事应由他来完成。陈璘却是不容置疑的强硬，仅一个眼神就斥退所有劝阻。陈九经从那眼神中感受到一股虎狼啖肉般的焦渴，意识到这是父亲起用后的第一战，沉寂多年的热血已经沸腾到近乎喷涌的程度，此时如若浇灭，简直比杀了他还要残忍。于是不再多言，递上父亲惯用的佩剑，自觉留守旗舰。邓子龙明白陈璘的想法，在自己的座舰上用洪钟般的声音喊道：“陈都督，让后生瞧瞧咱们老将的风采！”

陈璘调来三艘车轮舸，让许断文和自己同乘一艘作为突击旗舰，断英断杰各乘一艘。车轮舸长四丈二宽一丈三，船底设有四套巨型轮板，数十名水手在底舱踩动踏板，使轮板在水中旋转进行驱动，速度比摇橹快上数倍，可载兵员百余。每艘车轮舸统领三艘苍山铁为护卫舰。苍山铁是小型突击用船，吃水不过五尺，却配有佛朗机炮[②]两门、碗口铳[③]三个、鸟枪[④]四把、药弩[⑤]四张；猛火油柜[⑥]、烟筒、火砖数十，火箭[⑦]、弩箭百支。载员三十七，编三甲，各司其能协同作战，是明军小型战船中小而精悍的代表。陈璘命十二艘战船排成楔形，在水师将士的吼喊及震天的战鼓声中驶出巨舰阵群，肃杀着冲向日军战船。

那支掠夺小队早在陈璘出击之前就转舵掉头。眼前威武庞大的巨舰超出了他们对船只的想象，他们从未想过船只竟能大如城楼，势如高山，仅仅数百艘就足以铺满海面，望之无边无际，好似一块移动的陆地，黑洞洞的炮口和猎猎作响的战旗简直令人震怖。他们断定自己引以为傲的安宅船必将在这雄伟的战舰面前黯然失色，心胆便不由得为之一丧，再无半分迎战的勇气，惶惶奔命唯恐不及。

全速追击小半个时辰，终于撵到射程之内，陈璘一声令下，十二门火炮齐发，碗口大的炮弹疾射而出，多数落在水中炸得水花喷溅，激荡的海波震得日军战船猛烈摇晃，只有少数击中目标，轰得覆盖船体的厚木板碎屑横飞，中弹处豁开一道口子。经过短暂的混乱，日军迅速稳住阵脚，叽里咕噜一通吼喊，随即射出数十颗炮弹还击，同时点燃火箭，拉弓搭弦射出一阵火雨。

陈璘命各船散开，降低受击的风险，可还是有两艘苍山铁被炮弹击穿船头挡板，几名士卒躲闪不及，被火箭射中，全身燃起熊熊烈火，号叫着跳入海中。陈璘让断英断杰率各自所乘的车轮舸从两翼包抄，由他的旗舰和七艘苍山铁紧咬日军吸引火力。然后亲自校准火炮，一炮轰出，炮弹正好扎进一艘小早船的豁口，轰隆一声引燃船上弹药，顿时嘭嘭爆响，整艘船由内而外炸裂开来，火焰和碎屑像怒放的花朵迸射而出，二三十个火人和无数零散的尸块飞上半空，凄厉的哀号响彻云霄，海面血红一片。

眼见同伴惨死，惊恐和愤怒涌上残存的日军心头，胆大者生出死战之心，懦弱者却伏在甲板上瑟瑟发抖。关船上的头目名叫长宗我部一雄，出身于狂热的武士氏族，有着丑陋的嘴脸和凶悍的眼神。他见车轮舸行驶神速，被截停只是时间问题，上岸逃窜或许还能多支撑一些时候。于是抽刀冲到船头，连杀几名畏缩怯战的水兵遏止士气崩溃，下令舵手往右前方转舵，企图登上最近的小岛顽斗。然而许断杰部已经撵到右翼，正好堵住通往小岛的去路。他急于登岛，竟然勒令一艘小早船接舷跳帮，与许断杰部展开肉搏，趁此机会，关船和另一艘小早船顺利转舵。

陈璘没有被壁虎的尾巴所迷惑，分出三艘苍山铁驰援许断杰，便率领剩余战船奋起直追。长宗我部一雄只好继续断尾求生，咬牙命令最后一艘小早船转舵横停，以必死之心堵截陈璘。这一手过于突然，车轮舸本就神速，仓促间避让不及，船头与小早船的左舷猛然相撞，只听嘭的一声巨响，车轮舸船头破碎，小早船从中间凹陷断裂，只剩右舷龙骨相连。一时间水晃船摇，人飞物倒，双方被挤扁摔飞撞晕者过半，少数人因抱住栏杆梁柱得以幸存，却也在巨大的震荡之中懵了心神。

陈璘原本站在船头，是许断文将他推离丈许，几个抱着栏杆的亲兵合力抓住他的胳膊才幸免于难。他耳中一阵嗡鸣，浑身的骨头像散了架一样酸痛，眼前天旋地转，举目尽是狼藉，惨厉的哀号声此起彼伏，鲜血的腥味和脑浆内脏的恶臭涌入鼻间，正在蔓延的火浪灼痛了他的脸颊。他呼吸沉重，意识恍惚，隐约看到对面同样狼藉的小早船上闪出武士刀的寒光，竟有二三十个日军跳帮杀来！他急忙猛甩脑袋，迫使自己清醒过来，挺剑刺倒一人，侧身闪过迎面攻势，顺势旋身下蹲，一记后扫腿撂倒三人，剑芒闪处，又封得一人咽喉。紧接着后退两步，振声呼喝："我大明的男儿都死绝了吗？"

"没有！"头破血流的许断文从一堆碎木板中爬起，随即有数十人应声而起，操刀大喝："杀倭奴，杀倭奴！"双方短兵相接，登时杀得血肉翻飞，惨嚎不止。许断英的车轮舸减速靠近，一轮鸟铳齐射，把疯狂的日军打得肠穿肚烂，瞬间结束了战斗。陈璘率部跳上许断英的车轮舸，顾不得休息，吩咐四艘苍山铁打捞落水的死伤者，便即开足马力，继续追击远去的关船。

此时关船已开到小岛西岸，长宗我部一雄率众弃船，将近百人分散在礁石滩的乱石后面，想要据险坚守，玩一招击敌半渡。陈璘一眼就看穿了这拙劣的伎俩，他命舵手向右转舵，以右舷横对日军，六门佛朗机炮及船头船尾的两门流星炮[⑧]拉开架势，对准礁石滩就是一通狂轰滥炸。

炮弹势如奔雷，落在滩涂上爆炸开来，将日军赖以藏身的乱石炸成齑粉，使残肢断臂混合着泥土石块上下翻飞，令猩红的鲜血与泡沫般的潮水交融喷溅。仅仅数轮轰击，礁石滩就被夷为平地。长宗我部一雄扔下一堆模糊的血肉，带着残存的数十号人逃离滩涂，窜入密林之中，决意顽抗到底。

陈璘却不急着追击，而是炮口一转，对准那艘因猛冲而搁浅的关船，两炮轰破船底。他知道这是一座荒岛，毁了船就等于是断绝了日军的退路。此时许断杰业已粉碎壁虎的尾巴，率自己的车轮舸和三艘苍山铁赶到，见陈璘止步不前，扯开嗓子问道：“大哥，怎么不冲?”

陈璘道：“此时强攻只会徒添伤亡，还是等舰队到了，组织优势兵力一举围歼的好。”

许断杰道：“我去搬兵。”

却听后方鼓声震震，邓子龙的副总兵旗舰当先驶来，黑压压的庞大舰群紧随其后。陈璘担心巨舰搁浅，忙让旗兵传令：“舰队止步，选派精兵千人乘轻舟登岛。”末了又加一句：“子龙坐镇，勿来。”不多时，数十艘巨舰吊下轻舟，每舟乘兵十员，人手一支木桨，百艘轻舟矫若游龙，眨眼就已划到近前。不出意料，带队的正是陈九经。

陈璘心中欢喜，脸上却不表露，和许氏三杰换乘苍山铁，下令登岛上岸。他老于战事，一登岛就把千名精兵分成百哨，每哨间隔二十步，犹如一张周密的罗网向岛内腹地平稳推进。约莫一炷香后，陈九经率先在一处高草丛中发现敌踪，众口传呼之下，各哨蜂拥而至，人数由少及多，等较远处的陈璘赶到，数十日军已全部伏尸在地，七八十个先登之士正一手揪着死尸头发，一手持刀割取首级。三四百个后至的精兵站在一旁，羡慕地看着那一颗颗血淋淋的头颅。在他们眼中那已不是人的头颅，而是论功的凭证，晋升的阶梯，是唯一能叩开龙门让自己改天换命的敲门砖。他们虽然羡慕，却谁也不敢冲上去争抢首级，陈璘威严的军法已在他们心中烙下不容挑衅的印象。他们心痒难耐，目光齐刷刷落在唯一活着的倭人身上——长宗我部一雄。然而此人正骂骂咧咧地伏在地上，后脑勺被意气风发的陈九经踩住，没人敢打统帅之子擒获的俘虏的主意。

一见父亲到来，陈九经便掩不住脸上的骄傲，兴冲冲道："阿爸，这是倭奴的头目，我抓的。"

"嗯。"陈璘只是平淡地点点头，不仅没有半句夸奖，反而板着脸说，"军中无父子。"

陈九经立时正了颜色，"是，末将明白。"

陈璘斜睨长宗一眼，问道："朝鲜水军驻扎在古今岛，你们区区四艘破船，是怎么冲破封锁的？"

长宗学过汉话，也不回答陈璘问题，张嘴就吼："混蛋！你这家伙一定以为自己很厉害吧？才不是呢！我大日本水军才是无敌的存在！你这个懦弱的病夫，敢不敢像武士一样和我决一死战？"

许断杰见他如此无礼，扬手甩了他一记大耳刮子，"你放什么屁？"打完觉得不甚过瘾，又揪着他的耳朵以更大的音量回吼："啊！"这一吼声震山野，吓得长宗心头震颤，耳鸣不止，气势为之一挫。

许断英抽刀抵住长宗咽喉，声音冷得毫无温度："说，你们如何突破封锁？"

长宗被许断杰吼破了胆，感受到刀锋处的冰凉，不禁浑身一颤，慌忙答道：“沈惟敬求小西桑救命，小西桑用三百两银子买通李舜臣的副将金在石，让他打开一条缺口放我们过来，接沈惟敬前往对马岛安身。”

“沈惟敬？”听到这个名字，陈璘眼中杀机顿现，“这厮现在何处？”

“我们一共来了五艘船，接到沈惟敬和他的两位随从后，得知明军水师停靠在江华湾，我便想前去刺探军情，看看你们到底有何厉害。如果能伺机抓住陈……陈……那便是大功一件。沈惟敬有位随从十分大胆，竟敢笑我猖狂，被我推到海里淹死了……我让一艘关船护送沈惟敬和另一名随从去对马岛，自己领着主力前来刺探，谁知半路遭遇，竟落得一败涂地的下场。”

“沈惟敬走了多久？”

“已有半日。有金在石掩护，穿过古今岛海域不在话下，你们追他不上了。”

“好一个朝鲜水军！把他带上，即刻进发古今岛！”

水师舰队乘风东去，于七月十六日晚披着星辉开进古今岛港口。驰名朝鲜的李舜臣率大小将领匆匆来迎，跪在码头用临时学来的汉话高呼：“朝鲜诸将恭迎天兵大驾！”

陈璘扫了李舜臣一眼，见此人年龄身形皆与自己相仿，气势也颇有几分雄壮，但脸上的沧桑还明显不能掩去扎眼的锐气，这与几年前的自己甚为相似。他脸色缓和了些，摆手准李舜臣起身，问道：“李统制，近日军中可有异样？”随军翻译立即用朝鲜语转述。李舜臣对金在石通敌之事一无所知，恭敬回道：“一切如常，已经许久没有战事了。”朝鲜的胖翻译也用汉话做了转述。

陈璘问：“你军中是否有个叫金在石的副将？”李舜臣奇怪地看向旁边的高瘦汉子，茫然称是。陈璘明白那高瘦汉子就是金在石，喝一声“拿下”，身后的许氏三杰亲自冲上，一把将金在石摁倒在地。

这一下大出朝鲜将士意料，霎时间出鞘声起，数十把反着森森寒光的军刀一齐指向陈璘。邓子龙见状大怒，吼道：“好哇！打倭寇不行，在我明军面前倒是神气得很！”

李舜臣喝止属下，振声道：“陈都督这是何意？我朝鲜虽弱，但也不是想欺就欺的！”

“好，有血性。”陈璘赞了一句，右手一挥，命陈九经押着长宗我部一雄上来。

原本横眉怒目的金在石见了长宗立时傻眼，不消言语，也明白陈璘此举的用意，急忙向李舜臣哭喊求救：“李统制救我，救我呀！”

李舜臣隐隐意识到了什么，语气弱了几分：“敢问陈都督，可是金副将犯了什么错吗？”

陈璘指着长宗解释：“他是小西行长的部将，日前率五艘战船从顺天驶入全罗道海滨，意在接应沈惟敬逃往对马岛。据他交代，是金在石收了小西行长三百两银子，他才得以在你眼皮底下自如穿梭！”

李舜臣和手下众将俱是一惊，齐齐把目光落在金在石身上，不敢置信道：“你这臭小子，他说的是真的吗？”

有长宗在此，金在石知道任何辩解都显得苍白可笑，并没有矢口否认的打算，但他却丝毫意识不到问题的严重性，大言不惭道：“那又怎么样嘛，我拿到了钱，军队又没有死伤，明军死不死跟我们有什么关系？你随便糊弄一下就是了，难道还真要我的命不成？”

李舜臣还未作声，愤慨的明军翻译就把金在石的话译了出来。断英断杰勃然变色，各抓金在石一条臂膀，按着后肩往上一掰，只听咔嚓两声脆响和一声杀猪般的嚎叫，金在石的两条臂膀已柔若无骨似的在身前垂摆。

“李舜臣！”陈璘怒声质问，“难道在你们朝鲜人眼里，我大明男儿的性命都贱如猪狗，不值一提吗？”

事已至此，朝鲜于理于法于情全都不占，李舜臣既羞且愧，哪里还敢再有半分强硬？心气泄了，在陈璘面前连头也不敢多抬一下，唯唯道：“末将不敢，请陈都督息怒。既然这小子通敌卖国，对天兵造成了伤害，就交由陈都督发落吧。”

陈璘说：“有一点你要明白，这是你朝鲜有错在先，不是我大明以强凌弱。”

李舜臣虚汗直流，心中更加惶惶：“末将明白。”

陈璘欣慰于李舜臣的通达，点头道一声“好”，便用眼神向陈九经授意。陈九经抽刀出鞘，走到面色煞白的金在石面前，手起刀落，砍下了他的头颅。长宗我部一雄心胆俱裂，未及哭嚎，就见眼前刀光一闪，脑袋已然滚瓜落地。

码头上的明军将士见此情状，只觉一口恶气喷吐而出，振奋之下，全都山呼威武。五百余艘战船陆续响起悲怆的鼓声，几十条载着壮士遗骸的小竹筏被推入海中，在低沉哀婉的悼歌声中随海波的飘荡渐渐远去。

陈璘处死金在石的雷霆手段慑服了绝大多数的朝鲜将士，但以崔志寿为首的少部分人仍然表现出强烈的不满。他们秉承着和金在石同样的观念，均想："汉人的性命哪有我朝鲜人的性命金贵，金在石虽然收受日军贿赂，但己方不仅没有损失，反而占了日军的便宜，自己得利不就行了，管他明军高不高兴？这个叫陈璘的家伙真是可恨，竟敢抓着此事在李统制面前作威作福，真真是岂有此理，可恶到了极点！"以崔志寿为首的几个仇明将领不断挑拨，煽动朝鲜将士仇恨陈璘乃至整个明军，导致中朝两军摩擦不断，终于在数日的积怨后爆发了一场三百多人的互殴。

各自处置完领头的闹事者，陈璘召集双方将领到帅帐议事，如刀似电的目光盯得众人纷纷避视，沉声道："症结已经十分明朗，朝鲜某些将士不服本督号令，讥讽我明军无能，样样都比不上朝鲜水军……"

"你知道就好！"猖狂的崔志寿竟然不等陈璘说完就起身打断，昂着头高声叫嚣："我部水军是朝鲜的王牌之师，李统制更是朝鲜公认的无敌战神。鸣梁一战，我们歼敌数万，杀得日军哭爹喊娘，闻李统制而色变。这等空前绝后的战功，你们明军有吗？"

"放肆！"许断杰拍案怒斥，"井底之蛙，狂妄得可怜！"

陈璘已在青坡野戳穿过李睑的吹嘘，听崔志寿言辞更加夸张，心中甚觉好笑，但他不愿当面伤李舜臣尊严，只抚须微笑，并不接话。许断文见崔志寿把鸣梁海战吹得上天入地，忍不住嗤笑道："怎么，侥幸赢了村口的王二牛，你就真当自己是武林至尊啦？”明军诸将被这句话逗得捧腹大笑，像看傻子似的看着气急败坏的崔志寿。陈璘也有些忍俊不禁，但见李舜臣脸色铁青，不想让他出丑，便轻拍帅案压下笑声。

李舜臣面色烧红，拱手道：“朝鲜狭小，国民大多眼界短浅，没见过什么世面，请陈都督万勿见怪。”

陈璘微微笑道：“无妨，我初来乍到，一时不能完全服众，也在意料之中。”

崔志寿道：“想让我们服你，除非你拿出点真本事来。”朝鲜众将顺势叫嚣：“敢不敢和我们来一场两军比武？你要是输了，就把指挥权让出来！”

“反了你们！”许断英大声斥道，“我大明将士不远千里而来，救你朝鲜江山，保你朝鲜子民，不求你们感恩戴德朝跪晚叩，却怎么是这副黑心烂肝的鸟样？倭寇还没赶跑，你们就对恩人横眉怒目，将来天下太平了，是不是还要反过来怪我大明出兵是帮的倒忙？”

李舜臣闻言如坐针毡，起身长揖到地，歉然道：“陈都督、许将军息怒。都是末将管教不严，才让这帮没良心的东西冲撞了二位。末将这就军法惩处，保证今后不会再有此类情况发生。”

陈璘却道：“不，这个提议很好。无法服众的统帅治不了军，不能齐心勠力的军队打不了胜仗。既然朝鲜将士不肯服我，那就如你们所愿，来一场两军比武吧。”

朝鲜众将大喜，仿佛已经看到明军满地找牙、陈璘跪地讨饶的景象，脸上全都露出令人迷惑的自信笑容。李舜臣却格外冷静，说道：“陈都督，这万万使不得。诚如许将军所言，大明天兵是我朝鲜的恩人，世上哪有和恩人动手争权的道理？”

“我意已决，勿要多言。”陈璘浮沉数十载，哪能看不穿李舜臣和朝鲜众将一唱一和，明里暗里催逼自己同意两军比武的戏码？此前的斗殴和今日的针锋相对若无李舜臣默许，崔志寿等朝鲜将士岂敢挑此祸端？不必询问，他也能猜到是李昖心有不甘，密令李舜臣暗中挑事，企图通过两军比武夺取指挥权。他原本无意损害李舜臣的威名，可事已至此，不实实在在打上一场，又如何能收服朝鲜军心，如何能斩断李昖夺权之念？“李统制，”他脸上挂着意味深长的笑容，眼里涌动着深不可测的光芒，“你赢了，指挥权我拱手相让；你若输了，今后朝鲜将士再有动摇军心者，有一算一，全部枭首示众。如何？”

李舜臣心中一动，脸上却做出勉为其难的表情，为难道：“既然陈都督发了话，末将不敢不从。”

风吹旗动，鼓震锣鸣，两万将士围满校场，喧天声浪一阵强似一阵。陈璘和李舜臣各率三百精兵在校场中心铺展开来，比武的规则敲定如下：每人持一根大小相同的木棒，末端绑上沾了墨水的碎布，被墨水染到身体和衣服则视为战死。战死者原地倒下，不能出声也不能做出任何动作。一炷香内，率先夺得对方军旗者胜。若未夺旗，则以杀敌数量论胜负。此外，生擒或击毙对方主将可直接获胜。如有犯规行为，立即判为败阵。

焚香擂鼓，比武正式打响。陈璘猜得没错，李舜臣的确有心夺权，一上战场就表现出极其强烈的胜负欲，将三百人排成品字形方阵，率先发起攻势，似乎是早就铆足了劲要把明军痛打一顿。陈璘神色淡定，手掌一翻，队伍立即分成三行百人线阵。等朝鲜军冲到三十步内，陈璘变掌为拳，二三行的两百精兵领命，将手中木棒充作标枪猛掷而出，如箭雨般呼啸着射向朝鲜军。这一手过于突然，前阵的朝鲜军猝不及防，反应过来时已经躲无可躲，只能眼睁睁看着两百支木棒在自己和同伴身上留下醒目的黑色墨印，气得咬牙切齿却又无可奈何，只能就地躺倒，充作死尸。

一轮投掷下来，朝鲜军倒毙百人，品字形的前阵全军覆没，后阵的两百人惊慌之下乱了阵脚，急忙刹住脚步往后躲避。李舜臣惊愕过后立即高呼："别退，趁他们没有武器，快冲啊!"陈璘没有给他扭转乾坤的机会，在木棒掷出之后，第一行的百人线阵就以猛虎下山之势发动冲锋，把朝鲜军凌乱的阵型进一步冲散，一通狠打又击毙五六十人。李舜臣急令后撤，将已被打懵打傻的朝鲜军收缩到己方军旗处死守。

在他们后撤的同时，陈璘大手一挥，二三行的两百人迅即出动，捡起散落一地的木棒猛冲过去，向朝鲜军阵地发动总攻。第一行止住脚步，分成三个轮次投掷木棒压制敌阵，令朝鲜军疲于躲避，无力组织起像样的反击。趁此机会，二三行好似狼入羊群，仅仅一波冲锋就杀倒大片，彻底将狂妄的朝鲜军碾烂踏碎。而后三行会合，以压倒性的优势扫清最后的残余，只剩李舜臣和崔志寿呆立军旗之下。漫山遍野的明军将士爆发出阵阵欢呼，朝鲜军却集体失语，陷入了死寂。

陈璘在许氏三杰等人簇拥下走上前去，微微笑道："李统制，承让了。"

李舜臣嘴角抽搐，几乎无力做出礼貌回应。

崔志寿嚷道："你这耍诈的老小子！木棒是用来挥舞的，你怎么能用来投掷？我看你是根本不敢和我朝鲜军正面碰撞，才会使出这些下三滥的手段！"

陈璘被这幼稚的言论逗得哈哈大笑，"比武规则里有说木棒不能用于投掷吗？"

"这……这个……是没说不可以……但你应该事先说出来，怎么能冷不丁使这阴招？总之我不服，我不认！"

"上了战场，敌人会事先把自己的战术告诉你吗？在你死我活的战场上，只要对战局有利，可以把枪头烧得通红再拿去扎人，可以在箭头上涂抹剧毒，甚至可以把炮弹换成辣椒粉发射。只要运用得当，连飞花落叶都可以成为杀敌利器。你居然告诉我木棒只能挥舞而不能投掷？你为什么不去跟日军说火药只能放烟花，不能用来杀你的同胞呢？你穿上这身甲胄，真是朝鲜百姓的悲哀。"

崔志寿被打了脸，气急败坏地吼道："你得意什么？军旗尚在，我和李将军还没战死，有本事就和我单打独斗！"

陈璘鄙夷道："记住，当你稳操胜券时，除了出于鼓舞士气的需要，永远不要愚蠢到去和敌将单挑。"陈九经懒得听崔志寿废话，木棒一刺，在他胸口留下一个深深的墨印。陈璘补充道："否则，这就是下场。"说完把目光转向李舜臣，见他羞得面红耳赤，眼睛因激动过度而充满血丝，抓着旗杆的手不住颤抖。陈璘知道李舜臣的面子里子都在这一战中零落成泥，他能切实体会到脸皮被人生生剥落的感受，愤怒与羞惭带来的痛苦足以摧毁一个人所有的坚强。因为感同身受，所以他心中格外悲悯，轻声叹道："李统制，我很抱歉。"

"没什么，愿赌服输。"李舜臣强装笑颜，顿了顿，忍不住问："这种情况下，你怎么就敢扔武器？还扔两次？"

"我备了三套方案。你若不排成密集阵型先冲，我决计不敢冒此大险。其实，只要第一轮投掷时你方阵型不乱，甚至是以更快更猛的架势杀来，我军必败无疑。"

"你是在赌我朝鲜军的气魄不够强大？这未免太过冒险。"

"不，我不是在赌，而是从这几日的观察中认定你朝鲜军气魄不足。"

李舜臣苦笑一声，又问："如果你先冲，会是怎么个打法？"

陈璘胸有成竹道："五人一组，分散挺进。接战时，两人抛撒泥粉遮掩敌军视线，三人收割人头。欲夺旗则以擒将示之，欲擒将则示之以夺旗。杀敌为次。"

李舜臣似有所悟，沉思良久，终于拔起军旗，双手递给陈璘，心悦诚服道："多谢陈都督指点，末将服了。"

陈璘拍拍他的肩膀，接过朝鲜军旗高举过顶，向围观的两万将士摇旗三匝。短暂的寂静之后，场中响起浪潮似的欢呼，朝鲜将士用口音怪异的汉语呐喊："陈都督！陈都督！陈都督！"

陈璘环视一圈，将军旗插在地上，摆手压下全场声浪，振声道："我大明将士千里入朝，出的是正义之师，打的是虎狼之敌，念的是宗藩之谊，为的是造福苍生而已。从今往后，谁再包藏仇明之心，敢有挑拨分化之举，立斩不赦！"

中朝两军齐声呐喊："都督威武……都督威武……"

经过这场漂亮的比武，陈璘彻底收服朝鲜军心，李昖也断了夺取指挥权的念头，两军将士从敌视转为友好，再也没生出争端。

这晚，陈璘父子和许氏三杰在帅帐分析局势，传令兵进来禀报，称李舜臣在帐外求见，得知都督和副将议事，自认身份卑微，不敢擅入，现已徘徊许久，恳请都督垂怜接见。陈璘听说李如松在朝期间，李舜臣曾去中军大帐拜谒，结果被告知没有入帐资格，闹得十分尴尬。他年纪大了，不想予人难堪，便让许氏三杰稍候，自己起身出帐，来到李舜臣面前。后者和随身的翻译慌忙跪下，拱手道："末将拜见都督！"那翻译水平极高，马上把他的朝鲜话转述成汉话。

陈璘伸手将他扶起，微笑道："李统制，本督入朝之前便对你如雷贯耳，那日一见，发觉你果真是不可多得的将帅之才。如今你我成了患难与共的同袍，兄弟之间，不必如此拘谨。"

李舜臣心头一热，着实想不到陈璘会和自己以兄弟相称，惶恐道："没有天将运筹帷幄，天兵力挽狂澜，光凭区区末将，如何能在日军手里讨得便宜？都督谬赞了。"

陈璘道："好，有功不骄，这才是大将该有的风范。不知李统制寻我何事？"

"惭愧，自日军入寇以来，末将打了几场胜仗，受到朝野上下大力吹捧，我嘴上谦虚，心里多少有些飘飘然忘乎所以。日前败于都督之手，才懂得人外有人、天外有天的至理。这几日想了许久，愈发觉得都督兵法武出神入化，我纵然再练十年也难望项背。听闻都督赋闲之时曾在家乡开过讲武堂，于是斗胆前来，恳请都督传授一二，若能习得半分真传，末将终生受用不尽。”李舜臣这番话说得诚挚无比。

“哈哈，李统制过谦了。闲山和鸣梁两场大捷，已经使你的威名播于四海，全然不在本督之下。说不定未来再立新功，会被大明天子召回中国为官，凭你的才能，到时自称末将的恐怕就是我了。”陈璘无法确定李舜臣的话是真心还是假意，只能打个哈哈，继续夸赞。

“都督这是哪的话？论韬略论武艺，都督的本事都远在末将之上，就不要拿末将说笑了。”说这话时，李舜臣神色间既有羞惭，又有惊慌，还有一丝怀疑被他人取笑的不满。

陈璘察言观色，觉得他不像作伪，便收了笑容，正色道：“你真想跟我学本事？”

李舜臣望着陈璘的眼睛道：“末将真心实意，敢有丝毫虚假，教我天打雷劈！”

陈璘默然片刻，道：“你是成名将领，更是朝鲜公认的国之栋梁，愿意放下姿态向我求教，这份虚心好学的态度着实可贵。既然你磕了头，我便教你两套功夫，不过你我年纪相仿，师父二字就不用叫了，我也不会对外说你是我的弟子。”

李舜臣来之前就做好了丢失颜面的准备，没想到陈璘不但肯教他本事，还愿意顾全他的面子，心中感动不已，忙道：“都督大德，末将永世不忘。”

二人带着翻译行出大营，向北走了三四里，来到一处悬崖之上。陈璘坐在崖边的古松树下，银白的月色洒落下来，在他脸上映出一层柔和的白光，平添了几分亲切之感。温声道：“李统制，当年我随俞大猷、戚继光两位老将军在南澳岛围剿海寇首领吴平，俞将军传我《剑经》，戚将军授我八极拳和《纪效新书》，我钻研多年，略有所成，今日便教给你吧。”李舜臣在陈璘面前正襟危坐，恭恭敬敬应了声“是”。

“你对拳法有何了解？”

“末将学过一些粗浅拳法，称不上精通。”

“好，教你八极拳之前，我先跟你说说拳经捷要。拳法者，于阵战杀伐并无大用，却是世间一切武术的根基，刀枪剑戟、弓矢钩镰等兵刃，莫不先由拳法发端。凡初学武艺者，首要练拳，其次练掌，掌精则爪，爪成方能习指。至于腿法，乃拳掌之辅，弱于手技而强行练腿，行家谓之花拳绣腿。学拳务须身法活便，脚步轻而稳固，则可进退得宜，颠起倒插。拳之猛者，无外乎披挂横拳；拳之快者，无外乎活捉朝天；拳之柔者，无外乎知当斜闪。”

李舜臣道：“这段拳经捷要精辟入微，天朝武术果然博大精深。”

陈璘问道：“你可知道八极拳的由来？”

“想必是戚将军所创，或是戚家的家传武艺。”

“八极拳并非戚将军所创，与戚家祖上也无关联，乃是月山寺第二代主持崇苍大师创于宋淳熙十二年（1185）。戚将军也是因缘际会，得高手转授而来。你可知道何为八极？”

李舜臣也学过一些中国经典，稍作思索，答道：“我记得《淮南子·墬形训》中有‘天地之间，九州八极’之言，应是八方极远之意。”

陈璘颔首笑道："不错。九州之外有八寅，八寅之外有八纮，八纮之外有八极。这套拳法以八极为名，意为发劲可达四面八方极远之地。"

"发劲可达四面八面极远之地？这八极拳一定很是厉害了，请都督教我。"

"八极拳已经创立四百年，变种繁多，各家侧重均不相同。我要传你的这一套，乃是戚将军整合各家所长，专为阵战厮杀提炼而来。我习练多年，也苦心孤诣地做了一些变动。发劲方法讲究始于闾尾，稳于项梗，源泉于腰，发力于根。力要贯于肩、肘、拳、胯、膝、脚六部。势须如山崩地裂，撼天动地。打法上讲究截、拿、开、挨、戳、挤、靠、崩、撼、突十点。各有总拳诀、练功歌诀、步法口诀、技击口诀四套，每手招式又各有动作口诀二三句。"

"请都督赐下。"

"拳似流星眼似电[⑨]，腰如蛇形脚似钻。闾尾中正神贯顶，刚柔圆活上下连。体松气固神内敛，满身轻俐顶头悬。阴阳虚实急变化，意命源泉在腰间。此为总拳诀。"

李舜臣记性极好，一边听一边在心中默念，翻译话音一落，他已将整套总拳诀印入脑海。

"一练拙力如疯魔，二练软绵封闭拨。三练寸接寸拿寸出入，四练自由架势懒龙卧。五练心肝胆脾肾，六练筋骨皮肉合。七练尊师与仁义，八练动手要留德。此为练功歌诀。"

李舜臣默念一遍，又已牢记。

"意要身正直，十趾抓地牢。两膝微下蹲，松胯易拧腰。两肘配两膝，八方任逍遥。此为步法口诀。上打云掠点提，中打挨戳挤靠，下打吃根埋根。身不舍正门，脚不可空存。眼不及一目，拳不打定处。贴身近发，三盘连击。拿腰顶心，一击毙命。此为技击口诀。”陈璘见李舜臣上下唇不住相碰，显然是在心中速记，“李统制，四诀连背一遍。”

李舜臣连忙答应，朗声将四诀一字一句背出，干脆利落，毫不迟疑停顿。他一边背，翻译一边转述，陈璘听到意思准确，很是满意，让他又连背三遍加深记忆，这才演练二十二式八极拳招，逐一告知招式口诀。

八极拳凶悍凌厉，招式不是断人筋骨就是碎人喉结，撩阴戳眼、拗指踩脚等招数更是应有尽有，一招一式都奔着重则杀人轻则致残而去。相形之下，李舜臣此前学的拳法虽也刚猛，却远不如八极拳狠辣实用。心想：“这套拳法过于凶狠，用来和友人比武切磋，一个不慎就会杀伤人命，乃是不可轻易使用的凶技。但到了你死我活的战场，又恰恰是杀敌保命的善法。”

陈璘指导李舜臣习练完动作和发劲的诸般要领，后者身手矫健，悟性又强，很快就有所获益。等他学个大概，便从怀中掏出一本蓝色封面的线装书，说道：“这本《武经全书》，是我吸收《纪效新书》《孙子兵法》等经典兵书，以及《剑经》《拳经》等武术典籍精华，结合多年实战经验撰写而成，今日赠送给你，若能为你保家卫国的理想出一份力，也算功德无量。”

李舜臣满心满脸都是遮掩不住的惊喜，激动到声音发颤：“末将也曾读过不少兵书，这本《武经全书》是都督毕生的心血结晶，必定非同凡响，我当朝诵晚读，不敢有一日懈怠。”小心翼翼地双手接过，见封皮的白框内写着“武经全书”四个遒劲大字，笔势沉雄中又兼含飘逸之姿，似有剑意蕴藏其内，心中更是欢喜。翻开阅读，开头便是《剑经》摘录，只见上面写道：

猷学荆楚长剑，颇得其要法。吾师虚舟赵先生，见而笑曰：若知敌一人之法矣，讵知敌百万人之法本于是乎？猷退而思，思而学，学而又思，思而又学，乃知天下之理原于约者，未尝不散于繁。散于繁者，未尝不原于约。复以质之，先师曰：得之矣。

“原来俞将军的师父姓赵。不知何为荆楚长剑？”

“俞将军所学驳杂，除了家传武艺外，还拜过不少师父。单是习练荆楚长剑，就先后拜了赵先生、福建同安县李良钦先生为师。所谓荆楚长剑，实则为棍。这部《剑经》教的乃是棍法。天下兵刃，无外乎单双与长短，长则双手持，短则单手持，而棍可长可短，单双皆有。用棍如读‘四书’，钩、刀、枪、钯，如各习一经。‘四书’既明，六经之理亦明矣。若能棍，则各利器之法，从此得矣。”

“末将明白了，《剑经》教的是棍法，但又不仅仅只有棍法。一旦领悟到经中奥秘，棍法固然精熟，顺带剑法、枪法、刀法，乃至拳脚功夫俱能明了。譬如汉字，只要熟识其义，不论天下的笔者如何遣词造句，如何排列组合，大家拿来一看，便能读懂。也就是说，《剑经》是以棍法为例，教授诸般兵刃的使用之法，所谓一窍通则百窍通是也。”

陈璘对李舜臣的悟性颇为赞赏，让他继续翻阅，先后看到：

一人之斗，有五体焉：一身居中，二手二足，为之前后左右，有防有击，有立有踢，一体偏废，不能为也。

一人之斗，身体手足，皆有屈伸之节。屈于后者，伸之于前；屈于右者，伸之于左。使皆屈而无伸，与皆伸而无屈，僵人而已耳！虽具五体，不能为也。

人之善斗者，一身四肢屈伸变化，有无穷尽之形，故前正而后奇，忽焉正后而奇前，正聚而奇散；忽焉正散而奇聚，车正而骑奇；忽焉骑正而车奇。

猷谨将所得要法，著为《剑经》，以告后人。世有真丈夫，当亮予志。

其后皆为详细的步法和技击秘要，李舜臣直看得啧啧称奇，连连叫好。

待他阅读完毕，陈璘道："我把总歌诀念一遍，你用心记好：'中直八刚十二柔[10]，上剃下滚分左右。打杀高低左右接，手动足进参互就。刚在他力前，柔乘他力后。彼忙我静待，知拍任君斗。阴阳要转，两手要直；前脚要曲，后脚要直。一打一揭，遍身着力；步步进前，天下无敌。'"

李舜臣自幼习武，总歌诀前后两段都能明白十之八九，但中间那四句却是半懂不懂。问道："都督，什么是'刚在他力前，柔乘他力后'？'彼忙我静待，知拍任君斗'又是何意？"

陈璘解释道："纯攻为刚，以守图攻为柔。两人相斗，若要先发制人，就必须抢在对方欲动而劲力未发之前，以快招将其制服。此即‘刚在他力前’。若想以守图攻，则需待对方第一招用实，第二招尚未攻出之际以巧劲反打，务求一击毙命。这便是‘柔乘他力后’了。但凡招式，都有破绽可循，然而人的见识毕竟有限，临敌之时见招拆招，纵然十招能破九招，只消有一招不破，性命或许就此不存。与其苦思对方招式上的破绽，不如在对方发招的节拍上寻求突破。”

“什么是发招节拍？”

“舞蹈想要好看，就得根据音乐的律动编排动作。善舞善乐者，往往能在观赏一场新舞蹈时，依据音乐的节拍预测舞者下一步的动作。这个道理放在武学上亦能通用。对方要出重拳打你，肩膀必然先往后摆，接着曲臂蓄力，眼睛看你哪里，拳头便要打你哪里。出拳之后，整条手臂平直，此招才算用实。这个过程，是为发招节拍。你瞧见对方肩膀后摆，马上防他重拳来袭，并加反制，怎能中招？假设你和敌人生死相搏，你的体力只能支撑一百招，敌人的体力却能支撑两百招，试问，你的攻防策略该急该缓？只怕五十招不胜，你就会心急如焚；八十招不胜，你就会方寸大乱；九十招不胜，你一定会放弃防守，搏命猛攻。这个过程，是为攻防节拍。倘若能摸清对方的攻防节拍，设法搅扰，令他自乱阵脚，岂不事半功倍？掌握了敌人的两大节拍，场面便与壮汉打三岁小孩无异。此即‘彼忙我静待，知拍任君斗’。”

李舜臣大觉有理，凝思片刻，心中渐有所悟。

陈璘道：“《剑经》洋洋洒洒近万言，个中奥义，总结下来便只‘旧力略过，新力未发’八字而已。其中奥妙，委实不能再复加一言，能学到什么程度，全看你自己的悟性了。”说着从地上捡起一根长竹竿，依照经文教习具体的棍、步之法，盼他能举一反三，一贯乎万。

《武经全书》围绕兵法和武艺两节撰写，内容包罗万象，既有孙、吴、韩、诸葛等古代军事家的精华，也有佛道两门及民间武术流派的秘要，陈璘自己多年的心得虽然在思想性上比往圣先贤略逊一筹，但在实操性和全面性上则远胜前人，更符合当下的时代。李舜臣毕竟是成名将领，本身已有一定的水准，陈璘只需对书中的疑难之处作指点，不必事无巨细地教导，军中响过四更鼓，这场意义非凡的传功便告结束。

随着时间推移，中朝援兵陆续开到，联军总兵力已超十四万，分别编入陆上三路军中。因战略要点在顺天，刘綎的西路军增兵最多，兵力达四万七千之众，于八月中旬在全州集结完毕。陈璘命许氏三杰、副将陈蚕、季金等人各领一部水师，封锁东南海滨，不准海上有半艘倭船出入。九月十五日，估摸刘綎西路军已到顺天地界，陈璘率水师联军主力离开古今岛，进占罗老岛。

顺天城坐落于全罗道东南，北面连接陆地，东面是光阳湾，西面是顺天湾，南面的丽水半岛与罗老岛隔海相望。水师占据罗老岛，只要封锁光阳湾出海口，西路军再从北面陆地压来，天罗地网层层铺展，便能将顺天城围得水泄不通。

然而小西行长并非等闲之辈，早就效仿蔚山之岛山、泗川之船津，在顺天城东南二十六里外的光阳湾西岸临海高地建造堡垒，名曰曳桥寨。据《宣朝中兴志·倭情录》记载，日军“夷平独山之巅，凿剖其四面，高筑石台”为基，“其城基广而上尖。

四隅设楼，最高三层，主将居之。军粮器械之库，皆设于楼中，开一门一路，以通其出入。门内积砂石，以备阻塞之用”。

可以想象，曳桥寨原是海岸处突入海中的一块岩石高地，日军把顶端夷平，四面石壁也凿削陡峭，围着石壁垒筑地基，上面再建一圈城楼，最高处可达三层。为了保证曳桥寨的安全，小西行长又在城寨外的险要处设长垣为外廓，长垣高达十尺，每隔几步设置一处炮穴，垣外挖凿八九尺深的城壕，引海水注入其中，壕外环列水栅，以作拱卫。所谓“滨海处舳舻相接，番休济饷，往来如矢”是也。曳桥寨已经足够易守难攻，小西行长还嫌不够，又在北部海岸挖海筑岸，建造船坞，有本部及日水军一部共三千人，大小船只五百余艘。其中小型船只系于船坞，大型船只则分驻獐、松二岛，把守光阳湾出海口。獐、松二岛遥遥相对，犹如螃蟹的两只巨钳护卫着曳桥寨，要攻曳桥寨，继而拿下顺天城，必须先翦除这两只巨钳。纵观小西行长全局布防，可谓固若金汤至极，日军几可谓立于不败之地。

刘綎自诩大明第一猛将，又是将门之后，在兵法上颇有两把刷子。基于陈璘指示，他把麾下大军分为六部：左协军八千人，由参将李芳春率领，沿南原、求礼、光阳路线，进攻光阳之敌。中协军一万人，由参将曹希彬率领，沿南原、谷城、顺天路线，强攻顺天城。右协军五千六百人，由副总兵吴广率领，沿淳昌、同福、乐安路线，进攻项桥之敌。本部主力一万人，由他亲自统领，随中协军之后向顺天挺进。守备队三千人，由游击将军傅良桥率领，驻扎蟾津，随时策应各部。朝鲜军一万人，由朝鲜都元帅权栗率领，分别编入明军各部。三协军声势浩大，相继扫清日军外围防线，占领顺天、光阳两城，刘綎主力则于九月中旬抵达顺天城下。

陈璘当机立断，命李舜臣为先锋，率朝鲜水军冲进光阳湾，以身作饵，擂鼓邀战，引诱日水军出击。獐、松二岛指挥官名曰宇都宫，因不知陈璘主力在后窥伺，见李舜臣船少，下令獐、松二岛主力尽出，意图围歼李舜臣，为死于鸣梁海战的好友来岛通总报仇。陈璘待日水军进入中心海域，亲率五十艘福船巨舰杀入光阳湾，横冲直撞，万炮齐发，所过之处，低矮的日水军船只无不被轰烂撞碎。

邓子龙和陈九经按照预先计划，各领一支舰队绕开中心战团，分袭獐、松二岛，采取大船炮火掩护，小船登陆肉搏的战术，将二岛留守的日水军打得叫苦不迭，纷纷逃窜。

日水军主力一乱，陈璘便传令三艘福船为一小组，深入切割敌方阵型，每组配备十艘苍山铁快船，采用群狼战术将溃散的敌方船只包围夹击，逐一击沉焚毁。宇都宫眼见败势无法逆转，愤而点燃座舰，开足马力冲向陈璘旗舰，要来个同归于尽。陈璘走到炮台前，装弹瞄准，一炮轰出，正好击中宇都宫旗舰上的炮弹箱，顷刻间连珠炸响，舰毁人亡。日水军折损大半，或逃往南海岛待援，或遁入曳桥寨北部海岸船坞躲避。放眼望去，海水一片赤红，波浪翻涌，船体碎屑飘来荡去，数百日军在海中挣扎呼喊，或生生溺毙，或被水师将士用弓箭射死。

陈璘遂挟大胜之威占领獐、松二岛，虎视曳桥。

小西行长已经厌倦了这场毫无意义的战争。他是药商出身，对丰臣秀吉的宏图大业全无兴趣，如今议和破裂，朝贡贸易无从谈起，进不能攻城略地，退不能回国享福，每日闷在这死气沉沉的顺天城内提心吊胆，着实难受得紧。而且他与加藤清正素来不和，之所以被分派到离釜山最远的顺天，多少也有加藤系的势力背后操纵使然。既无利益可图又无兴味可言，消极情绪渐渐吞噬他的战心，早在中朝联军完成水陆合围之前，他的厌战情绪就已达到顶点，主动放弃顺天城，将本部主力、水军、朝鲜伪军等两万余人收缩到曳桥寨固守。他曾听沈惟敬说过陈璘是坚定的主战派，断无议和可能，因此西路军一到，便派使者去向刘綎送信，希望双方能罢息刀兵，再次握手言和。

这封求和信正中刘綎心意。他不甘屈于陈璘之下，出兵之前就在思索不战而屈人之兵的办法，梦想立下一件盖世奇功，换取和陈璘平起平坐的机会。因了这一点，他几乎是毫不犹豫地答应了议和请求，派部将吴宗道出使曳桥寨，邀小西行长九月二十日早晨到顺天城外的茶棚会谈。

兴奋冲昏了小西行长的头脑，未及细思，便带着五十亲兵前去赴会。当他进入茶棚，见到的是一个自称刘綎却毫无胆魄的家伙，和一个捧着箭壶却颇具大将风范的千总，他心中惊奇，暗暗察觉到了一丝异样，指着所谓的刘綎对那千总说："你天生福相，怎么看都比他更像刘綎！"那千总吃了一惊，做出惶恐的模样退了出去，所谓的刘綎更是冷汗直流，连一句完整顺畅的话都说不出来。

小西行长确认这是一场不折不扣的鸿门宴，撒腿便往外冲，刚出茶棚，四下里喊杀大作，上百号刀斧手从道侧的灌木丛中蜂拥而出。那千总高坐马上，双手向上一抛，一只白鸽挥动翅膀，往曳桥寨方向飞去，大笑道："贼小西，我才是真刘綎！只需将你生擒，曳桥寨唾手可得。"小西行长惊怒交加，料想刘綎已派大军埋伏在曳桥寨外某地，这只白鸽便是进攻信号。他反应极快，从亲兵手里抢过铁炮[11]，砰的一声响，把那只飞行迅速的白鸽射落在地，用日语骂道："狡猾的混蛋，你们明国人全是骗子！"提刀去战刘綎，十余招不分胜负，在亲兵拼死掩护下杀出重围，一路逃回曳桥。

刘綎换回自己的甲胄，打马奔到九上里埋伏地，将中协军并入本部主力，于当日午时发下进攻号令。刘綎主力在桶泉高地架设多个火炮阵群，用密集弹雨轰击长垣内的日军炮穴。左右二协军在火力掩护下逼近城壕，刀劈斧剁，破坏水栅，搬取沙袋填实积水壕沟。

防守长垣的日将名曰松浦镇信，麾下仅有三千部卒。他的任务是借长垣地利最大限度阻击西路军，长垣不能守时，便逐次后退，引诱西路军深入曳桥寨核心地带，配合小西行长主力发起决战。于是下令龟缩不出，只在炮火打击的间隙中反击，或发枪炮，或倒沸水，尽可能杀伤填充壕沟的左右二协军。然而二协军人多势众，战线拉得十分宽广，松浦镇信顾头难顾尾，壕沟很快就被沙袋填平。吴广、李芳春各率所部分袭左右二角，架设云梯攀爬。刘綎下令吹响冲锋号角，主力分批涌至壕沟之外，各式火炮瞄准长垣正中区域，近距离狂轰滥炸，终于破开一道宽约两丈的豁口，西路军上下士气高涨。吴广抱定必死之心，率麾下数百骑兵抢先从豁口冲入，直杀得人仰马翻，血雾喷溅。日军难撄吴广兵锋，慌忙撤出长垣。西路军上下见吴广大挫日军，士气登时高涨。松浦镇信本想边退边打，不料吴广骑兵先入，将他阵型冲散，部卒丢盔弃甲，只能仓皇而逃。

陈璘因潮水未涨，大型战船无法逼近曳桥寨，没有率水师参与此战，在松岛听得寨后喊声震天，知道西路军成功突破长垣防线，精神大振。眼见天色已黑，曳桥寨又险峻异常，担心西路军被小西行长以逸待劳，便派陈九经乘快船绕过曳桥寨登岸，命令刘綎撤回九上里扎营，指示明日作战要领，并派权栗的朝鲜军连夜推倒长垣。

翌日清晨潮水大涨，陈璘擂响进攻号鼓，率五十艘巨舰欺近曳桥寨一箭之处，转舵悬停，一字排开。虎蹲炮[12]、佛朗机炮、鸟铳、箭矢、火砖齐发，乌泱泱的箭弹遮蔽晨阳，雨点般打在曳桥寨城楼上。接连不断的轰隆声中，火团和硝烟腾腾而起，碎石与木屑纷纷飞扬。刘綎遵照陈璘授意，命左协军进攻曳桥寨北门，采取云梯攀缘、凿击门板等方式打开缺口。吴广的右协军列炮于左协军之后，只炮击而不冲锋，意在用密集火力压制城楼日军，使其不敢冒头。本部主力占据桥头，集中优势兵力强攻西面正门。趁日军疲于防御之机，陈璘命邓子龙、李舜臣各率一百小船杀进北岸船坞，与日水军残部展开激战。

曳桥寨坚固高大，日军居高临下，又是非生即死的困兽之斗，加上小西行长指挥得当，战意十二分之强烈。顶着凶猛的炮火，踩着同伴的尸体，不停地倒金汁[13]、抛石块、发炮弹、射箭矢，任凭中朝联军如何水陆夹击，日军总是死战不降，打退了联军一波又一波的冲锋。数个波次下来，双方伤亡惨重，曳桥寨内外已成人间炼狱，血水、碎尸、火焰、呛鼻的焦臭味随风弥漫，巨大的爆炸声中，混杂着无数凄厉、痛苦、绝望、愤怒的呼号，战况之惨烈，委实触目惊心。

战至午后，曳桥寨仍然屹立不倒，潮水却已渐退，陈璘唯恐舰队搁浅，只能率水师撤回獐、松二岛。水师一走，刘綎见破城无望，也收兵回营。

歇至深夜，刘綎立功心切，决定不按原计划行动，也不向陈璘请示，擅自令左右二协军置备火炬，随本部主力再攻曳桥。小西行长深通兵法，料到刘綎有此一着，提前派松浦镇信、有马晴信、大村喜前三部及数千朝鲜伪军出寨，据险埋伏。刘綎不知有诈，率大军堕入伏击圈内，被日军杀得措手不及，小西行长趁机率一万主力出寨掩杀，西路军阵脚大乱，一哄而散。逃到九上里大营外，却见火光冲天，数百顶帐篷燃起大火，留守部队一面与日军交战，一面取水扑救。原来小西行长知道光靠伏击难以重创西路军，又悄悄派五岛玄雅率七百人绕过伏击圈，在九上里大营外发射火箭，引燃帐篷，希望能烧毁营中粮草。所幸留守部队应变及时，没有让小西行长奸谋得逞。西路军主力尚在，刘綎在大营外收拢溃兵，严阵待敌。然而小西行长生怕陈璘背后突袭，并未追击。

陈璘收悉败讯，暴跳如雷，乘快船到九上里将刘綎骂得狗血淋头。刘綎惭愧之余，报说现有攻城器械难得其便，必须赶制一批新的大型器械方能成事。陈璘无可奈何，只能延缓进攻，每日派陈九经率小型船队到曳桥寨外游击骚扰，为刘綎建造器械争取时间。

十月二日黎明，刘綎器械造成，陈璘下达总攻命令，二三百艘战船在曳桥寨外海面排成数行线阵，上千门大炮对准城楼猛烈轰击。曳桥寨本就墙坚壁厚，这几日小西行长精心加固墙体，更是硬如铁板，炮弹造成的伤害竟比铁凿凿击强不了多少。陈璘见炮击无用，便派三艘福船巨舰进抵城墙根下，命士卒在甲板上架起云梯强行攀登。然而船体是木材制成，日军抛下火球引燃船只，迫使大多数士卒疲于救火而无暇攻击。部分将士拼死登上城头，又因后援不继而身陷重围，难逃被乱刃分尸的悲惨下场。陈璘望着坚不可摧的曳桥寨恨得牙痒，只能继续采用炮轰的方式进攻，希望水师炮弹打光之前，能把这座可恨的堡垒轰塌炸烂。

水师进攻不利，西路军更是连连受挫。耗时多日建造的攻城器械完全是一堆中看不中用的破烂，士卒好不容易冒着枪弹箭矢将三辆云车推到寨下，竟有两辆的吊板悬在空中无法放下，另一辆的铆钉和绳索居然自动断裂，被登上吊板的二三十位士卒踩得整辆散架，直接把士卒摔得头破血流。攻城锤、投石车等器械也相继出了问题，唯一能用的却是伤亡率最大的简易云梯，士卒不是在攀登中被枪弹击中就是被石块砸落，侥幸上了城头也免不了被枪矛捅上数个窟窿。

一连数轮进攻都被击退，西路军士气急转直下，连刘綎也是愈战愈慌。鏖战到夜幕降临，小西行长吃定西路军士气低迷，下令打开寨西正门，亲率数千精锐出寨冲杀。西路军全无防备，顿时兵败如山倒，数万大军丢下攻城器械仓皇鼠窜。日军乘胜追击，斩杀八百余人，并放火焚烧攻城器械。

陆战既败，潮水又行将退落，陈璘站在旗舰帅台上连拍栏杆，一张脸气得又青又紫。陈九经怕他气急伤身，连忙扶入舱内劝慰，邓子龙和李舜臣也都失魂落魄，下令撤军。

当晚，邢玠信使来到九上里大营，邀陈璘、邓子龙、李舜臣三人前去会面，告知麻贵的东路军和董一元的中路军相继败北。东路军一开始进展顺利，大军开到岛山城下，麻贵引诱加藤清正出城野战，小胜一场，后来釜山援军赶到，反中了日军大将立花宗茂的伏击，死伤惨重。董一元起初也算势如破竹，先是攻破望津寨，后又斩杀日军大将相良丰赖，射岛津义弘麾下悍将川上忠实三十六箭。不料围攻泗川新城之时，竟因大炮炸膛导致火药库连番爆炸，将士惊慌失措自乱阵脚，岛津义弘率部出城突袭，死伤数千。两路兵马遭受大挫，已经撤离战场，退往汉城。邢玠在汉城勃然大怒，先是痛斥麻、董二人是无能的饭桶，又指责陈璘和刘綎磨磨蹭蹭，攻坚不力云云，最后勒令他二人火速攻克曳桥寨，务必扳回一城，决不能让这次大总攻以失败告终。送走信使，陈璘压着怒火和刘綎再议攻城事宜，约定次日晚以鹈鸟声为号，同时发动进攻，这回必须一战拿下曳桥寨。

十月三日亥时，陈九经报说斥候船听见岸上有鹈鸟鸣叫。陈璘亲自擂响战鼓，数十艘巨舰、百余艘中小战船闻令而出，驶到曳桥寨下的炮击范围之内，转舵横过船身，红夷大炮、虎蹲炮、佛朗机炮同时发射，炮弹划出无数优美的弧形，或击中寨墙，或越过墙头落入寨内房舍，震天动地的爆炸声此起彼伏。放眼望去，曳桥寨碎屑和残肢横飞，火光与黑烟蹿腾。喝令声、怒骂声、惨嚎声随着海风连绵不断地传来。

一轮轰炸过后，一位身着红色鬼面大铠[14]的日将登上墙头，不住地挥刀发令，纠集起大队倭寇，用大筒、车炮等小型火器还击，炸得海水翻涌，船只来回摇晃。水师战船的甲板和两侧船身都有厚木板防护，即便被炮弹击中也无甚大碍。船只可以移动，目标又较寨城为小，双方互相对轰，水师自然是受击少而命中多。

对轰之中，陈璘发觉寨城北面明明有呐喊之声，但日军的兵力非但没有收到牵制，还击火力反而比之前猛烈数倍，连船坞的水军也多了不少，根本没有显现出两面作战兵力吃紧的迹象，阵型和军心也全然不见慌乱。他心中惊疑不定，察觉水位已有降低的迹象，正欲下令撤军，却见寨墙上的日军突然退去大半，许多人大声疾呼："西路军攻破正门，城破了，城破了！"水师各部都配有日语翻译，听了这话精神一振，不约而同地大声转述。陈璘大喜过望，命陈九经和李舜臣先带全体巨舰撤回深海，自己和邓子龙率一百艘小型战船冒着炮火疾驶，准备抢滩登陆，与西路军来个前后夹击。

一百战船开足马力，箭一般向光阳湾沙滩冲去。那名日将急令铁炮手射击，箭弹齐发之下，四周水面不断炸响，震得小船左摇右晃，十几艘船不幸中炮，登时船碎人裂，鲜血染红海面。陈璘喊道："驱倭荡寇，保境安民，这是我辈义不容辞的使命。眼下正是为国家抛头洒血的时候，死便死了，大家随我上！"将士们抱定必死之心，把船桨摇得有如轮转，一口气冲上海滩，千余将士弃船登陆，铳弓手抢占礁石掩体，仰头射击寨墙。因日军火炮无法垂直向下射击，铁炮手又被火力压制，危险程度大大减低。

趁此机会，陈璘让几十名死士取出九爪钩，快速奔到寨墙根下，一手执绳索末端，一手晃动钩头，呼呼呼一阵风响，几十只九爪钩向上飞起，牢牢扣住城楼女墙[15]。陈璘身先士卒，与众死士发一声喊，双手拽绳，两脚连蹬，噌噌直上。上到女墙处，陈璘露头向内一瞥，只见城楼上乌泱泱蹲着一片日军，黑洞洞的铁炮口对准女墙方向，只等己方翻跃上来，便要铁炮齐发，将己方射上千百个透明窟窿。顺着火把望去，在北面城楼防守的日军十分稀疏，安安静静，根本没有战斗迹象。城寨正中立起一座指挥台，那位身穿红色鬼面大铠的日将站在当中指挥，应该是小西行长无疑。陈璘一刹那就明白了个中蹊跷：刘綎畏战不攻，只派少数兵马在寨外虚张声势，小西行长看破其意，趁机大喊城破，引诱水师登城伏杀。

就在这一怔愣间，小西行长武士刀向前一挥，“射击！”前三排日军扣动扳机，铁炮口白烟喷涌，数百颗弹丸激射而出。陈璘慌忙将脑袋隐入墙后，大喊：“撤！”十几名死士反应不及，头脸中弹，鲜血和脑浆四下飞溅，人未落地，就已气绝。陈璘急道：“往下跳！”众人松开双手，身子直坠而下，离地六七尺，再抓着绳索卸去坠势，跳回地面。日军动作极快，前三排齐射过后，第四排立即冲到墙头，探身向下射击，又将二三十人击毙于下坠途中。小西行长一面让城头日军火力压制礁石后的水师铳、弓手，一面下令打开寨门，亲率数千精锐鱼贯而出，欲将这千余人尽数斩于沙滩。

陈璘命三百刀盾手、三百长枪手列阵，与日军短兵交接，展开肉搏。再令邓子龙组织五百鸟铳手继续依礁石掩体射击，压制墙头和寨门，防止更多日军涌出。敌众我寡，日军迅速把水师将士围住，在小西行长呼喝下，饿狼似的猛扑上来。火把映照，场中刀光刺目，血肉翻飞，喊杀声和哀号声冲破云霄。陈璘挥剑劈翻几人，冲邓子龙大喊："快去推船！"邓子龙急忙带领百余人逐艘推动搁浅船只，为撤退做好准备。

战了一会儿，眼看己方伤亡渐多，恐怕等不到船只入海就会被日军全歼，陈璘深知如此处境，必须擒得敌方大将才有一线生机。四下扫视，就着火把亮光瞧见小西行长站在一颗大礁石上不断喝令，于是大声叫道："贼小西，我是御倭总兵官陈璘，你可敢与本督一战？"

身旁的翻译听见话音，马上向小西行长转述。如今曳桥寨腹背受敌，小西行长也有擒将自保之念，得知陈璘在此，简直比溺水的人抓住救命稻草还要开心。当即下令停手，在一群将领簇拥下来到陈璘十步之外，用日语说道："你真是陈璘？"身边一位会汉语的日将用生硬的汉语转述。

陈璘用眼神示意一名小将收拢阵型，自己上前三步，振声道："如假包换。"

小西行长道："我正愁无法破局，你就送上门来了。嘿嘿，看来天照大神[16]对我不薄啊。"

陈璘将手中佩剑倒插在地，说道："废话少说，你敢跟我战一场吗？"

"你想激我跟你单打独斗，趁机擒我，免了被围之险？哈哈，可惜我已经过了逞强好胜的年纪。一拥而上，生擒活捉，才是我目下所想。你是大有身份之人，还是体面些的好。"

“我偏不体面呢?”

“这可由不得你!”

小西行长喝一声“拿下”，身边七名将领各挺兵刃，一起来攻陈璘。

那位会汉语的日将最先冲到，倭刀一送，刺向陈璘小腹。陈璘侧身避过，左手疾探，扣住对方手背，右手以掌作刀，猛劈对方腕骨，不等倭刀落地，右掌顺着对方手臂斜挥而上，斩其右颈。

这一招是八极拳中的截腕顶心，专为空手夺刀而创。口诀是“迎势劈击破敌袭，翻掌瞬砍敌要害，曲肘抢进攻心顶”。截腕意在夺刀，砍脖颈是可虚可实的变招，倘若对手以左手格挡，则出其不意用肘顶心。倘若对手不来格挡，则虚招变实招，用掌刀斩其脖颈。其中变化，可谓精微至极。

那人也是武道高手，仓促之间，急忙出左掌护颈，然后吸一口气，想要绷直肌肉强接陈璘右肘。可陈璘天生膂力绝伦，肘部又是人体最为坚硬的部位，被他大力顶中心口，胸骨咔嚓一声断裂，骨头向内插入心脏，立时毙命。

陡然间寒光晃眼，两把倭刀迎面攻来。陈璘应变神速，使八极拳中的双抱双栽，闪身欺向右侧那人，双手交抱锁住对方手臂，右小臂卡他手腕，左小臂卡他肘关节，猛地前后发力一拗。便听咔嚓一声脆响，那人右臂折断，倭刀当啷落地，忍不住痛呼出声。陈璘抢上半步，两只拳头向前一推，瞬间爆发出千斤之力，嘭嘭两声击中对方肚腹。那人只觉得如遭锤撞，五脏六腑缩成一团，哇的一声吐出大口鲜血。

“混蛋!”另一人怒声喝骂，倭刀横挥，砍向陈璘面门。

陈璘稍稍后退半步，待其招式用老，抓着旧力略过新力未发的瞬息之机，右掌反劈那人腕骨，先将倭刀劈落，接着脚下一转，旋风般绕到那人身后，左臂搂住他脖颈向下带摔在地，左手锁其喉，左膝跪其腰，劲贯右拳，冲其太阳穴猛击而下，一拳就打得他骨头凹陷，昏死过去。这一招是八极拳的劈掌锁喉，口诀是“闪身劈掌断敌脉，错步转位臂锁喉，近身压制震敌躯”。

其余四人见陈璘轻松解决三人，心中虽惧，仍然发一声喊，继续抡刀来攻。当先两人一个下劈，一个上挑，刀光交错，迅疾无论。陈璘一面出招，一面念道：“肩肘一转封敌击，缠丝回绕紧压制，挑捶轰击撼中门。”又念，“双手十字前开门，辗步蓄劲贴身进，雷霆一靠穿山过。”一招大缠丝崩捶，一招穿山靠，已将这二人打得倒地呕血，眼看是活不成了。

七人倒了五个，陈璘压力大减，开始转守为攻，猱身而上，先使虚步探掌破开左边那人门户，再用天王托塔将其逼退，接着以猛虎硬爬山夺下右边那人兵刃，最后一招大蟒缠身，将这二人双双撂倒。这四招势动神随，发如炸雷，当真是天崩地裂，威猛沉雄之极。水师将士看了彩声雷动，日军看后则心下发毛。

陈璘目光射向小西行长，挑衅道：“懦夫，该你了。”

身边会汉语的日将已经被杀，小西行长听不懂陈璘的话，但看表情语气，多少也能猜到意思。他原以为陈璘是个徒有虚名的庸才，见他无伤连败自已七名悍将，心里发怵之余，又有一丝难言的兴奋。暗想：“他要和我单挑，我若避而不战，肯定会损害士气。索性和他斗上一斗，赢了固然是好，即便真的敌不过他，下令活捉也还不迟。”心念至此，说道：“好身手，可惜我们日本人熟习剑道，少练拳脚，和你单打独斗，我得用武器才行。”知道陈璘听不懂，说完直接抽刀出鞘，哇呀呀猛扑而上。

小西行长认为语言可以扰乱对手的心态，每每跟人动手，污言秽语总是不绝于口，希望能逼对手羞怒之下露出破绽。这时甫一交手，便对陈璘言语辱骂：“愚蠢的混蛋！畜生产下的畜生奴！懦夫！杂种！狗杂碎！”

隔着骇人的鬼面具，陈璘瞧不见小西行长的表情，但从语气上也能猜出这不是什么好话。回骂道：“直娘贼，你嚼的什么蛆？”手上不停，呼呼呼连出三招，攻其头脸、咽喉、胸口三处要害。

小西行长挥刀逐一格开，又骂：“贱奴！我要把你这混蛋抓回日本，砍去手脚，做成人彘！”

陈璘不爱与人斗口，加上不懂小西行长话中的意思，心想和对方牛头不对马嘴地互骂一场过于滑稽，便不再理会，权当犬吠视之。不料拆了二十余招仍未将其击败，而对方兀自叫骂不止，再不回应岂不是显得自己怯弱而又拙舌？当下连珠炮发似的骂将起来：“兀那东瀛傻鸟！分明是矮猪配矮狗，怎么生出你这牛马？我一指头捏穿你的肚皮，把你的肠子打个蝴蝶结，扔到海里喂王八！”他边骂边攻，说话间又连使三手杀招，接着抄起插在地上的佩剑，运用兵刃和对方对攻，防止发生意外。

小西行长也懂得一些汉语，学过诸如“王八”“猪狗”等词，听陈璘一说，便用极其生硬的汉语回骂：“你的，猪狗！王八！”闪过陈璘杀招，反手一刀削其双目，待陈璘避过，又转过刀口劈其左颊。他自知发音不准，除了这两句也不会别的词语，唯恐势弱，又改回日语骂道："混蛋！吃屎长大的可怜虫！没有卵蛋的阉人之子！妓女养大的杂种！"

日语混蛋的音译即为"八嘎呀路"，陈璘听他三句不离此语，料想是日语中极为恶毒的话，便也照猫画虎学了起来："八嘎你妈的呀路！你全家都是他妈的八嘎呀路！"见左边这一刀势大力沉，偏要和对方拼拼劲力，挥剑对砍过去。只听当啷一声巨响，双方兵器应声而断，小西行长受巨力反震，倒退三步。陈璘虽未后退，虎口却被震裂，鲜血急涌而出。太刀是双手握持，力道摊至两掌，小西行长虎口得以不裂，却也酸麻不已。

二人略一迟疑，同时将断刃当作飞镖，向对方掷去。双刃相撞，火星四溅，刃口嵌刃口，一起跌落在地。小西行长恼怒爱刀断裂，又开始"八嘎、八嘎"地大骂起来，辞锋之辛辣，比之先前尤甚。

陈璘年纪大了，虽说是形势所迫，终觉在属下面前与人对骂太过失态，见小西行长指手画脚骂个不休，灵机一动，想起儿时与许氏三杰打闹的终极绝招，哈哈笑道："反弹反弹，全部反弹！"

小西行长见他突然发笑，语气中又无喝骂之意，问道："你这混蛋怕了我吗？"

陈璘道："反弹。"

小西行长道："胆小鬼，卖屁股的牛郎[17]，你一定是吓傻了。"

陈璘道："还是反弹。"

小西行长道："蠢货蠢货蠢货！"

陈璘道："反弹反弹反弹！"

一位略懂汉语的低层日军听得真切，颇有些忍俊不禁，用日语提醒道："将军，他说的是反弹，无论你骂他什么，全都反弹到自己头上了。"

小西行长这才明白"胆小鬼、卖屁股的牛郎"云云都成了自己骂自己的蠢话，气得哇哇叫道："可恶！我要杀了你！"话音未落，就见陈璘两掌连出，搓步而上，右掌上托击他下颌。他侧身躲过来掌，右拳朝陈璘心窝打去。不料陈璘左掌前撑，架住了他势挟劲风的一拳，接着肋部吃痛，竟被陈璘狠狠顶了一膝，登时站立不住，扑通一声栽倒在地。

陈璘使的这一招是八极拳中的"天王托塔"，口诀是"右掌直出朝天托，左掌门前拒敌袭，搓步一展冲天破"。他没料到小西行长的拳脚功夫如此不济，心中大喜，见对方挣扎着要爬起，又使一招"旱地崩拳"击其面门。

这一拳招沉力猛，势如山崩地裂，一旦击中非得脑浆迸裂不可。小西行长反应神速，脑袋一歪让了过去，他身子半躬尚未直立，便双足一蹬往前飞扑，欲以宽大的肩膀猛顶陈璘肚腹。

陈璘后跃一步，两手搭在小西行长肩头撑拒，同时右膝飞起，撞其头脸。蓦地里寒光一闪，小西行长不知从何处摸出一把五六寸的黑柄苦无[18]，径往自己左腰刺来，才知道对方肩撞是假，伺机刺杀是真。陈璘急使擒拿手来截，可惜迟了一步，虽然扣住了对方手腕，苦无却已刺中左腰，幸好身上的甲胄质量过硬，又扣住手腕卸了大半力道，这一击并没有伤及皮肉。但他吃了一惊，右膝劲力大减，尽管撞中对方面门，却没了毙命之力。

他二人同时受击，双双退出五步之外。

小西行长头昏脑涨，脸上的鬼面具裂了数条缝隙而不自知，一甩脑袋，面具簌簌下落，露出一张冷峻精悍的大脸，鼻子和嘴角均有鲜血渗出。他正觉得眼前天旋地转，忽然间面门吃痛，身子不由自主向下一沉，已经被陈璘反制左臂，锁住后脖颈摁跪在地。

陈璘突袭得手，立即喝道："下令开寨投降，否则要你狗命！"

小西行长还没答应，日军阵中传来砰的一声枪响，一颗弹丸势挟劲风，向陈璘疾射而来。一名敢死之士叫道："都督小心！"飞身一扑，将陈璘推开数步，避开了致命一击。小西行长却也趁机起身，连滚带爬躲回己方阵中。

这时邓子龙已将七十七艘战船推离海滩，浮于水上，高喊："都督快撤！"

一名哨官道："不怕死的随我断后，掩护都督撤退！"百名死士吼喊一声，随那哨官发起自杀式冲锋，扑向日军阵营。两名把总一左一右架起陈璘，率部向海面撤去，同时派人点燃二十三艘无法推动的沙船为阵地，掩护大部队逐次登船，驶入深海。船队渐行渐远，望着沙滩上火光冲天，死士一个个倒在血泊之中，陈璘心如刀绞，一口钢牙咬得嘎吱作响。

回到松岛卸去甲胄，陈璘换乘轻舟来到九上里大营，亲手扯下辕门处的刘字纛旗，裂作两半，冲入大帐，掷到刘綎脸上，斥道："刘綎小儿，说好同时进攻，为何龟缩不出？你身为朝廷大将，视战事如儿戏，该当何罪？”

刘綎自知理亏，不敢动怒，唯唯道：“麻贵和董一元已经战败，我……我见攻曳桥不下，便想早早退去，保存实力，免得……免得徒增伤亡……”

陈璘一把将他咽喉锁住，单手举过头顶，直掐得他双眼上翻，面色青紫。帐内十几名将领见陈璘杀气腾腾，早吓得心惊胆战，又有哪个敢拦？陈璘恨恨道：“我宁为顺天鬼，不忍效汝退！你心肠不美，枉为刘公显之子！”

刘綎四肢乱挥乱打，断断续续道：“输……输一场仗……没……没什么大……大不了……”

陈璘吼道：“没什么大不了？朝廷捧你，百姓养你，让你穿上这身甲胄，领着万千大好男儿，为的就是一个胜字。不能打胜仗，国家要你何用？想不到我陈璘数十年来未尝一败，今日竟被你这鼠辈拖累，惜败曳桥，致成奇耻大辱！”把刘綎往地上重重一摔，“要不是念在故人之谊，我非活剥了你不可！”朝他脸上啐口唾沫，转身便走。

刘綎呼呼喘气，心中既愧且怒，冲陈璘背影喊道：“敌人家不过，我也不想的！”

因陈刘二人翻脸，已无密切配合的可能，考虑到东路、中路两军败退，蔚山、泗川日军随时可能驰援顺天，邢玠最终下达了撤军命令，让西路军退回汉城，水师返回古今岛大营。吴广因刘綎怯战，险些害恩师命丧曳桥寨下，与之决裂，经陈璘要求，邢玠批准，带着麾下一千五百精兵编入水师，受陈璘直接辖属。这场东西战线三百余里，双方投入兵力将近二十万，援朝七年中规模最大的东南海滨大会战，最终以中朝联军三路受挫宣告结束。然而联军主力尚在，鹿死谁手，还未可知。

本章注：

①龟船：李舜臣于万历十九年（1591）根据戈船、蒙冲等旧船改造而来，并于1592年日军侵朝前夕完成测试。因为形状如乌龟而得名龟船。龟船外部是否包有铁甲，目前仍有争议。

②佛朗机炮：欧洲人发明的一种铁制后装滑膛加农炮，十五世纪由葡萄牙人传入中国。明代称葡萄牙为佛朗机，便将这种加农炮称为佛朗机炮。

③碗口铳：一种重量可达70多公斤的大型铳炮，因为铳口造型是碗状，故名碗口铳。最早的记载可追溯到元大德二年(1298)，有现存实物。

④鸟枪：又称鸟铳、鸟嘴铳，因为可以射落飞鸟而得名，是明人对欧洲传入的火绳枪的叫法。火药和火器最先起源于中国，十三世纪传入欧洲后才逐渐演变为火绳枪。

⑤药弩：据说是苗族一种涂有毒药的弩箭。

⑥猛火油柜：中国古代发明的火焰喷射器。古人称军用石油为猛火油。

⑦火箭：箭长5尺以上，绑附火药筒，能射300步远。明代的火箭技术领先于世界，对后世的火箭发展有重大贡献。

⑧流星炮：一种装有纸炮的火箭，纸炮爆炸后可造成范围伤害。茅元仪《武备志·火器图说七》载：“箭杆用实竹，如小指大，长四尺五寸，翎花长四寸五分，筒长五寸，径一寸，箭镞倒

须有槽，可涂见血封喉药。”

⑨拳似流星眼似电：笔者对八极拳没有深入的了解，书中所有的八极拳招式口诀都来源于网络，笔者无法确定歌诀是何人所作，也不清楚作者是今人还是古人。特作说明。

⑩中直八刚十二柔：出自俞大猷《剑经》原文。

⑪铁炮：日本称火绳枪为铁炮。

⑫虎蹲炮：戚继光抗倭时因佛朗机炮笨重不便扛行，根据本国碗口炮、毒虎大炮等旧炮创造出的轻型火炮。戚继光《练兵实记》载：“又如旧日‘毒虎大炮’，粗恶不堪打放，须置于军马营垒数十步外。今加以新法，名为‘虎蹲’，即于行内可发。”

⑬金汁：煮沸的粪便，多用于城头浇泼，意在使敌人失去战力，皮肤溃烂，感染病毒而死。

⑭大铠：日本特有的盔甲形制，约形成于平安中期，外形极尽夸张，颜色多为红黑色调。

⑮女墙：城墙上垛口左右两边的掩体墙。

⑯天照大神：日本神话中的太阳女神，也叫天照大御神、天照日女之命、大日孁贵神等。相传是日本天皇的始祖。可以理解为中国的老天爷。

⑰牛郎：日本俗称从事风俗行业的男艺人为牛郎。

⑱苦无：即手里剑，等同于中国的飞镖。形状和枪头相似，握柄较细，尾部作圆环状，体积小，便于藏匿，是日本“忍者”常用的暗器。

第六章 屠倭

顺天鏖战后，陈璘把怒气都撒在日水军头上，每日派许氏三杰、吴广、陈蚕等将领率舰队四出，沿全罗道、庆尚道海域向釜山巡逻，甚至深入对马海峡，遇船便打，不许任何船只往来日本。连日下来恶战多场，缴获战船、商船数十艘，俘虏日军三百余人。为了提振大会战后低迷的士气，陈璘亲自到汉城拜见邢玠，提议用这批俘虏召开一场屠倭大会，邀请明军各部将士、朝鲜君臣以及受害百姓参会，控诉日军恶行，当众处决，达到同仇敌忾、振奋人心的目的。邢玠因战败而愁闷多日，这个提议正中他的下怀，不仅当场答应，还带陈璘去景福宫[①]会见李昖，要求朝鲜王廷为屠倭大会的举办提供必要的支持。此事对朝鲜来说百利而无一害，李昖没有不允之理，经过一番商讨，敲定立冬之日在中日两军交界处的游龙关召开盛会，以此打击日军军心。考虑到游龙关位置特殊，日军羞恼之下，极有可能挥军进犯，朝鲜诸大臣自身不敢涉险，也反对李昖到场参会，最终决定只派领议政柳成龙、都元帅权栗、水军统制使李舜臣三人代表朝鲜官方参会。因为同样的原因，邢玠也不打算亲临大会。陈璘是提议者，便由他全权裁决此事。为策万全，他让麻贵、刘綎、董一元三路兵马到游龙关外驻扎，防止加藤清正、岛津义弘、小西行长从蔚山、泗川、顺天方向来袭。

举办屠倭大会的消息宣扬甚速，朝鲜举国欢腾，大批民众敲锣打鼓，高挑旗幡，自发向游龙关汇集，受害者亲属达半数之多，从日军铁蹄下逃生的幸存者亦不在少数。他们群情高涨，于会期前两日陆续涌到游龙关外露宿，全都憋着要目睹日军受刑的惨状，若能亲手处决一两个仇敌，这辈子就算是死而无憾了。

游龙关建在一条雄伟山脉的山谷之中，两侧是高达百丈且延绵百余里的陡峭石壁，除山谷外，没有可供大军通行的道路。当前日军龟缩在东南海滨，又有麻贵等三路兵马协防，因此陈璘只点了三千精兵部署于南面，水师大部仍在古今岛驻守。

北面关外有一块宽阔的校场，早早搭好了一座简易高台，方便民众观刑。立冬当日一早，陈璘下令放行，上万民众乌泱泱涌了进来，校场内人头攒动，难以旋踵，陌生的朝鲜话响成一片。高台的三面近处摆着上百张条凳，坐满了军政两界有头有脸的人物，以及百姓中较有名望的代表。台上正后方有三张太师椅，是陈璘、柳成龙、权栗三人的座位。左右两边各有十张圆凳，左边归邓子龙、许氏三杰、吴广等明军将领，右边归李舜臣、郭再佑等朝鲜将领和部分文官。

巳时鼓响，许断文走到台前，大声说道：“仰赖都督陈璘兵锋劲绝，擒获数百日寇，力请朝鲜国王李昖、总督邢玠俯允，方能于今日举行屠倭大会。都督不好杀伐，所以办此盛会，旨在廓清妖氛，提振御倭信心，并挫日寇锐气。在场的大多数都受过日军迫害，这些猪狗在朝鲜犯过何种恶行，想必诸位心中已然有数。屠倭之前，先请陈都督宣读《告天下军民书》。”说完回去就座，自有分散在台下各处的翻译转述话语。

陈璘从座位旁的小方桌上拿起一只白色卷轴，起身上前数步，抱拳向台下环施一礼，神色郑重地展开卷轴，振声念道：“大明开国以降，倭寇屡犯海上，袭我浙、闽、粤千里之民，凡二百年矣。嘉靖登极，倭情益炽，所掠财帛甚巨，没入日本之男女尤难胜计。幸而俞龙戚虎运兵如神，但令战，莫不若水灭焰，激扬大明天威。隆万之间，倭不复举，盖其破胆矣。夫平秀吉者，区区岛国倭酋，竟起吞天之心，欲吸我髓血而肥其母国，戮我同胞而畅其奸怀。壬辰以来，伐我大明藩篱七载之久，致使王廷二渡，百姓千疮。人言可恨者，莫过于此也。於戏！我朝无如之何，鼓义兵而剿恶寇，顺天道以救手足，此道义也。天兵东征，恪守严明之令，谨记精忠之心。上下用命，拉锯多场，战则以寡胜众，势则转劣为优。所以挽狂澜于既倒，扶大厦之将倾者，诚乃皇明恩威被于天下，万千英灵护佑所致，非我等涓埃之才所能私也。是日屠倭，欲告天下臣民者三：倭者，尖嘴猴腮之矮人也。女流尚且盈其有尺，况乎男儿？彼纵凶顽百倍，亦系两肩负一首，但有利刃及颈，其战栗之切，较尔等犹有甚之。我堂堂之师，浩浩之民，岂可闻倭而色变乎？彼若来犯，则民作军之盾，军作民之矛。齐心勠力，上可撼天，下可动地，遑论倭奴也哉？是其一也。倭奴尚武惯战，故其瘦小如猴，亦敢虎口拔须。而中朝重文轻武，穷家富室之子，皆以文科及第为要，终至身似薄翼而轻武者众，岂不悲哉？夫文武兼修，倭奴焉能以蛮躯欺我化民积年？使崇文者不羸，尚武者不鄙，此安内御外之基也。是其二焉。尝助倭奴为虐者，即时降款，当从轻典；苟其冥顽，必击之以雷霆！其事三也。愿我大明臣属，鉴此倭患，子子孙孙，无复此难。都督陈璘白。”

他声情激切，通篇读来抑扬顿挫，直教台下民众听得血为之热，纷纷振臂高呼：“崇文不羸，尚武不鄙。文武兼修，安内御外。愿我子孙，无复此难！”声音汹涌澎湃，一浪胜似一浪，震得校场内外层层鸣响。

陈璘回到正中座位，柳成龙和权栗投来崇敬的眼神，一个双手接过卷轴，轻轻放在小方桌上，笑道：“都督慷慨激昂，豪情万丈，当为我辈楷模啊。”一个捧来茶杯，热情地说：“都督，请喝茶。”陈璘和权栗不熟，微笑着拒绝了他的讨好，待众人喊过数轮，这才摆手压言，对台下士卒道：“带倭奴！”

台侧的乐手吹响低沉浑厚的号角，不多时，一队士卒拖猪拽狗般拉着五十名日军俘虏上台。原来台上空间有限，无法同时容纳数百俘虏，屠倭需要分批次进行。许断文考虑周到，不仅将这些俘虏用枷锁铐住，还让人在他们嘴里塞上布团，防止他们狺狺犬吠。为了便于控制，士卒又在每人腰间绑上一条拇指粗的麻绳，互相串连分成五组。让他们面向台下站成五排，整整齐齐摁跪在地。

这群俘虏在不见天日的地牢里囚困多日，起初人人都抱着玉碎的心态猖狂叫骂，希望能激怒陈璘从而得到痛快的了结，但陈璘只给了他们花样繁多的刑具作为洗礼，哪肯轻易终结他们已无生趣的性命。经过连日煎熬，他们的嚣张气焰渐渐熄灭，转而在明军将领不厌其烦的审问下供出了所犯罪行。录得罪行后，陈璘不再对他们施加刑罚，不再提审盘问，甚至不对他们提及屠倭大会之事，每日只给一碗稀粥，好教他们苟延残喘，留着性命等待正义的审判。

台下众人看到这群倭奴衣衫褴褛，须发凌乱如杂草，不少虫子在其身上爬来爬去，散发着令人作呕的臭气，心里都快慰莫名，大呼解恨。人群中有一个细腻的声音骂道："死倭奴，臭倭奴，禽兽不如的贱倭奴！"众人循声望去，见说话之人身着灰色僧衣，虽然剃了头发，但细辨其五官轮廓，仍能看出这是一位青年女子。众人不及思索，又听一位沧桑的中年人骂道："他妈的臭倭奴，你们自己不得好死，你们的家人也……也……"一句话没说完，声音忽就哑了，偌大的汉子竟然当众啜泣起来。众人见他左臂齐肘而断，右边脸颊有烧灼疤痕，都能大致猜到他有过怎样惨痛的经历。一时之间，场中人声鼎沸，各种难听却又大快人心的喝骂向群倭涌去。

许断文再次上前，朗声道："诸位，倭奴固然死有余辜，但我们办此盛会，总得审查清楚，有了名正言顺的理由才能将其处死。这段时日，我们已将所有俘虏犯下的罪行逐一查问明白，这就请领议政柳成龙宣读判词。"

领议政是朝鲜议政府的长官，相当于明朝的内阁首辅，这场屠倭大会毕竟是在朝鲜举行，柳成龙既然到场，该当由他宣读判词。他从小方桌上拿起一只红色卷轴，起身向陈璘作了一揖，走到台前，缓缓拉开卷轴，用朝鲜语念道："西乡三郎，五十七岁，日本萨摩人。初为萨摩藩[②]主岛津氏麾下足轻大将[③]，嘉靖四十三年（1564）奉命侵华，劫掠于台州、福州等地，杀伤军民九人，抢掠财货约五百两，并掳一男二女回日。万历二十年（1592），二十五年（1597）两次侵朝，任日军第五军军团长岛津义弘麾下军奉行，击杀明军十五名，朝鲜军四十六名，屠杀平民七十二人，奸淫妇女十八人，烧村五座，抢掠财货无法估算。按律当处凌迟极刑！"

"饭冢哲也，三十六岁，日本肥后人，在日水军胁坂安治麾下任职枪奉行。万历二十年（1592）、二十五年（1597）两次侵朝，击杀明军四人，朝鲜军二十一人，屠杀平民五十三人，奸杀妇女二十二人，纵火焚毁屋舍十余座，抢掠财物估值八百九十两。按律当处凌迟极刑！

"小泉川浩，二十二岁，日本大隅人，任日军第一军军团长加藤清正麾下足轻大将。万历二十五年（1597）随军侵朝，击杀明军三人，朝鲜军七人，屠杀平民十人，奸杀妇女四人，抢掠财物估值三百零二两。按律当处凌迟极刑！"

柳成龙将群倭罪行一一念出，语气严峻，话音愤慨，台下众人听得咬牙切齿，不时有人捶胸顿足，厉声咒骂。恨不得马上把这些俘虏剥皮抽筋。

柳成龙念完五十名俘虏判词后回座，许断文说道："今日人人义愤填膺，倘若只观刑而不动手，恐怕难消心头之恨。鉴于此，陈都督决定将用刑之权让给诸位，以泄众愤。但是俘虏只有数百，无法保证所有人都能割上一刀，都督意，按照至亲、本人、旁亲、友人受害为序，先请受迫害者泄恨，之后还有俘虏剩余，再请其他人用刑。”

众人均想：“受害者亲自施刑是大快人心之事，即便轮不到自己，只要能亲眼看见他人复仇，也足以解气。”当下欢呼雀跃，大声叫好，都同意这个做法。

许断文道：“既然诸位同意此法，那就先请陈都督给大家打个样儿。”

众人掌声雷动，叫道：“陈都督！陈都督！陈都督！”

陈璘在喝彩声中走到西乡三郎面前，从一名士卒捧着的托盘里拿起一把明晃晃的龙鳞小刀，这是千百年来凌迟死囚的专用利器。他用威严的目光盯着西乡三郎，正颜厉色道：“我虽然没有至亲死于你们日本人之手，早年却有旁亲遇害。再者，凡是炎黄子孙，都是我华夏同胞；军中将士，更是我的手足兄弟。你先在国内残害我同胞，又在朝鲜杀我弟兄，我于公于私，于情于理，都要代他们割你一刀！”

西乡三郎仰起头，用呆滞的眼神望着陈璘，嘴里叽里咕噜，似是有话要说。陈璘把他嘴里的布团取下，鄙夷道：“你莫不是想求饶？”西乡三郎口中塞嘴布一除，眼神立即变得凶狠毒辣，用生硬的汉语道：“古往今来，只有出卖父母妻儿苟全性命的中国人，绝无向敌人摇尾乞怜的日本人！”

陈璘喝道：“伏法在即，还敢大言不惭！”

“懦夫，你不敢听我说话吗？”

“你有什么屁，这就放吧。”

“你可听好了。”西乡三郎把目光移向台下，来回扫视那一张张怒气蹿腾的面容，厉声喊道：“终有一日，我日本万千武士必将踏尔山河，戮尔子孙，亡尔种族！天照大神，佑我日本！”

这一着大出陈璘意料之外，民众本就群情激奋，听后更是如火浇油，数万人怒不可遏，轰然骂道：“他妈的矮王八，狗杂碎！老子撕烂你的臭嘴！”“蕞尔小国，竟要蚍蜉灭象，当真贻笑大方！”“不开化的贱倭奴，来一个杀一个，来一对杀一双！”

等解决完最后一批俘虏，日头已经西沉，残阳烧红半边云霞，苍茫的暮色使得天地间一片昏黄。突然之间，关城上鼓声大作，一声声惶急的示警由远及近传将下来：“有敌袭！有敌袭！”随后潮水般的呐喊从关城南面传来：“鬼石曼子出征，投降不杀！鬼石曼子出征，投降不杀！”

鬼石曼子就是日军第五军军团长岛津义弘。此人已经六十有三，是萨摩岛津氏的第十七代大名。二十岁初临战阵，一生饱经恶战，有置之死地而后生之勇，革灭殆尽时扭转乾坤之能。渐渐从门中豪俊里脱颖而出，一步步威震日本，是该国实力雄奇，极具军事才华的名将。在整个朝鲜战争中，对中朝联军杀伤颇巨。岛津的日语读音与石曼子相似，在泗川大败董一元后，他自诩用兵如鬼似魅，对外自称鬼石曼子。这一节人尽皆知，听到喊声就知道是岛津义弘来袭，台下民众都吓得惊慌失措。

台上的中朝将领纷纷聚到陈璘身边，正要询问如何应对，就见陈九经高声呼“报”，气喘吁吁地奔到台上禀报：“启禀都督，南面关下有大批日军来袭，领头的是日军第五军军团长岛津义弘，扬言要都督半个时辰内交出俘虏，开关投降，否则就要血洗游龙关！”

陈璘一生屡经大战，练就了一身临危不乱的本事，淡然问道：“石曼子有多少人？”

陈九经道：“目光所及，约有万余。”

陈璘大觉诧异，心想：“麻贵、刘綎、董一元三路兵马在关外驻防，岛津义弘居然还能率领万余人杀到游龙关下，难道日军已将这三路兵马杀得大败？可是如果我军三路皆败，早该有溃兵向游龙关撤来，蔚山的加藤清正部、顺天的小西行长部也该同来攻关才是，怎么只有岛津义弘一部进犯？”

书中代言：举行屠倭大会等同于剥日军的面皮，几位军团长以此为奇耻大辱，担心回国后会受到丰臣秀吉的严厉惩处，决定在会期当日进攻游龙关。能活捉陈璘固然是好，即便不能，起码也要救出俘虏，保住最后的颜面。为了实现这个目标，蔚山、泗川、顺天的日军倾巢出动，同时于昨夜向麻贵等三路明军发动袭击，接战后迅速撤退，采用骚扰引诱的策略迷惑明军。扰乱部署后，加藤清正部、小西行长部继续疑兵牵制，岛津义弘部则趁机北上，前来游龙关与陈璘一战。然而麻贵三人都不是等闲之辈，虽然让岛津义弘突破防线，却也成功阻碍了他行进的时间，因此大会结束，俘虏尽死，岛津义弘才姗姗赶到。

陈璘一晃神间，台下已然乱套。在场民众虽然恨日军入骨，但大多不曾习武，跟穷凶极恶的日军比起来简直手无缚鸡之力，一听“血洗”二字就心中打突。有人说：“据说石曼子用兵如鬼，战必胜，攻必取，而且心狠手辣，行事残暴至极，如果他攻破游龙关，可能会把我们统统杀掉！”又有人说：“啊？这……这可如何是好？”一阵恓惶过后，有人提议：“日军万余人马，我们肯定抵挡不住，半个时辰稍纵即逝，赶紧向北逃跑为上。”立即有数千人转身向北，推搡挡路人群。顷刻间，台下你拥我挤，催促声、哭叫声充斥全场。二三千名血气方刚的汉子看不过眼，大声呵斥他们贪生怕死，没有血性。大多数人则面面相觑，茫然不知所措。

陈璘迅速从台侧的乐师手中拿来一对红缨大镲，拍击之下嚓嚓作响，立时压下了场中的骚乱，把推搡的、吵嚷的、呆愣的人们的目光都吸引过来。扔下大镲，他以泰山崩于前而面不改色的口吻道：“大家别慌！兵来将挡，水来土掩，有我陈璘在，决不让日军攻进关来。你们不要骚乱，有序撤离，避免踩踏。”转头对权栗说：“权元帅，你马上带领朝鲜军，组织大家向北撤离，敢有意外死伤，军法处置！”权栗唯唯称是，赶紧下台组织撤退。民众见陈璘临危不乱，处事泰然自若，慌乱的心情渐渐平复下来，按照朝鲜军指引，陆续撤出校场。

柳成龙虽是文官，也有一身为国捐躯的勇气，上前道：“陈都督，在下一无杀敌之力，二无防身之能，贼人来时，却有溅他一身热血之勇，我愿随您血战到底。”陈璘摇头道：“柳议政，你是朝鲜一人之下万人之上的大吏，决不能有半点闪失，你快和在场文官随军返回汉城，切不可意气用事。”柳成龙还要争取，陈璘却没有心思和他多说，带着众将下台，往关城奔去。他不敢违逆陈璘，只得依命行事。

游龙关处于敌我双方前线，陈璘早在会前就做好周全的防范，在关外十里范围内，每隔三百步设置哨塔一座，各配三名岗哨和一面号鼓，使用自创的秘密鼓语，以鼓声的长短、紧慢、音量高低表情达意。因此岛津义弘挥军压境，刚刚提出索取俘虏的要求，沿途岗哨即刻用密鼓传讯，讯号层层传回，不过片刻工夫，守在关上的陈九经便能飞奔来报。此时关外的岗哨或死或撤，日军摧毁了全部哨塔，已在关下严阵以待。

当初修建游龙关时，朝鲜王廷或许是想防前拒后，阻隔南北，所以在南北两面各建了一道关墙，南面曰定南门，北面曰镇北门。可是这条山谷只有半里长，两道关墙无法建在谷内，只能与谷口平齐而建。如此一来，就失去了山谷狭窄的地利优势，敌人不用被逼仄的山谷限制进攻兵力，反而能在谷口外的宽阔平地上摆开阵势，集中火力进攻。

所幸定南门高约三丈，长约六丈，两端与笔直的峭壁紧密相连，只要关闭厚达尺许的包铁铜钉大门，就能像拦江大坝一样将山谷断为两截，称得上是一座易守难攻的雄关。关墙上设有六座投石台和十二座箭塔，墙壁的中间位置又凿有上千个腕口粗细的枪眼，远能发射矢石，近能伸出长枪戳刺，加上险峻的地势辅助，只需善加调度，抵挡十倍于己的敌人不在话下。

陈璘率众登上定南门关墙时天已黑透，月昏星稀，乌云翻滚，雄关内外一片肃杀。放眼望去，只见关下火把如云，旌旗如林，上万日军或持铁炮，或操刀枪，上百门大炮排列开来，已经做好了随时攻关的准备。炮阵之后，有一座临时搭建的木台，台上立着两把金色伞盖，伞盖下坐着一位身穿黑色鬼面大铠的将军。此人两手按膝，腰佩黑鞘倭刀，虽然身材矮小，气势却十分威武，料想便是岛津义弘。

陈璘大声喝问：“关下倭奴，可是我干外孙石曼子？”

岛津义弘没料到陈璘会出言侮辱，听完翻译后呼的站起，愠道：“明国的病夫，耍什么嘴皮子？快把俘虏交出来，开关投降，否则破关之时，屠倭大会立时变作屠华大会！”

陈璘笑道：“原来干外孙兴师动众，是因屠倭大会而气急败坏，要跳起来打干外公的膝盖啦。哈哈，哈哈哈！”

岛津义弘大为气恼，骂了两句粗口，突然又转怒为喜，也哈哈大笑起来。

陈璘止了笑声，疑惑道：“干外孙为何发笑？”

岛津义弘道：“我早就听闻你不是好人，别人说你残暴成性，你还死不承认，今日公然虐杀俘虏，岂不是自己坐实了残暴的恶名？”

“笑话！中日之间，本就有长达数百年的国仇家恨，你们悍然侵朝，导致两国交兵，愈发仇深似海。我召开屠倭大会，是为了提振我方信心，打击你方锐气，可不是要杀人取乐。替天行道，何谈残暴？”

“瞧你这把年纪，早该回家养鸟逗孙才是，为何还要领兵出征，给朱明朝廷做猪做狗，为这帮朝鲜懦夫卖命？你要做贱种也就罢了，挡了我日本大义之军的路，端的该死！”

“我为何要领兵出征？这就得问问你们的倭酋平秀吉了。他为何不知天高地厚，要起这等骇人听闻的狼子野心，不安安分分带着你们在岛上挖野菜，非要跑来朝鲜，闹个尸横遍野？你睁眼瞧瞧那些流离失所的百姓，多少人的父母兄弟、丈夫妻儿，就死在你所谓的大义之军刀下！”

“无知老儿，你懂得什么？所谓一将功成万骨枯，古来成大事者，哪个不是踩着累累白骨登上权力顶峰的？远了不说，单就你朱明太祖朱元璋，为了创这狗大明，一柄屠刀挥下，大江南北何止伏尸百万？这天下凭什么他朱家取得，我们日本就取不得？”

“当年宋廷积弱，害得神州陆沉，若无本朝太祖驱逐胡虏恢复中华，我们汉人至今还是蒙元的四等贱民。我朝太祖雄才大略，文治武功彪炳千秋，足以和秦皇汉武争辉，与唐宗宋祖比肩，他取天下，那是上顺天道，下应民心。你们日本区区岛国，文不开教化，武不执大义，也敢和我朝太祖相提并论？真教你们取了天下，老天爷怕不是要自戳双目，使日月同泯，令天地崩溃。”

岛津义弘听了这番话又羞又恼，强行狡辩：“他朱重八可以驱逐胡虏，我们日本就不能推翻暴明？”

陈璘反驳道：“我大明何暴之有？开国至今，历来是天子守国门，君王死社稷。复二百年之河南，四百年之幽燕，六百年之河西，远则北御蒙古，近则御倭援朝，自古得国之正，莫如我明！你不读书学史，也该看看这河山，听听那民声！”

岛津义弘被批驳得满脸通红，气急败坏道：“胡说八道！胡说八道！”

陈璘见他动了气，巴不得他气炸吐血才好，更加不依不饶，骂道：“古来卑鄙险恶者，莫过你们东瀛倭奴！表面上满嘴礼义，实则腌臜下作，所谓衣冠禽兽，说的就是你们这些猪狗之流！”

岛津义弘口中嗬嗬喘气，羞恼到了极点，怒道：“废话少说，快把俘虏交出来！”

“好，我给你。”陈璘大手一挥，身后几百名士卒各自从腰间取下一颗圆咕隆咚的物事，抡圆膀子向关下掷去。咚咚、咕噜噜一阵乱响，落在日军阵前二十步处。日军拿火把一照，看清地上竟是一堆头发稀疏、剥皮去肉、血红见骨的人头，不禁倒吸一口冷气。不消询问，也知道这是俘虏的首级。

岛津义弘明白自己来得太迟，心里也料到俘虏已死，但亲眼看见这群人头，才切实体会到“耻辱”二字的滋味。一时间气血上涌，厉声吼道：“混蛋！混蛋！”从腰间取下一块镀金令牌，扔给身旁一名虬髯倭将，“藤原政一，给你两个时辰，破不了门，提头来见！”

藤原政一躬身答应，立即下令擂鼓吹号，万千箭炮齐发，汇成一大片遮星蔽月的黑云，乌泱泱、飕飕然地压向关墙。

“举盾伏低！”

关上将士或举盾护身，或伏在女墙之后躲避，但听得头顶利箭破空之声连绵不断，箭头撞击墙面的叮叮锐响、插入盾牌的噗噗闷音不绝于耳。紧接着轰隆隆一阵炸响，石屑四溅，硝烟弥漫，似乎整座关墙都在巨大的冲击下微微抖动。不时有人被箭矢射中，或被炮弹炸个正着，哀号声此起彼伏，如刀子般划割旁人心弦。

趁着关墙被箭雨射住，明军不敢露身之机，藤原政一命令三番队发起冲锋，或架设简易云梯，衔刀攀爬；或甩九爪钩扣住墙头，拽绳直上；抑或十几人合抱攻城木，奋力撞击大门。为防伤及同伴，藤原政一停了箭炮，改让数百铁炮手精准狙击，压制墙头，掩护同伴攀登。爬云梯者、拽九爪钩者攀到一半，面前墙壁上的枪眼里突然伸出铁枪，枪头磨得异常尖利，而且通红冒烟，显然是刚刚经过火炉烧炼。三番队员猝不及防，挡无可挡，反应快的拼着断手断脚之危向下急跳，堪堪保得性命；反应稍慢的，则要同时遭受皮肉穿刺之痛、伤口灼烧之苦。一时之间，冲在最前的数十人纷纷坠地，撕心裂肺的惨叫声、皮肉烧灼的焦臭味充斥墙根，让人听了闻了，无不骇然。

藤原政一瞧得真切，稍加思索，点了十名身材高大的力士。这群力士剪下毛毡皮裘等厚物包裹双手，以水淋湿，在铁炮手掩护下各攀一架云梯，停在枪眼之下，用喊声诱出铁枪，双手一搭抓住枪杆，发力便往外夺。墙后的明军一来不曾料想，二来力气略逊于这些精挑细选的力士，一送一扯间，手中铁枪尽皆被夺。明军大惊，又伸铁枪来刺，反复数匝，均是有去无回，便不敢再伸铁枪戳刺。十名力士却不撤退，而是倒转枪头，顺着云梯噌噌而上，要杀墙头明军一个措手不及。墙根下的三番队员欢呼叫好，争先恐后，鱼贯而上。藤原政一马上让铁炮手停止射击。

三番队员攻势被铁枪阻挡之时，陈璘已经命人烧开上百桶粪水，一俟铁炮手停射，即刻下令：“倒金汁！”百余人应声而动，提起一桶桶粪水从垛口倾倒而下。那十名力士首当其冲，先头脸后躯干，登时烫得皮开肉绽，在空中乱抓乱挠，惨叫着摔下地去。后面的三番队员躲闪不及，或被当头浇淋，或被汁水溅射，眨眼之间，又添数百死伤。余者肝胆俱裂，四散而逃。

藤原政一大急，转头望向岛津义弘，见他微微点头，便举镀金令牌向督战队叫道："军团长令：有进无退，退者立斩！"督战队高声大喊："军团长令：有进无退，退者立斩！"喊声一歇，数百人各挺长枪，迎着败逃的三番队员冲去，一个照面就将十几人挑翻在地。剩下的三番队员急忙止步，心想岛津义弘御下极严，倘若不效死命，自己固然会横死当场，只怕连家人也难得侥幸，只好疯狂呐喊，掉过头来，如蜂拥，似浪卷，以必死之心发起强攻。

打退一轮冲锋，陈璘马上向众将安排战术。他首先让许断英率领前阵，在每个云梯口配备两名巨牌手、五名长枪手、三名刀斧手接敌。许断杰率领的刀盾手排在后阵，随时准备近身肉搏。然后命李舜臣指挥火器手，投石台要持续投掷石块和火球，大范围击杀远处之敌，铳弓手更须火力不断，以射杀近处敌人为要。为保证投石台和弓弩手有弹可投，有箭可射，又令陈九经带队搬运石块，四下拾取敌人射来的箭矢，以供应用。城门是重中之重，由吴广单独率五百精锐守卫。邓子龙经验丰富，陈璘命其四处走动，指挥各队战斗，收集战况，实时汇报。许断文智谋过人，随陈璘登上箭塔，扫视战场，研判战术，根据战局变化下达指令。在他冷静而迅速、细致且精准的运筹之下，三千精兵把定南门守得风吹不入、水泼不进，多数敌人都死在冲锋途中，少数爬上关墙者，也无法撼动铁桶般的守阵。

藤原政一眼见己方久攻不下，心中焦急万分，见岛津义弘望向自己的眼神暗伏杀机，更是吓得脊背生风，握刀的手微微发颤。深吸口气，喝令战力更强的二番队上阵，让五十人持大斧，余者一手提盾，一手操枪，结成方盾阵，自己藏在阵中，亲自带队迎着箭弹火球冲向大门，撤下笨重的攻城木，改让斧手在盾牌掩护下劈砍门板。

定南大门厚达尺许，又包有铁皮和铜钉，十分坚固，三番队用攻城木撞了许久都没有对门板造成大的伤害。这时改用大斧劈砍，门板承受的力量虽然小了，受到的破坏却大大增加。先是铜钉脱落，再是铁皮破裂，最后门板木屑纷飞，被劈烂只是时间问题。吴广明白大门一破，日军蜂拥而入，己方必败无疑，急忙派人取来木板和铁钉，敌人一边在外面劈砍，明军则一边在里面钉封门板，他还担心有失，又命人搬来五根粗木支撑。

陈璘得知敌人劈门，唯恐门板不能久持，传令吴广在门洞内堆上干柴，放置几十个烈酒坛，要教日军破门后受火焚而死，减轻己方伤亡。

藤原政一不知此节，一个劲儿地催促斧手加快动作，把大斧舞得上下翻飞，碎块四处飞溅。约莫两刻钟的工夫，两扇门板终于被劈得稀烂，几名盾手合力一撞，整道门咔喇喇应声而倒。没了门板支撑，五根粗木也扑通落地。然而藤原政一还没来得及高兴，就听得轰隆隆连声巨响，面前骤然冒起一团烈火，顷刻就把他和门口的二番队员吞噬其中。那火团势如狂风，呼的一声涌出门洞，又将就近的数十人裹挟在内。与此同时，无数燃烧的柴枝碎瓦雪片般飞溅而出，雨点般落在三十步内的二、三番队员身上，再引得上百人身染烈火。瞬息之间，两三百个火人乱滚的乱滚，呼救的呼救，墙根下成了一片火海，当真是鬼哭狼嚎，惨绝人寰至极。其余队员吓得哇哇大叫，复又奔逃。

明军将士见状大喜，士气陡然暴涨，恨不得冲出关去，一战灭尽来敌。

“混蛋！”岛津义弘一拍大腿，从凳子上暴跳而起，指着败逃的二、三番队大叫：“杀，给我杀，杀到他们不敢再逃为止！”又从腰间取下一块镀金令牌，掷在一位矮胖将领脚下，喝道：“坂本律二，着你率一番队进攻，拿不下定南门，立斩不赦！”

“是，是！末将领命！”坂本律二心底发慌，俯身拾起令牌，行出数步，举牌叫道：“军团长令：败逃者，杀无赦！”督战队跟着大喊：“军团长令：败逃者，杀无赦！”喊完排成线阵，再挺枪矛击杀二、三番队的逃兵。这回直杀了三十多人才勉强止住败势，二、三番队虽不再逃，但士气跌到谷底，都坐在地上不肯再战。

坂本律二征得岛津义弘同意后发下严令：“先破关者，赏金百两；斩陈璘首级者，赏金千两，职升三级！作战不力者，当场斩杀！”命令督战队跟喊一遍，上前驱赶。二、三番队受此威逼利诱，人人面露凄苦愤懑之色，场中呜咽四起，时而有胆大者“混蛋、混蛋”地骂个不停，终于还是抵不住督战队步步紧逼的高压，又都瑟瑟然、惶惶然地发起冲锋，继续攀爬云梯，看着前面的同伴或遭水烫，或受箭穿弹击，抑或被刀枪透体，直到自己也猝然倒地，用一声声非人的嚎叫增加后来人的恐惧方罢。

坂本律二将取胜的希望着落在破开的大门上，驱赶二、三番队冲锋只是为了牵制明军力量，目的一成，便令最精锐的一番队挖土装袋，将泥袋扛在肩上，亲率盾阵掩护，朝着大门口的火海进发。到达之后，先把泥土撒在熊熊燃烧的尸体和柴枝上，一步步扑灭门前大火，进而占据门洞，用盾牌挡住头顶射来的箭矢，催调二、三番队再挖泥土，用以扑熄柴堆火源。只要火源一灭，一番队杀进关去，就能凭借人海战术取得胜利。

他算盘打得叮当响，可吴广也不是吃素的主儿，立即命三百神箭手在深坑后排成五列，隔着火幕轮流齐射。这些神箭手的箭头缠有碎布，事先浸过火油，飞过火幕时燃起火团，射在扛着泥袋的一番队员身上，登时又是一片火海。

时间流逝，坂本律二害怕任务失败，忽然急中生"智"，心想："尸身遭焚，虽然更增火势，但泥袋被烧，里面的泥土倾洒出来，却又能稍减火情。只要尸、泥越堆越高，就能成为遮挡火箭的掩体，我军完全可以躲在掩体后面，以盾作铲，就地铲起泥土向前抛洒，反复利用，达到扑灭柴堆火源的目的。"他想通此点，不愿再浪费时间等二、三番队挖搬新的泥土，而是悄悄向盾牌手发令，直接把前面扛着泥袋的几十名一番队士卒当作人肉掩体，毫不留情地推向火海。这几十人想不到自己会成为同伴盾墙下的牛羊，前有火箭飞射，后有盾墙推搡，当真是叫天不应，叫地不灵。他们喝骂着、嘶吼着、痛哭流涕地乞求着，最后无一例外，全都归于火海，用自己的尸体为同伴堆起一人多高的人肉掩体。

坂本律二大喜过望，正要下令铲土灭火，却听掩体之后水声哗啦，呲呲、呲呲的火熄之声不断，竟是明军自行扑灭了柴堆。还不等他想明白个中缘由，又听掩体后有数十人齐叫："一二一！一二一！"每喊一声，便有一只饱满的泥袋被抛到尸堆掩体上方，眨眼之间，掩体上便堆叠了数十个泥袋，与门洞顶部的缝隙仅剩尺许。坂本律二一瞬间就明白了明军的用意，直气得以掌拍脑，嘶声道："蠢啊，蠢啊！要你干什么？要你干什么？"他正自急怒，忽见缝隙处火光乍现，数十个燃烧着引线的火油罐疾飞而下，刹那间砰砰炸响，火焰四下翻腾，就此人事不知。

"撤！"

岛津义弘眼见己方士气低迷，今夜已无取胜的可能，继续强攻除了徒添伤亡，或许还会招致更为严重的后果。向箭塔上的陈璘瞪视许久，怅叹一声，下令撤退。众日军如获大赦，不少人在撤退途中发出劫后余生的大笑，但他们的喜悦只维持了片刻就戛然而止，因为陈璘传下号令："全军出关，乘胜追击！"这个命令吓得日军魂飞魄丧，撒丫子疯狂逃窜，导致阵型大乱。岛津义弘斩杀数人，才勉强止住溃逃之势。

等吴广将门洞清理干净，陈璘率马步军冲出关外，时辰已近三更。天地寂寥，夜风寒彻，关下死尸遍地，血流成河，重伤者垂死的啼哭幽幽咽咽渗人心肺，空气中弥漫着呛鼻的浓烟和皮肉烧焦的恶臭。所谓人间炼狱，大抵便是如此。

向南追了个把时辰，终于撵上日军后阵，明军弯弓搭箭，嗖嗖锐响，先射得日军人仰马翻，然后刀劈剑刺，枪戳棒扫，砍瓜切菜一般杀得日军丢盔弃甲，豕突狼奔。陈璘身先士卒，策马冲入敌丛，一杆长枪扎挞拦点，寒芒到处必有鲜血喷溅，连挑日军多名将领落马，威武绝伦，好似天神下凡。邓子龙、许氏三杰、吴广、陈九经各率一队人马，如狼群猎羊，分头撵杀，呼啸间撵得近万日军惶惶奔命，唯恐不及。一路向南，且追且战，留下一地乱窜的马匹和倒毙的死尸，刀枪大炮、头盔甲胄更是随处可见。

追至天色微明，陈璘混乱中瞧见岛津义弘单骑奔逃，此时不一鼓作气将他擒获，更待何时？当下纵马疾追。

陈璘这匹坐骑名曰黑侠士，是十六岁和许怜卿订婚时，一位身份显赫的世交长辈送给他的贺礼，已经整整跟了他三十九个年头。这个寿命对于马儿来说已属超高。黑侠士能通人性，从前可以追风逐电，日行千里，年老之后，速度和耐力都比不上寻常马匹。陈璘视它如兄弟手足，罗定兵变后就舍不得再骑，一直养在翁源老家。七年前进京赴任，想到路途遥远，入朝后又生死难料，有心让老伙计安度晚年，所以没有携它出山。这回率水师出征，摆明了是水战多而陆战少，加上黑侠士伤心流泪，不肯进食，陈璘于心不忍，只好带它同来，安置在旗舰的马厩之中。游龙关易守难攻，又有麻贵等部驻防，陈璘不认为日军真会前来攻关，担心老伙计在船上憋闷，这才牵了出来。眼下战机稍纵即逝，不得不狠心再骑老伙计出战。黑侠士似乎想向主人证明自己仍有用处，甩开四蹄，拼命疾驰，追了十余里便撵上岛津义弘，使二人并肩同奔。

陈璘长枪已断，这时拔剑在手，叫道："石曼子，拿命来！"照着岛津义弘后脖颈一剑砍去。

岛津义弘低头避过，斜挥一刀，砍向陈璘右肋。陈璘回剑护身，架住倭刀，同时力贯左臂，一拳击向对方面门。岛津义弘不知陈璘膂力绝伦，拳硬如铁，不甘示弱，也出左拳对轰。两拳相接，啪的一声响，岛津义弘顿感拳头吃痛，腕部发酸，要不是两脚勾着马镫，必定坠马。陈璘不觉得如何疼痛，黑侠士却怕主人有失，立即发力狂奔，眨眼已在前方五十步外。

陈璘勒马掉头，喝道："石曼子，今天我要将你生擒，押到天子脚下审判！"

岛津义弘不懂汉语，森然道："你这笨蛋，我是故意引你来此，只要将你活捉，我军便能立于不败之地。"

"你叽里咕噜说些什么？劝你快点下马受缚，等我动手，面上须不好看。"

"你说什么？你以为拳头比我硬，我就怕了你吗？"

"牛头不对马嘴。看剑！"

陈璘打马前冲，以力劈华山之势猛劈岛津义弘颅顶。岛津义弘横刀过顶，硬接下这势大力沉的一击。刀剑相撞，当啷巨响，岛津义弘倭刀折断，虎口迸裂，鲜血染红刀柄。陈璘宝剑虽然未断，手臂却也微感酸麻。甫一对力，岛津义弘已知敌我高下，心中暗呼不妙，马不停蹄从陈璘身边掠过，往南疾驰。陈璘喝道："干外孙哪里跑？"一夹马肚，黑侠士放开四蹄，奋起直追。

一口气追出四十里外，来到一处曲折蜿蜒的狭窄山道。这山道左侧是陡峭的山壁，右侧则是二三十丈深的悬崖，稍有不慎就会连人带马滚落崖下。两匹马一前一后，马蹄扬起阵阵烟尘。岛津义弘腰间携有苦无，不时回身投掷，全都奔着陈璘心口射去。陈璘马术精湛，或伏或仰，又或把身子悬于马肚一侧避让，当真惊险无比。

再奔一阵，黑侠士体力不支，喘息急促，渐渐口吐白沫，速度下降明显，而岛津义弘的坐骑仍旧奔行如飞。陈璘生怕走脱了他，便将宝剑当作大号飞镖，对准岛津义弘后心奋力掷出。他年轻时有扛鼎之力，尽管岁数大了，全力一掷仍然非同小可。但见剑锋如离弦利箭划破空气，刺穿坚硬的黑色大铠，扎入岛津义弘后腰些许，剧痛使其浑身一颤，坐鞍不住，栽落马下。身体因惯性向前翻滚，把插在后腰的宝剑甩了出来，对身体造成了二次割伤。翻滚之中，岛津义弘瞥见前方是山道拐角，底下是未知深浅的悬崖，心知负伤落马必死无疑，只得把心一横，咬牙就着惯性滚下崖去。

同一时刻，黑侠士在奔行中猝然跪倒，幸亏陈璘早有准备，察觉到身子下沉，立刻手摁马背向上蹿起，两脚一踩马鞍，好似蜻蜓点水，跌落在前方十步之外。他连忙起身，奔到黑侠士面前，抱着马颈问道："老伙计，你还挺得住吗?"黑侠士呼哧急喘，口鼻处冒出团团白沫，黑漆漆的眼睛满是疲惫，摇了摇头，似是愧疚万分。陈璘用衣袖擦去白沫，轻抚马首，安慰道："你我都老了，这是没办法的事。你表现得很好，不要自责。走，咱们去看看那倭奴死了没有。"双手环抱，托扶黑侠士站起，牵到岛津义弘坠落的崖边查看，发现此处的悬崖只有十余丈深，崖底并非陆地，而是一条深不见底的河流，岛津义弘浮在水面上，左手拼命扑腾，右手则在脱盔卸甲。

陈璘大急，喊道："石曼子，我非生擒你不可!"四下扫视，见半里外有一条崎岖小道可通崖底，但若从那小道下去，只怕岛津义弘早就溜得无影无踪，说不得，只能跳崖而下了。他快速脱了甲胄，正要跳跃，黑侠士突然咬住他的右臂，眼里满是忧色。陈璘道："老伙计，我命大得很，小小河流，岂能要我的命？你快从那小道下去接应我。”黑侠士犹豫数息，松开了口，奔那小道去了。

陈璘深吸一口长气，纵身飞扑，头下脚上，人在半空就已握拳蓄势，一落到击打范围内便猛然出拳，要借下坠之势把岛津义弘的后脑勺击穿打烂。岛津义弘听到头顶风声呼呼就知道不妙，急忙吸了口气，一头扎入水中。陈璘一拳打空，身子扑通入水，巨大的冲力使他压着岛津义弘向下坠了两丈。岛津义弘用手肘连连后击，把陈璘从背上撞开，赶紧向上游去。陈璘左手疾伸，一把揪住岛津义弘后领，右拳如灵蛇吐信，轰其后脑。岛津义弘只觉脑中一懵，气息微泄，要不是河水卸去大半力道，非得立毙拳下不可。慌乱间以手作刀向后劈砍，掌沿狠狠击中陈璘脖颈。陈璘吃痛，气息也泄了不少，左手一松，放开对方后领。岛津义弘得脱控制，双拳连出，噗噗两声击中陈璘面门。陈璘往后仰倒，右脚攒足力气向上踢出，脚跟踹中岛津义弘下颚。他二人身手极其了得，双双打了个旋儿，复又游近，拳打脚踢掌劈肘撞，眨眼间互攻十余招。

陈璘吸气在前，最先感到气息将尽，只觉得心肺憋闷欲裂，颅内嗡嗡作响，急忙猛攻两招逼开对方，奋力上游。岛津义弘见他气尽，心下大喜，一把抱住他的小腿，要将他活活溺死。陈璘眼见挣扎不脱，一狠心又扎了下来，双手摁住岛津义弘肩膀，决意将其拖入河底，来个同归于尽。岛津义弘不愿丧命于此，慌忙放开陈璘小腿，在他肚腹连击三拳，径自上游。

此时陈璘体内气息完全耗尽，心脑欲炸，面色青紫，双目似要喷出血来，穷尽最后一丝气力往上狂蹿，一出水面就大口吸气，喘了十余口才渐渐平息。放眼望去，岛津义弘已经游上了岸，正摇摇晃晃向密林逃遁。陈璘四肢乏力，身子如有千斤之重，游了好一会儿才上岸，再寻岛津义弘时，哪里还有踪影？他坐在地上歇了片刻，感觉气力稍长，这才进入密林，沿着地上的血水痕迹追踪。

翻过一处高坡，忽见前方开阔处有一座简陋的猎户木屋，两侧各有一块斜靠着的大木板，像是在遮挡什么物事。岛津义弘大喇喇站在木屋门口，两手各握一根绳索，绳索的另一端通向木板之后，望着陈璘嘿嘿发笑。陈璘觉出有异，便在五丈外止住脚步，问道："你耍什么花样？"

岛津义弘道："陈璘，你现在找根软藤把自己绑起来，跪在我面前投降，我可以饶你不死。"他这话说得甚是笃定，仿佛陈璘的性命已在他股掌之间。

陈璘道："干外孙，你在求我饶命吗？"

岛津义弘道："你不肯投降？好，你要讨死，我便成全你！"说完一扯手中绳索，两侧木板倒落，露出两个一丈见方的大铁笼，笼中竟然有黄白猛虎各一只！原来他逃到木屋，眼见屋内无人，笼中又有两只猛虎，当下计上心来，找来绳索绑住笼门的门闩，再用木板遮挡铁笼，待陈璘靠近时即可驱虎杀人。他一拉开笼门便奔入木屋，将屋门锁死，两只饥饿的猛虎先向屋门扑了一下，见屋门牢不可破，便长啸一声，转头向陈璘冲去。

乍见两只猛虎冲来，就算武松再世也得肝胆俱裂不可。陈璘吓得心惊肉跳，转身便跑，恨不得把两条腿化作车轮才好。狂飙百步，感觉身后沉重的脚步声愈发临近，虎嘴喷出的热气已经吹到颈后，脚下的土地似乎都因两只猛虎的奔跑而震颤起来。忽然耳畔吼声如雷，眼前地面显出两个张牙舞爪的飞扑雄姿，他不用回头也知道是猛虎凌空跃起，要把自己扑倒在地。

凶险关头，陈璘伏低身子向前一滚，将自身冲势止住，两只猛虎收势不及，从他头顶一跃而过，直跌出两丈之外。趁此机会，陈璘奔向就近的一棵大树，手脚并用如灵猴附体，噌噌噌直蹿树顶。两只猛虎赶到树下，争先向上攀爬。陈璘折下一根长长的树枝，对准脚下那只白虎的眼睛戳去。那白虎左眼血如泉涌，惨啸一声，向下栽倒，砸中另一只黄虎后双双落地。两只猛虎又惊又怒，口中连连低吼，围着大树来回转圈，不时作上跃之状，盼望能吓得陈璘腿软，自己跌下地来。陈璘不住吼喊："畜生，滚，快滚！"然而两只猛虎腹中饥饿，不将猎物生吞活剥，如何肯轻易离去。见他顾前难顾后，正要同时前后上蹿，突然间一声嘶鸣，林中马蹄声响，黑侠士口喷白气，向着两头猛虎疾冲而来。

陈璘急得大叫："老伙计快跑，大虫不是耍处！"

黑侠士置若罔闻，反而奔行更快，朝那只瞎眼白虎一头撞去。那白虎向右躲闪，黄虎则从斜刺里飞跃而起，一口咬住黑侠士脖颈，四爪牢牢钳住马肚，迫使黑侠士停下前冲之势。白虎随后扑在黑侠士臀上，大口撕咬背上肌肉。黑侠士支撑不住，惨嘶倒地。两只猛虎大快朵颐，吃得满嘴是血。

陈璘在树上看得真切，顷刻间气冲斗牛，须发倒竖，举着带血的树枝飞身跃下。噗的一声，树枝尖端刺中白虎后颈，从喉部贯穿而出。陈璘身子巧妙地落在虎背上，并未受伤。白虎纵声惨啸，一个翻滚把陈璘颠了下来，马上又躺下剧烈抽搐，眼看是活不成了。

黄虎退后数步，双目圆睁，猩红的尖牙外露，口中嗬嗬低吼，猛地向陈璘扑来。陈璘侧身让过，使顶心肘狠击黄虎左肋，耳听得咔喇声响，应是肋骨已断。黄虎落地后站立不稳，趴伏在地，怒啸不止。陈璘杀红了眼，跳起来坐上虎背，两指一插，先将虎目抠出，待其张嘴大吼，立即抓住上下两颚，发力向左右猛掰。他这一掰使出了全身气力，面色涨红，青筋暴起，浑身肌肉绷得紧实鼓胀，连牙齿都咬得嘎嘎作响。五六息的工夫，便听得咔嚓一声脆响，黄虎上下颚骨断折，一根带刺的血舌狂抖乱跳，迅速毙命。

陈璘气力用尽，从虎背上倒下，感觉每块肌肉都在酸痛，似乎每根骨骼都已错位。缓了一刻钟，体力有所恢复，这才起身去看黑侠士。发现它脖颈和后背血肉模糊，肚腹破开，肠子流了一地，早已没了气息。“老伙计！”陈璘双膝跪地，抱着马首号啕大哭，“你为了救我以身饲虎，我……我心何忍啊……”黑侠士尚未闭眼，两颗豆大的泪珠聚在眼角，涣散的瞳孔中似有欣慰和不舍之意。陈璘为它拭去泪水，轻轻抚合双目，又在它脸上吻了一口，说道：“老伙计，待我去杀了那狗倭奴，再来葬你。”

当下奔向木屋，一脚踹开窗户，跳进去找了一圈，岛津义弘早就不知去向。“狗贼，我饶不了你！”循着下山道路前行三四里，出了密林，眼前是个三岔路口。陈璘追踪索骥的本事极其高超，俯身观察三个路口的草木，发现右边路口有草茎折断的迹象，便往右去。下至山脚，来到一座简朴小院，看见院门口的木架上晾着不少虎皮、狐狸皮等物，料想是那林中猎户的家。推开篱笆门，赫然瞧见院内躺着一具少妇尸体，地上散落着带血的白布和一盆洗过伤口的血水，进屋仔细搜寻，却不见半个人影，估计是岛津义弘威逼女主人包扎伤口，为了防止行藏败露，事后杀人灭口。院侧有一座马号，槽中的青草食用未半，而且十分新鲜，岛津义弘应该是骑着猎马逃之夭夭了。

懊恼间，忽然院外马蹄嘚嘚，一个背着猎弓的壮汉在门口下马，扑到那具女尸面前用朝鲜话哭叫："英珠！我的英珠啊！"抬头瞪视陈璘，"呀！啊西八！你为什么杀我的英珠？"此情此景，陈璘即便不懂朝鲜话也能明白大概。他心伤黑侠士之死，蛮劲上来，顾不得讲理，反而大声质问："你这混账东西，捉了大虫为何不杀？供在笼里当祖宗吗？"那壮汉听他说的是汉话，吼道："明国的狗贼，我跟你拼了！"拔出猎刀，上前就劈。陈璘闪身避过，扣着他的手腕往前一带，放倒在地，抬脚要将其脑袋踩个稀烂，忽而又想："糊涂，我岂能滥杀百姓。"哼了一声，出门跨上猎马，从怀中掏出一只钱袋扔在地上，打马便走。

顺着山路上了官道，前方烟尘滚滚，数百官兵飞奔而至，领头的千总面容敦厚，正是陈九经。

"爹，孩儿总算找到您了，大伙儿见您不在，担心得紧。"

"仗打得如何？"

"这帮倭奴腿短，跑得却快，我军只追斩千余，遗憾未能歼灭主力。”

“麻提督等三路兵马可曾找到？”

“找到了，加藤清正部、小西行长部只是骚扰牵制，不敢真打，因此麻提督等部没有和日军发生大规模战斗，一直在野外僵持。得知岛津义弘战败，两路日军也已退去。”

“可惜了。”陈璘叹了口气，简单说了追杀岛津义弘的经过，随后再进密林，把黑侠士的尸体火化成灰，用盒子细细装了，带回古今岛大营。

屠倭大会引发的游龙关之战未曾激起中日之间的大决战，尽管陈璘以少胜多，实现了提振抗倭信心、打击日军锐气的目的，可是岛津义弘部主力未损，只需稍加补充，实力便和战前无异，因此这场胜利并未对朝鲜局势造成大的改变。战事来得太过突兀，陈璘庆幸自己没有阴沟里翻船，回去思索许久，觉得关外三路明军被日军牵制，让岛津义弘突破防线一事颇为不该，打算请邢玠召开会议，听听麻、刘、董三人的说法。许断文却说：“算了，萝卜好拔，可带出来的泥势必脏手。”想到自己已和刘綎闹翻，此时再与麻、董交恶，的确殊为不智，陈璘无可奈何，只当屠倭大会和游龙关之战从未发生。

本章注：

①景福宫：朝鲜王朝正宫，系五大宫之首。始建于洪武二十八年（1395），名称取自《诗经》：“君子万年，介尔景福。”朝鲜是明朝的藩属国，因此景福宫是依照明朝亲王府的规制而建。

②萨摩藩：正式名称为鹿儿岛藩，领土包括现在日本的鹿儿

岛县全域（含琉球群岛的奄美群岛）与宫崎县的西南部，藩主是岛津氏。

③足轻大将：日本古代军队由大名本阵和若干独立军团组成。本阵军职大小依次为总大将（大名担任）、副将、军师、佑笔（执笔）、军奉行（军奉行下有旗奉行、弓奉行、枪奉行、小荷驮奉行、兵粮奉行，职权相当）、军目付、使番、物见番头。独立军团主要军职为侍大将、枪大将、铁炮大将、足轻大将、弓大将。日本称最低等的步兵为足轻，足轻大将可以理解为步兵队长。

第七章 波平

这一日天朗气清，陈璘父子在港口巡视，忽见远海处波涛翻涌，一支船队上下飘荡，向着港口破浪而来。陈九经目力敏锐，看清船上黑色大旗写的是个“许”字，喜道：“阿爸，舅舅们巡海回来了。”

不多时，许氏三杰靠岸下船，几名士卒押着一个浑身污秽、头破血流的男子紧随其后，快步走到陈璘父子面前。许断杰性急，不待断文断英说话，便将那男子摁跪在地，抓住脑后头发一扯，迫使其脸孔仰起，哈哈笑道：“大哥，你看这是谁？”

陈璘打量那男子相貌，见此人嘴角留着两撇八字胡，面目斯文，皮肤白净，赫然便是那万恶的沈惟敬！他先是一怔，随即怒火中烧，喝道：“沈惟敬，你可还认得我？”陈九经更是怒不可遏，一把揪住沈惟敬衣领，“狗贼，我杀了你！”

沈惟敬左边眉骨破裂，鲜血流了一脸，模糊中看清陈璘面貌，吓得啊呀一声，倒地便昏。

许断杰往他臀上踢了一脚，“狗杂种，要死也得等我大哥解了气再死。快起来!”沈惟敬既已昏迷，又岂是区区一脚所能唤醒？待要再踢，许断文出声制止：“老三且住，别踢死了他。”

陈璘压下怒火，问道：“断文，这奸贼怎么会被你们所擒?”

许断文道：“今天早上，我和老二老三出去巡海，进入泗川海域后，迎面撞见一艘佛朗机船。老三曾听过佛朗机人在壕镜澳[①]购买幼儿烹食之事，心中愤愤不平，没跟我请示，便向对方开炮。佛朗机人发炮还击，险些击中一艘苍山铁，我见这群蛮夷如此猖狂，便令老二老三各领三艘车轮舸从两翼包抄，对方无路可逃，只好举旗投降。”

许断杰接过话茬，眉飞色舞道：“老大坐镇旗舰，我和老二登上敌船受降，见那些佛朗机人高鼻深目，猫睛鹰嘴，卷发赤须，果真如传言所说，丑到姥姥家去啦。我把为首的揪起来，问他姓甚名谁，那家伙竟然说自己叫什么什么‘耳朵’。哈哈，大哥，你说这些化外蛮夷好不好笑，生得奇形怪状也就算了，连名字也是什么耳朵，什么泥坳，当真笑死个人。我问他：‘你喝了什么猫尿，竟敢向我军开炮？你要死要活?’他说起话来佶屈聱牙，好像随时都会咬了自己的舌头，也不知是个什么鸟语。”说着学起佛朗机人的腔调，逗得陈璘父子忍俊不禁。

许断英笑道：“那船上有个会说汉语的老卷毛，战战兢兢地说：‘我们是做生意的商人，刚才以为你们是海盗，所以开炮还击，如果早知道是大明天兵，给我们一百个胆子也不敢动手。’我说：‘可是你们已经动手了，还差点击沉我军船只，这笔账怎么算？你们若是要死，我一刀一个，也不麻烦。如果要活，把船上的佛朗机炮、火铳弹药什么的统统交出来，倒也能抵得了账。’那老卷毛和为首的用鸟语商量几句，说道：‘将军，我们要活，武器也不能给你们。’我说：‘噢，原来你们想要半死不活。好，我成全你们！’老卷毛说：‘不是！我们给你一个人，换全船平安。’我问：‘什么人这么值钱？’他说：‘他是你们大明朝的逃犯，谁抓到他，谁就能官升三级。’我还没说话，老三便好奇心起：‘什么逃犯这么厉害？我答应你了，让他出来遛遛。’老卷毛向为首的点点头，为首的便带着两个人进入船舱，很快就架着一个汉人出来。那汉人见我们身穿大明军甲，马上喊道：‘将军救命，我……我是大明的臣民，这帮佛朗机人是海贼，我是被他们抓来的……’那老卷毛说：‘你胡说百道！你名叫沈惟敬，是大明皇帝下旨捉拿的钦犯！’老三一听沈惟敬三个字，便上前撩开他的头发，擦净他的面皮，质问道：‘他妈的，你真是沈惟敬？’沈惟敬慌忙否认：‘我不是！我……我叫张三，祖上十八代无人姓沈，都是大大的良民……’那老卷毛说：‘没有这理！没有这理！你胡说一千道，一万道！我们从壕镜澳运送货物到对马岛售卖，七天前准备离开，宗义智的家老突然找到我们，让我们顺路送你去鸡笼山[②]。几年前宗义智和小西行长带你去日本，途经对马岛时，曾在我们船上喝过几杯酒，所以我和罗纳尔多认得你。我们久在中国，知道你欺骗了大明皇帝，本来是不敢送的，但家老态度强硬，如果不答应，以后就不准我们再来对马岛做生意。妹有奶喝，我们只好鞠躬不如虫命了。有这两个将军在，你再怎么手变脚变也是白捞蜈蚣！’”

说到此处，言者听者都忍不住捧腹大笑，许断杰虽已听过一次，还是笑得眼泪横流，差点打跌。那老卷毛汉语水平有限，以为胡说百千万道比八道严重，将岂有此理当作“没有这理”也还不算好笑，但把无可奈何说成“妹有奶喝”，恭敬不如从命说成“鞠躬不如虫命”，狡辩说成“手变脚变”，徒劳无功说成“白捞蜈蚣”，那就好笑得紧了。

笑了一阵，陈璘心情大好，问道：“后来如何？”

许断杰道：“有沈惟敬在此，我们哥俩便没心思再跟那帮佛朗机人纠缠，只让他们保证今后不再烹食幼儿，便放他们离去。回程途中，我们弟兄三人轮番审讯，打也打了，吓也吓了，这奸贼一口咬定自己姓张不姓沈，妹有奶喝，只好见了你再说。”

许断文道：“大哥，沈惟敬知道自己被钦命通缉，按常理度之，他既已逃去对马岛，断无重回本国自投罗网的道理。我猜他突然回国，背后定有重大阴谋。”陈璘道：“不错。把他弄醒，我要亲自审他。”许断文应声“是”，俯身抓住沈惟敬右足踝，单手拖着走到岸边，把沈惟敬上半身浸入海中。他平日里温文尔雅，说话慢条斯理，乍一看好像是个文弱书生，实则一身力气比蛮牛般的许断杰也不遑多让。只过了二三息，沈惟敬身子一颤，在水中剧烈扑腾起来。许断文把他提出水面，拎回陈璘面前，摔在地上。

沈惟敬一边咳嗽，一边暗思：“须得拖延片刻，想个保命妙法才是。”喘匀气息，翻身跪倒，双手放在陈璘靴背上，脑袋在两脚之间叩得咚咚作响，讨饶道：“我是狗，我是猪，我是粪坑里臭不可当的蛆！我被鬼遮了眼，让狼叼了心，我头顶长疮脚底流脓，坏肠子包着坏心眼，我他妈的坏透了！杀我脏了您的手啊！陈都督大人有大量，饶了我这条贱命吧！”

陈璘见他这么怕死，心中甚是反感，抬脚一撩，赶狗似的把他撩退两步，冷声道：“告诉我，你是张三还是李四？”

沈惟敬不敢在陈璘面前手变脚变，忙道：“小人沈惟敬，浙江嘉兴人士，祖上十八代都姓沈，是不是大大的良民，倒要存疑。”

许断杰又往他臀上踢了一脚，“一会儿姓张，一会儿姓沈，问过你爹了吗？”

沈惟敬叫道：“踢得好，踢得妙！将军这一脚踢到小人痛处，直教小人惭花怒放，幡然悔悟。佛祖以佛法渡人，将军以禅腿踢人，都是大大的功德。”

许断杰道：“你抽什么风！”啪的一声，在他脸上扇了一掌。

沈惟敬道：“扇得好，扇得妙！小人脸皮如城墙般厚，一直痒而难搔，将军这一掌扇到小人痒处，直教小人污秽尽去，重得光鲜。佛祖以……”

许断英喝道：“闭嘴！再说废话，割了你的舌头下酒！”

沈惟敬道：“是，是！将军要小人闭嘴，小人不敢不闭。”两手捂嘴，不敢再说。

陈璘道：“沈惟敬，你落在我手上，这条贱命是保不住了，我问你一个问题，你若好好回答，或许还能留个全尸。”沈惟敬眼珠滴溜乱转，只点头应付，却不敢开口说话，九成心思都用在思索脱身之法上。

许断杰吼道：“入你娘！说话！”

沈惟敬道："是，是！将军要入小人的娘，小人的娘不敢不让将军入。只是小人的娘死去多年，将军恐怕入她不到。"

许断文见他东拉西扯，分明是在拖延时间，暗中思谋脱身之法，当下抽刀一挥，将他整只右耳齐根切下，把沾血的刀锋抵在他喉头，冷冷地说："我不想再听到一句废话，明白吗？"

沈惟敬用衣袖摁住右耳伤口，心中盘算渐定，忍痛道："明白。"

陈璘道："我问你，你已潜逃日本，完全能躲过朝廷的追捕，为什么突然回国？"

这个问题一出口，沈惟敬心中大喜，暗道："我命无忧矣。"顷刻间底气大增，昂首道："你保证不杀我，并派船送我去鸡笼山，我才肯回答你这个问题。"

陈璘见他这话说得有恃无恐，不似发昏，奇道："我为什么要答应你？"

"因为这个答案能让你改变当前敌我态势。"

陈璘闻言更奇，许氏三杰和陈九经也是面面相觑，大感疑惑。"说来试听一二。"

"这是我保命的底牌，你若不答应，我一个字都不会说，有种的现在就杀了我吧！"

"好，我以项上人头担保，只要你如实相告，我决不动你一根指头，立即派船送你去鸡笼山。"

"陈都督一生重诺守信，想必是不会为沈某违背原则的？"

许断杰道："少他妈啰唆，快说！"

沈惟敬清了清嗓子，幽幽说道："平秀吉……死了！"

“什么？”陈璘五人听声一愣，都是丈二和尚摸不着头脑，不约而同地问：“你是怎么知道的？”

“封贡事败后，我为了躲避锦衣卫追捕遁入朝鲜山林，却遭驻守朝鲜的杨元意外擒获，被一队士卒押解回京。当初我随册封使团前往日本，因为沈嘉旺不愿再回伤心地，便没有带他同去。东窗事发后，朝廷查封了我的生意，沈嘉旺携款出逃，在城外买了一座农庄隐居。算他有情有义，没有忘了我这个落难的旧主人，得知我即将到京，便花重金请了一帮黑道杀手在城外埋伏，把我救了出来。我们不敢再回农庄，只好秘密潜回老家嘉兴躲藏。可是每日提心吊胆，始终不是长久之计，我思来想去，决定要冒险破局。”

“如何破局？”

“我有一位堂兄，名叫沈惟义，年轻时曾学过几年炼丹术，没想到亲手炼出的仙丹竟然吃死了老母，悲痛之下砸了丹炉，改做游方贩药的营生，却又连年不顺，日子过得穷困潦倒，干了不少坑蒙拐骗的事。他受到官府通缉，也跟我们躲在一处。我便跟他说：‘哥哥，你年纪一大把了，上无老，下无小，难道真想在这穷乡僻壤蹉跎一生？如今小弟已犯死罪，非出国不可容身，你若肯随我而去，我便送你一场富贵。’他知道自己作恶多端，没钱没势，被官府捉去砍头是迟早的事，便问：‘什么富贵？’我说：‘当年我到日本会见平秀吉，发现他和始皇帝、嘉靖帝一样，都梦想长生不老，永享万年。便说自己有位堂兄，曾在龙虎山潜修二十载，号曰天机道人，有通天彻地之能、炼丹造药之术，数年前炼出九转金丹，服用一粒可增十年寿命云云，哄得他神魂颠倒，非要我回国后带你去日本见他。’沈惟义说：‘胡吹大气，世上哪有什么九转金丹？就算有，我也不会炼。’我说：‘哥呀，始皇帝天神一般的人物，为了长生不老，还不是受徐福蒙骗，闹出千古笑话。平秀吉丑陋如猴，生长在巴掌大的日本，哪见过什么世面？凭咱们哥俩的本事，难道还骗不了一个小小倭酋？游方术士我识得不少，你不去，我叫别人去！’他心中急了，拉着我说：‘罢了罢了，与其在这大明朝受苦，不如豁出性命，去搏一场荣华富贵。’我怕他反悔，马上让沈嘉旺雇了艘船，连夜出海入朝。”

听到此处，陈璘五人面面相觑，都觉得此事荒谬离奇。他们急于知道丰臣秀吉的死因，谁也不插嘴打断，只道：“继续说。”

“到了朝鲜，我修书一封，阐明向平秀吉引荐堂兄，敬献九转金丹之事，让沈嘉旺只身前往顺天城送信，求小西行长派船护送我们去日本。小西行长顾念沈嘉旺的救命之恩，不好意思对恩人置之不理，又因为封贡之事惹平秀吉不悦，一直想找个机会弥补过错，得知此事，自然欢喜不已。对马岛家督宗义智是他女婿，此人足智多谋，行事向来冷静，担心吃力不讨好，便劝他不要轻举妄动，建议先接我们到对马岛查证落实，再向平秀吉引见不迟。小西行长大同是理，一番运筹，买通朝鲜水军将领金在石，命长宗我部一雄率队穿越海上封锁，接我们去对马岛软禁，打算等朝鲜战事结束，再来查验九转金丹的真伪。那个长宗我部一雄愚蠢自大，听说大明水师到了朝鲜，非要前去打探军情。沈惟义在船头和他争辩了几句，那厮恼怒之下用力一推，把沈惟义推下了海。唉，我可怜的哥哥不会游泳，等到打捞起来，已经……已经……唉！我寄人篱下，对此是敢怒不敢言啊。那莽夫害怕小西行长怪罪，更加坚定地要去打探军情，好博个将功折罪，于是分了一艘船送我和沈嘉旺先走，自己率部前去作死。”

陈璘五人异口同声地“噢”了一声，想起那天长宗我部一雄说过此事，只因他没有说出沈嘉旺和沈惟义的名字，所以当时未曾在意。

“九转金丹本来就是假的，沈惟义一死，蒙骗平秀吉的计划便告流产，宗家的人不知内情，暂时还遮掩得过，可是等小西行长和宗义智回来，此事必然露馅。失去了讨好平秀吉的可能，小西行长哪能永远念着沈嘉旺的恩情，一辈子养着我们？住了几日，我觉得这样下去不是办法，决定死马当活马医，按照方术书上的离奇法子，自己动手炼了一颗九转金丹。我不清楚这颗金丹是否有效，也不知平秀吉见了我会不会痛下杀手，因此不敢以身犯险。权衡多日，我把沈嘉旺叫到跟前，问他：‘阿旺，这些年我待你如何？’沈嘉旺说：‘主人待小的如再生父母。’我说：‘如果我让你去死，你肯吗？’他说：‘当年小的辗转回国，原想投奔旧主，不料赵家[3]薄情寡义，弃我于不顾。是主人您大发慈悲，赐予我身份，让我有饭下肚，有瓦遮头，能活得像个人样。您对小的恩同再造，您要小的死，小的不敢不死。’”

听到此处，陈璘心想：“这沈嘉旺杀人如麻，对沈惟敬倒是忠心耿耿，看来此人也不是什么大奸大恶之徒。”许断杰听得兴起，忍不住催促：“快说。”

“是。我见他说得诚挚，便道：‘既如此，我要你扮作方士模样，冒充沈惟义，独自去日本求见平秀吉，把这颗九转金丹献给他。倘若他服用九日后没有异常，你再告诉他这颗金丹是我炼制的，他自然会豁免我的罪责，赐予我一场荣华富贵。届时我们有了平秀吉的宠信，小西行长决不会揭穿你的身份，只能将错就错，配合我们做戏。如果……如果平秀吉服用后出了问题，你就是死，也别供出我的所在。’沈嘉旺听后低下了头，不知在想些什么。过了片刻，他跪在地上向我磕了三个响头，说：‘此去若能成功，主人飞黄腾达之时，请允许小的回国，将先父的尸骨迁来日本厚葬。如若失败，您留在宗家，察言观色，多多讨好，看在小西行长的面上，料想宗家人不会苛待于您。今后没有小的在身边护卫，您要万事小心，好自珍重。’我心下大喜，当晚趁着夜色在宗家放火，烧了一排客房，沈嘉旺趁乱逃至港口，重金雇船，前往日本。灭火后，我故意大发雷霆，一口咬定沈嘉旺葬身火海，烧得连尸体都翻检不出，这是宗家人防火不严的缘故，非要找小西行长说理不可。宗家人心中怯了，便没心思探究沈嘉旺真死假死。”

陈璘和许断文互视一眼，均想：“沈惟敬这厮聪明绝顶，如果走的是正途，或许也能利国利民。”陈九经问道：“然后呢？”

“七天前，一位日本浪人来到宗家，将沈嘉旺的断刀和一封密信交到我手里，说他是沈嘉旺过命的兄弟，受托前来送信。我拆开细看，只见上面写道：‘沈公在上：我来到伏见城，探知平秀吉已于本年八月十八日病殁。有流言说他是吃了主人的大还宝丹后中慢毒而死，部分大臣对此深信不疑，派出精锐武士前往朝鲜，誓要生擒主人回日。’”

陈璘诧异道：“平秀吉吃了你的大还宝丹？是你毒死了他？”

沈惟敬慌忙反驳："不，不是！我没毒死他，你不要乱说！"自觉如此辩解有些此地无银，稍整思绪，又说："当年赴日谈判，我因能言善道，和平秀吉相谈甚欢，经常受邀共进晚餐。我是做丹药生意的，便想：'我何不趁此机会吹嘘一下自己的丹药，若能得到平秀吉认可，将来恢复朝贡贸易，我这丹药便能畅销日本，赚个盆满钵满。'于是故意在餐前取出丹药，当着平秀吉的面服用。他见我服丹，关切道：'沈君是否身体不适？'我说：'非也。在下服用此丹，并非治病，而是为了延年益寿。'他眼中陡然放光：'此丹能延年益寿？'我说：'此丹是在下独家秘制，名曰大还宝丹，不敢说长生不老，延寿二十载，却还不在话下。'他将信将疑：'服用此丹，对身体可有损害？'我笑道：'在下服用此丹已有六七载，倘若有毒，如何能坐在这里和太阁大人谈笑风生？'他点点头，默然不语，心中大抵在想：'他吃了六七年还生龙活虎，说明此丹就算不能延年益寿，起码不会对身体造成伤害，我问他要上一些，权当零嘴食用，又有何妨？'微笑道：'沈君，这大还宝丹可否给我几颗？'我说：'太阁大人开口垂要，那是对在下的极大肯定，岂有不予之理？'当下连丹带瓶，全都送给了他，叮嘱他每隔三十三日服用一颗。其实……其实我这大还宝丹……是……是淀粉做的，怎么吃得死人？我自己吃了不少，也没见有什么毛病，怎么可能他一吃就出事？定是他自己患了什么病，日本医官医术太低，治不好他。这个屎盆子，休要扣到我头上！"

"信上还说了什么？"陈璘没兴趣探究丰臣秀吉的死因。

"信上说：'平秀吉遗命幼子秀赖继任天下人[④]之位，封德川家康、前田利家、毛利辉元、小早川隆景、宇喜多秀家为五大老，合力辅佐幼主。国政交由德川家康代掌。为了制衡家康，又封石田三成、浅野长政、前田玄以、长束正家、增田长盛为五奉行，以免大权旁落。再命石田三成撤回在朝日军，勿使沦为海外之鬼。为防国内混乱，大明渡海犁庭，德川家康秘不发丧，筹谋多时，议定由藤堂高虎备船运兵，撤退计划如下：右路之蔚山加藤清正、西生浦黑田长政等部，十一月十五日撤往釜山大营，候船回日；中路之泗川岛津义弘、昌原锅岛胜茂等部，十一月十八日撤往巨济岛，径返本国；左路方面，自十一月十一日起，以顺天、南海、见乃梁为序，分批至巨济岛集结，与中路军一同回国。我正欲离日，不意行藏败露，德川家康遣武士来索，我寡不敌众，负伤逃至羽川阳一家中。其妹惠子，是我从前旧好，如今丧夫有年，愿意携女相许。我一生悲凄，不愿再受飘零之苦，此番涉险，已属仁至义尽，大恩既报，我当回归自由之身，留日度此余生。特书此笺，托羽川君代传，并设法救沈公离岛。郑四顿首。’”

“原来日军要撤。”陈璘五人又惊又喜，均想：“这答案的确能改变当前态势，只是如何变法，还需细细思量。”

沈惟敬知道日军撤退的消息冲击巨大，陈璘没有兴趣理会沈嘉旺回归郑四身份，更不关心羽川阳一如何救自己逃离对马岛，后面的事情便不再述说。“陈都督，答案我都如实相告了，你快履行承诺吧。”

许断杰道：“你这傻鸟，真以为我们会放你走吗？”转头对陈璘说，“大哥，不必跟这种奸贼讲信用，让我一刀宰了他，为你出气。”陈九经道：“不劳三舅动手，我来料理他。”许断英道：“咱们舅甥四个一人一刀，都挣个痛快。”

沈惟敬见状不妙，急道：“陈璘！你堂堂水师提督，难道甘愿失信于我这宵小之辈？”他为了刺激陈璘不惜自污，可见情急之切。

“我自然不会失信于你。”陈璘狡黠一笑，招手唤来一名把总，“开一艘车轮舸，送这位沈先生去鸡笼山。等他上岸之后，数三声，再抓回来。”许氏三杰和陈九经一呆，都忍不住拊掌大笑，连称妙极。

沈惟敬恼羞成怒，指着陈璘骂道：“老滑头，你如此戏弄我，算什么英雄？”

“你要我保证不杀你，我没杀，你要去鸡笼山，我也愿意成全你，谈何戏弄？你若不肯去，大可自己到营牢住下，省得晕船。”

“你……你……”沈惟敬本想出言辱骂，又恐再遭殴打，“你”了半天，也没“你”出个所以然来。他转圜极快，明白自己交了老底，已经没有讨价还价的资本，为今之计，只能先去鸡笼山走上一遭，看看途中能否撞到脱身的机遇。阴阳怪气道：“好，好得很，陈都督果然重诺守信，小人领教了。”那把总不容他多说，将他手臂反扣，押上便走。

当晚，汉城明军大营。

邢玠召集麻贵、刘綎、董一元等大小将领到帅帐议事，听完陈璘的转述，众人先是一怔，随即欢声雷动，满心满脸都洋溢着战争即将结束的喜悦。邢玠大喜过后摆手压言，脸上全是跃跃欲试的兴奋："好啊，倭寇撤军在即，必然归心似箭，战意全无。咱们就来个痛打落水狗，把倭奴全数歼灭。"麻贵笑道："趁其军心涣散发起总攻，定叫这帮矮王八有来无回。"董一元点头如捣蒜，中小将领连声附和，刘綎则尴尬赔笑，并不言语。

陈璘见他们兴奋到近乎于忘形，皱眉道："灭倭，不可行！"

邢玠笑容一滞，"陈都督何出此言？"

"德川家康等头面人物不是傻子，为了避免士气低迷，平秀吉的死讯及撤退令最多只会让小西行长等大将知悉，绝不可能传达全军。既然士卒不知实情，何来军心涣散之说？再者，所谓归师勿遏，穷寇莫追，追则必激死战。日军尚有数万之众，凭借高城坚壁完全可以立于不败之地，即便出城列阵也足可一战。我军若要大举灭倭，必定杀敌一千自损八百。各位不要忘了，我大明将士援朝的目的，是为了驱逐倭奴光复朝鲜，而不是冒着元气大伤的风险与倭奴拼命。"陈璘这番话透彻无比，邢玠等人大觉有理，纷纷点头称是。

刘綎哼笑道："依陈都督之见，莫非是要礼送倭奴归国不成？"

陈璘不屑与刘綎分辩，对他的话只当犬吠视之，继续对邢玠等人说："一把筷子折不断，一根筷子折起来却是轻而易举。我军大可集中优势兵力猛攻日军一部，虽非全歼，却也能对日军造成重创。"

"哦？"邢玠忙问，"不知陈都督有何谋划？"

"顺天地区离釜山最远，小西行长的左路军脱身最为不易，是我军最理想的进攻对象，只需锁死通往巨济岛的退路，左路军便是我们的俎上鱼肉。据我所知，加藤清正与小西行长素来不睦，如今撤退在即，他是绝对不会前来援救的。加藤清正一走，麻提督即刻率东路军进占蔚山，威逼釜山大本营，静观其变。泗川的岛津义弘与小西行长关系匪浅，生死关头，肯不肯挺身而出倒是难说。为防万一，董将军还是率中路军伺机监视，若他来援顺天，便与东路军断他退路；若他要逃，则进占泗川，放他离去。”看了刘綎一眼，微笑道，“至于刘綎的西路军嘛，就开赴曳桥寨，与我部水陆合围，将小西行长活活困死吧。”

“好计策!”麻贵和董一元连声称赞，挑着大拇哥道，“陈都督思谋周密，天罗地网也莫过于此了，这回小西行长是插翅难逃啦。”众将出声附和，赞赏之声不绝于耳。邢玠见众将无甚异议，便宣布依照陈璘谋划行事。

返回古今岛，陈璘马上着吴广率所部精锐据守曳桥寨南面的猫岛，封锁光阳湾，堵死左路军海上退路。然后传令副将陈蚕、季金等在外驻守的各路舰队集结，全军开出古今岛，驻守左水营和螺驴岛，即日起在露梁海峡及以东海域巡逻。

丰臣秀吉的死讯于十月中旬传到釜山，加藤清正最先接到撤退命令，他有意抛弃小西行长，特意飞书让岛津义弘不要理会顺天的求助。岛津义弘没有听加藤清正的劝说，先后派出三拨信使奔往顺天报信。小西行长收到消息已是十月底，刘綎的西路军早就抵达顺天地界，吴广所部也进驻了猫岛，陈璘精心布下的罗网已经铺展开来。他见西路军足有两万三千之众，而扼守猫岛的吴广却只有一千多人，便派一支先锋队向猫岛突围。陈璘早有准备，一见吴广燃放信号，即刻派许氏三杰各领一路舰队前去支援。小西行长试探出陈璘主力就在附近，不敢再轻易突围，只能死守曳桥寨，不断派信使外出求援。然而一连十几日，派出的信使无一例外，全被明军截杀。

眼见撤退的日子愈发临近，小西行长急得上蹿下跳，偶然间听到手下串闲话，说明国的高僧已经证实，陈璘是上古异兽饕餮的化身，贪婪是他的天性，这些年敛的财比严嵩还多十倍不止，光这几个月，就搜刮了全朝鲜一大半的民脂民膏。这闲话过于夸张，小西行长是断然不信的，但眼下穷途末路，还是决定派使者携金银珠宝前往猫岛买路，看能不能撞中那万分之一的可能。

得知使者的来意，吴广并未动怒，马上派人到左水营禀报。陈璘竟然喜笑颜开，亲自带着一众将领到猫岛点算财宝。那使者喜出望外，在陈璘面前满脸堆笑："启禀天将，我家大名知道这回绝无生还之望，命我去南海向女婿宗义智交代后事。这些财宝是我家大名特意孝敬您的，如果天将愿意放行，事后还会另送大礼。"陈璘装出一副见财眼开的模样，拿着一串珠宝细细把玩，笑道："事后的大礼可不能比现在少。"那使者满口承诺："天将放心，保证比这些再多十倍。"陈璘哈哈大笑，下令放那使者乘快船离开。陈九经登上一艘苍山铁，悄悄尾随。

李舜臣得知此事大为震惊，闯进帅帐质问："都督！小西行长哪里是交代后事，明摆着是求援！我真想不到，您竟然……竟然……"

陈璘微微一笑："让他求援，有何不好？"

李舜臣闻言一愣，隐隐明白了陈璘这些天围而不攻的原因，

“难道您要打的不是小西行长？既然如此，为何不在汉城大营明言？”

“曳桥寨易守难攻，西路军不全力配合，水师根本无法攻破。如果用小西行长做诱饵，引诱岛津义弘来援，我军便能在海上排兵布阵，最大限度发挥船坚炮利的优势。日军的船只不是我大明战舰的敌手，届时大船压小船，好似石磨碾豆，岂不比强攻曳桥要容易得多？之所以瞒着不说，是因为此战过于重大，我不能泄露战机。”

“原来如此。敢问都督准备在哪里伏击敌援？”

“猫岛东面，露梁海峡！”

十一月十八日晚，陈九经带着一身疲惫匆匆回报：“岛津义弘领战船数百，正从泗川杀来！”

“好！”

陈璘一捶帅案，下令召集千总以上将领到帅帐听命，直接下达作战部署，“水师联军分为三路，邓子龙为前锋，率麾下三千浙兵，战船一百，埋伏于露梁海北侧，待日军全部进入露梁海域，便截断其退路。李舜臣率朝鲜五千水军，战船一百余艘，埋伏于露梁海南侧观音浦，从日军侧翼突击，将其阵型拦腰斩断。本督统领四百多艘战船，屯于露梁海北面竹岛与水门洞港湾内，待邓子龙战鼓擂起，便率一万主力正面平推日军。”

部署完毕，陈璘目光凛凛生威，扫视众将一圈，振声道：“我大明立国二百余年，历来饱受倭寇袭扰，如今我部之敌，并非昔日的浪人流寇，而是日本的正规劲旅。这是大明朝与日本的最终决战，务必一战而裂其心、破其胆、断其脊、凿其膝，教其数百年内无法崛起，永世不敢再动侵华之念！大海之后便是故国家园，此战有进无退，有死无生，不在露梁扬威撼世，便在露梁马革裹尸！”

众将肃然正色，振臂高呼：“义武奋扬，跳梁者，虽强必戮！”

海风吹拂，月色星辉倒映海面，随着海水波纹泛出阵阵清冷。陈璘顶盔贯甲伫立帅台，红绸披风猎猎飘扬，左手两指顺着剑锋轻轻抚过，一股寒芒迸射而出，那是宝剑渴血的嗡鸣！是夜亥时，日军先头舰队陆续驶入露梁海峡，朝着他们当中绝大多数人的坟墓靠近。

岛津义弘伤势不重，回到泗川修养多日，已经无甚大碍，接到小西行长的求援信时，正准备率麾下的萨摩精锐登船撤往巨济岛。他一来有几分义薄云天的气概，二来对上次的战败耿耿于怀，做梦都想找陈璘一雪前耻，因此毫不犹豫地掉转船头，率立花宗茂、立花直次、寺泽广高、小早川秀包等部倾巢而出，意图杀入光阳湾解小西行长之危。行至中途，与从南海赶来的宗义智部会合，兵力达一万四千之众，战船五百余艘，浩浩荡荡直扑露梁。

凭借丰富的作战经验和敏锐的军事嗅觉，岛津义弘出发之前就预感到中朝水师极有可能在狭窄的露梁海峡设伏，但时间的紧迫令他没有绕道的余地，只能硬着头皮赌上一赌，希望天照大神眷顾，死神不会降临。况且，他认为自己此时兵多船广，和联军水师相差不大，即便狭路相逢也有五成胜算。一旦冲过猫岛与小西行长会合，己方的战船兵力便能反超联军水师，若能合力将其一口吞灭，就此改变整个朝鲜战局也未可知。扭转乾坤的奇迹他已创造过多次，他坚信自己的好运尚未用尽，造化之神仍会一如既往地暗中扶持于他。

十九日子时，当庞大的日军舰队全部进入露梁海峡，后方突然炮声大作，邓子龙率一百艘战船从露梁海北侧冲出，将峡口堵住，截断了日军退路。邓子龙以三艘楼船⑤巨舰为前锋，扎入日军后方舰群横冲直撞，把低矮的日军战船撞得七零八落，阵型大乱。九十七艘战船分成两排错开，船上浙军枪炮齐发，弩箭连射，形成一道坚固的火线壁垒，紧随楼船之后压向日军，一时间炮响船裂，人嚎水赤。

日军后阵的立花直次集中优势火力炮轰邓子龙所乘的楼船旗舰。然而楼船高耸如山，比日军最大的安宅船还要大出数倍，邓子龙居高临下屹立船头，端着鸟铳专打日军炮手和指挥官，每一枪都正中眉心，扣完扳机就将鸟铳递给身旁的十名装填手填充弹药，又接过一把装好弹药的鸟铳继续发射。如此轮转不歇枪声不止，使得射程内几艘船上的日军不敢靠近炮台，没了指挥官的战船乱成一团，完全失去反击之力。

立花直次也令十名足轻装填弹药，自己手持铁炮仰头瞄准邓子龙，一枪射出，弹丸擦着邓子龙脸颊飞过，刮出一道手指粗细的血痕。邓子龙惊出一身冷汗，急忙蹲下身子藏在舷墙之后，凭着弹丸飞来的方位判断出枪手的大概位置，向右移动数步，起身瞄准发射，弹丸嘭的一声击中立花直次左臂，使他往后跌出数步。此人倒也机灵，明白邓子龙下一枪眨眼便到，赶紧就势后滚闪入船舱，人未起身，便听得一声木材破裂的脆响，一颗弹丸嵌入他刚刚滚过的木板。接着三声闷哼，三个替他装填弹药的足轻已被邓子龙击毙在地。立花直次见三十余艘战船眨眼便被明军击沉，心中大急，却碍于邓子龙的火力封锁而不敢妄动，只能捂着伤口躲在舱内咒骂。

后阵的惨败迅速传到岛津义弘所在的前阵，他早有预料，并不如何慌乱，决定抛弃后阵，率领舰队继续前进，只要冲破猫岛进入光阳湾与小西行长合兵，他就有绝地反击的机会。哪承想李舜臣突然率朝鲜水军从观音浦杀出，先锋龟船由侧翼突入，欲将日军舰队裁为两截。

朝鲜军的枪炮性能较差，士卒更喜欢以片箭作为远程武器。片箭短而轻快，射程可达一里，因箭身极短，必须借助靠筒才能发射，即便被敌军获取也无法在正常形制的弓上使用，加上制作成本低廉，被朝鲜军大量装备，几乎成了独门利器。此时万箭齐发，遮天箭雨嗖嗖落下，甲板上的日军躲避不及，接连中箭毙命。

射了一轮，李舜臣令士卒在箭头上涂抹火油，对准日军的帆布、船舷、棚板等干燥易燃之处射击。二十多艘战船顷刻间燃起大火，数百日军烧成火人，呼天抢地扑来滚去，四处跌撞引燃火药炸毁全船者有之，吸一口气跳入海中灭火却遭溺毙者有之，跳帮冲上邻船求同伴搭救，反而引起又一场烈火者亦有之。

坐镇中军的是日军名将立花宗茂，他与弟弟立花直次感情甚笃，胞弟遇袭之初朝鲜水军尚未杀到，他虽然料到联军水师尚有后手，但还是抵不住内心的担忧，派出二十艘精锐战船前去支援。这二十艘战船一走，中军阵型已是不攻自破，他正要指挥麾下舰队组成新的防御阵型，李舜臣恰于此时杀出，从那阵型的破口突入，一举将日军舰队拦腰斩断。立花宗茂惊怒交加，为了大局着想，急令那二十艘战船回援，经过短暂的混乱，慢慢稳住阵脚，开始向朝鲜水军还以颜色，击沉龟船十余艘后，终于扼制住朝鲜水军的攻势。接着纠集两艘安宅船、三艘铁甲船、五艘关船直扑李舜臣旗舰。就近的朝鲜龟船急忙阻截，双方围绕李舜臣的旗舰攻来挡去，前来围攻和救援的船只越来越多，不知不觉已是你中有我，我中有你。可朝鲜水军毕竟是孤军深入，战不多时便形势逆转，插入敌人心脏的尖刀变成了群狼争夺的肥肉。

李舜臣见敌我战船拥作一团，正是火攻的大好时机，命令士卒点燃柴薪，向日军战船的甲板投掷。这些柴薪事先经过暴晒，又在火油桶中浸了多时，一经点燃就难以扑灭，只要丢上敌船，顷刻便成人间炼狱。立花宗茂不敢犯险，下令全体后撤，退出柴薪的投掷范围，改用大炮狂轰滥炸，死死压制朝鲜水军。

中军的混乱动摇了岛津义弘前进的决心，一股强烈的不安涌上心头，直觉前方漆黑的夜幕里隐藏着无数黑洞洞的炮口，只等他一头撞上去轰个粉碎。他尚未计较周全，忽然间嘭的一声闷响，前方一艘开路关船的水底竟然无端爆炸，火光和水浪同时迸射而起，巨大的冲力将整艘关船震离水面，在空中向右侧翻，又斜着坠入水中。海水从船底的破口倒灌而入，重力将船身扳正，迅速沉入水下。船上的数十日军大多被炸死炸飞，幸运存活的浮在水中拼命呼救，不等就近的同伴打捞，突然又是嘭嘭两声闷响，左右两艘关船也被炸离水面，船身侧翻下落，劈头盖脸砸到他们头上，未及溺毙就已昏死。

“混蛋！竟然是水雷！”岛津义弘骇然失色，两手撑着将台阑干，一脸的不可思议。

这水雷名叫水底龙王炮，是世界上最早的漂雷，由才智卓绝的中国人发明于万历年间。用牛尿泡做雷壳，内装火药和用来保持平衡的石块，以燃香作为引爆的引信，系于木板下放入水中，再从木板中间插一根雁翅管到牛尿泡内为香火通气，防止熄灭。使用前先判断敌船的位置和水流的方向，估算好漂流及引爆所需的时间，再选择合适的方位放入水中，水雷就会在水流帮助下漂向敌船。

日军武备不如明军先进，大部分人见识有限，无法想象水底龙王炮是何物事。见水底无端自爆，三艘关船眨眼就沉没海底，大多惊得瞠目结舌，以为是明军施了妖法，或者己方开罪了海神所致，不少胆小的愚昧之辈竟然跪地叩拜，向神灵哀求讨饶。

岛津义弘命人向四周海面投掷火把，在落水即灭的火光中，发现了十几块漂浮的木板，料想火光照耀不到的暗处还漂有更多水雷。他脑子嗡了一声，慌忙向左右战船大喊：“小心水雷，全体后退！”命令层层传下，各船橹手急忙反向摇橹后撤。可仓皇之间哪里还有协调统一可言，各船你拥我挤，互相撞作一团，在一片焦急的呼喝声中，嘭嘭闷响不绝于耳，水底绽放的火光将海面映得如同黄昏的云霞一样绚烂。顷刻间水晃船摇人喊浪啸，四十余艘战船相继倾覆，上千名日军或在爆炸中头飞脚断，或在船只残骸的砸撞下脑溢肠流，抑或在烈火焚烧中化为焦炭。部分落入水里呼救的更是凄惨，一大群被鲜血吸引过来的鲨鱼早就在爆炸范围外窥伺，只等水雷炸完，便来饱餐一顿。岛津义弘机灵警觉，爆炸之前就和一众将领奔到船尾跳上后船，如此连跳五船，总算捡回一命。他跌坐在一艘小早船上喘着粗气，惊恐地看着那四十余艘战船的惨状，忍不住心惊肉跳。

陈璘为了杀敌人一个措手不及，根据日军战船的行驶速度估算出敌方的前阵位置，掐准时间距离，亲自放置上百个水底龙王炮，不费一兵一卒就大破前阵，收割了上千名日军性命，此一着当真是神乎其技。听到炮响，当即率领主力舰队全速开进，命五十艘福船巨舰为破阵之锥，近四百艘大小战船排成八列，以铺天盖地的磅礴气势正面冲击日军。

福船是明朝水师的主力战船，最早起源于福建，外形底尖上阔，首尖尾宽两头翘，建造材料为福建的松、杉、樟、楠木。《纪效新书》载："夫福船高大如城，非人力可驱，全仗风势；倭舟自来矮小，如我之小苍船，故福船乘风下压，如车碾螳螂，斗船力而不斗人力，是以每每取胜。设使贼船亦如我福船大，则吾未见其必济之策也。但吃水一丈一二尺，惟利大洋，不然多胶于浅，无风不可使，是以贼舟一入里海，沿浅而行，则福舟为无用矣，故又有海沧之设。"

福船分为六号，尺寸逐级减小。一号二号都称福船，三号曰哨船，又称草撇船，四号曰冬船，又称海沧船，五号曰鸟船，六号曰快船。一二号势力雄大，用于冲犁。三四号机动性更高，吃水较浅，可以在近海处行驶，用于追击和攻战。五六号也称开浪船，吃水只有三四尺，容纳三五十人，多用于哨探。茅元仪《武备志》记载，福船“设楼三层于上，其傍皆护板，护以茅竹，竖立如垣，其帆桅二道。中有四层”。福船在火力方面也堪称猛烈，舰首备红夷大炮[⑥]一门、千斤佛郎机六门、碗口铳三门，迅雷铳炮[⑦]二十门，猛火油柜六十个，鲁密铳[⑧]十支，弩箭五百支，火药弩十张，火箭三百支，火砖一百块。日军最大的战船名曰安宅船，大小约为关船的一倍，可容纳百余人，其次是铁甲船、小早船等，体型和明军战船比较，相当于是猫比虎，犬比象。明人谢杰所著的《虔台倭纂》很好地描述出福船与日船战斗的情形：“矢石火炮皆向下而发……乘风冲犁如车辗……敌舟遇之，随犁随沉，又不能仰攻。”日军战船对阵福船尚且如此，遑论比福船更为庞大的楼船。

因此五十艘福船巨舰冲入日军混乱的前阵，横冲直撞如大象踏蚁，铳炮齐发似火球洗地，日军战船或被轧在船底碾成齑粉，或被轰得千疮百孔沉入海下，惨嚎阵阵，呼喝连连，场面十二分之惨烈。陈璘随后率主力压到，一路平推之下，又击沉敌船五六十艘，杀伤一千余人。

然而福船巨舰机动性不足，慢慢被一堆船只残骸阻滞了行动，岛津义弘抓住机会，纠集一百艘轻快灵便的关船，以群狼战术围攻停滞的福船，炮口对准船舷猛烈轰击。寺泽广高最先炸开一道豁口，搭上梯子，率上百名悍勇死士从豁口爬进舱内，先将水手砍杀殆尽，再从船舱涌上甲板，与措手不及的明军展开肉搏。一通刀光剑影，血肉翻飞，竟然成功俘获了一艘福船。岛津义弘大喜，命三百精兵协同水手从豁口登上甲板，掉转炮口猛轰就近的福船，在十几艘关船合力围攻下，又顺利俘获三艘福船。

有了这四艘福船掩护，岛津义弘得以组织前阵残余退向中军，围着朝鲜水军狠打一气，企图拔掉这根肉中之刺后，再来与陈璘决一死战。

先锋福船大半都被船只残骸挡住去路，被俘的四艘又偏偏卡在要害之处，极大延缓了明军的攻势，陈璘只好一面派人清理船只残骸，一面围攻占据四艘福船的寺泽广高。火光照耀下，隐约瞧见朝鲜水军战况不妙，李舜臣的旗舰已被轰得伤痕累累，生死只在一线之间。李舜臣是朝鲜军魂，若被擒杀，朝鲜水军必定崩溃，届时牵一发而动全身，联军非败不可。陈璘只好让舵手开足马力，率领旗舰从被占的两艘福船中间猛冲过去。他的旗舰名曰苍唬，比福船整整大了一圈，凭借体积优势成功将两艘福船撞开，直奔日军腹心杀去。

日军战船在这庞然大物面前根本没有抵挡之力，纷纷四散而逃让开道路。岛津义弘用铁炮射杀数名逃兵，止住己方溃败，然后命三十余艘安宅船和铁甲船围着陈璘旗舰猛轰。陈璘旗舰击沉十余艘敌船后也被残骸堵塞了去路，停在腹心处进退不得。岛津义弘反应极快，将原本围攻李舜臣的日军调来大半，李舜臣的危险得以大减。

日军数十艘大型战船围着陈璘旗舰搭设云梯，精锐武士以嘴衔刀，从四面八方攀爬而上。陈璘命舰上精兵人手一杆长枪，由陈九经和许氏三杰各率一队，在船头船尾及两舷挨着护牌伏低身子，一俟日军冒头便长枪齐刺，将其戳下海去。攻防数个波次，日军折损千余，但在岛津义弘的督促下，仍似飞蛾扑火般蜂拥而至。

舰上明军越打越少，陈九经防御的船尾死伤最重，被两名敢死武士打破缺口，顷刻间如大河决堤，日军如出笼猛兽登上甲板，武士刀上下翻飞，明军士卒悉数战死，船尾告破。面对一大群如狼似虎的日军武士，陈九经面无惧色，反而斗志大增，单人单刀死守船尾不退，左冲右突，横格竖挡，刀劈脚踹之下力毙十余人，可惜寡不敌众，身受数创，摇摇欲倒。

陈璘在帅台上看得真切，急率三十名贴身卫兵冲向船尾。日军见陈璘装束威严，料定他是联军统帅，全都怪叫着前来攻杀。陈璘将佩剑使得只见其芒不见其形，招招致命，步步喋血，眨眼间杀得鲜血四溅，残肢断首散落一地，终于将陈九经从重围中救出。无奈日军源源不断从云梯爬上甲板，贴身卫兵越打越少，陈璘只能边战边退，撤到帅台下坚守，让两名士卒搀着陈九经到舱内救治。

此时断文断英防御的两舷也行将被破，眼见陈璘遇险，连忙纠集残兵奔来护卫。许断杰悍勇无匹，持刀守在船头，脚下尸体堆叠如山，血水如小溪般冉冉横流。日军爬梯而上，一冒头就被他举刀砍落，当真是一夫当关，万夫莫开。可惜其余三面皆破，日军潮水似的涌上船来，继续坚守船头已无意义，也率手下残兵回护陈璘。

舰上明军只剩五六十人，被数百日军围在帅台之下，日军杀红了眼，一个个嗷嗷怪叫，要斩陈璘首级立功。陈璘大声喝道：“小小倭夷，凭你们这五短之躯，也敢在爷爷面前恣意狂逞？”他面目威严，这一吼暴烈如雄狮，从头到脚都散发出凛凛威势，数百日军气为之夺，瑟瑟缩缩后退一步。忽然日军人群左右一分，两名身着红黑大铠，头戴牛角鬼面盔的倭将走了上来，摘下面具，露出两张凶神恶煞的面容，正是岛津义弘和宗义智。前者用日语道："你这混蛋真是可恶至极，我们明明就要撤军了，为什么不肯放我们安然离去，一定要拼个你死我活？"宗义智是对马岛家督，与许多大明的走私船只有贸易往来，因此粗通汉语，岛津义弘一边说他就一边向陈璘翻译。

陈璘冷笑道："石曼子，你当真是满脑屎尿！我到你家杀你子侄，淫你妻女，抢你财货，然后拍拍屁股叫你不要追杀，你肯吗？"

岛津义弘道："我杀的是朝鲜人的子侄，淫的是朝鲜人的妻女，抢的更是朝鲜人的财货，和你明国有什么关系？"

"唇亡齿寒的道理，小小倭奴岂能懂得。"

"我懒得跟你争论，你如今落在我手里，取你性命易如反掌。这样吧，我饶你一命，你下令让开道路放我军回国，如何？"

"这个嘛，事关重大，怎么着也得给我半个时辰考虑。"

"狡猾的混蛋，你想拖延时间等待援兵，当我是三岁小孩吗？我要你立即回答！"

陈璘见他不上当，只得横剑在前，凛然道："有你上万倭奴陪葬，我陈璘死了也值！"

岛津义弘大怒，正要命令手下一拥而上，忽然间咣当一声巨响，船身猛烈摇晃，把甲板上的双方人马都震倒在地。紧接着枪声如爆豆，弹丸似雨下，顷刻便有数十名日军中弹倒地。陈璘循声望去，见左侧船舷外挨着一艘大型赶缯船⑨，陈蚕、季金二将伫立船头，正领着一队铳手大杀特杀。赶缯船之后，四百艘明军战船正浩荡杀来。季金一边扣动枪机一边叫道："都督快走！"

陈璘和许氏三杰趁着火力掩护奔向船舷，待要跳帮，突然叫道："糟了，经儿还在舱内！"转身要回去寻找，许氏三杰却合力把他架起，一把推到对面甲板。许断文对陈蚕道："保护都督！"便和断英断杰往船舱冲去。陈璘一骨碌站起，想要重上旗舰，却被陈蚕和几名士卒死死抱住，动弹不得，急得直叫："混账，快放开我！"陈蚕不敢让主帅犯险，任他如何呵斥，总之是抵死不放。

岛津义弘和宗义智躲在掩体之后，大呼大喝，指挥日军迎着弹雨向对面赶缯船冲锋，二三十个机警死士贴着船舷猱身而上，趁明军鸟铳手换弹间隙，从两船相接处悍然跃过，鸟铳手措手不及，连忙拔刀近战。没了鸟铳的火力压制，其余日军纷纷从掩体冲出，大吼着跳帮厮杀。陈蚕和几名士卒架着陈璘退到船尾，季金则率众力战。

这时许断文背着陈九经，在断英断杰护卫下从舱内奔出，见旗舰上的己方士卒全部战死，对面赶缯船又无火力掩护，心中暗道："我今番死也！"

岛津义弘挥刀一指许氏三杰，"谁抓住他们，官升三级！"未及跳帮的日军精神大振，争先恐后蜂拥而来。

许断文道："老二老三，我们豁出老命，也要把经儿救出去。"

断英断杰年纪大了，战了这一场，体力已然不支，加上伤口血流不止，哪里还有万军丛中如入无人之境的威猛？但想到外甥命悬一线，若不救他出去，家里那可怜的妹妹非得哭死不可。只得强打精神，双双暴喝一声，迎着数十日军猛冲过去，将手中战刀使得风吹轮转白光一片，采取只攻不守、有进无退的搏命打法，当者尽皆立毙，旁者莫不胆寒，终于杀开一条血路，护着哥哥和外甥奔到船舷边上。许断文抱起陈九经奋力一抛，看到外甥落上对面赶缯船甲板，被季金抱往船尾，心中方始大定。

忽听得许断杰一声嘶吼："哥！"

许断文转身望去，赫然瞧见许断英左腿被砍，持刀的右臂也被挑上半空，轰然坐倒在岛津义弘面前。后者笑声狰狞，武士刀悍然劈下，咕噜噜一声闷响，许断英的头颅已然落地！

"啊！"

眼见胞弟惨死，许断文怒发冲冠，就近抄起一杆长枪，发狂似的扑向岛津义弘。数名日军迎上来阻挡，他连拨带刺，上挑下劈，枪头如狂龙咆哮，眨眼毙杀数人。一名悍勇武士右胸被刺，竟然死死抓住枪头不放，许断文抽拔不出，见那武士身后一排溜站着七八名日军，当即发足前推，枪头穿透武士身体，又刺穿身后一名日军心口。他发一声喊，推得那二人连连后退，只听扑哧、扑哧数声闷响，手中长枪已经接连贯穿八人身体。其余日军被他的凛凛杀气震慑，竟无一人胆敢上前来攻。他又捡起一杆长枪，冲岛津义弘骂道："兀那倭奴，我入你……"一言未毕，突然间砰的一声大响，一颗弹丸疾射而来，不偏不倚，正中他眉心要害。他只觉脑中一懵，似乎全身气力都从眉心伤口流泻而出，顺着声响望去，看见宗义智正端着一把白烟弥漫的铁炮对着自己，心中只想："我堂堂中国男儿，死也不能倒在倭奴面前！"用尽最后一丝气力倒转长枪，把枪头插入甲板，拄枪瞪视宗义智，犹如天神一般死而不倒。

许断文中弹之前，许断杰就已冲到岛津义弘面前，一刀劈中其胸膛，可惜刀口不深，未能毙命。激战数招，眼见老大被宗义智枪杀，整艘旗舰除了自己已经没有己方人马，而日军尚有数十人在船，自己是万万没有生还之望了。他粗中有细，瞥见赶缯船上的己方士卒都在船中和船尾，日军则聚在船头一侧，心想："我引爆炮弹，把旗舰的倭奴炸死，大哥他们有人肉盾墙阻隔，不会受到什么伤害。"把心一横，纵身跃向炮台，抄起火把扔进装满炮弹的弹箱，咬牙整箱抱起，冲岛津义弘和宗义智吼道："他妈的矮王八，老子和你们拼了！"怒吼一声，发足前冲。

岛宗二人骇然变色，慌忙转身奔逃，不要命似的跃过舷墙，往海中扎去。人未落水，就听轰隆隆连声巨响，爆炸产生的强大气浪将他二人的后背燎得血肉模糊。坠海之后，无数残肢烂肉和船体碎块如天女散花，纷纷扬扬洒落水中。赶缯船上的日军离旗舰太近，一大半被当场炸死，侥幸存活的也只剩下半条性命。有这些倒霉蛋挡住爆炸威力，明军不过寥寥几人轻伤而已。岛宗二人强忍背部灼痛，奋力游出水面，刚刚逃出生天的寺泽广高乘一艘小早船疾驶而来，两手各抓他们一条胳膊拉到船上，水手毫不歇桨，窜向就近的日军战船，口中连连呼救。

"兄弟……兄弟！"陈璘目睹许氏三杰惨死，心中悲痛得直欲滴血，发疯一般扑向熊熊燃烧的旗舰。陈蚕、季金二人连忙阻拦，急道："都督，请以大局为重，不要感情用事。"陈璘悲极而怒，向附近战船上的将士狂呼厉喝："杀呀！给我杀光他们，一个都不准放过！"众将士连声答应，铳炮箭矢呼啸而出，直杀得敌方阵中黑烟滚滚，海水翻来倒去，船只或沉或炸。

陈九经幽幽醒转，见旗舰燃起大火，父亲虎目噙泪，三位舅舅却不在左右，问道："阿爸，这是怎么了？我舅舅呢？"陈璘拂去眼角的泪水，摇头不答。陈九经便明其意，忍不住放声大哭，忽然两眼翻白，又昏了过去。陈璘见儿子脸颊、胳膊、肚腹，乃至脊背都破了口子，有些伤口深可及骨，血流不止，不由得心如刀割，哽咽道："我儿，你千万不能死，如果连你也离我而去，阿爸就熬不住了。"他心中虽痛，但值此大战关头，哪能把心思全放在儿子身上？招手叫来一艘小型网梭船[10]，命船上士卒送陈九经回左水营驻地，即就死了，也不至于尸首无存。

网梭船渐渐远去，陈璘心绪尚未完全平复，就听季金叫道："都督，邓总爷和李统制杀向观音浦了！"

观音浦背靠南海岛，是个天然的凹形港口。战前，陈璘就定下将日军逼入观音浦，锁住浦口关门打狗的战术。激战多时，经过陈、邓、李三军的严密配合，终于一步步将日军仅剩的二百多艘战船逼向浦内。

这时天色渐亮，蒙蒙曙光照耀下，隐约可见邓子龙和李舜臣各率七八十艘战船冲向观音浦。邓子龙站在船头发号施令，白须随风飘动，说不出的威武豪壮。李舜臣同样不遑多让，率先杀入日军战阵。陈璘金见他们英勇无匹，忍不住大声喝彩。随即传下号令，四百战船分成三个梯队，改以赶缯船为旗舰，全军杀向观音浦。

岛宗二人脊背灼伤，此刻脱了大铠，露出血肉模糊的皮肉，站在一艘安宅船的将台上连下指令，命日军组成严密的防御阵型。他们做梦也想不到，己方陷入绝境之时，竟然还有意外收获。

邓子龙一生立功无数，如今已届七十高龄，却还只是个不高不低的副总兵，在朝中总归还是人微言轻。他自知年事已高，朝鲜战事一平，多半没有机会再转战他处，这场海战或许就是他为国家抛洒热血的最后一仗。眼下与日军到了决战关头，不在这露梁海中奋力一搏，华夏的将星林里怎么会有他邓子龙的一席之地？所以扫清立花直次的后阵，就一头扎入观音浦内，盼望能在万军丛中取得岛津义弘首级。楼船巨舰行动不便，他特意换了一艘进退神速的蜈蚣船[11]，带领二百死士，一路高歌猛进。

他下了必死之心，冲杀起来格外神勇，顺利突进日军腹心，离岛津义弘的旗舰已经不远，不料斜刺里飞来一根燃烧的柴薪，正好落在座船舱顶。船上死士大惊失色，连呼救火，其中一人提起水桶对着舱顶泼去，可朝鲜水军的柴薪用火油泡过，油比水轻，用水浇泼非但不能灭火，反而会让油浮在水上，随着水的流动四下蔓延。邓子龙深知其中利害，待要出声喝止却已不及，那桶水泼上舱顶，呼的一声冒起熊熊大火，随着水流从舱顶泻下，吞噬舱门舱壁，迅速向甲板、船舷蔓延，立即便有四五人身染烈火，跌撞扑滚，惨叫连连。众死士惊慌失措，扑火的扑火，跳海的跳海，整艘战船乱作一团。邓子龙气恼不已，冲附近投掷柴薪的朝鲜战船骂道："狗杂碎，瞎了你的狗眼！"

岛津义弘见邓子龙战船起火，兴奋得忘了疼痛，挥刀大叫："攻上去！割下邓子龙首级，重重有赏！"

寺泽广高、立花直次率队蜂拥而至，搭上梯板，迅速带领百余号精锐武士登上蜈蚣船。邓子龙急率死士迎敌，心知今日绝无幸免之理，虽身老力衰，仍自奋力死战，一番恶斗毙杀十余人，可手下死士也已死伤殆尽。寺泽广高冷笑一声，挺刀上前来挑。邓子龙不躲不避，反手一刀劈他颅顶，宁愿咽喉被挑也要将其天灵盖劈成两瓣。寺泽广高不敢拼命，只得回刀护顶，门户却又大开，被邓子龙一脚踹中胸口，往后摔出数步。

立花直次的左臂被邓子龙射了一铳，不打算和他近身肉搏，见寺泽广高败阵，立马举起铁炮，砰的一声射中邓子龙咽喉。邓子龙踉跄着退后两步，喉咙里发出咕噜咕噜的响声，血泡一颗颗从伤口冒出。他用左手捂住喉头，举刀扑向立花直次，要和对方同归于尽。立花直次扔了铁炮，侧身闪过扑击，抽刀往邓子龙右膝猛砍，将他右腿齐膝斩断，然后一手揪他发髻，一手提刀在他脖颈上来回切割。邓子龙死死抓住立花直次的小臂，指甲深入肉中，被割了数刀方才气绝。

几乎同一时刻，李舜臣也遭了不测。

李舜臣起初大杀四方，但等日军重兵围上就挫了锐势，渐渐疲于招架而无进攻之力。忽然得知手下误掷柴薪到邓子龙船上，担心明廷降罪，又恐陈璘震怒，慌忙带着数艘龟船拼死猛冲，希望能将邓子龙搭救出来，弥补罪过。

其时已过清晨，太阳高挂东方，他在船头目睹立花直次割下邓子龙的首级，正自惶惶，突然嗖的一声锐响，一颗流弹射入肋下，他浑身一颤，仰头便倒。船上将领吓了一跳，纷纷围上前来。他自知命在瞬息，生怕自己的死讯会让朝鲜水军陷入混乱，便抓着儿子李荟和侄子李莞的手，下达遗命："战方急，勿言我死！"脑袋一歪，就此殒命。副将宋希立抱李舜臣尸体入舱，脱下盔甲，在里面塞入稻草，立在船头鼓舞士气。

岛津义弘不知李舜臣已死，命人将邓子龙的首级悬于旗舰桅杆，让全军用汉语呐喊："邓子龙死了，邓子龙死了！"

噩耗很快传遍联军上下，陈璘一拍栏杆，悲愤道："快，快调火龙出水！"

火龙出水是一种水陆两用的火箭，由更加才智卓绝的中国人发明于明朝中期，是现今二级火箭的始祖。粗略说来，是用五尺茅竹做筒，剔去内节后将筒身刮薄，筒身前后安装木雕的龙头龙尾，因此称筒身为龙身。在龙身之下，前后斜着安装两个喷火的箭筒，龙身内则藏有神机火箭数支。一经点燃，箭筒推动龙身，悬于水面三四尺飞行，距离可达二三里之远。临近敌船时，箭筒的火药燃尽，龙腹内的数支神机火箭自行飞出，射入敌船引发大火，是以得名火龙出水。然而火龙出水并不十分实用，筒身、箭筒、内置火箭、引火药线等都由人工制作，质量难免参差不齐，使用起来稳定性堪忧，极少用于局势瞬息万变的实战。战前，陈璘为了最大限度杀伤日军，特意定下制造标准，亲自监督军中巧匠，赶制了一批火龙出水。

命令传下，浦内的联军战船迅速撤出，旗舰得以前进，在距日军两里半处转舵横停。几艘运输船抵近旗舰，三百名火器兵搬着几百只木箱登舰，从箱内取出火龙出水，安装箭筒，连接引线，先将一百条火龙架上舷墙，等待主帅下令发射。

陈璘心神激荡，向西遥望祖国，振声高呼："泱泱华夏，维天有汉。昭昭日月，故国有明。天佑大明，天佑大明！"明军全体将士振臂呐喊："天佑大明！天佑大明！天佑大明！"陈璘挥剑向日本舰队一指，"发射！"

第一队火器兵点燃引信，箭筒立即喷出蓝色烈焰，嗖嗖嗖连声锐响，一百条火龙猛蹿而起，在水面上御空疾飞。第二队紧接着在舷墙上架设火龙，点燃引信后撤下，第三队马上又来架设点火。如此轮流十次，一千条火龙遮天蔽日，喷着烈焰向敌方呼啸而去，场面之壮观，委实超乎想象。

浦内日军先是瞧见天空中有几片火云压来，一愣神间，火云咆哮而至，这才看清火云前面竟然有成百上千条飞龙！他们正张口结舌，又见每条飞龙的龙身内散出数支火箭，天女散花似的向己方船舷、船帆、甲板、棚板上射来。顷刻间火光冲天，爆炸声、嚎叫声、落水声、呼救声响彻耳膜，整个观音浦港口燃起滔天大火，惨烈凄绝，真似人间炼狱一般。

联军将士看得惊愕不已，片刻之后，都忍不住大声叫好，倍觉痛快。

岛津义弘认得水雷，却不知火龙出水为何物，起初看到上百条似龙非龙的怪物飞来，他和全体日军一样茫然无措，并未意识到这物事有何威力，直到火箭射出，大火燃起，他脸上才露出前所未有的恐惧。火借风势，风助火威，浦口一阵西风吹来，大火向内蹿腾蔓延，前船烧而后船焚，百余艘战船被大火吞噬，数千日军顿成火人，灼灼热浪和凄厉哭嚎扑面而来，令岛津义弘肝胆俱裂，一阵彻骨的寒意从脚底直涌脑门，颤声道："宗桑，明国人……明国人能召唤飞龙，他们是魔鬼，是魔鬼!”

宗义智面如死灰，喃喃道：“我岳父大人迟迟没有现身，不知道是没冲出来，还是独自逃了。”

想到小西行长，岛津义弘登时火冒三丈，扬手扇了宗义智一耳光，怒道：“混蛋！为了救他，我岛津家的精锐悉数被歼，如果他真的抛下我独自跑了，我就是死也要先活剐了你!”

宗义智已经不抱有生还的希望，整个人蔫蔫的像霜打的茄子，挨了一掌也生不出半点怒气，只是连声怅叹，一脸哀色。岛津义弘见他哭丧着脸，更是着恼，反手又扇他一掌，骂道：“懦夫！给我打起精神来!”宗义智深吸口气，眼里有了愤怒之意，心中斗志又生。

这时一名身受重伤的足轻在同伴搀扶下前来禀报，说他亲眼看见自己射出的流弹击中了李舜臣，之后朝鲜水军把李舜臣的盔甲立在船头，说明李舜臣已经一命呜呼。岛津义弘料想是李舜臣为了避免军心涣散，故意隐瞒自己的死讯，只要将他的死讯传出，朝鲜水军必然大乱。他心中大喜，传令全军翻译，让他们站在船头用朝鲜话大喊：“李舜臣死了，李舜臣死了!”武士刀一挥，率领残军向朝鲜水军所在的右翼猛冲。

明军舰队在左翼，和右翼隔着一段距离，听不到日军翻译的喊话。陈璘不知李舜臣已死，看见敌人杀向右翼，认为凭李舜臣的能力可以抵挡，并未第一时间派本部截击。哪承想朝鲜水军竟然陷入混乱，竟被日军一冲而散。他大吃一惊，急忙跑下赶缯船，带领十几艘车轮舸全速追击。

车轮舸开足马力，如尖刀一般扎入日军腹心，将敌方船队从中截断，挡住了日军后阵的四十余艘战船，但前面的六十余艘却已冲出浦口，向露梁峡口疯狂逃窜。陈璘一面指挥部卒接战，一面让陈季二人率苍山铁、鹰船等轻快战船追击。然而为时已晚，岛津义弘使了一招丢车保帅，勒令十余艘大型安宅船断后，自己领着五十艘中小战船和数百残兵远遁。

陈璘看见岛津义弘跑远，心中颇为懊恼，把气都撒在截下的四十余艘敌船上，下令从主力中调来数十艘战舰，一通猛打，全部碾成齑粉。正在这时，吴广乘一艘快船驶来，禀道："师父，半个时辰前，小西行长率全军出寨突围，徒儿按计划撤去猫岛西梁的封锁，让他从露梁海北侧穿出峡口了。"

原来陈璘让吴广率一千五百人驻守猫岛，根本不是为了将小西行长困在曳桥寨内，而是防止小西行长背后偷袭，避免露梁海峡内的中朝联军被前后夹击。因此，当小西行长率全军出寨登船，打算和岛津义弘合兵时，吴广立即撤去猫岛西梁的封锁，收缩兵力，用巨舰在光阳湾口构筑起一道高墙，牢牢守住中朝联军的后翼。同时传出信号，让驻扎在九上里的刘綎部趁机进占曳桥。小西行长的低矮船只无法冲破巨舰防线，退路又被刘綎切断，加上岛津义弘败局已定，只能抛下兄弟和女婿，悻悻地从猫岛西梁离去。

时近中午，联军血战一夜半日，将士们全都疲惫不堪，以疲师追敌乃是兵家大忌，倘若小西行长半路设伏，后果不堪设想。既然已达到杀伤日军有生力量的战略目的，陈璘没有再冒险追击的理由。

吴广奉命清理战场，得知此战共击沉击毁日军战船三百艘，掳获一百多艘，歼灭日军一万两千余人，斩首五百余级，生擒一百八十余人，其中有中小日将数名。联军连同邓子龙、许氏三杰、李舜臣在内，伤亡不过数百，完全是一场不折不扣的辉煌大胜。

万历二十六年（1598）十一月二十三日，小西行长和岛津义弘在藤堂高虎接应下，从巨济岛撤离朝鲜。至于加藤清正的东路军，则早在十五日便从釜山撤走。月末，陈璘追讨锦山、乙山的日军残部，又斩首一千一百级，生擒日将平正成、平正秀（一作平秀政），彻底消灭了日军残留在朝鲜的最后一股余孽，延绵七载的援朝之战终于在陈璘的兵锋下，以中朝联军的完胜宣告结束。

露梁海战是世界海战史上最为著名的战役之一，此战令萨摩藩精锐尽失，彻底粉碎了日本的吞天野心，使明军不可战胜、中华神圣不可侵犯的观念深入日本国人心中，自此风云不起，海波不兴，直接造就东亚未来三百年和平局面。诚所谓“裂其心、破其胆、断其脊、凿其膝”是也。纵观万历朝鲜之役，论及战果之大，声威之壮，影响之深，无逾于此者。

本章注：

①壕镜澳：原名镜澳，或作境澳，是古代对中国澳门的称呼。

②鸡笼山：中国台湾的古称。

③赵家：据传沈嘉旺曾是军事发明家、火器研制专家、《神

器谱》作者赵士祯家里的苍头。浙江倭寇横行，赵士祯的父亲组织乡勇抗倭，当时还是郑四的沈嘉旺在战斗中被倭寇俘虏，在日本生活了十八年才回到中国。

④天下人：日本词典解释为终结乱世，统一天下之人，约等于中国的天子。天下人的概念最先由织田信长提出，丰臣秀吉是这一概念的完成者。

⑤楼船：因船高首宽，外观似楼而得名。早在春秋战国时期的越国就设有楼船军，一直是古代水师的重要战船。除作战之外，也可充当游船。

⑥红夷大炮：又称红衣大炮，欧洲发明的前膛加农炮，多装备于战舰之上，明后期传入中国并仿制。

⑦迅雷铳炮：赵士祯发明的新式轻型火器。

⑧鲁密铳：是赵士祯根据鲁密国（今土耳其）进贡的火绳枪改良而来。茅元仪《武备志》中说："鸟铳：唯鲁密铳最远最毒。"

⑨赶缯船：一种大型福船，长度可达36米，宽7米左右，因为经常涂上白漆，又称白底船，可用于作战及运输。

⑩网梭船：明代的一种超小型战船。茅元仪《武备志·战船二》载："其形如梭样，竹桅布帆仅可容二人，冲风冒浪……但可为哨探之用。"

⑪蜈蚣船：元明称蜈蚣船，清代称快蟹船，因船两侧有成排的桨橹，外形活似蜈蚣和螃蟹而得名。因行驶速度快，常被海盗用来抢掠。

终 章

班师在即，朝鲜国王李昖在汉城景福宫设下宴席，召文武百官作陪，款待邢玠、麻贵、刘綎、董一元等明军大将，尊陈璘为上宾，亲自扶到左首第二席就座。李昖感激涕零，再三向陈璘敬酒致谢：“都督鬓发尽皓，形容尽变，殊异于曩日接见之时，必用虑于战功之故。都督呕心沥血，一战定乾坤，光复我朝鲜三千里江山，实在居功至伟。这一杯，小王谨代表朝鲜万千子民拜敬都督。”

陈璘入朝之时，须发尚有乌丝，数月间殚精竭虑，又痛失许氏三杰这三位生死兄弟，悲怆之下更增憔悴，比之往日苍老不少。举杯道：“露梁一战，所以全歼日军精锐，乃是联军全体将士勠力而成，并非我一人之功。这一杯，还是先敬死去的将士吧。”说着将杯中酒从左至右，倒在地上。

李昖也倒酒于地，然后命人取来金银珠宝、锦缎器玩等物，笑道："区区薄仪，聊表小王感激之情，请都督务必笑纳，好叫小王心安。"他生怕陈璘不受，又补充一句："都督忙于追讨倭奴余孽，今日方至汉城，邢总督、麻提督等天将先回汉城，早已领受过了。"言下之意，是说陈璘倘若不收，便有些自恃清高，不合于群了。

放在从前，陈璘多半会横眉冷对，但他这些年饱经厄难，为人处世的心态已经有所改变，不愿再像从前那样直来硬去地开罪于人。他也明白自己如若拒绝，得罪的可不止是朝鲜国王，顶头上司邢玠只怕会当场翻脸，麻贵、董一元等人也势必心生不豫。沉吟片刻，干笑道："王上一番美意，陈璘却之不恭，只是我过惯了清贫日子，金银珠宝实在无福消受。贱内是个馋嘴猫，曾让我带些朝鲜风味小吃回去给她解馋，便请王上给些土产，哄她一哄。"他这番话说得谦恭客气，听在邢玠、刘綎等人耳中却略显刺耳，均想："这老头儿，人家送些东西感谢一下你的辛劳，这又不是什么见不得人的权钱交易，你何必这般迂腐？"

李昖笑道："既如此，小王就奉上朝鲜土产若干，尊夫人喜欢哪一味，传个讯来，小王必定年年派人奉送。然而区区土产，如何能谢都督再造朝鲜恩德之万一？"说话间走到陈璘面前，从腰间取下一块玉雕的青龙令牌，继续说道，"这块令牌是小王降世时先王所赐，贴身佩戴数十载，一直视若珍宝，今日赠予都督，只要我李氏王族不灭，无论十年还是百年，都督及后人持此令牌入朝，但有所求，我李氏王族无不凛遵。"此言一出，在场众人全都啊了一声，心想："这块令牌虽然不如金银珠宝实用，但有李昖承诺，说不定未来真能成为救命之宝。如此看来，陈璘倒也不亏。”

陈璘见那青龙令牌质料华贵，做工十分精美，价值必定高昂，原本不欲领受，但李昖堂堂一国之主，刚才已被自己拒绝过一回，加上先前在青坡野酒后得罪，如今再驳他颜面，委实不妥。只得起身接过，笑道：“既然王上如此厚爱，陈璘不敢不受，我当好自珍存，将此美意传于后世子孙。”李昖大喜，再向陈璘敬酒，畅饮而散。

处理完战后事宜，已是万历二十七年（1599）的芳菲四月，明军诸将在汉城外喝过朝鲜君臣的送行酒，在百姓的热烈欢送下班师回国。

行至北京城外十里，道路两旁已有军士站岗迎候，锣鼓声中，几名侍女簇拥着一位风韵犹存的妇人和一位青年男子候在长亭边上。那妇人年纪约莫五十有四，仍然青丝如瀑，肌肤白皙细腻，那双漆黑的眼眸曾有星月蕴藏其中，如今被岁月卷去清纯，添了端庄，多了成熟。那男子身着翰林官服，温文尔雅，容貌清秀。陈璘看清他们的模样后喜不自胜，上前叫道：“卿卿，尘儿，你们怎么在这儿？”

原来万历皇帝收悉露梁海战捷报，龙颜大悦，即命许怜卿和时任东安知县许同尘进京，据陈璘、许氏三杰之功先行赏赐，钦封许怜卿为从一品诰命夫人，赐金送婢，并赠京中官邸一座。许同尘集父叔封赏于一身，除财物之外，还特赐翰林院编修。当时陈九经尚未回国，也先擢升游击将军。

陈璘想到许氏三杰葬身露梁海底，心中愧疚，欢喜之情很快就变作了凄楚。此时距露梁海战已经过去数月，许家姑侄的悲痛淡了不少，见陈璘面有惭色，反来温言安慰。

万历皇帝亲率文武百官在北京城下迎接凯旋之师，一见面就对陈璘连声夸赞，亲热非常。携手同乘一车，不断举着陈璘的手向城内欢呼雀跃的百姓招手示意，展现出的亲昵令群臣眼红不已。陈璘受宠若惊，想起此前遭受的冷落和排斥，只觉得眼前情景如在梦中，心头一酸，两行老泪涌了出来，也不知是喜是悲。看着道路两旁一张张热情洋溢的脸，听着喧天的锣鼓和雷动的掌声，忍不住仰天长出口气，心底沉积多年的郁忿全都随着这口气吁将出来，立时心悦神怡，感觉阳光格外温暖，蓝天白云分外悦目。

庆功大典在午门隆重举行，除文武群臣外，还特许数千百姓到场观礼。朝鲜派使团向万历皇帝叩谢复国天恩，琉球、安南、占城、真腊、暹罗、苏禄等藩属国，南洋、西域各国也派使团前来朝贺。当真仪仗威武，普天同庆。等邢玠汇报完援朝战果、大小军务、一应花销等情，陈璘便向万历皇帝献上卖国贼沈惟敬及日军主要俘虏六十一人。万历皇帝下旨枭去平正成、平正秀等日将首级，传送天下，警示万民，将沈惟敬打入天牢，择日处死。接着向有功将士论功行赏，大声宣谕："露梁一战，所以海波尽赤，歼敌万余者，全赖都督陈璘苦谋力战所致，其立功之巨，扬我大明天威之盛，实为七载御倭之最，千秋之未有也。论功，璘为首，綎次之，贵又次之。进璘都督同知，世代荫封指挥佥事。"现场臣民山呼万岁，祝贺之声不绝于耳。

一个月后，万历皇帝颁下大气磅礴的《平倭诏》，诏曰：

朕缵承洪绪，统理兆人，海澨山陬，皆我赤子，苟非元恶，普欲包荒。属者东夷小丑平秀吉，猥以下隶，敢发难端，窃据商封，役属诸岛。遂兴荐食之志，窥我内附之邦，伊歧对马之间，鲸鲵四起，乐浪玄菟之境，锋镝交加，君臣逋亡，人民离散，驰章告急，请兵往援。

朕念朝鲜，世称恭顺，适遭困厄，岂宜坐视，若使弱者不扶，谁其怀德，强者逃罚，谁其畏威。况东方为肩臂之藩，则此贼亦门庭之寇，遏沮定乱，在予一人。于是少命偏师，第加薄伐。平壤一战，已褫骄魂，而贼负固多端，阳顺阴逆，求本伺影，故作乞怜。册使未还，凶威复扇。朕洞知狡状，独断于心。乃发郡国羽林之材，无吝金钱勇爵之赏，必尽弁服，用澄海波。

仰赖天地鸿庥，宗社阴骘，神降之罚，贼殒其魁，而王师水陆并驱，正奇互用，爰分四路，并协一心，焚其刍粮，薄其巢穴。外援悉断，内计无之。于是同恶就歼，群酋宵遁，舳舻付于烈火，海水沸腾，戈甲积于高山，氛浸净扫，虽百年侨居之寇，举一旦荡涤靡遗。鸿雁来归，箕子之提封如故，熊罴振旅，汉家之德威播闻，除所获首功，封为京观，仍槛致平正秀等六十一人，弃尸稿街，传首天下，永垂凶逆之鉴戒，大泄神人之愤心。

于戏，我国家仁恩浩荡，恭顺者无困不援；义武奋扬，跳梁者，虽强必戮。兹用布告天下，昭示四夷，明予非得已之心，识予不敢赦之意。毋越厥志而干显罚，各守分义以享太平。

凡我文武内外大小臣工，尚宜洁自爱民，奉公体国，以消萌衅，以导祯祥。更念彤力殚财，为日已久，嘉与休息，正惟此时，诸因东征加派钱粮，一切尽令所司除豁，务为存抚，勿事烦苛，咨尔多方，宜悉朕意。

万历一朝，共有三场影响深远的大征，分别是宁夏之役、朝鲜之役、播州之役，这三大征在时间上可以说是接踵而至。宁夏之役发生于万历二十年（1592）二月十八日，至同年九月结束，其时日军已经攻占朝鲜八道，正因为宁夏之役结束，明廷才能在同年底抽身东顾。朝鲜之役历经七载，刚刚宣告落幕，播州之役竟又全面爆发。

播州即今遵义、福泉地界。唐贞观十三年（639），以旧朗州地及恭水、高山、贡山、柯盈、邪施、释燕六县始置播州。唐乾符三年（876），因播州被南诏国窃据三载之久，唐僖宗遂下旨招募骁勇之士征讨南诏。杨氏始祖杨端应募，率向氏、谢氏、令狐氏、成氏、赵氏、犹氏、娄氏、梁氏、韦氏九氏人马征播，击败南诏军后收复播州。唐廷遂封杨端为播州宣慰使，命其永镇边陲，杨氏一族自此成为播州世袭土司。唐亡归宋，改设播州安抚司，杨氏历两宋三百余年而不倒。元朝至元十二年（1275），忽必烈诏令杨氏依附，第十六代土司杨邦宪为保百姓安危被迫降元，受封龙虎卫上将军、侍卫亲军都指挥使等职。其子杨汉英才干超群，深受元廷器重，得忽必烈赐名“赛因不花”，升安抚司为宣抚司，大力扩张播州土地，死后被追封为播国公，将杨氏在播州的统治推向鼎盛。洪武五年（1372），第二十一代土司杨铿归顺明廷，明太祖升播州宣抚司为宣慰司，掌管播州军政大权，统领苗疆。播州与明廷是朝贡关系，境内高度自治，虽无国家之名，却有国家之实。明廷对西南土司一贯采取羁縻政策，并未对播州达成实控。

杨应龙是播州第二十九代土司，生性雄猜，阴鸷嗜杀。他于隆庆五年（1571）继任播州宣慰使，起初羽翼未丰，尚能听从明廷宣调，随着播州军政日益强盛，愈发变得骄奢淫逸，逐渐露出反叛的獠牙。不断在辖属的草塘、黄平二安抚司，真州、播州、余庆、白泥、容山、重安六长官司中排除异己，大肆杀伐，为非作歹。(按：播州宣慰司辖有播州长官司。)

万历十八年（1590），贵州巡抚叶梦熊上疏弹劾杨应龙作奸犯科，巡按陈效历数杨应龙二十四条大罪，请求朝廷勘察杨应龙罪行。时值漠南蒙古火落赤部进犯洮、河二州，明廷已调播州军到四川松潘卫协防，因此四川巡按李化龙奏请朝廷暂免勘问，令杨应龙戴罪立功了事。川、贵二省抚、按为此展开疏辨，四川方面力主杨应龙无可勘之罪，贵州方面则痛陈杨应龙包藏祸心，两省针锋相对，互不容让，直吵得面红耳赤，口水滔天。在这敏感关头，杨应龙竟然毫不收敛，仍旧无端猜疑属下，动辄捉人拷打，定要找出向叶梦熊告状之人不可。真州等五长官司的七姓豪族无法忍受杨应龙的暴虐，不少人咬牙切齿，蠢蠢欲动。恰逢杨应龙爱妾田雌凤恃宠而骄，杀害正房张氏及张母。张姓是七姓中仅次于田姓的大豪族，此事彻底点燃了张氏叔父张时照的怒火，与播州长官司何恩密谋，率领遭受迫害的宋世臣等七姓族人进京告状，揭发杨应龙意欲谋反。叶梦熊于是奏请征伐播州，弹压杨逆。李化龙又称四川三面毗邻播州，蜀中播杨族裔甚多，悍然征播，恐生大乱，希望朝廷先行羁縻。明廷研判再三，决定不轻言刀兵，只命川、贵二省官员通力勘察杨应龙罪状。杨应龙在四川较有势力，自请去重庆接受勘问，拒绝与贵州方面接触。

二十年（1592）十二月，杨应龙暗派精兵潜行保护，自己大摇大摆来到重庆受审。川中诸大吏判定他罪行属实，当处斩刑。他早有预料，提出愿以二万两黄金赎罪。御史张鹤鸣刚要驳回，不料朝鲜之役陡然而起，明廷大征天下兵马，京中一片惶惶。杨应龙趁机大表忠心，声称愿率五千播州土兵入朝征倭，立功自赎。诸大吏察知杨应龙精兵在城外蛰伏，不敢在此关头激反播州，只好暂停判决，上疏请示圣意。万历皇帝百般无奈，唯有就坡下驴，准了杨应龙所请。其实杨应龙根本无心援朝，之所以来重庆受审，并非不想反叛，而是自认凭播州当前实力，尚不足以和大明帝国一决雌雄，所以才会使出纳金赎罪、精兵压境的折中之法。他既是阳奉阴违，自然不会当真带着麾下精锐去给明廷卖命，回到播州后慢悠悠选了五千老弱残兵，途中左磨右蹭，直挨到封贡事起，石星大撤兵马，居然还没走出播州边界，那自是不必再去。

二十一年（1593），原户科给事中王继光起用为四川巡抚，此人是言官出身，弹劾过不少权贵，一到任就以强硬态度再查杨应龙旧案。杨应龙怀疑王继光得了万历皇帝授命，倘若再去受审，多半难得侥幸，于是抗命不从。王继光大怒，上疏请征播州。张时照、何恩等人唯恐播杨不灭，再到宫门前跪请征伐。万历皇帝考虑到朝鲜之役即将以和谈结束，朝廷已无两线作战之忧，加上杨应龙不轨之心昭然若揭，便准了征播之请。王继光遂赴重庆与总兵刘承嗣议定战法，随后分兵三道，驰入娄山关，屯兵白石口。杨应龙派人假意请降，暗中命部将黄元、苗将阿羔等占据关口发动奇袭，杀得刘承嗣措手不及，官兵死伤大半。王继光丢弃辎重，仓皇撤兵，又调荆、黔兵马进剿，无功而返，不久遭罢。

二十三年（1595），时任贵州总督邢玠信告杨应龙，声明只要肯出播州受审，其罪便不至死。石星也写下手札，令水西宣慰司宣慰使安疆臣到播州劝杨应龙就法，承诺可宽大处理。杨应龙性情多疑，哪肯轻信？但明廷正与日本议和，一旦朝鲜事了，定会倾全国之力前来征讨，此时和明廷全面开战，必定败多胜少。为了尽早结束这场祸端，只好重金收买黄元、阿羔、阿苗等十二人作替死鬼，押到播州境内的松坎驿，自缚道旁，命胞弟杨兆龙去请成都知府王士琦前来交接“罪魁祸首”，自愿交纳四万两黄金赎罪。王士琦征得邢玠同意，押解黄元等人归案代斩。万历皇帝不肯就此作罢，下旨革去杨应龙宣慰使之职，由其长子杨朝栋暂代，次子杨可栋到四川为质，方才解气。

二十四年（1596）七月，杨应龙备齐赎罪金，以为这场祸端即将平息，不意爱子杨可栋竟然莫名其妙在重庆死去，这一下令他怒火燎天，要邢玠马上交还爱子尸体，并给自己一个说法。谁知邢玠非但不理，明廷又勒令他即刻交纳赎罪金，他登时出离愤怒，剑指北方大吼：“让我儿子起死回生，赎金便到！”当下召集兵马，驱使千余僧人前往边界招魂，然后在播州各处要地建立关隘，厉兵秣马，誓要与明廷战个死活。当月，杨应龙决定先清除播州异己势力，率兵焚劫草塘安抚司、余庆长官司，及兴垄、都匀各卫，随后攻占黄平安抚司，屠灭重安长官司全家，将所劫财货赐予乌江外的四牌苗寨和江内的七牌苗寨。四牌、七牌苗人都是五司遗种，共分成九股苗军，向来蛮凶霸道，战力强悍。有诸苗相助，杨应龙声势愈发大壮。

二十五年（1597）七月，杨应龙趁朝鲜风云再起，流劫江津县及南川周边，攻入合江，杀戮七姓豪族中的仇敌，又肆虐贵州洪头、高坪、新村等地，不久再侵湖广四十八屯，毁坏驿站。探知宋世臣、罗承恩等人挈家藏于偏桥卫后，立即挥军破城，史载："戮其父母，淫其妻女，备及惨酷。"

二十七年（1599）春，适逢朝鲜之役完结，新任贵州巡抚江东之即令都司杨国柱、指挥李廷栋率三千部卒进军播州。杨应龙派杨兆龙、杨朝栋、大将何汉英在飞练堡迎击官兵。播州军佯装溃败，引诱官兵至天邦囤，悉数歼之。杨应龙趁胜出击，亲率数万大军攻破綦江县，全歼官兵五千，尽屠城中百姓，尸体投入江中，江水为之不流。一时间朝野大震，物议沸腾，要求铲除播州杨氏的声浪滔滔不绝。万历皇帝遂赐李化龙尚方宝剑，升任湖广、四川、贵州三省总督，兼领四川巡抚，总揽平播大计，征调粤、浙、闽、滇各省兵马，共计二十四万大军，不将播州夷为平地，誓不罢休。

东征诸将恰于此时回朝，应李化龙所奏，万历皇帝在庆功宴上宣布擢升陈璘为湖广总兵官，刘綎为四川总兵官，吴广、安疆臣、童元镇等各为一路总兵，议定分八道而进。陈璘自为一路主将，由湖广都司下辖的偏桥卫进击。副将陈良玭领一支劲旅从龙泉司入，受陈璘节制。

军情紧急，陈璘不能与妻子多聚，庆功宴结束后便领了兵符印绶，带着陈九经直奔湖广。在这场平播之战中，陈璘厚积数十载的兵法韬略被施展得淋漓尽致，他将再一次向天下人展示何为摧枯拉朽。

万历二十八年（1600）二月，陈璘在偏桥卫提督三万汉、土兵马，训练完备，立即挥师白泥。杨应龙早已探知端的，命杨朝栋率领两万播州军渡过乌江迎战。陈璘将兵马分为三路，左右两翼佯攻骚扰，本部列阵强攻，一战击溃两万播军。杨朝栋纠集溃军退往龙溪山，联合四牌寨苗军据险相抗。陈璘侦悉四牌苗军纯是为了利益才给杨应龙卖命，彼此间并无深厚情谊，甚至颇有罅隙。便先下令招抚，只要投降，非但免除叛乱之罪，立功后还可以照常升赏。四牌苗军审时度势，大半来投，并报知杨朝栋在龙溪山脚设下伏击。陈璘遂命陈九经和陈策率火器营为先头部队，故意陷入伏击圈内，待伏兵四下杀出，二百刀盾手立即结成圆形盾阵抵挡箭矢。鸟铳、猛火油柜、虎蹲炮等火器从盾牌缝隙中向外发射，敌人始料不及，伤亡数百后一哄而散，逃往龙溪山顶。陈璘下令乘胜追击，向山顶发起进攻。敌军居高临下，在山顶投射矢石，官兵上山不得，纷纷后退。陈璘手斩一名校官止住颓势，派一队人马佯攻西面，一队人马强攻南面，待敌军把兵力全部放在西、南二面，再令把总吴应龙率陷阵营奇袭东面，一举攻上山顶。敌军阵脚大乱，从北面败逃下山，又遭陈九经伏击重创。杨朝栋险些被擒，组织残兵退往四牌保儿囤。陈九经毕竟年轻，作战经验不足，未向陈璘请示便穷追猛打，反在保儿囤陷入敌军重围。陈璘不慌不忙，出重赏激励死士，吴应龙再率陷阵营冒死驰援。陈九经多少也得了父亲几分真传，虽在重围之中，仍能镇定自若，收束部卒如常，鏖战三日，终于等来援兵。一番内外夹击，敌军再次大败，遁上囤巅，趁夜从后山遁走。陈璘即率大军开往袁家渡。杨朝栋贼心不死，再令残兵阻击。陈璘身先士卒，阵斩四名敌将，杀得敌军丢盔弃甲，渡江远遁，四牌苗军至此尽灭。

三月，陈璘造浮桥强渡乌江，侦知杨应龙派播州将领张佑、谢朝俸、石胜俸等聚集七牌军在野猪山扎营，伺机偷袭，便连夜进抵苦练坪，着陈九经和吴应龙等将分兵一万，与本部前后夹击，敌军一战而败，逃入深菁死守。苦菜关守军听到张佑等溃败，战心已丧，待陈璘主力开到，更是闻风丧胆，弃关而去。此时童元镇所率的三万兵马在乌江被杨应龙全歼，没了这一路强援，陈璘担心自己孤军深入会中杨应龙伏击，为求稳妥，便飞书向李化龙申请退出苦菜关，待探明杨应龙具体部署，再定下一步攻防策略。李化龙却严词拒绝，勒令他即刻前推，不可贻误战机。

陈璘无可奈何，只得加派塘报，扩大侦查范围，率部向湄潭进发。杨应龙派一万播军精锐，联合张佑、七牌苗军等部，在青蛇、长坎、玛瑙、保子四囤严阵以待。这四囤地势极为险峻，其中又以青蛇囤最是易守难攻，播军便将主力置于此处。陈璘判断对方兵力远多于己，同时进攻四囤必然兵力分散，只攻一囤则其他三囤定来偷袭，决定先攻长坎、玛瑙、保子三囤，只派陈九经领一路兵马在青蛇囤外险要处设防，阻止播军主力出援。其时副将陈良玭赶来会师，官兵士气更盛，陈璘亲率大军力战三日，连克三囤，随即进军青蛇囤下。青蛇囤四面陡绝，强攻必多伤亡，陈璘绕山侦查四周地形后，命陈策的火器营从玛瑙囤后潜行至青蛇囤后发炮轰击。趁敌军慌乱之机，陈璘下令三面猛攻，焚毁外围工事，迫使敌军遁入囤内死守。接着再募死士，命陈九经和吴应龙率陷阵营趁夜出动，衔枚攀登，毁坏大栅两重，一鼓作气，夺下囤门。陈璘即令大军蜂拥而上。播军见囤门被破，慌忙从囤后出逃。陈璘知道播州兵强马壮，不敢放有生力量逃离，战前就定下了主杀不主抚的策略，提前派兵引燃山道树木，再用猛烈炮火洗地，将溃军重新逼回囤内。陈璘身先士卒，提剑入囤血战，官兵精神振奋，一通砍瓜切菜，斩首一千九百有奇。七牌苗军由此被连根铲除。

杨应龙接到败讯后勃然大怒，纠集三万兵马，挟乌江大胜之威，在三渡关列下严阵，意欲强撄陈璘兵锋。

四月，陈璘率部抵达三渡关外，见这要塞地形险峻，不愿徒增部下伤亡，便在关外五里处扎下营寨，挑选几十名声音洪亮的士卒，每日到关下一箭之地叫骂，希望能激杨应龙出关野战。那群士卒骂功精湛，敲锣打鼓拉开名单，自唐朝杨端开始，把杨应龙列祖列宗骂了个狗血淋头，而且专挑不堪入耳的男女之事编排，恨不得连播州母猪怀孕都要算在杨氏一族头上。

如此骂了七八日，尽管杨应龙恼得直欲吃人，却始终没有受激出战。陈璘只好改变策略，大致列出关内播军将领名录，弃杨氏而骂将领。底下的将领远不如杨应龙沉得住气，有些人气得发铳射箭，有些人怒声回骂，也有些人不管不顾，非要出关拼命。仅仅三五日，播军不战而锐气尽折，上下一片萎靡。杨应龙只能一面发下严酷军令，一面以重赏激励士气。

陈璘估摸播军战心快要沦丧殆尽，便停止叫骂，将这段时日收到的其他各路兵马捷报抄写下来，命那群士卒在关下逐一念出。杨应龙本就知道己方败讯频仍，为了稳定军心，一直不敢将节节失利的消息告诉将士，陈璘使出这手踢锅摔碗的损招，顿时令播军上下哗声四起，倘若不立刻用一场大胜振奋士气，这三万人马非得倒戈不可。杨应龙再也按捺不住，传令道："取陈璘首级者，官升三级，赏金万两!"号令一下，播军士气略涨，当即开关出战，直奔官兵大营。

陈璘料敌于先，提前派陈九经和陈良玭各领五千兵马半道伏击，再趁关内空虚，命五千人强行攻关，自己统率三万主力正面对冲。一场恶战，播军死伤惨重，两万人豕突狼奔，溃不成军。陈璘下令准杀不准降，诸将率兵四出，漫山遍野追击溃军，斩杀颇巨，可惜没能将杨应龙擒杀。

经此一役，杨应龙不敢再与官兵野战，召集全境兵力移驻建于龙岩山巅的海龙囤，妄图凭借天险作最后一搏。

五月初，陈璘部与吴广部率先进抵海龙囤下，不久刘綎、安疆臣、李应祥、马孔英等部也来会师。海龙囤前后共有九座雄关，地势险峻万分，李化龙决定八路兵马按日期轮流进攻，除水西宣慰使安疆臣独攻囤后，其余诸将都攻囤前，不求速胜，但求消耗播军兵力。

官兵连攻四十余日不克，陈璘渐渐发现杨应龙在囤前布置的兵力出奇地多，火药箭矢用之不尽，似乎囤后无须防守，且能不断从外面补充火力。他大觉蹊跷，密令陈九经潜入囤后探查，竟得知安疆臣部下收受杨应龙重贿，不但进攻敷衍，还将军中火药卖给播军牟利，所以杨应龙才会只守囤前不守囤后，并且火力源源不断。陈璘不知安疆臣是否了解此事，也无意在这紧要关头逼反水西宣慰司，只请李化龙调离安疆臣部，自率所部换驻囤后。当夜，他命百余死士持黑色铁牌挨近囤下，悄悄在栅外设置带钉篾板，此后播军每晚出来劫营，都被篾板上的铁钉伤到足底，一来二去，便不敢再贸然外出。没了水西土兵暗助，杨应龙自知大势已去，和妻儿相聚而哭。

时间来到六月六日，这是陈璘和吴广的进攻日期，师徒二人秘密会面，敲定作战计划。挨到四更时分，守门敌军正在酣睡，陈璘亲率死士攀爬囤壁，斩杀几名守卒，砍下播州军旗，开关鸣炮。两部兵马得到信号，呐喊冲锋，鱼贯而入。播军从梦中惊醒，被杀了个措手不及，海龙囤内哀号连天，血流成河。李化龙大喜，急令刘綎、李应祥等部趁着混乱群起而攻。于是一座座雄关接连告破，播军的失败遂成定局。陈璘和吴广率先杀入宫殿，杨应龙不愿被俘受审，与妻妾纵火自焚。师徒二人四下搜检，生擒杨朝栋、杨兆龙等百余人，播州遂平。

播州之役，陈璘斩首数千，拓地二千余里，使播州真正纳入大明实控，结束了杨氏一族对播州长达七百二十四年的统治。诸大吏咸推陈璘首功。至此，陈璘不仅参与了万历三大征中的后两征，而且俱得首功，巍巍大明，军声一时无两。之后，明廷改土归流，将播州分为遵义、平越二府，由四川、贵州分管。

次年，皮林苗酋吴国佐自称天皇上将，与银贡、石綦太等起兵叛乱，杀伤官兵数千，焚毁五开南城，烹食守备张世忠，恶行累累。偏沅巡抚江铎命陈璘与陈良玭合兵征讨。陈良玭首战不利，陈璘遂与副将李遇文等分兵七道进剿，生擒银贡，踏平特垌，追杀吴国佐至天浦四十八寨，深入古州毛洞生擒之。石綦太逃至广西上岩山，陈璘命指挥徐时达捕获。其党杨永禄聚众万余屯兵白石，陈璘率游击将军沈弘猷等一战击破，亲斩杨永禄落马，绳而缚之。

三十年（1602），已经升任四川总兵官的吴广猝然而逝，死因或许和搜捕杨朝栋时中的毒箭有关。这支毒箭曾令他失声过一段时间，可是伤好后便恢复如常，并在四川总兵官任上做了一年，死于毒箭之说似乎不足以取信于人。陈璘收到噩耗，悲痛之下大病一场，身体愈发苍老，再也不能横刀立马了。为求震慑播杨余孽，明廷仍调陈璘为贵州总兵官。两年后，万历皇帝念他劳苦功高，叙播州、皮林之功时，升他左都督，特进光禄大夫，祖父以下皆加封一品官阶，荫一子世袭本卫指挥使。

左都督已是正一品官阶，陈璘从一介白身投入军旅，既不俯首于权奸，亦不妥协于乱象，终于凭借实打实的战功，用四十三年的光阴走到了武官序列的最顶峰。再回首，想起当年俞大猷的告诫，发觉这条路果真是艰难坎坷，荆棘密布。倘若时光倒流，再给他一次选择的机会，他不确定自己是否还会踏上这条苦旅。然而人生在世，万般皆苦，谁又知道另一条路是崎是平呢？

尽管身体大不如前，陈璘仍然秉持“马上死战，马下安民”的誓言，继续为国发挥余热。

三十三年（1605），贵州仲家苗作乱，盘踞贵龙、平新之间，对抗官府。此时的陈璘已经垂垂老矣，羸弱的身体承受不住马背的颠簸，拉不开一石强弓，舞不动廿斤钢枪，只能乘坐战车出征。他自知无力下场冲锋，全程都在战车上出奇鼓勇，以超乎寻常的冷静分析形势，用精准敏锐的判断派发指令，占尽天时地利人和，遥令各路官兵或东或西，或诱或伏，攻则雷轰浪啸，势若车轮碾蚁，守则坚如磐石，好似以壁迎卵。因为处处料敌先机，招招神鬼莫测，官兵大破诸路苗军后，仍然对执行的战术感到莫名其妙，敌人丢盔弃甲身披镣铐，还陷在巨大的疑惑中茫然不解。使胜者不知因何而胜，令败者不知因何而败，说明陈璘对兵法的理解已经登峰造极。这一战擒获苗酋十二人，斩首三千余级，招降一万三千余众，贵州诸苗闻陈璘而色变，自此治下清平，任内再无战事，这位一代名将的戎马生涯就此画上了完美的句号。

三十四年（1606），陈璘思乡情切，上疏请改广东总兵官获准，待要回粤，万历又诏他携家眷进京，到琼林苑参加自己的万寿宴。宴席上推杯换盏，觥筹交错，一群大臣中有仰慕已久，真心想领教陈璘的诗才的，也有不怀好意，阴恻恻地想看他当众出丑的，都举着酒杯过来大力奉承，请他即席吟诗一首。陈璘推辞不过，默然许久，朗声吟道：

幼习干戈未学诗，三公何必苦留题？
绝发结绳拉战马，折袍抽线补军旗。
江南美景君曾志，塞北风寒我独知。
胡夷百万临城下，为何不去吟首诗？

附录

陈璘简谱

嘉靖朝

二十二年（1543），生于广东翁源县周陂龙田铺。

四十一年（1562），白身从军，得两广总督张臬赏识，任把总。从征飞龙国，擒林朝曦。同年平南韶李富、卓文昌起事。

四十二年（1563）六月，凌珠、官祖政等作乱翁源、英德、乳源等地。计斩凌珠，与官祖政五战五捷，尽灭余党。

四十三年（1564）三月，平翁源、乳源等地起事，升韶州所指挥佥事。

四十四年（1565）三月，擒沙罗贼梁忠等。

四十五年（1566）正月起，陆续平新丰、翁源、始兴等地起事。两台会奏，首赉白金。

隆庆朝

元年（1567）二月，移军英德，平清远、河源等地起事。

二年（1568）九月，与罗山贼战于焦峒，胜之。

三年（1569）四月，平从化万尚钦，连战连胜，升实授一级。

四年（1570），超擢柘林守备，团练潮州陆兵。

五年（1571）九月，平揭阳起事。十一月，平普宁起事。

六年（1572）二月，再平揭阳起事。闰二月，平饶平起事，连胜多场。十二月，从张元勋征巨寇赖元爵，擒、斩、俘独多，获赐文琦。

万历朝

元年（1573），改恩阳守备，核前功，升广东都指挥佥事，二赉白金。同年平岭东巨寇朱良宝（一作诸良宝），三赉白金。

三年（1575）五月，进肇庆游击将军，再升参将。

四年（1576）四月，改高州参将，雕剿感化都，四赉白金。同年领信宜哨大征罗旁，获首功，升东安副总兵，仍管参将事，五赉白金。

十一年（1583）二月，东山营悍卒黄玉等百余人叛变，平之。闰二月，西山营兵变，过境广西，为祸百姓，督兵讨平。

十二年（1584）十二月，改狼山副总兵，兵部尚书王遴特荐于朝，拟大用，粤抚、按欲追论罗定兵变旧事，弃官而归。

二十年（1592），朝鲜之役爆发，起用为神机七营练勇参将，旋改神枢营右副将，署都督佥事。未几，充蓟镇、宝坻海防副总兵。

二十一年（1593）正月，诏改蓟、辽、保定、山东等处防海御倭副总兵官。会有封贡之议，调南澳副总兵，协守漳、潮。后遭石星劾罢。

二十四年（1596），应两广总督陈大科之命，散尽家财，自募骁勇，平定岑溪瑶乱。

二十五年（1597），日本二度侵朝，遂以平岑溪功复都督佥事，领五千广东兵援朝御倭。

二十六年（1598）二月，升御倭总兵官，改领水师。九月，与小西行长战于曳桥寨，因刘綎失约避战，遭受小型挫败。十一月，于露梁海峡大败岛津义弘，歼敌一万两千余人，获援朝第一功。同月底，追讨锦山、乙山余孽，斩首一千一百级。

二十七年（1599），以原官挂印广西总兵官，未至，改任湖广、偏桥等处总兵官。核朝鲜功，诏升实授都督同知，荫一子本卫指挥佥事，钦赏金帛有差。

二十八年（1600）春，由偏桥进军播州，破海龙囤，平定播州之乱。

二十九年（1601），平定皮林苗乱。

三十年（1602），升贵州总兵官，雕剿罗海、偏坡三十八寨，诸苗畏服。

三十二年（1604），叙平播州、皮林之功，晋授左都督，特进光禄大夫，祖父以下皆加赠一品官阶，荫一子世袭本卫指挥佥事，钦赏金帛有差。

三十三年（1605），再平贵龙、平新苗乱。

三十四年（1606），调任广东总兵官。

三十五年（1607）五月八日丑时，卒于任上。九月，赠太子太保，荫一子世袭本卫百户。

三十七年（1609），准照例与祭六坛，遣官谕祭、造葬。

陈璘家谱世系表

一世：

明始祖讳君善号万三郎

二世：

法政

法受——

法聪（子孙移居罗定）

法明

法旺（子孙移居东安即今云浮市）

三世：

富

贵

安——

四世：

玉星

五世：

本琳

六世：

璘，字朝爵（一说朝玉），号龙崖。

七世：

九经，字继龙，世袭东安县南乡指挥使，总兵。

九皋，早夭。

九德，字凤龙，徐淮副总兵，世袭东安县南乡所千户。

九相，字见龙，世袭东安县南乡所指挥佥事。

九翔，官正千总，迁广西藤县。

九叙，字云龙，指挥使。

九正，字胤龙，指挥佥事。

九垓，字卧龙，副总兵，世袭罗定州泷水所百户，官至副总兵，升授辽东都司。

八世：

九经之后：

谟，世袭指挥使，升授广西柳庆府参将。

谦，四川游击将军，封指挥佥事，正千总。

诏，字泳溹，山海关副总兵，随父辈抗清，明亡迁朝鲜。

九德之后：

谏，都指挥使，升广东总兵官。

诲，四川游击将军，都指挥使。

九相之后：

谅

诰，世袭指挥使。

诜

九叙之后：

试

诤，指挥佥事，升东安守备。

九正之后：

诚

讙（讠）

论

谠

谧

谨

诠

谒

九垓之后：

词

雲（讠）

谊

谋

谱

九世：

陈谦之后：

懋文，指挥佥事。

懋武

懋仁

懋魁

陈诲之后：

懋道

懋业，指挥使。

懋修，南乡指挥使，从岭南三忠之首陈邦彦抗清，荐授第十五镇总兵，被执，献与清军，不屈而死。

懋兰

陈氏族谱韩国世系

一世：

始祖陈璘

二世：

九经

三世：

诏，字泳溸，又字育英，号梅沙。明崇祯十年丁丑（1637），差监围守卫使。甲申，崇祯皇帝殉社稷，燕京清军入城，天地昏闭，汉民族流难之际，以不共戴天之心，自南京愤然渡海而东来海南定署。首丘之心，以天年而终。配庆州李氏诚源之女。[①]

四世：

硕文，字乃彦，号梅竹堂。朝鲜仁祖二十四年（1646）生于海里。年才十二，丁升关长。年七十七而卒，赠工曹参议。配赠淑夫人利川徐氏。[②]

注：

该家谱摘自《抗倭名将陈璘》，①②标注处系书中陈璘在韩十三代孙陈邦植先生供稿原文摘抄。

日军第一次侵朝（壬辰倭乱）情形一览表

<table>
<tr><th>总大将</th><th>参谋</th><th>侵朝军团数</th><th>总兵力</th><th>合计</th><th>总伤亡</th><th>1593 年正月前占领区</th><th colspan="2">议和时期占领区</th></tr>
<tr><td>宇喜多秀家</td><td>石田三成
增田长盛</td><td>陆军 9
水军 1</td><td>158000
8000</td><td>166800</td><td>约 5.5 万</td><td>朝鲜八道全境</td><td colspan="2">庆尚道</td></tr>
<tr><th colspan="2">名护屋后备队</th><th colspan="2">其余拱卫</th><th colspan="2">总动员</th><th colspan="3">出动时间</th></tr>
<tr><td colspan="2">102960</td><td colspan="2">约 3 万</td><td colspan="2">约 30 万</td><td colspan="3">1592. 4. 13 离日，4. 14 登陆釜山</td></tr>
<tr><th>军团</th><th>军团长</th><th>指挥官</th><th>封地</th><th>兵力</th><th>合计</th><th>进军路线</th><th>占领地区</th><th>战后兵力</th></tr>
<tr><td rowspan="6">第一军（中路军）</td><td rowspan="6">小西行长</td><td>小西行长</td><td>肥后宇土</td><td>7000</td><td rowspan="6">18700</td><td rowspan="6">釜山—大邱—鸟岭—忠州—龙川—汉城</td><td rowspan="6">平安道</td><td rowspan="6">6629</td></tr>
<tr><td>宗义智</td><td>对马岛</td><td>5000</td></tr>
<tr><td>松浦镇信</td><td>肥前平户</td><td>3000</td></tr>
<tr><td>有马晴信</td><td>肥前日野江</td><td>2000</td></tr>
<tr><td>大村喜前</td><td>肥前大村</td><td>1000</td></tr>
<tr><td>五岛玄雅</td><td>肥前五岛</td><td>700</td></tr>
</table>

续表

军团	军团长	指挥官	封地	兵力	合计	进军路线	占领地区	战后兵力
第二军（北路军）	加藤清正	加藤清正	肥后熊本	10000	22800	蔚山—庆州—竹岭—原州—骊州—龙津—汉城	咸境道	13136
		锅岛直茂	肥前佐贺	12000				
		相良赖房	肥后人吉	800				
第三军（南路军）	黑田长政	黑田长政	丰前中津	5000	11000	金海—星州—金山—秋风岭—清州—汉城	黄海道	除黑田部5000人大友部剩2052人
		大友义统	丰后府内	6000				
第四军	毛利吉成	毛利吉成	丰前小仓	2000	14000	随一二三军之后推进	江原道	除岛津部10000人，余部剩2855人
		岛津义弘	大隅栗野	10000				

续表

军团	军团长	指挥官	封地	兵力	合计	进军路线	占领地区	战后兵力
第四军	毛利吉成	高桥元种	日向高锅	2000	14000	随一二三军之后推进	江原道	除岛津部10000人，余部剩2855人
		秋月种长	日向财部					
		伊东祐兵	日向饫肥					
		岛津忠丰	日向高城					
第五军	福岛正则	福岛正则	伊予今治	4800	25100	随一二三军之后推进	忠清道	不详
		户田胜隆	伊予板岛	3900				
		长宗我部元亲	土佐浦户	3000				
		蜂须贺家政	阿波德岛	7200				
		生驹亲正	赞岐高松	5500				
		来岛通总	伊予风早	700				

续表

军团	军团长	指挥官	封地	兵力	合计	进军路线	占领地区	战后兵力
第六军	小早川隆景	小早川隆景	筑前名岛	10000	15700	随一二三军之后推进	全罗道	10911
		小早川秀包	筑后久留米	1500				
		立花宗茂	筑后柳川	2500				
		高桥直次	筑后三池	800				
		筑紫广门	筑后山下	900				
第七军	毛利辉元	毛利辉元	安芸广岛	30000	30000	随一二三军之后推进	庆尚道	不详
第八军	宇喜多秀家	宇喜多秀家	备前冈山	10000	10000	本阵在对马岛	京畿道	5352

续表

军团	军团长	指挥官	封地	兵力	合计	进军路线	占领地区	战后兵力
第九军	羽柴秀胜	羽柴秀胜	肥后宇土	8000	11500	本阵在壹岐岛	不详	不详
		细川忠兴	丹后宫津	3500				
水军	藤堂高虎	藤堂高虎	伊予今治	2000	8000	自对马往来釜山控制朝鲜领海	全罗庆尚等处海域	不详
		九鬼嘉隆	尹势志摩	1500				
		胁坂安治	阿波淡路	1500				
		加藤嘉明	伊予松前	1000				
		桑山元晴	大和	2000				

明军第一次援朝（壬辰倭乱）情形一览表

<table>
<tr><th>备倭总经略</th><th>御倭总兵官</th><th>副总兵官</th><th>兵力来源</th><th>出征时间</th><th>回国时间</th><th>收复地区</th></tr>
<tr><td rowspan="3">宋应昌</td><td>李如松</td><td rowspan="3">陈 璘（未出征）</td><td rowspan="3">辽东、蓟州、大同浙江、四川、山东宣化、山西、陕西北京、南京等</td><td rowspan="3">1592 年 12 月 23 日</td><td rowspan="3">1593 年 7 月后陆续回国，刘綎、杨元等部留守</td><td rowspan="3">平安道、咸境道黄海道、京畿道江原道、忠清道全罗道</td></tr>
<tr><td>赞 画</td></tr>
<tr><td>袁 黄
刘黄裳</td></tr>
<tr><th colspan="3">军队组成</th><th colspan="2">总兵力</th><th colspan="2">总伤亡</th></tr>
<tr><td colspan="3">中、左、右协军 31897 名，李如松亲兵 3000 名，后至蓟镇步兵约 2800 名，后至刘綎川兵约 5000 名</td><td colspan="2">约 43500 人</td><td colspan="2">3301 人（最低数）</td></tr>
<tr><th>军队</th><th>主帅</th><th>将领</th><th>职务</th><th>简介</th><th>兵力</th><th>合计</th></tr>
<tr><td rowspan="3">中协军</td><td rowspan="3">李如松（字子茂，号仰城，辽东总兵官李成梁长子）</td><td>杨 元</td><td>中协军主将副总兵署都督佥事</td><td>号菊厓，定辽左卫人</td><td>不详</td><td rowspan="3">10639</td></tr>
<tr><td>杨绍先</td><td>原任参将</td><td>前屯卫人</td><td>宁前等营马兵 339 名</td></tr>
<tr><td>王承恩</td><td>标下都司</td><td>顺天府宛平县人</td><td>蓟镇马兵 500 人</td></tr>
</table>

续表

军队	主帅	将领	职务	简介	兵力	合计
中协军	李如松（字子茂，号仰城，辽东总兵官李成梁长子）	葛逢夏	辽镇游击	不详	先锋右营马兵 1300 名	10639
		梁　心	保定游击	不详	马兵 2500 人	
		任自强	大同副总兵	字体干，大同阳和人	马兵 5000 名	
		高　升	大同游击	不详		
		高　策	大同游击	号对庭，山西天城卫人		
		戚　金	标下游击	山东登州卫人，戚继光同宗后人	车兵 1000 名	
左协军	李如柏（副总兵、都督佥事，号背城，李成梁次子）	李　宁	原任副总兵	原李成梁家丁	辽东亲兵、正兵 1189 名	10632
		张应种	游击	顺天府宛平县人		

续表

军队	主将	将领	职务	简介	兵力	合计
左协军	李如柏（副总兵、都督佥事，号背城，李成梁次子）	章　接	宣府游击	不详	马兵 2500 名	10632
		李如梅	参将	号方城，李成梁第五子	义州等营军丁 843 名	
		李芳春	蓟镇参将	字应时，大名府平虏卫人	马兵 1000 名	
		骆尚志	蓟镇原任参将	浙江绍兴余姚人，戚继光旧将	南兵 600 名	
		方时辉	蓟镇都司	山西蔚州卫人	马兵 1000 名	
		王　问	蓟镇都司	号义儒，籍贯不详	车兵 1000 名	
		周弘谟	宣府游击	字元文，湖广麻城人，武进士	马兵 2500 名	

续表

军队	主将	将领	职务	简介	兵力	合计
右协军	张世爵（副总兵、都指挥使，号镇山，广东右卫人）	祖承训	原任副总兵	字伟绩，号双泉，辽宁兴城人	海州等处马军 700 名	10626
		孙守廉	原任加衔辽阳副总兵	铁岭卫人，曾任海州参将	沈阳等处马军 702 名	
		查大受	辽东副总兵	原李成梁家丁	宽奠等处马军 590 名	
		吴惟忠	蓟镇参将	号云峰，浙江金华府义乌县人，戚继光旧将	南兵 3000 名	
		刘崇正	游击	不详	辽阳营等马军 1534 名	
		钱士祯	标下都司	号三池，苏州府乌江县人	蓟镇马兵 1000 名	
		赵文明	真定游击	不详	马兵 2100 名	
		谷　燧	大同游击	大同卫人	马兵 1000 名	

日军第二次侵朝（丁酉再乱）情形一览表

总大将	军团数	总兵力	留守朝鲜部队	合计	出征时间	占领区	总伤亡
宇喜多秀家 毛利秀元	陆军 8 水军 1	121100	20390	141490	1597 年正月	全罗道 庆尚道	29000 （存疑）
右路军编组		**前锋**	**总大将**	**兵力**		**进攻路线**	
第一、第三、 第四、第八军		第一军 加藤清正	毛利秀元	64300		釜山—昌原—安义 全州—公州—稷州 水原—汉城	
左路军编组		**前锋**	**总大将**	**兵力**		**进攻路线**	
第二、第五、 第六、第七军		第二军 小西行长	宇喜多秀家	49600		泗川—南原—全州 龙安—公州—稷山 水原—汉城	
军团长		**指挥官**		**兵力**		**合计**	
加藤清正 （第一军）		余者不详		10000		10000	

续表

军团长	指挥官	兵力	合计
小西行长（第二军）	小西行长	7000	14700
	宗义智	1000	
	松浦镇信	3000	
	有马晴信	2000	
	大村喜前	1000	
	五岛玄雅	700	
黑田长政（第三军）	黑田长政	5000	10000
	岛津丰久	800	
	毛利吉成	2000	
	毛利吉政		
	高桥元种	600	
	秋月种长	300	
	伊东祐兵	500	
	相良赖房	800	

续表

军团长	指挥官	兵力	合计
锅岛直茂 锅岛胜茂 （第四军）	余者不详	12000	12000
岛津义弘 （第五军）	余者不详	10000	10000
长宗我部元亲 （第六军）	长宗我部元亲	3000	13300
	藤堂高虎	2800	
	池田秀雄	2800	
	加藤嘉明	2400	
	来岛通总	600	
	中川秀成	1500	
	菅达长	200	

续表

军团长	指挥官	兵力	合计
蜂须贺家政（第七军）	蜂须贺家政	7200	11100
	生驹一正	2700	
	胁坂安治	1200	
毛利秀元（第八军）	毛利秀元	30000	40000
	宇喜多秀家	10000	

明军第二次援朝（丁酉再乱）东征军第三次兵力配置表

总督	经略	备倭总兵官	御倭总兵官	总兵力	总伤亡
邢　玠	万世德	麻　贵	陈　璘	64300	不详
总将领	**将领**	**职务**	**兵力**	**合计**	
东路军提督麻贵	杨登山	参将	马兵 1000	23000	
	薛虎臣	指挥同知	步兵 3000		
	吴惟忠	副总兵	步兵 4000		
	王国栋	参将	马兵 2000		
	陈　蚕	游击将军	步兵 3000		
	叶思忠	游击将军	步兵 2000		
	陈　寅	游击将军	步兵 3000		
	颇　贵	游击将军	马兵 3000		
	解　生	副总兵	马兵 2000		

续表

总将领	将领	职务	兵力	合计
中路军副总兵董一元	彭信古	游击将军	步兵 1000	14500
	涂　宽	游击将军	步兵 500	
	郝三聘	游击将军	马兵 1000	
	叶邦荣	游击将军	浙兵 1500	
	卢得功	游击将军	马兵 3000	
	茅国器	游击将军	马兵 3000	
	张　榜	副总兵	步兵 4500	
西路军副总兵刘　綎	李芳春	副总兵	马兵 2000	13600
	牛伯英	游击将军	马兵 600	
	蓝方威	游击将军	南兵 3000	

续表

总将领	将领	职务	兵力	合计
西路军副总兵刘　綎	李　宁	参将	马兵 2500	13600
	吴　广	副总兵	狼土兵 5500	
水路都督陈璘	许国威	游击将军	步兵 1000	13200
	王元周	参将	水兵 2000	
	李天常	把总	水兵 2700	
	季　金	游击将军	水兵 3000	
	沈　懋	游击将军	水兵 1000	
	福日昇	游击将军	水兵 1500	
	梁天胤	游击将军	水兵 2000	

注：该表仅是邢玠发动东南海滨会战时的初期部署，不含后续援军及朝鲜军。

后 记

陈璘，1543 年出生于今广东省韶关市翁源县周陂镇龙田村，天性尚武，一生为国为民征战。从 1562 年起，几乎参加了嘉、隆、万年间两广地区的所有重要平叛战争。陈璘一生有三大功绩：一是平定两广匪患，并在任职东安（今云浮市云安区）副总兵期间，为当地经济、社会发展，起到了开拓者的作用；二是统领水师御倭援朝，在露梁海峡率领中朝联军大败日军，让日本此后 300 年不敢觊觎中华，创下七年援朝最为辉煌的一场大捷；三是平定播州（今贵州省遵义市）叛乱，促进我国西南地区的经济发展和社会进步。陈璘的赫赫功绩和忠勇爱国的精神，亟需以文学形式弘扬传承，这是我创作这部作品的根本原因。

从 2016 年算起，陈璘断断续续活在我笔下已经八年了。在漫长的创作过程中，遇到了一些困难和困惑，当地领导和社会各界给予了最为需要的支持和帮助。韶关市文联、韶关市作协、韶关市评协、翁源县文联、翁源县作协还先后举办两次作品研讨会，邀请本省有名的作家学者参加，对提高作品质量具有重要意义。在此，对韶关市文联主席夏娟，副主席丘雪媚，韶关市作家协会主席荣笑雨，中共翁源县委常委、宣传部部长何茂文，翁源县政协副主席刘少青，原翁源县人大副主任涂泽寰，原翁源县政协副主席涂永先以及其他社会各界人士的关心、支持和帮助致以衷心感谢。

为确保创作和出版工作顺利进行，韶关市文联、韶关市作协、翁源县委宣传部专门拨出经费给予扶持。

今后，我将坚持用心、潜心、虚心创作更多更好的作品来回馈社会。

许非寒

2024 年 3 月